JANA BECK

CHICAGO IN FLAMMEN

HISTORISCHER ROMAN

EDEL
ELEMENTS

Jana Beck

Chicago in Flammen

Historischer Roman

Edel Elements
Ein Verlag der Edel Verlagsgruppe

Neumühlen 17, 22763 Hamburg
www.edelelements.de

Lektorat: Dr. Rainer Schöttle
Umschlaggestaltung: Designomicon, München
Vermittelt durch die connACT lit.agency
Druck und Bindung: Books on Demand GmbH, Norderstedt

ISBN 978-3-96215-475-2

Für meinen Vater

Feuer!

Chicago – Sonntag, 8. Oktober 1871, 20.45 Uhr

Der Geruch von verbranntem Holz vermischte sich mit dem Duft von Daniels Tabak. Mit geschlossenen Augen saß er auf dem Gehweg, an den vom Tag gewärmten Bretterzaun gelehnt. Aus einer der Hütten klangen die Melodie einer Fidel und Gesang zu ihm. Mit Genuss zog er an seiner Pfeife. Gern hätte er den Abend mit seinen Freunden verbracht. Schade, dass sie schon schliefen. Ein Knistern mischte sich unter die Musik. Daniel öffnete die Lider. In dem Pfad zwischen den Häusern flackerte ein Lichtschein. Einzelne Flammen züngelten gegen den Nachthimmel. So rasch es sein Holzbein zuließ, rappelte Daniel sich auf. Er humpelte über die Straße und bog in den Weg ein. Dunkel lagen die Hütten zu beiden Seiten neben ihm. Doch weiter hinten quollen Rauchschwaden aus den Ritzen eines Stalls. »Es brennt!«, rief er.

Wo befand sich das eng umschlungene Paar, das vorhin mit der Kerosinlampe hier entlanggegangen war? Er hastete den Weg hinunter. O Gott, der Stall seiner Freunde brannte!

Das Tor stand weit offen. Daniel stürmte hinkend hinein. Auf der einen Seite stapelten sich die Heuballen, loderten orangerot. Davor lag eine zerbrochene Kerosinlampe. Kein Mensch weit und breit. Die Flammen sprangen von einem Ballen zum nächsten. Auf der anderen Seite standen die beiden Kühe und das Kalb. Daniel humpelte zu ihnen und band sie los. Die verängstigten Tiere bewegten sich nicht vom Fleck. Er gab einer Kuh einen kräftigen Klaps aufs Hinterteil.

»Raus mit dir!«

Sie rührte sich nicht, das Kalb drängte sich an sie. Der Geruch von brennendem Stroh erfüllte den Stall, die Hitze nahm ihm den Atem. Angsterfülltes Wiehern und wildes Stampfen. Das Pferd! Es war am anderen Ende des Stalls in der Box gefangen, die sich direkt an die Heuballen anschloss. Quer durch den Raum hinkte Daniel auf die Stute zu. Lautes Knacken ließ ihn innehalten. O nein! Das Feuer brannte die Holzdielen entlang und schnitt ihm den Weg ab. Funken fielen herab und versengten sein Hemd. Über den unebenen Boden eilte er zurück. Der Rauch wurde dichter, Daniel hustete. Sein Holzbein verfing sich in einer Ritze zwischen zwei Brettern. Er stürzte. Jetzt nur keine Panik. Mit wenigen Griffen entledigte er sich seines Holzbeins. Er robbte zur Wand, richtete sich auf und tastete sich daran entlang zum Ausgang vor. Hufgetrappel war zu vernehmen. Die Kühe suchten wohl endlich einen Ausweg aus dem von dichtem Rauch erfüllten Stall. Da prallte das Kalb gegen Daniel. Er verlor das Gleichgewicht. Im letzten Moment hielt er sich an dem Strick fest, der vom Hals des Rindes baumelte. Er klammerte sich an das Jungtier und wurde von ihm mitgezogen. Sobald es ihm gelungen war, sich wieder aufzurichten, bugsierte er es Richtung Tor. Ein dumpfer Schmerz fuhr Daniel durch die Schulter, als er mit Wucht gegen den Türrahmen stieß, und dann waren sie im Freien. Zumindest das Kalb war gerettet. Er ließ es los und stürzte zu Boden. Luft! Daniel hustete.

»Catherine! Patrick!«

Das Holzhaus am anderen Ende des Gartens lag dunkel vor ihm, kein Laut drang heraus. Daniel robbte darauf zu. Die Hitze war hier draußen beinahe so unerträglich wie im Stall. Es war so heiß, dass die Planken der Hütte zu rauchen begannen, obwohl sie eine Häuserbreite entfernt stand. »Feuer!«, rief Daniel.

Im Nebenhaus und in der Hütte der O'Learys ging Licht an. Die Tür öffnete sich, Catherine und Patrick bogen um die Ecke. Entsetzt starrte Patrick in die Flammen. Seine Frau lief ins Haus zurück.

Daniel hatte die Hütte beinahe erreicht. Da eilte Patrick zu ihm und half ihm auf. Catherine kehrte mit einem Kübel wieder und schüttete Wasser auf die schwelenden Bretter. Der Stall war ein einziges Flammenmeer und nicht mehr zu retten. Das Feuer sprang auf den Schuppen über, der neben dem Stall der O'Learys lag. Von dort war es nur ein Funkensprung zum Nachbarhaus. Im Nu brannten die Holzbalken mit lautem Knacken.

»Feuer! Feuer! Feuer!«

Dieser Ruf würde in den nächsten einunddreißig Stunden unzählige Male in den Straßen Chicagos erklingen.

Kapitel 1

Zwei Wochen vor Ausbruch des Feuers

»Damit erwecken wir die Schmetterlinge zum Leben. Die anderen Damen werden Sie beneiden.« Louisa deutete auf die Steine, die in einer Schatulle auf dem Intarsientisch lagen. Mrs Keenan lächelte und Louisa wusste, sie hatte den Auftrag. In diesem Moment klopfte es an der Tür und ein etwa dreißigjähriger Mann stürmte in den Salon.

»Ich suche Vater. Er benötigt juristischen Rat für irgendwelche geheimnisvollen Transaktionen.«

»Dein Vater ist zu Hause?« Mrs Keenan wandte sich Louisa zu. »Hat Sie jemand in die Villa kommen sehen?«

»Der Butler.«

Erleichtert legte Mrs Keenan die Hände auf die Lehnen des mit blauem Samt gepolsterten Rollstuhls. »Gut. Mein Gatte muss nicht erfahren, dass Sie hier sind. Wobei – Ihr Englisch ist hervorragend, kein deutscher Akzent. Allerdings entspricht Ihre Aussprache nicht ganz der hiesigen. Wie das?«

Mrs Keenans Interesse an ihrer Vergangenheit wollte sie bestimmt nicht wecken, daher blieb Louisa tunlichst vage.

»Ich habe eine Zeit lang im Westen gelebt.«

»Sind Sie unter die Goldgräber gegangen?«, fragte Mrs Keenans Sohn.

»Nein.«

Er hob eine Augenbraue. Sein Blick glitt von ihrem Gesicht über ihr bestes Kleid und blieb an dem orangefarbenen Garn hängen, das sie in Händen hielt. Er wandte sich zum Gehen, wohl um weiter nach seinem Vater zu suchen. Da bemerkte er die Schmuckschatulle auf dem Tisch.

»Was macht ihr hier eigentlich?«

»Louisa ist eine wahre Künstlerin mit Nadel und Faden, Marc«, antwortete Mrs Keenan. »Sie wird meine Abendrobe mit Schmetterlingen besticken. Durch die angenähten Smaragde und Rubine werden sie glänzen und wirken, als wären sie lebendig.«

Louisa sah geradezu, wie bei Marc die Alarmglocken schrillten. Das Geläut vom Turm der Feuerwache war nichts dagegen. Er zog einen Stuhl heran und setzte sich neben seine Mutter.

»Darf ich nach Ihren Referenzen fragen, Louisa?«

»Ich habe für Miss Emma einen Schal bestickt. Sie war so freundlich, mich Ihrer Frau Mutter zu empfehlen.«

»Aha.« Marc Keenan lehnte sich zurück. »Und die Robe meiner Mutter wollen Sie mit diesen Juwelen bestücken.«

»Das ist korrekt.« Louisa blickte ihm direkt in die Augen.

»Nun, es tut mir leid, das sagen zu müssen, aber Miss Emma ist eine sehr gutgläubige Person.«

»Sie unterstellen mir ...«

»Ich unterstelle nichts. Die Steine sollten den Tresor nicht verlassen.«

»Dann wird es schwierig, sie anzunähen.« Louisa biss die Zähne zusammen. Das war ihre Gelegenheit, einen Fuß in die Tür der gehobenen Gesellschaft zu setzen, und dieser Marc Keenan vermasselte es ihr.

Er erhob sich. »Ich glaube, es ist besser, wenn Sie uns nun verlassen.«

»Ich wollte nicht respektlos sein, Sir.« Gerade jetzt brauchte sie den Auftrag so dringend. Sie suchte Unterstützung bei seiner Mutter. »Es tut mir leid, Mrs Keenan. Ich habe mich nur für einen Moment vergessen.«

Marc räusperte sich.

»Mrs Keenan, bitte!«

»Du bist doch ebenfalls oft impulsiv, Marc.«

»Mutter – ich halte das für keine gute Idee. Dein Kleid ist auch so äußerst prachtvoll.«

»Ja, aber …«, wandte Mrs Keenan ein.

»Louisa könnte ein Taschentuch besticken, bevor du sie an die teure Robe aus Paris lässt.«

»Das klingt nach einer ausgezeichneten Lösung«, stimmte Mrs Keenan zu.

Louisa war erleichtert. Er setzte sie nicht vor die Tür. Allerdings konnte sie von einem bestickten Tuch nicht leben. Sie kramte in ihrem Korb, zog eine der Arbeitsproben hervor und reichte sie ihm.

»Exquisit. Doch woher weiß ich, dass die Rosenknospen auf diesem Taschentuch von Ihnen stammen?« Er fixierte sie wie ein Kojote den Hasen. Die Blicke kannte sie. Hörte das nie auf?

»Ich bin überzeugt, Marc. Und mein Kleid wäre einzigartig.«

»Mutter, wir werden einer Frau, die wir nicht kennen, auf keinen Fall Edelsteine anvertrauen.«

»Wie soll sie die sonst auf die Robe nähen?«

»Überhaupt nicht.«

»Mrs Keenan.« Louisa fasste das Naheliegende in Worte, auch wenn sie das Gefühl hatte, daran zu ersticken. »Ich verziere das Gewand in meiner Nähstube mit den Schmetterlingen. Die Smaragde und Rubine bringe ich hier an – unter Aufsicht.«

»So handhaben wir das, Marc, ja?«, fragte Mrs Keenan.

Er verschränkte die Arme vor der Brust.

Irgendetwas musste Louisa einfallen.

»Ich habe eine Idee!« Sie sprang auf. Sofort stellte sich Marc vor seine Mutter. Hatte er Angst, dass sie ihr etwas antat? Louisa kniete sich neben sie.

»Warum Ihren Rollstuhl verstecken? Es erfordert Mut, aber wir können die Räder mit Seidenstoff in der Farbe Ihres Abendkleids bespannen und besticken. Sobald der Stuhl fährt, scheinen die Schmetterlinge zu fliegen.«

Mrs Keenan legte ihrem Sohn die Hand auf den Arm. »Marc, ruft da nicht dein Vater nach dir?«

Louisa hatte nichts gehört. Die Standuhr schlug fünf Mal. Marc schob seinen Stuhl zurück an den Tisch und durchquerte den Salon. Die Klinke bereits in der Hand, drehte er sich um. »Wie unhöflich von mir. Ich habe mich noch gar nicht vorgestellt. Marc Keenan, Richter Marc Keenan.«

Nachdem Mrs Keenans Sohn den Salon verlassen hatte, besprach Louisa mit ihr die offenen Fragen. Fast verzweifelte sie darüber, wie ausführlich die Dame des Hauses alles bereden wollte. Endlich waren sämtliche Details geklärt und sie schlug die kostbare Robe sorgsam in ein Tuch. In ihrem Bauch kribbelte es, als flatterte dort einer der Schmetterlinge herum, von denen sie den ganzen Nachmittag gesprochen hatten. Sie hatte den Auftrag!

Eines von Mrs Keenans Dienstmädchen erschien mit einem Tageskleid und einigen Blusen, die sie zusätzlich ausbessern sollte. Louisa verstaute die Kleidungsstücke in ihrem Korb. Aus dem Obergeschoss drangen Männerstimmen in den Raum. Mrs Keenan rollte Richtung Tür und lauschte angestrengt.

»Mein Gatte.«

Louisa verabschiedete sich und eilte aus dem Salon ins Foyer. Eine Etage höher schien ein heftiger Wortwechsel stattzufinden. Wenn Marc bei seinem Vater so provokant war wie bei ihr, wunderte sie das nicht. Eine Tür wurde aufgerissen. »Ist dir klar, dass diese Unterlagen auch mich betreffen? Ich bringe sie jetzt sofort in unseren Banktresor, Vater. Wie kannst du sie nur hier im Haus aufbewahren?«

Unwillkürlich hob Louisa den Blick. Eine breite Treppe mit glatt poliertem Handlauf aus Eichenholz führte in den ersten Stock. An deren Fuß stand auf einem runden Tisch eine grau marmorierte Vase, gefüllt mit glutroten Dahlien. Auf dem Treppenabsatz wurden zwei Hosenbeine sichtbar. Marc stürmte nach unten. Da stolperte er und drohte, die Stufen hinabzustürzen. Im letzten Moment ließ er die Papiere in seiner Hand los und fing sich am Geländer. Blätter flatterten in die Eingangshalle. Er fluchte.

Louisa unterdrückte ein Schmunzeln. Das gönnte sie dem selbstgerechten Richter Marc Keenan. Doch dann stellte sie ihren Korb nieder und sammelte die Zettel ein, die auf dem orientalisch gemusterten Teppich gelandet waren. Ein Blatt mit einer Zeichnung darauf hatte sich zwischen den Dahlien verfangen. Sie fischte es heraus. Es handelte sich um einen Plan, auf dem Gebiete unterschiedlich schraffiert waren.

Marc eilte die restlichen Stufen herab.

»Danke schön!« Er riss ihr die Dokumente aus der Hand.

Verblüfft blickte sie ihn an. »Gern geschehen.«

Dem Mann konnte man wirklich nichts recht machen. Louisa bückte sich nach ihrem Korb. Durch die offene Salontür sah sie Mrs Keenan, die ängstlich herausspähte, wobei ihre Aufmerksamkeit dem Obergeschoss galt. Louisa nickte ihr zu und verließ die Villa.

Nun aber rasch zum Hafen. Wenn alles gut ging, würde sie heute Abend feiern. Keinen Gedanken wollte sie mehr an diesen Marc und seine ach so wichtigen Papiere verschwenden.

* * *

An der Reling des Segelschiffs, das mit sanftem Auf und Ab durch die Wellen pflügte, stand Wilhelm. Die unter der Schildkappe hervorlugenden blonden Strähnen und die abgetragene Jacke flatterten im Wind. Die Wassermassen vor ihm erstreckten sich bis zum Horizont. Dieser Lake Michigan war ein richtiges Süßwassermeer.

In der Ferne tauchte Land auf, darauf Häuser, klein wie Spielzeuggebäude. Er beugte sich vor, um die neue Heimat genauer zu betrachten.

Viele Wochen waren vergangen, seit er in Bremen an Bord gegangen war. In New York hatte Wilhelm das erste Mal amerikanischen Boden betreten. Sobald er die Einwanderungspapiere in der Hand hatte, schiffte er sich mit etlichen anderen deutschen Auswanderern erneut ein. Und nun, etliche Tage später, war es so weit. In Kürze würden sie in Chicago anlegen. Immer mehr Menschen drängten an Deck, um einen ersten Blick auf die Stadt zu erhaschen. Wortfetzen flogen hin und her, Kinder zeigten mit ausgestreckten Armen auf die Möwen, Frauen beschatteten ihre Augen, um besser sehen zu können. Nicht nur die Passagiere des Zwischendecks, auch die wenigen, die in den Kabinen die Reise zurückgelegt hatten, deuteten sichtlich erfreut auf das Häusermeer vor ihnen.

Wilhelm erspähte die vollschlanke Piano-Dame. Bereits beim Einschiffen in New York war sie ihm aufgefallen. Sorgfältig hatte sie das Verladen ihres Klaviers überwacht. Während der Fahrt war sie immer wieder in den Laderaum gegangen, begleitet von einem der Offiziere. Vermutlich hatte sie Angst, dass Wasser ihrem Instrument Schaden zufügen könnte.

Unweit von ihm lehnte sie sich an die Reling. Über dem taubengrauen Reisekleid trug sie eine Perlenkette. Samtig weiß schimmerte sie im Sonnenlicht. Seit ihrer Abreise juckte es Wilhelm in den Fingern, sobald er die Kette sah.

Nein, genau darum bist du an Bord. Es ist Zeit für ein ehrbares Leben.

Mit beiden Händen umklammerte er das Geländer und wandte seine Aufmerksamkeit wieder dem sich nähernden Ufer zu. Segelboote tanzten auf den Wellen, und Kutter zogen gemächlich ihre Bahnen. So weit das Auge reichte, erstreckte sich Chicagos Häusermeer. Hier mussten doch etliche Schiffe und Dampfer vor Anker liegen. Wo waren die alle?

Die Piano-Dame sah sich um. Ihr Blick streifte ihn, grüßend tippte er an seine Kappe. Irritiert hielt sie inne und ignorierte ihn dann, wie es Damen ihres Standes immer taten. Zuerst.

Wie von allein schoben ihn seine Beine näher an sie heran. Nur einmal schauen, welchen Verschluss die Kette hatte. Er hatte sich bis auf fünf Schritte an sie herangearbeitet, da trat ein Mädchen zwischen ihm und der Piano-Dame an die Reling.

»Sind Sie auch so aufgeregt, Wilhelm?« Sie strahlte ihn an, und Grübchen zeigten sich in ihren noch kindlichen Wangen.

»Ein denkwürdiger Tag, Cora.« Mühsam unterdrückte er die aufflammende Enttäuschung.

Sie deutete auf den See. »Ein Zug, der auf dem Wasser fährt!«

Mit der Eisenbahn wäre er schneller von New York hier gewesen. Aber sein Geldbeutel hatte eindeutig gesagt: Schiffspassage. Er folgte ihrem ausgestreckten Arm. Tatsächlich. Das musste eine ellenlange Brücke sein, die entlang des Seeufers verlief. An ihrem Ende sah er deutlich ein gewaltiges Zugdepot.

Eine verhärmt aussehende Frau betrat das Deck.

»Deine Mutter«, raunte Wilhelm Cora zu. Sittsam faltete die Kleine die Hände und begab sich zu ihr.

Die Piano-Dame hatte sich einen der Offiziere geangelt. Wortfetzen wie »starke Seile«, »kostbar« und »besondere Sorgfalt« drangen an Wilhelms Ohr. Der Offizier hörte höflich zu, seine Hand klopfte jedoch unablässig gegen seinen Schenkel. So kurz vor dem Einlaufen in den Hafen hatte er sicher andere Dinge im Kopf als ein Klavier. Endlich konnte er sich loseisen.

Die Perlen fingen die Sonnenstrahlen ein und leuchteten wie winzige Monde. Ein einfacher Knebelverschluss. Es wäre ein Kinderspiel. Im Trubel des Anlegens würde kein Mensch etwas bemerken.

Sie umrundeten einen Leuchtturm, und eine breite Flussmündung lag vor ihnen. Ein Schleppboot drehte bei und zog kurz darauf ihr Schiff in den Chicago River hinein. Unzählige Dreimaster lagen hier so eng nebeneinander vor Anker, dass nicht einmal ein Hering dazwischengepasst hätte. Zu beiden Seiten ein schier undurchdringlicher Wald an Masten. Schaluppen flitzten an ihnen vorbei wie Forellen, die einen Bach hinaufsprangen. Da stieg Wilhelm ein Gestank in die Nase, der nichts mit klarem Quellwasser zu tun hatte. Er beugte sich übers Geländer. Was für eine Brühe!

Die beiden Jungen neben ihm sogen erschrocken die Luft ein. Wilhelm hob den Kopf. Entsetzt starrte er die Brücke an, auf die sie zusteuerten. Sie war brechend voll mit Leuten, die darüberhasteten, sowie mit Kutschen und Fuhrwerken, die in dem Wirrwarr voranzukommen versuchten. Ihr Dreimaster würde die Brücke rammen, auch wenn er dahinzockelte wie ein lahmer Ackergaul. Die anderen Passagiere waren ebenfalls auf die Gefahr aufmerksam geworden. Eine Glocke ertönte, und am Ufer gingen Schranken herab. Keiner kam mehr auf die Brücke. Fahrzeuge rollten an Land, Fußgänger verließen den Übergang. Bedrohlich näherte sich ihr Schiff. Da drehte sich die Brücke!

Er war schon jetzt fasziniert von diesem Chicago.

Was er für ein flaches Transportboot mit spitzem Bug gehalten hatte, war mitten im Fluss verankert und bildete die Drehachse, um die sich die Brücke bewegte, bis sie parallel zum Flussufer zur Ruhe kam. Ohne innezuhalten, fuhr ihr Schiff an der Brücke vorbei, auf der sich noch einige Kaufleute und Damen befanden, die es nicht rechtzeitig geschafft hatten, sie zu verlassen. Eine teuflische Falle für einen Dieb. Wilhelm machte sich eine geistige Notiz: Hier nie auf einer Brücke klauen!

Er musste lachen und rückte seine Schildkappe zurecht. Alte Gewohnheiten waren schwer abzulegen.

Das Schleppboot verlangsamte seine Fahrt. Zwischen zwei stattlichen Dreimastern erkannte Wilhelm einen hölzernen Pier. Stück für Stück drehte das Schiff bei.

Die Piano-Dame war verschwunden. Wilhelm kämpfte sich durch die Menschenmassen zur anderen Seite des Decks vor. Da sah er sie wieder.

»Für die Ausladung Ihres Pianos ist alles in die Wege geleitet, Mrs Hubart. Ich werde es höchstpersönlich überwachen.« Es war derselbe Offizier wie zuvor.

»Danke schön.«

Mit einem Rumpeln legte das Schiff an. Planken, die bis ans Ufer reichten, wurden ausgelegt, die Luken geöffnet. Kurz darauf strömten die ersten Reisenden von Bord. Die Piano-Dame bewegte sich keinen Zoll. Amüsiert beobachtete Wilhelm das Getümmel.

Es wäre nur ein Handgriff nötig.

»Henriette, ich habe doch unmissverständlich klargemacht, dass du in der Kabine warten sollst.« Ein Gentleman in Weste, Jacke und mit Zylinder trat zu Mrs Hubart. Der Herr Gemahl.

Mrs Hubart zerknüllte das Spitzentuch in ihrer Hand, sodass sich ein Sturzbach daraus ergossen hätte, wenn es nass gewesen wäre. Sie senkte den Kopf. »Es tut mir leid, Herbert.«

»Du warst doch nicht wieder bei dem verdammten Klavier?«

Er wartete ihre Antwort nicht ab, sondern winkte einen der Stewards herbei. »Holen Sie das Gepäck aus unserer Kabine.« Er wandte sich an seine Gattin. »Und wir beide reden noch. Komm!«

Mrs Hubarts Kieferknochen traten hervor, so heftig biss sie die Zähne zusammen, bevor sie ihrem Gatten folgte. Ein Rufen und Schreien umbrandete Wilhelm, alle drängten gleichzeitig von Bord, froh, nach so vielen Tagen wieder festen Boden unter die Füße zu bekommen. Mr Hubart und seine Frau nahmen den schmalen Steg an Land, der den Wohlhabenden vorbehalten war. Galant ließ ein mitreisender Gentleman ihnen den Vortritt. Mehr sah Wilhelm nicht. Er kämpfte sich zu der Ecke vor, wo er sein Bündel deponiert hatte, und warf es sich über die Schultern. Endlich stand er auf dem hölzernen Pier, Kofferträger boten ihre Dienste an. Am Heck des Schiffes öffneten die Seeleute die Luken, um die Ladung zu löschen. Wilhelm staunte, als eine Kutsche aus dem Schiffsbauch rollte. Da erblickte er wieder den Offizier und zwei Seeleute, die das Klavier an Land trugen. Wilhelm beobachtete, wie sie beratschlagten und das kostbare Teil schließlich mit einem Schulterzucken stehen ließen.

Das war seine Chance, den ersten ehrlichen Dollar in der neuen Heimat zu verdienen. Wilhelm stellte sich neben das Piano und achtete darauf, dass beim Ausladen nichts daran entlangschrammte. Da kam sie. Mrs Hubart. Er wusste nicht, wie sie es geschafft hatte, sich von ihrem Gemahl loszueisen. Wilhelm sprang auf, riss die Kappe vom Kopf und deutete eine Verbeugung an, wobei ihm das lange blonde Haar über die Augen fiel. »Kein Kratzer, meine Dame – ich habe höchstpersönlich über dieses Kleinod gewacht.«

Mrs Hubart nestelte eine Münze aus ihrem Samtbeutel und reichte sie ihm. Wilhelm griff nach ihrer Hand und drückte einen Kuss darauf. »Die Finger einer wahren Künstlerin, wenn Sie mir diese Anmerkung gestatten. Perfekt proportioniert, um die hohe Kunst des Klavierspiels in höchster Vollendung auszuführen.« Schon gab er die Hand der Dame wieder frei. »Ich wünsche Ihnen einen angenehmen Aufenthalt in Chicago!«

Mit einer letzten Verbeugung wandte er sich um, packte im Gehen sein Bündel und strebte der Menge zu, die von Bord strömte.

»Meine Perlenkette!«

Kapitel 2

Wilhelm nahm die Beine in die Hand, drängte sich zwischen zwei Einwanderern hindurch und schlug einen Bogen um eine Familie. Sorgsam achtete er darauf, ein kleines Mädchen, das sein Schultertuch fest umklammerte, nicht anzurempeln. Er gliederte sich in den Menschenstrom ein, der den Pier entlangfloss. Keine beunruhigenden Geräusche übertönten das Stimmengewirr und das Poltern des Leiterwagens, der über die holprigen Bohlen ratterte. Weder Rufe noch rasch näher kommende Schritte.

Um sicherzugehen, warf er einen Blick zurück über die Schulter. Prompt stieß er gegen ein weiches Hindernis und erhielt einen energischen Schubs. Ein kleines Persönchen sah ihn aus grünen Augen entrüstet an. Ihr brauner geflochtener Zopf baumelte über der Brust. »Watch out!«

»Wie bitte?«

»Passen Sie auf, wo Sie hinlaufen, Sie ›Hanns Guck-in-die-Luft‹!«, sagte sie nun ebenfalls auf Deutsch.

»Verzeihen Sie, mein Fräulein!«

»Schon gut.«

Sie eilte weiter Richtung Dreimaster und rief ihm dabei zu: »Tragen Sie Ihr Bündel lieber nicht über der Schulter. Pressen Sie es an den Bauch! Hier wimmelt es von Taschendieben, wenn Passagierschiffe anlegen.«

Sie stellte sich auf die Zehenspitzen und hielt offenbar Ausschau nach jemandem.

Wilhelm drückte seine Habseligkeiten an sich, wie sie es ihm geraten hatte, und trat zu ihr. »Herzlichen Dank! Entschuldigen Sie, ich bin gerade angekommen und …«

Sie wandte sich zu ihm um. »Ich verstehe. Es ist ganz einfach. Hier geht's zum Pferdeomnibus – der bringt Sie in die West Side, falls Sie ins deutsche Arbeiterviertel wollen.« Sie deutete in eine andere Richtung. »Dort kommen Sie zur South Side, wenn Sie gar kein Geld Ihr Eigen nennen.« Ihr Blick glitt über seine abgetragene Jacke, die ausgebeulte Hose und die zerkratzten Schuhe. »Die Wegbeschreibung zur North Side brauchen Sie wohl nicht. Ich wünsche Ihnen noch einen schönen Tag!« Damit machte sie auf dem Absatz kehrt und drängte sich ein paar Schritte näher ans Schiff heran.

Wilhelm sah ihr fasziniert nach. Was für eine Frau! Diese Energie. Und diese Augen.

»Cora! Mutter!« Heftig winkte sie, schob sich durch die Menge und schloss das Mädchen mit den Grübchen in die Arme, das an Bord seine ersten Annäherungsversuche an das andere Geschlecht an ihm erprobt hatte. Cora würde den Männern einmal ordentlich den Kopf verdrehen. Gleich einem Holzpflock ließ sie die Umarmung über sich ergehen. Die junge Frau gab sie frei, zögerte und drückte dann ihre Mutter für einen Moment.

»Wie schön, dass ihr hier seid und noch dazu für immer bleibt! Ich muss dich einfach noch einmal umarmen, Cora.«

Das freudestrahlende Gesicht der jungen Frau, die er beinahe umgerannt hätte, verursachte ein Kribbeln in Wilhelms Bauch, als würden dort unzählige Goldstücke klimpern.

* * *

»Ist das euer Gepäck?« Louisa deutete auf den ledernen Koffer und einen Weidenkorb, der mit einem Tuch abgedeckt war. Ihre Mutter nickte und hob das Gepäckstück hoch. Cora bückte sich nach dem Korb. »Ich helf dir!« Louisa griff nach dem Henkel, doch Cora entzog ihn ihr.

»Danke, nicht nötig.«

Was war los mit Cora? Nun ja, inzwischen war sie dreizehn Jahre alt und eindeutig kein kleines Kind mehr.

»Hier entlang.« Louisa führte ihre Familie die Mole entlang an einem Stapel Fässer vorbei, umrundete ein Pferdefuhrwerk, auf das Arbeiter Kisten hievten, und machte ihre Mutter auf ein zusammengerolltes Tau aufmerksam, das im Weg lag.

»Wie war die Überfahrt? Sind die Betten noch so schmal und gab's ständig Salzfleisch und Heringe?«

Ihre Mutter nickte und versuchte, den Männern und Frauen auszuweichen, die sich schwer beladen an ihnen vorbeidrängten.

»Gleich lässt der Trubel nach.«

Sie verließen den Hafen und gelangten auf eine breite gepflasterte Straße, auf der Kutschen und Reiter in einer endlosen Kolonne vorwärtsstrebten.

»Zur Feier des Tages fahren wir mit dem Omnibus.« Schnaubend zogen Pferde einen lang gestreckten überdachten Wagen heran. Die in Schienen dahingleitenden Räder kamen zum Stillstand. Die drei stiegen ein und hatten das Glück, freie Sitzplätze auf einer der beiden Bänke zu ergattern, die sich unter den Fenstern der Länge nach hinzogen.

Heimlich musterte Louisa ihre Mutter. Die unzähligen Falten in ihrem Gesicht hatten sich in den letzten fünf Jahren noch tiefer eingegraben. Die Furche um den Mundwinkel war neu.

Mit einem Ruck setzte sich das Gefährt in Bewegung. Cora starrte mit großen Augen aus dem Fenster. Drei- und vierstöckige Gebäude aus Stein säumten die Straße. Weit ausladende Markisen spendeten Schatten. Auf den Gehwegen flanierten Damen in eleganten Kleidern, Sonnenschirme in den behandschuhten Händen.

»Wie geht's den Brüdern? Gut? Sie wollten ja nicht mitkommen, oder?«

»Bartholomäus ist in die Stadt gezogen und arbeitet in der Lederwarenfabrik. Er hat inzwischen fünf Kinder. Der Vincent hat den Hof übernommen«, antwortete die Mutter. »Nach meinem Unfall haben sie zusammengelegt, um unsere Überfahrt zu bezahlen.« Da ihre Mutter mit der kaputten Hüfte keine große Hilfe mehr darstellte, war Vincent erleichtert gewesen, sie nicht länger durchfüttern zu müssen. Das hatte er Louisa unverblümt in seinem letzten Brief mitgeteilt.

»Vater hat einen über den Durst getrunken, ist vom Kutschbock gefallen und unter die Räder gekommen, hast du geschrieben, Mutter. Hatte er ein würdiges Begräbnis?«

»Das ganze Dorf war da. Der Pfarrer hat schön gepredigt.«

Und vermutlich das Blaue vom Himmel heruntergelogen. Sicher kein Wort davon, dass er Louisa verkauft hatte, um die Pacht für den Hof zahlen zu können, und wie er seiner Frau und den Kindern das Leben zur Hölle gemacht hatte. Vor allem den Töchtern, da die Mutter immer im Herrenhaus gewesen war. Dort hatte sie in der Wäscherei geschuftet. So hatte Louisa Cora großgezogen und sie am Abend in den Schlaf gesungen, wenn der Vater sie wieder einmal ohne Essen ins Bett geschickt hatte. Seine liebste Strafe. Denn die sparte Geld.

Der Pferdeomnibus ratterte über einen weiträumigen Platz, der von imposanten Häusern gesäumt wurde. In seiner Mitte lag ein Park. Darin stand ein vierstöckiger, quadratischer Prunkbau, der von einer Kuppel gekrönt war. In dem Turm, der das Dach zusätzlich zierte, schlug eine Glocke. So laut, dass es in den Ohren schmerzte.

»Das ist der Feueralarm. In Chicago brennt's fast jeden Tag. Aber keine Sorge, die Feuerwehrmänner hier sind die besten im Land.«

Cora reckte den Kopf und sah sich suchend um. Louisa blickte ebenfalls aus dem Fenster. War das nicht der junge Deutsche vom Hafen, der dem Omnibus folgte? Mit einem Ruck kam der Wagen zum Stehen. Frauen hoben ihre Röcke, um auf die Straße hinabzutreten, Männer in Hemdsärmeln sprangen aus dem Wagen.

»Ich sehe keine Flammen«, sagte Cora.

»Oh – das ist die Hauptfeuerwache. Vermutlich brennt es in einem der umliegenden Viertel. Die Spritzenwagen sind normalerweise pfeilschnell am

Brandherd. Das Feuer ist meist gelöscht, kaum dass es ausbricht.«

Ja, hier funktionierte das. Louisa griff in ihre Rocktasche. Ihre Finger strichen über den glatt geschliffenen Stein, der bereits lange vom Ruß befreit war.

Sie ließen das Zentrum hinter sich. Die Häuser wurden kleiner, und sie fuhren über eine Brücke.

»Ab hier müssen wir zu Fuß weiter.«

Die Gegend hatte sich verändert. Ihre Mutter und Cora folgten Louisa durch ungepflasterte Straßen. Ein klappriger Gaul zog einen mit Getreidesäcken gefüllten Wagen an ihnen vorbei. Staubwolken wirbelten auf. Niedrige Holzhäuser standen Seite an Seite, von Lattenzäunen umgeben. Ein Junge trieb Schweine an ihnen vorbei.

»Das ist es!« Stolz deutete Louisa auf eine schlichte Holzhütte. Zur Straßenseite hatte sie eine Tür und ein Fenster, hinter dem ein kunstvoll bestickter Vorhang hing. »Herzlich willkommen in meinem Haus. Ab jetzt: unser Haus.«

»Dein Haus?«, fragte die Mutter ungläubig.

»Für die Anzahlung haben meine Ersparnisse gereicht. Eine Rückfahrkarte nach Deutschland habe ich ja nicht mehr gebraucht.«

Cora setzte wieder ihre abweisende Miene auf. Louisa wusste nicht, warum. Sie erinnerte sich noch gut an das tränenüberströmte Gesicht ihrer damals erst achtjährigen Schwester vor ihrer Abreise nach Amerika, als sie eng umschlungen in dem schmalen Bett gelegen hatten und sie Cora versprochen hatte, alles zu versuchen, um bis zu ihrem Geburtstag in einem Jahr wieder zurückzukehren.

Louisa war mit dem Bündel auf dem Schoß im Fuhrwerk für immer vom Hof gerollt, als der Vater die Kleine am Zopf hinter dem Brunnen hervorgezerrt und das von ihr fest umklammerte Märchenbuch auf den Misthaufen geworfen hatte.

Coras schmerzverzerrtes Gesicht hatte Louisa unzählige Nächte begleitet. Ob ihre Schwester so unzugänglich war, weil es ihr nicht gelungen war, nach Hause zurückzukehren, um sie wie zuvor vor dem Vater zu beschützen? Aber als Siebzehnjährige hatte sie nicht geahnt, was ihr in den folgenden Jahren widerfahren würde.

Und nun waren sie doch zusammen, selbst wenn es in Chicago war. Ratlos blickte Louisa zu ihrer Mutter, die die Augen niederschlug, wie sie überhaupt seit ihrer Ankunft jeden Blickkontakt mit Louisa vermieden hatte.

»Was ist, Mutter?«

»So viel Geld, Louisa. Der Vater hat dir ja damals die Arbeit verschafft, hier in Amerika.«

Ja, so konnte man es auch nennen.

»Als du im Westen warst, hast du da Sachen tun müssen … Ich meine, warst du eine …«

»Nein«, antwortete Louisa kurz angebunden. Was im Westen geschehen war, ging niemanden etwas an. Nie wieder wollte sie an diese drei Jahre zurückdenken.

Sie öffnete die Tür. »Kommt herein! Das ist die Küche.« Ein altersschwacher, blitzblank polierter Herd stand auf der einen Seite. Daneben ein Bottich mit Wasser, an der anderen Wand ein schlichter Holztisch mit vier Stühlen. Von der Küche führten zwei Türen in den hinteren Teil des Hauses. Louisa deutete auf die linke Tür. »Die Kammer habe ich an zwei Schwestern vermietet, die in der Wilson Packing Company arbeiten. Sie bemalen Konservendosen. Dort habe ich dir eine Stelle besorgt, Mutter. Und das ist unser Zimmer.« Louisa trat in den Raum, in dem ein Tisch stand, der mit Nähutensilien bedeckt war. Ein Bett und zwei Strohsäcke fanden auch Platz. »Du bekommst mein Bett, Mutter, und wir beide schlafen wie früher nebeneinander, Cora.«

Louisa hatte sich ausgemalt, wie die Schwester wie früher ihre Sorgen mit ihr teilen und sie ihr Geschichten erzählen würde.

»Können wir meinen Strohsack dort drüben unters Fenster legen? Das wäre nett von dir, Louisa.«

Wieder eine Zurückweisung. Sie schluckte.

»Natürlich.«

Eine Tür an der Rückseite führte in den Hinterhof. »Ich habe ein paar Hühner. Vielleicht können wir uns irgendwann eine Kuh anschaffen. Im Moment liefert Catherine O'Leary uns die Milch.

Sie wohnt nur zwei Straßen weiter. Und morgen Abend habe ich eine Überraschung für euch!«

* * *

»Gleich werdet ihr euch nicht mehr fremd fühlen.« Louisa stieß die Tür zu einem Lokal auf.

Nach ihrer Ankunft am Vortag hatten sich die Mutter und Cora frühzeitig zur Ruhe begeben. An diesem Tag hatte sie ihnen die Nachbarschaft gezeigt und ihrer Mutter den Weg zur Konservenfabrik.

»Na, was sagt ihr? Das Edelweiß ist ein echter Biergarten – wie in der Heimat. Horcht!« Ein deutsches Wörtermeer, in das sich nur vereinzelt englische Laute verirrten, umbrandete sie. Es roch nach Bratwurst und Sauerkraut. Louisa führte die beiden zu dem Ecktisch in der Nähe der Theke. »Ich bin gleich wieder da – setzt euch.«

Schüchtern schoben sich Cora und ihre Mutter auf die rustikalen Holzstühle. Viele Arbeiter genossen ihr Feierabendbier, doch auch die eine oder andere Familie ließ es sich schmecken.

Louisa kehrte mit einem Tablett mit Getränken zurück. Aufgeregt tuschelte Cora mit ihrer Mutter.

»Alles in Ordnung?« Geschickt stellte Louisa vor jeden einen Humpen.

»Ja. Hier ist es wirklich wie zu Hause«, antwortete die Mutter.

Cora druckste herum. »Der Mann dort hat dich berührt!«, stieß sie schließlich hervor.

»Wen meinst du?«

Cora deutete auf Ed, der an der Theke hockte und seinen von grauen Strähnen durchzogenen Bart zerzauste, wie er es immer tat, wenn er nachdachte.

»Du hast mit dem Mann geredet, und er hat dir die Schulter getätschelt!«

Louisa war das nicht bewusst gewesen, aber Cora hatte recht.

»Auf dem Schiff habe ich die anderen reden hören. Über die Hurdy-Gurdy-Girls.«

Louisas Miene fror ein.

»Du warst doch eines und hast mit den Goldgräbern tanzen müssen, in den Saloons. Hast du da alles von einem Mann gespürt?«

»Cora, was fällt dir ein!«, ging ihre Mutter dazwischen.

»Aber Louisa war ein Hurdy-Gurdy-Girl.«

»Sei sofort still!«, zischte Louisa.

»Einen angenehmen Abend, die Damen! Wie schön, so nette Reisebegleiterinnen derart bald wiederzutreffen.«

Louisa fuhr herum. Direkt hinter ihr stand der Blondschopf vom Hafen. Hatte er gehört, was Cora gesagt hatte?

»Sind Sie gut untergekommen?«, fragte er die Mutter.

Sie setzte ihren devoten Blick auf. Louisa erinnerte sich. Nie aufmucken, nicht gegenüber dem Vater, den Brüdern oder sonst einem männlichen Wesen.

»Danke der Nachfrage.«

Das musste ihre Mutter im Herrenhaus aufgeschnappt haben – es war untypisch für ihre Art zu sprechen.

»Darf ich den Damen Gesellschaft leisten? So allein und fremd in der Stadt freue ich mich über ein paar vertraute Gesichter.«

Hastig rückte Cora einen Stuhl weiter, um ihm Platz zu machen. Louisa rang mit sich. Sie wäre lieber mit ihrer Familie allein geblieben. Treuherzig sah er sie an, die Schildkappe vor die Brust gepresst. Charme hatte er. Und es war unhöflich, einem Neuankömmling die kalte Schulter zu zeigen.

»Bitte!« Louisa deutete auf den Sitz neben Cora.

Er zögerte. »Ist es zu unverfroren, wenn ich mich an Ihrer Seite niederlasse, mein Fräulein?«, fragte er Louisa und setzte sich im selben Moment.

Sie war jetzt beinahe sicher, dass er mitbekommen hatte, was Cora erzählt hatte.

»Ich habe mich noch gar nicht vorgestellt – Wilhelm Delger aus Kassel. Freut mich.« Er nickte Louisa zu. »Sie sind schon länger in Chicago, Fräulein …?«

»Louisa. So ist es.«

»Da haben meine Reisebekanntschaften ja Glück. Ich bin den ganzen Tag durch das Viertel gelaufen, aber Arbeit habe ich keine gefunden. Haben Sie vielleicht einen Ratschlag für mich, Fräulein Louisa?«

Sie setzte zu einer Antwort an, da fuhr er fort: »Entschuldigen Sie, dieses Kleid steht Ihnen ausgezeichnet. Es schmeichelt Ihrem Teint.«

Was sollte das jetzt?

»Es tut mir leid. In der Heimat habe ich so mein Geld verdient. Die reichen Frauen mögen es, umschmeichelt zu werden. Erweist man ihnen zudem einen kleinen Dienst, sitzt der Geldbeutel locker.« Er sah Louisa offen ins Gesicht. »Es wäre mir wirklich eine Hilfe, wenn Sie mir einen Ratschlag geben könnten.«

»Viele Männer versuchen es in den Schlachthöfen, eineinhalb Meilen Richtung Stadtrand.«

»Danke, dann will ich die Damen nicht länger stören. Es gibt sicher noch eine Menge zu erzählen.« Offenbar hatte er ihr Zögern vorhin bemerkt. Er erhob sich langsam. »Ich werde mir da drüben ein einsames Plätzchen suchen und gucken, ob das Bier hier genauso mundet wie in der Heimat.«

Cora streckte den Arm aus, als wollte sie ihn zurückhalten. Offenbar war es ihr wichtig, dass er blieb. Louisa gab sich einen Ruck.

»Wir würden uns freuen, wenn Sie uns Gesellschaft leisten. Ich denke, ich spreche da im Namen meiner Mutter und meiner Schwester.«

Cora nickte eifrig.

»Gern.« Pfeilschnell rutschte Wilhelm wieder auf seinen Platz. »Deine Geburtstagsfeier auf dem Schiff war grandios, Cora.«

»Stimmt. Ich wollte mich noch für die Verse bedanken, die Sie vorgetragen haben. Ich liebe Gedichte – und Geschichten.«

Alles hatte sich also nicht geändert. Möglicherweise war das der Weg, wieder Zugang zu ihrer Schwester zu finden. Louisa strich über den glatten Stein in ihrer Tasche. Sie zögerte, dann zog sie ihn heraus.

»Ich habe auch ein Geschenk für dich, Cora.«

Sie legte den vom Wasser geschliffenen grauen Stein, der von wellenförmigen weißen Streifen durchzogen war, behutsam auf den Tisch. Ihre Finger glitten über die aus Haaren kunstvoll geflochtene Kette, an der er hing.

»Oh, wie schön!« Cora griff nach dem Schmuckstück und hängte es sich um den Hals. Sie hob den Stein, und er glänzte, als wären unzählige Kristallsplitter in ihm eingebettet.

»Wenn du magst, erzähl ich dir einmal seine Geschichte, Cora.«

»Danke, Louisa!«

Das erste Mal seit ihrer Ankunft fühlte sich Louisa der Schwester so nahe wie früher.

»Darf ich fragen, wie lange Sie bereits in Amerika wohnen, Fräulein Louisa?«

»Fünf Jahre.«

»Da sind Sie bestimmt froh, Ihre Familie jetzt wieder um sich zu haben.«

Wilhelm nahm einer vorbeieilenden Kellnerin einen vollen Krug vom Tablett. »Nicht böse sein, schöne Maid, aber ich muss mit meinen reizenden Begleiterinnen das Glas erheben. Auf unser neues Leben in Chicago. Möge es so glücklich werden, wie wir es uns erträumen!«

Die vier stießen an. Wilhelm gelang es, mit seinem Geplauder die Mutter aus der Reserve zu locken. Cora, die ihn nicht aus den Augen ließ, schwatzte fröhlich drauflos. Nach einer Anekdote aus seiner Vergangenheit, die Wilhelm zum Besten gab, lachten sie Tränen. Louisa wischte sich die Augen trocken. Ed nickte ihr zu. Sie wusste, er freute sich für sie. Er kannte sie besser als jeder andere.

»Ich bin beeindruckt, Cora – so eine belesene junge Dame habe ich selten getroffen«, sagte Wilhelm.

»Ich liebe Geschichten.«

»Und Sie?«, wandte sich Wilhelm an Louisa.

»Ich hatte nie wirklich Zeit für Bücher.«

»Aber die, die sie gelesen hat, kennt sie auf Punkt und Komma auswendig«, sagte Cora.

Louisa winkte ab.

»Klug, schön und charmant – einen Fehler müssen Sie haben, Fräulein Louisa. Ich hoffe, Sie geben mir Gelegenheit herauszufinden, welcher das ist.«

Louisa trank einen Schluck aus ihrem Krug. Von der Theke dröhnten laute Stimmen herüber.

»Lasst euch als Helden feiern, und in Wirklichkeit seid ihr Feuerwehrleute elende Säufer!«

»Es reicht! Trink dein Bier aus und geh nach Hause.« Das war Ed.

»Nach Hause! Wenn ihr eure Arbeit beherrschen würdet, hätte ich noch eins. Nur mehr ein Haufen rauchender Bohlen, weil ihr zu besoffen wart.«

»Die halbe Nacht haben wir uns um die Ohren geschlagen, um deine Hütte zu retten, also halt dein Maul.«

»Einen Dreck habt ihr.« Der Kerl stieß Ed vom Hocker.

Ed hob die Fäuste. Hinter ihm bauten sich zwei weitere Männer auf.

»Mein Stall liegt in Schutt und Asche, weil ihr nicht rechtzeitig da wart!«, mischte sich ein untersetzter Typ in den Streit ein.

Wilhelm beugte sich vor. »Gleich gibt es eine Schlägerei.«

Louisa erhob sich. Alle paar Wochen dasselbe Theater. Niemand war schuld daran, dass es in dieser Stadt aus Holz so oft brannte. Dass es in den letzten vierzehn Tagen nicht geregnet hatte, verschärfte die Lage allerdings.

Der Bärtige schlug zu. Einen Lidschlag später landete Eds Faust in seinem Magen.

»Wir sollten gehen. Kommen Sie, Fräulein Louisa!« Wilhelm bildete mit seinem Körper einen Schutzschild. Sie stellte sich auf die Zehenspitzen, um über seinen ausgestreckten Arm zu sehen. Als sie hier früher nach ihrer täglichen Schicht in der Näherei am Abend ausgeschenkt hatte, war sie immer dazwischengegangen. Hatte die Hitzköpfe mit ein paar Worten zur Räson gebracht. Dafür war es jetzt zu spät.

Wilhelm blickte über seine Schulter und drängte zum Ausgang. »Raus hier!« An der Tür drehte sich Louisa noch einmal um. Ed ging gerade zu Boden.

»Ich muss zurück. Ed!« Sie versuchte, sich an Wilhelm vorbeizudrängen.

»Fräulein Louisa, Sie können da nichts ausrichten.«

Wütend starrte sie ihn an. Besonders, weil er recht hatte. Sie stolperten ins Freie.

Cora sah Louisa misstrauisch an. »Wer ist dieser Ed, dass er dir so wichtig ist?«

Kapitel 3

Henriette nahm auf dem Klaviersessel im Schlafgemach ihrer Suite im Hotel Palmer Platz. Die kühle Seide ihrer mauvefarbenen Abendrobe schmiegte sich weich an ihren Oberkörper und ergoss sich von der Taille abwärts in fließenden Kaskaden bis zum Boden. Sanft strich sie über das frisch polierte Holz ihres Pianos. Sie öffnete die Abdeckung und da lagen sie – die weißen und schwarzen Tasten, die darauf warteten, dass sie ihnen die zauberhaftesten Melodien entlockte. Sie schloss die Augen, sah sich in einem Konzertsaal mit Sesselreihen, bezogen mit rotem Samt. Herren im Frack, Damen in Abendkleidern, mit hochgesteckten Haaren, in denen Diamanten funkelten. Gemurmel, das nach und nach verstummte. Alle in Erwartung, dass sie ihnen einen unvergleichlichen Abend mit den Werken Robert Schumanns schenkte.

Henriette atmete tief ein, und ihre Finger glitten wie Schmetterlingsflügel über die Tasten. Schumanns Träumerei erwachte zum Leben. Sie versank in den Abfolgen von Themen, der Wiederholung, ließ die Melodie in einem dramatisch ansteigenden Crescendo anschwellen, um wieder ins sanfte Gemurmel des Traums abzugleiten – ohne dass ein Ton das Piano verließ.

Die Tür zu ihrem Schlafgemach wurde aufgerissen. Ihr Gatte stürmte herein.

»Drei Klavierstimmer! Drei! Bist du von Sinnen?«

Henriette erschrak so, dass eine Dissonanz kreischend dem Klavier entfleuchte.

»Dieser Dummkopf von Rezeptionist will wissen, ob er die Kosten dafür auf die Rechnung setzen soll. Anstatt mich vorher zu benachrichtigen. Wie kommst du dazu, eigenmächtig Klavierstimmer zu beauftragen?« Die Hände in die Seiten gestemmt, sodass der Frack aufklaffte und den Blick auf sein blütenweißes Hemd freigab, baute Herbert sich vor ihr auf. Sein mondförmiges Gesicht mit dem nach oben gezwirbelten Schnurrbart, sowieso immer leicht gerötet, war dunkelrot.

Henriette schlug die Lider nieder. »Das Piano war nach der Überfahrt verstimmt.«

»Ich zahle die Rechnungen und ich bestimme, was mit unserem Geld passiert! Für diesen Firlefanz habe ich keinen Pfennig übrig.«

Cent, dachte Henriette, Cent heißt es hier.

»Wahrscheinlich zerreißen sich schon alle das Maul über meine exzentrische Frau.«

»Die ersten beiden haben das Klavier nicht korrekt gestimmt.«

»Jetzt kommt wieder der Spruch von deinem ›absoluten Gehör‹«, höhnte Herbert. »Solange wir im Hotel wohnen, wirst du keine einzige Order mehr erteilen, ohne dass ich sie vorher höchstpersönlich bewillige – und sei es die Reinigung eines Kleides oder ein zusätzliches Kopfkissen. Ist das klar?«

Langsam hob Henriette den Kopf und sah zu ihm empor.

»Wird es den Gästen im Restaurant nicht seltsam vorkommen, wenn ich dich frage, ob ich Dessert bestellen darf?«

Er packte sie an den Schultern. »Du hast es noch nicht kapiert, Henriette, oder? In Amerika gibt es keinen Papa mehr, der seine schützende Hand über dich hält. Keine Frau Mama, die ungefragt in unser Haus kommt und mir die Leviten liest. Es gibt nur dich und mich.«

Ein maliziöses Lächeln erschien auf seinem Gesicht. Mit dem Finger strich er von ihrer Schläfe über die Wange bis zu ihrem Hals, an dem die Schlagader heftig pochte. Unvermutet ließ er sie los und deutete auf den Schminktisch aus weiß schimmerndem Carrara-Marmor.

»Geh und vervollständige deine Abendgarderobe!«

Henriette stand auf und durchquerte mit erhobenem Haupt den Raum. Sie sank auf den Hocker und griff nach ihrem Flakon, drückte den Zerstäuberball, um Parfüm aufzulegen. Eine Wolke Eau Impériale hüllte sie ein.

»Der heutige Abend ist wichtig, Henriette.« Herbert schien sich wieder unter Kontrolle zu haben.

»Es werden alle bedeutenden Geschäftsleute der Stadt zugegen sein. Und du wirst mich nicht blamieren. Du wirst lächeln, hübsch aussehen und den Mund halten. Diese Lektion solltest du inzwischen gelernt haben. Oder irre ich mich?«

Henriette blickte in den dreiteiligen Spiegel. Herbert stand zwei Schritte hinter ihr, direkt vor dem imposanten Himmelbett. Sie nickte.

»Ich versteh dich nicht!« Er legte den Kopf schräg. So erinnerte er sie an den rot gefiederten Papagei ihrer besten Freundin. Der neigte in seinem Käfig stets das Haupt zur Seite, bevor er loskrächzte: »Ich schieß mit Schrot, die See wird rot, Pirat ist tot!«

Herbert trat auf sie zu.

»Nein, Herbert, du irrst nicht«, antwortete sie rasch.

Zufrieden nickte er. Mit einem Krachen warf er den Deckel des Pianos zu und ging zu seinem Zimmer. Im Durchgang blieb er stehen. »Sieh mich an!«

Langsam wandte Henriette sich ihm zu. Abschätzig glitt sein Blick über sie und verharrte an ihrem Dekolleté. »Ich möchte, dass du heute Abend das Diamantcollier trägst.« Damit zog er die Tür hinter sich ins Schloss. Henriette löste die ineinander verkrampften Finger und zog die Schmuckschatulle heran. Was hätte sie getan, wenn er sie aufgefordert hätte, die Perlenkette anzulegen?

Am Arm ihres Gatten betrat Henriette das imposante Foyer des Hotels Palmer, das sie bereits bei ihrer Ankunft am Vortag bestaunt hatte. An diesem Tag, geschmückt für die offiziellen Eröffnungsfeierlichkeiten, erstrahlte es in noch größerem, feierlichem Glanz. Damen in Roben aus Paris promenierten an den Armen von Herren im Frack über den glänzenden Marmorboden. Vor den mit Seidentapeten bezogenen Wänden befanden sich auf gewundenen Ständern Amphoren, gefüllt mit roséfarbenen Blumen, die Henriette nicht kannte. Kristalllüster funkelten, und dunkelhäutige Kellner im Anzug, mit weißem Hemd und Fliege, servierten Champagner. Henriette hielt an sich, um sie nicht anzustarren. Dienstboten nahm sie nie wahr, doch dies waren die ersten Schwarzen, die sie zu Gesicht bekam.

»Mr Hubart?« Ein Herr mit gepflegtem Vollbart und akkuratem Scheitel trat zu ihnen. »Anton Hesing – wir haben korrespondiert.«

Die beiden Männer schüttelten einander die Hände. »Es freut mich, Sie endlich persönlich kennenzulernen, Herr Hesing. Darf ich Ihnen meine Gattin vorstellen? Henriette – Herr Hesing, Eigentümer der Illinois Staats-Zeitung.«

»Es ist mir eine Ehre, Mrs Hubart.« Er deutete einen Handkuss an. »Ich habe gehört, Sie sind eine ausgezeichnete Pianistin. Vielleicht erweisen Sie uns einmal das Vergnügen?«

»Gern.«

Herr Hesing wandte sich wieder ihrem Gatten zu. »Wie schön, dass Sie sich entschlossen haben, Ihr Glück in der Ferne zu suchen.«

Nicht freiwillig, dachte Henriette.

»Wir freuen uns über jeden deutschen Geschäftsmann, der unsere Gemeinschaft tatkräftig unterstützt. Heute ist die perfekte Gelegenheit, Kontakte zu knüpfen. Die Crème de la Crème von Chicago ist erschienen, um Potter Palmer und seiner Gemahlin die Aufwartung zu machen. Sie wissen, dass es sich bei diesem Prachtbau um sein Hochzeitsgeschenk handelt?«

Henriette und ihr Mann schüttelten den Kopf.

»Oh, da drüben sehe ich die beiden. Sie sprechen Englisch?«

»Selbstverständlich.«

»Folgen Sie mir bitte.«

Henriette klappte ihren Fächer zu und gemeinsam schritten sie zu der Gruppe, die vor einem mit Stuck verzierten Kamin Champagner schlürfte. Aufmerksam sah sie sich um. Nicht nur Herbert witterte in Amerika die Chance, seinem verpfuschten Dasein zu entkommen und neu anzufangen. Sie gedachte ihrer desaströsen Ehe, die zum Glück nicht mit Kindern gesegnet war, zu entfliehen. Als Pianistin erfolgreich zu sein und – sie wagte fast nicht, es zu denken – so von Herbert finanziell unabhängig zu werden, dass sie ein Leben ohne ihn wagen konnte. Das war ihr Traum. Doch dazu musste sie Kontakte knüpfen.

»Bertha, du siehst heute Abend bezaubernd aus. Potter, darf ich euch Mr und Mrs Hubart vorstellen? Sie sind gestern aus Deutschland eingetroffen«, sagte Herr Hesing auf Englisch.

Ein etwa vierzigjähriger Herr reichte ihnen die Hand. Henriette war überrascht, als sie seine Frau erblickte. Bertha Palmer war mindestens zwanzig Jahre jünger als ihr Gatte. Henriette kam sich mit ihren vierunddreißig Jahren richtiggehend alt vor gegenüber dieser blonden Schönheit, deren Hals von einer fünfreihigen Perlenkette umschlossen war.

»Welch eine Freude, Sie heute Abend begrüßen zu dürfen, Mr und Mrs Hubart. Ich hoffe, Sie fühlen sich wohl in unserem Hotel?« Es klang wie eine Frage, und Henriette hatte den Eindruck, dass Bertha ehrlich an der Antwort interessiert war. Es erstaunte sie, dass sie und nicht ihr Ehemann das Wort an sie richtete. Sie warf einen Blick auf Mr Palmer, der seine Frau stolz betrachtete.

»Ein wunderbares Haus«, erwiderte Henriettes Mann. »Es lässt keine Wünsche offen.«

»Das freut uns zu hören, nicht wahr, Potter?« Lächelnd wandte sich ihre Gastgeberin ihrem Gatten zu, der nickte.

»Was für ein exquisites Collier«, merkte Henriette an. Berthas Finger glitten über die makellosen Perlen. »Ein Geschenk meines Gatten, er überhäuft mich mit Juwelen.«

»Meine Frau liebt Perlen ebenfalls«, brachte sich Herbert Hubart ins Gespräch ein. »So wie Diamanten, Saphire und Rubine.« Er lachte. Betretenes Schweigen breitete sich aus, bis Bertha Palmer das Wort ergriff: »Sind Sie nicht die Dame mit dem Piano?«

Henriette nickte.

»Sie müssen unbedingt die Bryan Hall besuchen. Dort werden regelmäßig hochkarätige Konzerte gegeben. Ich habe vor Kurzem Noten aus Frankreich erhalten. Vielleicht spielen wir einmal zusammen?«

»Sehr gern, Mrs Palmer.«

»Ich wünsche Ihnen noch einen angenehmen Abend«, sagte Potter Palmer. »Sie entschuldigen uns, die Gastgeberpflichten rufen.«

»Es war uns eine Ehre«, antwortete Herbert.

Henriette sah Bertha nach – diese Frau konnte ihre Fahrkarte in die Freiheit sein.

Herr Hesing ging ihnen voraus, um sie weiteren Gästen vorzustellen. Ein schmerzhafter Druck an ihrem Oberarm ließ Henriette leise aufstöhnen.

»Ich habe es gewusst – dein dämliches Piano macht uns lächerlich«, zischte Herbert. Henriette verstand ihn nicht, ihr schien es ein Türöffner zu sein. »Beim Dinner nachher möchte ich kein Wort von dir hören.« Henriette nickte und endlich lockerte er seinen Griff.

Sie tauschten Nettigkeiten mit einem Kaufhausmagnaten aus. Hierauf geleitete sie Herr Hesing zu einem bedeutenden Eisenbahnwagenhersteller und weiter zum nächsten, bis Henriette der Kopf schwirrte. Die zugehörigen Damen waren freundlich, doch schwer einschätzbar in ihrer Höflichkeit.

Eine Fanfare ertönte und die raumhohen Flügeltüren neben dem Kamin wurden geöffnet. Das Dinner stand bereit.

Henriette war geblendet von dem lang gestreckten Speisesaal, der kein Ende zu nehmen schien. Runde Tische, gedeckt mit Damasttischtüchern und edlem Porzellan, reihten sich aneinander. Die Kristallgläser funkelten im Licht der Lüster. Vor jedem Tisch wartete ein dunkelhäutiger Kellner, ein weißes Tuch über dem Oberarm, bereit, alle Wünsche der Dinierenden zu erfüllen. Gedankenverloren verspeiste Henriette die exquisite Kürbiscremesuppe, den wohlduftenden Kalbslendenbraten in Apfelsoße und das Sorbet. Sie nickte, lächelte und schwieg. Die perfekte Gattin. Ihre Gedanken gingen auf Wanderschaft. Sie musste eine Gelegenheit finden, mit Bertha Palmer unter vier Augen zu sprechen. Heute. Wer wusste, wann sie ihr wieder begegnete? Sobald ihre Villa bezugsfähig war und sie das Hotel verließen, würde es schwierig werden. Migräne oder Hysterie war einer Frau rasch angedichtet.

Nach dem Dinner wurde der Ballsaal geöffnet, ein hervorragendes Orchester spielte auf. Herbert erspähte den Warenhausmagnaten und dessen Gattin, zog Henriette dorthin mit und verwickelte ihn in ein Gespräch. War das nicht Bertha Palmer, dort direkt neben der Flügeltür? Das war ihre Chance.

»Ich bitte Sie, mich zu entschuldigen. Ich möchte mich gern frisch machen«, unterbrach Henriette das Gespräch der Männer. Herbert sah sie finster an, aber darauf konnte sie jetzt keine Rücksicht nehmen. Sie raffte die Röcke und begab sich zum Ausgang. Im Foyer angekommen sah Henriette sich um. Die Hoteleigentümerin strebte einer unscheinbaren Tapetentür zu. Henriette beschleunigte ihre Schritte. »Mrs Palmer!«

Die Klinke schon in der Hand, wandte sich Bertha Palmer um.

»Entschuldigen Sie, ich bin Henriette Hubart. Wir wurden uns vorhin vorgestellt.«

»Ich erinnere mich. Was kann ich für Sie tun?«

»Entschuldigen Sie, wenn ich mit der Tür ins Haus falle. Sie haben die Bryan Hall erwähnt. Mein größter Wunsch wäre es, dort aufzutreten. Ich weiß, es klingt vermessen, doch ich habe in Deutschland Unterricht bei den besten Musikern gehabt. Zudem hatte ich die Ehre, einige der bedeutendsten Komponisten kennenzulernen, wie Robert Schumann und seine Gattin Clara. Ohne unbescheiden wirken zu wollen – sie haben mir großes Talent bescheinigt. Nur verfüge ich hier in Chicago nicht über die Kontakte wie in der Heimat.«

Herbert erschien in der Tür zum Ballsaal und sah sich suchend um. Mit dunkelrotem Gesicht kam er auf sie zu.

»Lassen Sie mich nachdenken, meine Liebe«, antwortete Bertha. »Marc Keenan ist ein begeisterter Musikliebhaber. Leider ist er heute Abend verhindert, wie mir seine Mutter vorhin mitgeteilt hat, aber ich mache Sie gern bekannt.«

»Das ist zu freundlich, Mrs Palmer. Ich danke Ihnen.«

Herbert trat zu ihnen. »Ich hoffe, meine Gattin belästigt Sie nicht?«

»In keiner Weise.«

»Sie entschuldigen uns. Die lange Reise, Sie verstehen.«

Er bot Henriette den Arm und entfernte sich mit ihr, geleitete sie wortlos durch die Halle und die breite Treppe hinauf in ihre Suite. Mit einer Kopfbewegung schickte er das Zimmermädchen hinaus und als er sich zu Henriette umdrehte, wusste sie: Ihr Verhalten würde Konsequenzen haben.

Kapitel 4

Aus der Küche klang das Geklapper von Geschirr herüber. Louisas Nadel flog über den Baumwollstoff. Seit Sonnenaufgang saß sie über dem Kleid. Mürrisch hockte Cora ihr gegenüber, flickte lustlos den Riss in einem Hemd und murmelte etwas von »Sonntagsruhe«. Sonntagsruhe war schön und gut, aber Louisas Nähstube lief gerade richtig an. Erst am Vortag hatte eine wohlhabende Geschäftsfrau ihr eine Bluse bringen lassen, deren Kragen sie mit Blumenornamenten besticken sollte.

Mittags würde Wilhelm vorbeikommen und sie zu einem Ausflug abholen. Er hatte überaus geheimnisvoll getan. Routiniert wendete Louisa das Kleid und betrachtete den mit sauberen Stichen genähten Saum. Niemand würde merken, dass er herabgerissen gewesen war. Noch die Stelle an der Taille ausbessern, und dieser Auftrag war erledigt.

Sie war gespannt, wo Wilhelm sie hinführen würde. Seit er mit ihrer Mutter und Cora vor einer Woche das Land betreten hatte, war er jeden Tag bei ihnen aufgetaucht. Hatte eine lose Zaunlatte befestigt, ihnen beim Abendbrot Gesellschaft geleistet oder einen Strauß Blumen gebracht, die er weiß Gott wo gepflückt hatte. Am Vortag waren sie und ihre Schwester mit ihm sogar zum du gewechselt, das Louisa nach den vielen Jahren, in denen sie nun schon Englisch sprach, viel natürlicher vorkam. Ihre Mutter konnte sich damit nicht anfreunden. Wilhelms bewundernde Blicke, sein Charme und seine gute Laune heiterten Louisa auf. Vor allem, wenn sie den ganzen Tag an der Seite der ewig miesepetrigen Cora verbracht hatte.

Abend für Abend zerrte Cora beharrlich ihren Strohsack quer durch den Raum, um nicht bei Louisa schlafen zu müssen. Louisa hatte keine Ahnung, warum. In Momenten, in denen Cora sich unbeobachtet glaubte, strich sie über den glatt polierten Stein, den sie selbst in der Nacht nicht ablegte.

Gekonnt legte Louisa das fertige Kleid zusammen. Irgendwann würde sie herausfinden, was los war. Soeben biss Cora den Zwirn ab und steckte die Nadel in das kleine Kissen vor ihr. Mit einem Seufzer schob sie das Hemd von sich.

»Na siehst du, war ja nicht so schlimm.« Louisa lächelte ihre Schwester an. Deren Blick sprach Bände. »Und heute Nachmittag ...« Da sah sie, was Cora angestellt hatte. In einer dicken Wulst hatte sie das Hemd um den Riss zusammengerafft und mit drei groben Stichen zusammengenäht. Nicht einmal im Alter von sechs Jahren, als sie Louisa geholfen hatte, die Kleider des Vaters und der Brüder zu flicken, hatte sie so gearbeitet.

»Cora! Bist du verrückt?«

»Ich hab dir ja gesagt, ich kann das nicht – und ich will das nicht.«

»Du hast das Hemd ruiniert.« Verzweifelt löste Louisa die Naht auf. Sie starrte auf die Löcher, die durch die riesige Nadel entstanden waren, die Cora gewählt hatte. Wut wallte in ihr auf. »Wenn das bekannt wird, bekomme ich keine Aufträge mehr! Niemand wird mir seine Kleidung anvertrauen. Verstehst du nicht? Hier gibt's keinen Vater und keinen Hof. Verdienen wir nicht genug, stehen wir auf der Straße. Das geht so!« Sie schnippte mit den Fingern.

»Das ist dein Geschäft. Ich wollte nie nach Amerika.«

»Für den Vincent warst du nur ein unnützer Esser. Der hätte dich vom Hof gejagt und du wärst im Armenhaus gelandet.«

Cora verschränkte die Arme vor der Brust, lehnte sich zurück und schob die Unterlippe vor.

»Warum tust du das?«, fragte Louisa.

»Ich bin keine Stallmagd und keine Näherin. Ich – ich will in die Schule gehen. Lesen. Lernen. Lehrerin werden.«

Fassungslos sah Louisa sie an. Wie wär's gleich mit einem Palast und einem Grafen als Ehemann? Cora war doch kein kleines Kind mehr!

Wieder griff Louisa nach dem Hemd, und Tränen traten ihr in die Augen. Sie sank auf ihren Stuhl. »Cora, ich wünschte, wir könnten dich in die Schule schicken. Sofort würde ich es tun. Doch es geht nicht. Du bist dreizehn. Wir drei haben ein Dach über dem Kopf. Unser eigenes! Das ist weg, wenn wir die monatlichen Raten nicht bezahlen. Wir brauchen dich. Es wird noch dauern, bis Louisas Stickereistube ein Begriff ist.« Sie deutete auf das Hemd. »So etwas ruiniert uns. Verstehst du das?«

Widerwillig nickte Cora. Ihre Mutter, die die Küche aufgeräumt hatte, trat ins Zimmer. Sie trocknete sich die Hände an einem Geschirrtuch ab.

»Möchtest du lieber bei mir in der Fabrik arbeiten, Cora?«

»Nein!«

»So schlimm ist es da nicht. Man sitzt den ganzen Tag und hat die Hände nicht stundenlang in Seifenlauge. Es sind viele Deutsche dort beschäftigt. Meist drückt die Aufseherin ein Auge zu, wenn wir tratschen und lachen. Es ist eine gute Arbeit.«

Louisa kannte das Kellerloch, in dem selbst jetzt, nach den trockenen Wochen, der Geruch von Schimmel und Moder in der Luft hing. Wo die Frauen Schulter an Schulter saßen und selbst im Sommer kein Sonnenstrahl den Weg hineinfand. Aber ihre Mutter verdiente gutes Geld. Voll Stolz hatte sie am Vortag ihre erste Lohntüte heimgebracht. Wie zu Hause dem Vater wollte sie sie Louisa in die Hand drücken. Doch die sagte ihr, dass es ihr Verdienst sei. Ungläubig schaute ihre Mutter sie an. Das Geld für die monatliche Hausrate und das Essen hatten sie in die abgeschlagene Milchkanne oben im Regal gegeben. Andächtig hatte die Mutter den übrig gebliebenen Dollar in ihren Fingern gedreht.

»Ich will in die Schule gehen«, murmelte Cora, störrisch wie ein Kleinkind.

Die Antwort »Du willst auch satt werden« lag Louisa auf der Zunge. Sie schluckte sie hinunter. »Wir können Bücher ausleihen. Ich bin sicher, es gibt eine Möglichkeit.« Sie hatte allerdings keine Ahnung, wo. »Wir fragen Wilhelm. Er kommt bei seiner Suche nach Arbeit weit in der Stadt herum. In Ordnung?«

Verstockt starrte Cora auf ihre Hände.

»Das wäre doch zumindest ein Anfang. Vielleicht sind die Leute bald so begeistert von unseren Stickereien, dass sie uns die Tür einrennen.«

Widerstrebend nickte Cora.

»Möglicherweise kann ich das Hemd noch retten«, sagte ihre Mutter und setzte sich zu ihnen. Wenn jemand das konnte, dann sie. Schließlich hatte sie Louisa die Nähkunst beigebracht. Leider gab es noch nicht genug Aufträge für drei Leute.

»Und du könntest inzwischen zu den O'Learys gehen und uns eine Kanne frische Milch holen.« Louisa wusste, dass Cora gern durch das Viertel stromerte. Obwohl sie eine Strafe und keine Belohnung verdient hätte.

Coras Miene erhellte sich. Sie holte sich Kleingeld aus der angeschlagenen Milchkanne in der Küche und war aus der Tür, bevor Louisa noch ein Wort sagen konnte. Die seufzte. Eine Entschuldigung wegen des ruinierten Hemds war ihrer Schwester nicht über die Lippen gekommen.

Louisa räumte das fertige Kleid fort und wandte sich dem Korb mit Mrs Keenans Sachen zu. Die Arbeit an dem Abendkleid schritt zügig voran. Es war ein Vergnügen, die Schmetterlinge zum Leben zu erwecken. Behutsam legte Louisa die Robe beiseite. Auf die Flickarbeiten an Mrs Keenans anderen Kleidungsstücken hatte sie überhaupt keine Lust, aber langsam musste sie damit beginnen. Sie begutachtete die zwei Blusen und das Kleid. Da fiel ihr eine weitere Bluse entgegen, die in den Rock des Kleides gerutscht war. Am Kragen steckte eine maschenförmige Brosche aus Gold, besetzt mit funkelnden Steinen. Louisa schnappte nach Luft. Smaragde und Saphire.

Würde Mrs Keenan ihr glauben, dass sie die Brosche erst jetzt – nach einer Woche – entdeckt hatte? Ihr Sohn hielt sie sicher für eine Diebin. O Gott, was sollte sie bloß tun?

Ihre Gedanken rasten. Wenn Mrs Keenan den Verlust bereits bemerkt hätte, hätte sicher schon die Polizei vor der Tür gestanden. Es blieb nur eine Möglichkeit: die Brosche sofort zurückzubringen und zu hoffen, dass Mrs Keenan ihr glaubte.

Louisa steckte sie in ihre Rocktasche.

»Ich muss noch etwas erledigen, Mutter. Bis Mittag bin ich wieder zu Hause.«

Hoffentlich.

Sonnenstrahlen brachen sich in den Fenstern der Keenan-Villa. Auf dem Rasen vor dem Haus pickte eine Meise nach Körnern. Louisa folgte dem gepflasterten Weg, der zur Rückseite des Hauses führte. Vor dem Dienstboteneingang blieb sie stehen. Sie strich sich die Haarsträhnen hinters Ohr, die sich bei ihrem raschen Marsch gelöst hatten, wischte sich eine Schweißperle von der Stirn und schüttelte ihren Rock auf. Louisa holte die Brosche aus der Tasche und klopfte.

Niemand öffnete.

Waren alle beim Gottesdienst? Oder mit den Vorbereitungen für das Mittagessen der Herrschaft beschäftigt? Louisa drückte die Klinke nieder. Die Tür war nicht versperrt. Sie trat in den Flur. Zu beiden Seiten lagen je drei Türen. Am hinteren

Ende führte eine Treppe in die oberen Gemächer. Aus dem Raum links hinten ertönten Geklapper und Stimmen. Die Tür stand einen Spaltbreit offen. Louisa ging mit festen Schritten darauf zu.

»Wo ist denn nur mein Rührbesen?«, erklang eine Frauenstimme.

»Den hat die Näherin Louisa gestohlen«, antwortete ein Mann.

Ein Mädchen kicherte.

Louisa, die gerade die Tür aufstoßen wollte, blieb wie angewurzelt stehen. Sie sah die Köchin, die, mit dem Rücken zu ihr, in einer Schublade wühlte.

»Langsam hat der Spruch aber so einen langen Bart, Andrew«, brummte die Köchin. »Außerdem habe ich es überhaupt nicht lustig gefunden, wie die Polizei im Haus war. Nur gut, dass schnell klar gewesen ist, wer die Diebin war.«

»Aber aufregend war es schon!«

Louisa vermeinte fast, die glänzenden Augen des Mädchens zu sehen.

»Und Mrs Keenan – die wusste nicht einmal den Nachnamen und die Adresse der Näherin.«

Die Köchin drohte mit dem gefundenen Rührbesen. »Rede nicht so respektlos über die gnädige Frau! Sie hat den Zettel verloren, auf dem sie es notiert gehabt hat.«

»Wer's glaubt«, brummte Andrew.

»Richter Keenan ist so richtig sauer«, erklang die Mädchenstimme. »Ich habe ihn mit seinem Vater reden gehört, als ich den Kamin in der Bibliothek ausgekehrt habe. Er sucht in der ganzen Stadt nach ihr.«

»Viel Glück dabei«, sagte Andrew. »Vor vier Jahrzehnten, als hier gerade mal hundert Leute gewohnt haben, hätte er sie im Handumdrehen geschnappt. Aber heute? Bei dreihunderttausend Einwohnern? Zudem wissen nur er und seine Mutter, wie sie aussieht.«

»Und der Butler«, ertönte die Mädchenstimme. »Aber falls der Richter sie findet, will ich nicht in ihrer Haut stecken. Der verknackt sie zur Höchststrafe. So viel ist sicher.«

Die Köchin verschwand aus Louisas Blickfeld. »Verbreite nicht solchen Klatsch, Mädchen. Hast du nichts zu tun? Schau, dass du wieder an die Arbeit kommst!«

»Ja, Mrs Franklin.«

Louisa hastete zur nächsten Türöffnung und presste sich an das Türblatt, machte sich so flach wie möglich. Die Brosche umklammerte sie so fest, dass die spitzen Enden in ihre Handflächen stachen.

Das Dienstmädchen trat in den Gang und stieg die Treppen hinauf.

»Was ist mit dir, Andrew?«, fragte die Köchin.

Louisa wartete nicht länger. Raus hier, bevor dieser Andrew die Küche verließ und sie entdeckte. Sie eilte zur Haustür und weiter in den Garten. Nur weg! Auf dem Bürgersteig zwang sie sich nicht zu laufen. Bloß kein Aufsehen erregen. Sie bog um die Ecke, die Keenan-Villa verschwand aus ihrem Blickfeld. Erst beim zweiten Versuch gelang es ihr, die Brosche in die Rocktasche zu stecken. Sie rieb sich die schweißnassen Hände am Rock trocken. Jetzt war sie eine gesuchte Diebin. Ob unschuldig oder nicht, war den Menschen egal, sobald sie ein Urteil gefällt hatten. Das hatte sie schon einmal erlebt. Louisa schluckte die aufsteigenden Tränen hinunter. Es war wichtig, jetzt stark zu sein. Irgendetwas musste ihr einfallen.

Kapitel 5

Punkt zwölf Uhr, als die Kirchenglocken zu läuten begannen, klopfte Wilhelm an die Tür von Louisas Haus, und da stand er auch schon in der Küche. »Einen schönen Sonntag, den drei wunderbaren Damen! Ich rieche köstliche Hühnersuppe. Ein Duft, der mich benommen macht.« Er torkelte herum und kam neben Louisas Mutter zum Stehen. »Wer ist die vorzügliche Köchin? Das kann nur Frau Bender sein, oder?«

Obwohl sie sich alle in den letzten Tagen an ihn und seine Schmeicheleien gewöhnt hatten, kroch Röte den Hals von Frau Bender empor. Sie erhob sich und füllte einen Teller, den sie ihm hinschob.

»Seid ihr bereit für unseren Sonntagsausflug?« Er strahlte Louisa an. Ob ich ihr heute einen Kuss entlocken kann?

»Es tut mir leid, Wilhelm. Ich muss arbeiten.«

»Ich erledige die restlichen Nähereien«, sagte Frau Bender.

»Du sollst dich ausruhen, Mutter.«

»Ihr geht mit Wilhelm, und ich mache es mir in der Stube gemütlich. Flickarbeit ist genau der richtige Ausgleich für das Bemalen der Konservendosen.«

»Das ist wirklich nicht nötig.« Es sah fast so aus, als wollte Louisa nicht mit. Dabei hätte er schwören können, dass sie sich die letzten Tage auf den Ausflug gefreut hatte.

»Ich mach das schon. Hinaus mit euch, und genießt den Tag!«, sagte Frau Bender.

Louisa zögerte.

»Lass Wilhelm nicht warten!«

»Danke, Mutter. Ich leg dir die Kleidungsstücke heraus.«

Frau Bender holte Wasser für den Abwasch, und Wilhelm scherzte mit Cora. Wo blieb Louisa nur? Schließlich steckte er den Kopf zur Tür der Nähstube hinein. Louisa hockte am Boden vor ihrem Korb und wandte ihm den Rücken zu. Seit er gehört hatte, dass sie ein Hurdy-Gurdy-Girl gewesen war, fühlte er sich ihr noch mehr verbunden. Er wusste, wie es war, am unteren Ende der Nahrungskette zu stehen, dort, wo das Essen nicht immer für alle reichte. Ein schmales, ausgezehrtes Gesicht schob sich vor sein inneres Auge. Er verjagte es so schnell, wie es gekommen war.

»Können wir aufbrechen?«

»Was?« Louisa fuhr herum.

»Unser Ausflug?«

»Ach ja, ich komme.« Sie zog zwei Blusen aus dem Korb, die sie auf den Tisch neben der Schale mit dem Nähgarn legte.

»Darf ich bitten?« Galant hielt Wilhelm ihr die Haustür auf, als handelte es sich um ein Palasttor. Louisa, Cora und Wilhelm spazierten auf dem erhöhten, aus Holzplanken errichteten Gehweg Richtung Fluss. Bei Goll's Apotheke ging es ein paar Stufen abwärts, beim Gemischtwarenladen wieder aufwärts. Für Wilhelm ein willkommener Anlass, Louisa stets die Hand zu reichen, um sie zu stützcn. Diesmal ergriff sie die auch jedes Mal. Seine Hoffnung stieg, ihr heute den ersten Kuss entlocken zu können.

»In dieser Stadt muss man ja eine Bergziege sein – immerzu geht es auf und ab«, maulte Cora.

»Vielleicht mögen die Amerikaner Frauen mit strammen Waden.« Wilhelm lachte. »Wie ist das, Louisa, Weitgereiste, ist das in allen Orten hier so?« Sie schien ihn nicht gehört zu haben. »Louisa?«

»Ja?« Ihr Kopf fuhr hoch. Wilhelm wiederholte seine Frage.

»Nein. In Chicago ist es so schlammig, und darum wurde beschlossen, die Gebäude zu heben. Aber noch nicht alle haben es getan. Damit konnten zudem Abwasserkanäle und Wasserleitungen gelegt werden.«

»Schlammig?« Auf der knochentrockenen Straße spielten ein paar Kinder. Sie rollten sich einen Reifen zu. Staub wirbelte auf.

»Louisa hat erzählt, dass es im Frühjahr Überschwemmungen gibt, wenn der Fluss über die Ufer tritt.« Cora drängte sich näher an Wilhelm. »Es werden so tiefe Löcher ausgespült, dass ein ganzer Mann darin verschwinden kann.«

»Das ist aber eine Gutenachtgeschichte, die du dir für unsere kleine Cora ausgedacht hast, Louisa, oder?«

»Wie? Nein – Cora hat recht. Zur Warnung werden Stäbe neben diese Ausschwemmungen gesteckt.«

Cora zog einen Schmollmund. Oje, er hätte sie nicht als »klein« bezeichnen sollen, wo sie sich doch wie eine große Dame fühlte. Seine Schwester wäre jetzt ebenfalls in dem Alter. Sie war ganz anders gewesen als Cora mit ihren roten Wangen und dem dunklen Haar. Vor ihm erschien Isas blasses Gesicht, das von blonden Zöpfen umrahmt war und immer schmaler und ausgezehrter wurde. Er schüttelte den Kopf. Daran wollte er nicht denken.

Kräftig schritten sie aus und erreichten den Chicago River.

»Der erste Höhepunkt unseres Ausflugs: Bist du schon mal durch eine Unterführung gelaufen, Cora?«, fragte Wilhelm.

»Ist das nicht unheimlich?«

Kurz darauf befanden sie sich am Eingang des Tunnels, der aus zwei Röhren bestand. Aus der großen Öffnung rollte ein Leiterwagen, auf dem eine Familie in Sonntagsstaat saß. Ein Knirps in Hemd und mit Hosenträgern hüpfte freudestrahlend auf und ab. In dem schmalen Gang rechts davon spazierten Männer und Frauen in die steinerne Einhausung hinein.

Cora blieb stehen. »Da ist doch jede Menge Wasser drüber. Was ist, wenn die Decke einstürzt?«

»Das ist ein Abenteuer, Ladys.«

Sie traten in den halbdunklen Gang, der noch ein Stück weit vom Tageslicht erhellt wurde. Innen erleuchteten Gaslampen den Tunnel. Eine Gruppe Burschen lief ihnen entgegen und füllte die gesamte Breite des Gehweges aus. Schützend legte Wilhelm seinen Arm um Louisas Schulter und genoss die Berührung.

Als sie wieder ins Freie kamen, blinzelten sie ins grelle Sonnenlicht. Wilhelm führte sie die Straßen entlang, die hier gepflastert waren. Die Häuser wurden größer und waren aus Stein errichtet.

»Verrate uns, wo wir hingehen, Wilhelm! Doch nicht etwa zum Lake Michigan? Wasser hab ich in den letzten Wochen genug gesehen.« Cora wischte sich eine verschwitzte Strähne aus der Stirn.

»Zuerst wollte ich euch ins Dime-Museum führen. Aber ich habe etwas Besseres entdeckt.«

Sie bogen um eine Straßenecke. »Darf ich präsentieren: das Panorama.«

Louisa schaute ihn verständnislos an, dann strahlte sie. »Wir sehen das Panorama, wirklich?«

Wilhelm war sich beinahe sicher, dass er heute einen Kuss erhalten würde. Nur Cora, den kleinen Anstandswauwau, musste er vorher loswerden.

»Was ist ein Panorama?«, fragte Louisas Schwester.

»Das wirst du sofort sehen!«

Die drei gesellten sich zu der Menge, die sich vor dem Theater versammelt hatte. Frauen mit kunstvollen Frisuren, kleine Mädchen in Samtkleidern mit langen Zöpfen, an denen freche Jungs zogen, und Männer in Anzügen aus feinem Zwirn. Unauffällig legte Wilhelm die Hand auf seinen Oberschenkel, um den Riss in seiner Hose zu verbergen.

Louisa versteckte sich halb hinter ihm. Ihr Blick huschte herum, als hätte sie Angst, hier einen Bekannten zu treffen, den sie unter keinen Umständen sehen wollte. Gerade als er zu fragen ansetzte, was los sei, sah er eine Dame, die an ihrem raffiniert geschnittenen Kleid eine Brosche in der Form eines Vogels trug. Kein billiger Tand.

»Ihr entschuldigt mich einen Moment. Ich bin sofort wieder zurück.«

Wilhelm drängte sich durch das Gewimmel. Frau Benders Suppe war seine erste Mahlzeit an diesem Tag gewesen und nach dem Besuch hier würde sein Portemonnaie gähnend leer sein. Am Arm der Dame baumelte eine Tasche. Geschickt öffnete er sie und zog ein Spitzentaschentuch daraus hervor.

»Mylady?«

Wilhelm bückte sich und hob das Taschentuch scheinbar vom Boden auf. Er schüttelte es aus, um es vom imaginären Staub zu befreien, und reichte es ihr galant.

»Yours?«

»Yes – thank you very much.«

Die Torflügel gingen auf, und die Menge strömte ins Innere. Wilhelm bezahlte den Mann am Eingang mit seinen letzten Dollars, und sie betraten den Theatersaal. Erwartungsvoll beugte sich Louisa auf ihrem Sitz vor. Die Bühne war leer. Endlich hatten alle ihre Plätze eingenommen.

Eine Fanfare ertönte,

und ein Herr mit Zylinder trat vor das Publikum.

»Ladies and Gentlemen, welcome! Today we'll fly to the sky like birds!«

»Was sagt er?«, flüsterte Cora.

Louisa übersetzte. »Wir werden Chicago sehen wie Vögel, die durch die Lüfte schweben. Er wünscht uns gute Unterhaltung.«

Klaviermusik erfüllte den Raum. Aus einer stehenden Rolle, die bis zur Decke reichte, zogen kräftige Männer eine bemalte Leinwand quer über die Bühne.

Vor ihnen erschienen der Lake Michigan und das breite Band des Chicago River, der sich zwischen unzähligen Gebäuden seinen Weg bahnte. Mitten im Häusermeer teilte er sich nach links und rechts. Die Schiffe im Hafen waren ebenso abgebildet wie die vierstöckigen Getreidespeicher. Hinter manchen von ihnen verliefen Kanäle, in denen Transportschiffe ankerten. Auch die Eisenbahnlinie fehlte nicht. Sogar der Rauch einer Dampflok war aufgemalt.

Auf der anderen Seite der Bühne rollten die Männer das nicht enden wollende Gemälde, das am Publikum vorbeizog, wieder auf.

Das Stimmengewirr schwoll an. Aufgeregt zeigten die Zuschauer auf Häuser, die sie wiedererkannten: den Wasserturm, das Gerichtsgebäude mit seiner gewaltigen Kuppel und den Turm der Hauptfeuerwache, Marshall Fields berühmtes Warenhaus und die Sankt-Pauls-Kirche.

Louisa schien jedes Detail in sich aufzusaugen. Wilhelm neigte den Kopf zu ihr. »Nicht vom Stuhl fallen!«, flüsterte er ihr ins Ohr und widerstand im letzten Augenblick der Versuchung, es mit seinen Lippen zu streifen.

Nun erschienen grüne Bäume, die breite Straßen säumten, Holzlager und unzählige Koppeln mit Rindern darin.

Wilhelm schüttelte sich. Auf Louisas Rat war er zu den Schlachthöfen marschiert. Nicht einmal einen halben Tag hatte er durchgehalten zwischen den Arbeitern, die im Blut wateten. Deren knöchellange Schürzen von roten Schlieren überzogen waren und die ein Rind nach dem anderen zerteilten.

»Das war eine großartige Idee, Wilhelm!« Louisa strahlte ihn an.

»Fantastisch!«, stimmte ihre Schwester zu. Als sie wieder auf der Straße standen, fragte Cora: »Gehen wir nächsten Sonntag ins Dime-Museum? Dort soll es ganz gruselige Menschen und Tiere zu sehen geben. Bitte!«

Louisa, die in Gedanken offenbar schon wieder woanders war, reagierte nicht. Wilhelm wollte gerade antworten, da erscholl ein Ruf: »There, there he is!«

Die Frau mit der Vogelbrosche deutete auf ihn. Sofort drehte sich Wilhelm um, als hielte er Ausschau nach demjenigen, auf den sie zeigte. Er drängte Louisa und Cora vorwärts. Sein Herz klopfte wie verrückt.

»Stop, thief!«

Aus dem Augenwinkel bemerkte er, dass ein Mann mit Kropf und ein pickeliger Bursche durch die Menge auf ihn zustürmten. Galant bot er Louisa und Cora den Arm. »Wollt ihr euch nicht einhängen?« Da waren die beiden Männer bei ihm und packten ihn. Wilhelm blickte sie scheinbar perplex an. »Was ist los? – Louisa, was möchten die Herren?«, fragte Wilhelm auf Deutsch. Er würde die Unschuldsnummer abziehen.

»Du hast die Brosche meiner Frau gestohlen!«, beschuldigte ihn der mit dem Kropf in der gleichen Sprache. Eindeutig Landsleute.

»Lassen Sie Wilhelm sofort los!« Louisa baute sich neben ihm auf. »So ein Unsinn!«

»Das werden wir ja sehen!« Die beiden drängten Wilhelm an die Hausmauer. Unweit von ihm war daran eine Box befestigt. Ein Herr in Gehrock, der die Auseinandersetzung beobachtet hatte, öffnete sie. Eine Scheibe wurde sichtbar, die in Abschnitte unterteilt war. Er schob den Zeiger auf ein Segment, auf dem Thieves stand, und drückte einen Hebel. Ein Alarm heulte los.

»The police will arrive in a minute!«, erklärte er.

Wilhelms Gedanken rasten. Er musste hier weg.

»Rück sofort die Brosche meiner Frau raus!«

»Ich habe keine Ahnung, wovon Sie sprechen. Da besucht man mit zwei Damen das Panorama und …«, sagte Wilhelm.

»Leer deine Taschen – ein bisschen plötzlich!«

»Das wird er nicht!«, mischte sich Louisa ein. »Wie kommen Sie dazu, Wilhelm zu beschuldigen?«

Die Frau im dunkelblauen Kleid kam heran. »Das ist der Mann! Er hat mir das Taschentuch aufgehoben und …«

»Wilhelm hat Ihnen einen Dienst erwiesen, und zum Dank bezeichnen Sie ihn als Dieb? Vielleicht haben Sie die Brosche einfach verloren?«

Die Frau sah Louisa von oben herab an. »Sie hat einen Sicherheitsverschluss. Durchsucht ihn!«

»Fasst ihn nicht an!«

Die beiden Männer würdigten Louisa nicht einmal eines Blickes. Der Bursche streckte die Hand aus, um in Wilhelms Jackentasche zu greifen. Mit einem Schmerzlaut zog er sie zurück, bevor Wilhelm ausweichen konnte. Offenbar hatte Louisa ihn gekratzt. Wilhelm versuchte sich loszureißen. Jeden Moment konnte die Polizei auftauchen. Wilhelm schaffte es, sich aus dem Griff des Jünglings zu befreien. Der Mann jedoch umklammerte seinen Oberarm eisern.

»Hey, hey! Schön ruhig, Bursche!«

Auch sein Sohn hatte wieder zugepackt. Gegen die zwei hatte er keine Chance, ganz abgesehen von der Menschenmenge, die sich um sie ansammelte. Er musste sich etwas anderes einfallen lassen.

»Jetzt lassen Sie Wilhelm endlich los!«, sagte Louisa.

»Sicher nicht!«

»Jeder hätte die Brosche stehlen können. Warum beschuldigen Sie Wilhelm?«

Der Blick der Dame glitt über Louisas schlichtes Kleid. »Dir bin ich keine Erklärung schuldig.«

Louisas Wangen röteten sich, einzelne Strähnen hatten sich aus ihrer Frisur gelöst. »Vielleicht war's ja der feine Herr dahinten?« Sie deutete auf einen Gentleman mit Jacke, Weste und Melone. »Er hat Sie vor dem Beginn der Vorstellung nicht aus den Augen gelassen. Die Jacke trug er über dem Arm. Er kann es genauso gut gewesen sein. Oder klauen reiche Leute nicht?«

Ein Polizist eilte um die Ecke. »What's the matter?«

Wilhelm wurden die Knie weich, seine Blicke schossen herum, auf der Suche nach einer Fluchtmöglichkeit. Anscheinend erklärten die beiden, die ihn festhielten, die Sachlage. Dann legte Louisa los, sie redete mit Händen und Füßen. Wilhelm verstand kein Wort.

»Shut up!«, stieß der Polizist hervor.

Louisa verstummte. Offenbar gab der Polizist einen Befehl. Die Männer ließen Wilhelm los, blieben jedoch wachsam neben ihm stehen, bereit, jeden Moment erneut zuzupacken. Er verabschiedete sich von dem Gedanken, davonlaufen zu können. Nun sprach wieder Louisa.

Sie drehte sich zu Wilhelm. »Sie lassen sich einfach nicht davon abbringen. In ihren Augen bist du der Täter. Ich habe ihnen gesagt, du bist einverstanden, dass sie dich durchsuchen. Und dann wollen wir eine Entschuldigung von ihnen – laut und deutlich!« Sie funkelte den Mann und den Burschen an.

O nein!

Wilhelm sah nur mehr eine Möglichkeit.

»Eine Frechheit! Eine Sauerei! Ich lasse mir diese Behandlung nicht länger gefallen!«, brüllte er und stieß dem Deutschen mit dem Kopf gegen die Brust, so fest er konnte. Der stolperte einen Schritt zurück, fing sich sofort wieder und versetzte Wilhelm einen Kinnhaken, sodass er gegen den Polizisten taumelte. Wilhelm hielt sich an dem Beamten fest, um nicht zu Boden zu gehen. Der Polizist stützte ihn mit einer Hand und zog mit der anderen seinen Schlagstock. Er rief etwas, das Wilhelm nicht verstand. Daraufhin senkte der Mann, der seine Fäuste bereits zu einem weiteren Schlag erhoben hatte, langsam die Hände und wich zurück. Der Beamte sah Wilhelm fest in die Augen und sagte etwas.

»Der Polizist will sehen, was du bei dir trägst«, übersetzte Louisa.

Wilhelm schluckte hart und nickte. Der Polizist ließ ihn los. Sorgfältig klopfte er Wilhelms Taschen ab. Er förderte eine abgekaute Pfeife, ein zerknültes Stofftaschentuch und ein einsames Cent-Stück zutage. Sonst nichts. Es folgte ein Palaver auf Englisch zwischen dem Polizisten, den Männern und der bestohlenen Frau. Offenbar las der Polizist ihnen ordentlich die Leviten.

»Sorry, Sir!«, sagte der Beamte zu Wilhelm, gab ihm sein Eigentum zurück und bedeutete ihm, er könne gehen. Wilhelm tippte auf die Schildkappe und trat einen Schritt zurück.

Aber er hatte nicht mit Louisa gerechnet. Prompt zog sie ihn wieder mitten ins Geschehen. Mit Nachdruck forderte sie den Mann mit dem Kropf zu etwas auf. Schließlich wandte sich dieser ihm zu und murmelte auf Deutsch: »Entschuldigung.« Louisa nickte zufrieden.

»Kein Problem«, log Wilhelm.

Er drängte sich durch die Gruppe der Neugierigen und ging ein paar Schritte die Straße hinunter. Louisa und Cora folgten ihm. Er lehnte sich an eine Hauswand und schloss für einen Moment die Augen. Sein Herz hämmerte wie ein Vorschlaghammer gegen die Rippen. Er sah zu der Menge hinüber, die sich nach und nach verlief. Der Polizist stand da, einen Block in der Hand. Die Frau schilderte ihm offenbar erneut den Tathergang. Schließlich steckte der Polizist seine Notizen ein und marschierte zu der Box an der Wand, stellte den Zeiger darin auf zwölf Uhr und machte sie zu. Der Ehemann und der Bursche redeten heftig auf die Bestohlene ein, die in Tränen ausbrach. Der Polizist wandte sich ab und verschwand in einer Seitengasse. Wilhelm stieß sich von der Hauswand ab und rannte ihm hinterher.

»Policeman, policeman!«

Wachsam drehte sich der Uniformierte um, ergriff seinen Stock. Wilhelm kam vor ihm zum

Stehen, zog die Kappe vom Kopf und sagte: »Thank you!« Der Polizist musterte ihn irritiert. Wilhelm griff nach seiner Hand, die sich nur widerwillig vom Schlagstock löste, und schüttelte sie. »Policeman, good man. My friend!«

Verlegen wehrte der Mann ihn ab. Da fiel ihm Wilhelm um den Hals. Heftig stieß der Polizist ihn von sich, sodass Wilhelm zurückstolperte.

»Crazy Germans!« Damit wandte sich der Polizist ab und marschierte die Straße hinunter.

Wilhelms Atem raste wie eine Dampflok. Langsam öffnete er die Hand. Darin lagen die Vogelbrosche und die Perlenkette, die er soeben aus der Uniformtasche des Polizisten gezogen hatte.

»Wollen wir uns einen Moment setzen?« Wilhelm deutete auf die Eingangsstufen zu Louisas Haus. Sie nickte. Cora eilte hinein, vermutlich um der Mutter von dem aufregenden Nachmittag zu erzählen.

Wortlos saßen sie nebeneinander. Ein paar Hühner flatterten über die Straße, und ein abgehalfterter Gaul trottete mit einem Karren im Schlepptau an ihnen vorbei.

Auf dem Heimweg hatten sich Louisa und Cora über den Vorfall erregt, dann war Louisa immer stiller geworden und hatte schließlich gar nichts mehr gesagt.

»Danke noch einmal, dass du mich so verteidigt hast. Denen hast du es ordentlich gezeigt.«

»Es kann tödlich sein, wenn Frauen schweigen.« Wieder verfiel Louisa in stumpfes Brüten.

»Was ist los? Dich beschäftigt doch schon den ganzen Tag etwas.«

Louisa seufzte abgrundtief.

»So schlimm?«

Sie nickte.

»Vielleicht kann ich dir helfen?«

Gedankenverloren griff Louisa nach einem gelb gefärbten Blatt, das der Wind herangeweht hatte, und riss es bis zum Stängel ein. Ein Stück daneben fügte sie ihm den nächsten Riss zu, bis es komplett zerrupft war.

»Louisa, ich bin für dich da.«

Sie zerknüllte das Blatt und warf es auf die Straße.

»Auf einer der Blusen, die Mrs Keenan mir zum Ausbessern mitgegeben hat, steckt eine Brosche. Eine sehr kostbare Brosche. Ich habe sie erst heute früh entdeckt und wollte sie zurückbringen.« Sie erzählte ihm, was sich in der Villa zugetragen hatte. »Was soll ich denn nun tun? Ich habe mir den ganzen Nachmittag den Kopf darüber zerbrochen. Wenn ich die Brosche zurückbringe, lässt mich Marc Keenan festnehmen. Ich könnte sie wegwerfen. Aber dann würden die Keenans glauben, dass ich sie verkauft habe.« Louisa vergrub das Gesicht in den Händen. Wilhelm strich ihr tröstend über den Rücken.

»Das ist wirklich eine vertrackte Situation.«

Geistesabwesend griff er nach einem Strohhalm, der auf der Treppe lag, und kaute darauf herum. Aus dem Haus drang Coras aufgeregte Stimme, die Hühner im Hinterhof gackerten. Wilhelm warf den Halm auf den Boden.

»Ich weiß, was wir machen!«

Kapitel 6

In der Keenan-Villa angekommen, ging Marc in die Bibliothek, um sich einen Brandy zu genehmigen. Das Glas mit der bernsteinfarbenen Flüssigkeit in der Hand, trat er ans Fenster. Über den Garten hinweg erblickte er hinter dem Zaun eine Frau und einen Mann mit Schildkappe. Die Frau kam ihm bekannt vor – der lange braune Zopf und die schlichte Kleidung einer Angestellten. Mit einem Ruck stellte er das Glas ab. Der Brandy schwappte über. Die Näherin, die die Brosche gestohlen hat!

Er stürmte auf die Straße hinaus. Wo war diese Louisa? Was für eine Unverfrorenheit, sich hier am helllichten Tag blicken zu lassen!

Menschenleer erstreckten sich die Gehwege in beide Richtungen. Er eilte zur Kreuzung. In der Querstraße schob ein Kindermädchen einen

Wagen mit einem Baby darin vor sich her, und Mr Cormick ritt auf seinem Araber Richtung Park.

Marcs Blick schweifte über den Garten. Wohin ist die Betrügerin verschwunden? Er konnte sie nirgends entdecken. Unverrichteter Dinge kehrte er ins Haus zurück.

»Jeremiah!«, rief er dem Butler zu. »Passen Sie bitte auf, dass niemand unbemerkt das Haus betritt. Die Frau, die meine Mutter bestohlen hat, treibt sich in der Gegend herum.«

»Ich halte die Augen offen, Sir.«

In der Bibliothek kippte Marc den Rest seines Brandys hinunter. Die Gaunerin würde er erwischen – selbst wenn es Monate dauern sollte. Und dann würde sie etwas erleben!

Der melodiöse Klang der Türklingel schallte durch das Haus. Rasch trat er in den Gang hinaus. Halblaut sagte er: »Jeremiah, das wird der Besuch sein, den ich erwarte. Geleite die Dame bitte in den Musiksalon.«

Bevor er das Geklimper der Dame über sich ergehen ließ, die ihm Bertha ans Herz gelegt hatte, brauchte er unbedingt einen weiteren Drink. Jeremiah öffnete die Haustür.

»Es ist Ihr Onkel, Sir«, sagte der Butler.

»Horace, was für eine Freude, dich auch einmal hier in unserem Haus zu sehen. Komm herein und leiste mir Gesellschaft.«

Horace reichte Jeremiah Zylinder und Gehrock und folgte Marc in die Bibliothek. Marc trat an den

Globus, der neben dem Kamin stand. Darin befand sich eine exquisite Sammlung an Alkoholika. Er schenkte seinem Onkel einen Whiskey ein und füllte sein eigenes Glas mit einem weiteren Brandy.

»Danke dir, Neffe! Das kann ich brauchen, wenn ich gleich deinem Vater gegenübertrete.«

Marc nickte verständnisinnig und sie prosteten sich zu.

»Hast du auf deinem Weg hierher eine Arbeiterin mit langem braunen Zopf und grünen Augen gesehen? Ziemlich klein?«

Horace schüttelte den Kopf.

»Ist nicht so wichtig.« Marc trank einen Schluck. »Erzähl: Was tut sich bei der Feuerwehr? Ich habe gehört, Chief Marshal Williams will die Anzahl der Feuerwehrmänner nicht weiter erhöhen? Da wir die beste Feuerwache ganz Amerikas haben?«

»In der Hinsicht ist Williams ein Idiot. Was nützt das, wenn die Stadt schneller wächst als mein Bart? Wo heute noch Prärie ist, befindet sich morgen ein Stadtteil mit unzähligen Häusern.«

»Aber deine neueste Erfindung hat die Dauer, bis die Leute am Brandort sind, deutlich verkürzt, oder?«

Geschmeichelt strich sich Horace über den gewaltigen Schnauzer. Seit er als Alderman zurückgetreten war und somit nicht mehr als Stadtrat die Geschicke Chicagos beeinflussen konnte, galt seine Leidenschaft der Feuerwehr, und er verwandte seine ganze, nicht unbeträchtliche Energie darauf.

»Was sagen denn die Feuerwehrmänner zu der Neuerung? Wie ich dich kenne, hast du dich in den Kneipen herumgetrieben, um Informationen aus erster Hand zu bekommen.«

Horace sah ihn unter seinen buschigen Augenbrauen an, lachte und schlug Marc auf die Schulter. »Stimmt, ich war in Shult's Saloon. Die Männer finden es großartig, dass zusammen mit dem Feueralarm automatisch die an der Decke befestigten Seile gelöst werden. Die Sättel landen auf den Rücken der Pferde, und das Zaumzeug fällt auf Griffhöhe herab. Ich habe ja noch eine Idee gehabt: Bei einem Alarm werden die Pritschen, auf denen die Feuerwehrleute schlafen, am Kopfende in die Höhe gezogen. Die Männer landen auf ihren Füßen und können sofort die Stangen hinabrutschen.« Er runzelte die Stirn. »Davon waren sie nicht begeistert.«

»Das verstehe ich, Onkel. Gerade noch ist man im Land der Träume und auf einmal stellt sich das Bett senkrecht? Mein Herz würde jedes Mal einen Sprung bis zum Himmel machen.«

»Papperlapapp. Ist doch gut – da sind die Männer sofort putzmunter.«

Die Türklingel tönte durch die Räume. Marc nahm den letzten Schluck seines Brandys und genoss die samtige Wärme, die er verbreitete.

»Das ist jetzt wohl mein Besuch, Onkel.«

»Und ich werde mich nicht länger vor der Unterredung mit deinem Vater drücken können. Wobei – sehe ich da deine Mutter auf der Terrasse sitzen? Es wäre doch sehr unhöflich, ihr nicht meine Aufwartung zu machen.«

* * *

Wilhelm und Louisa hatten die Keenan-Villa beinahe vollständig umrundet, als sie zu dem Gebäudeteil gelangten, auf den Wilhelm gehofft hatte, um ungesehen das Anwesen betreten können – den Stall. Sie waren sowieso schon viel zu lange auf der Straße zu sehen gewesen.

»Komm!« Geschmeidig trat Wilhelm durch die schmale, unverschlossene Tür. Der Geruch von Pferdemist schlug ihm entgegen. Zwei Schimmel wedelten träge mit dem Schwanz und schnaubten verhalten. In der Box daneben kaute die Milchkuh der Keenans an einem Bündel Stroh. Wilhelm ärgerte sich, dass er Louisa erlaubt hatte, ihn zu begleiten. Allein hätte er sich als neuer Stallbursche ausgeben können, aber Louisas Gegenwart zu erklären, würde schwierig werden. Doch sie hatten Glück, denn abgesehen von den Tieren war niemand anwesend. Vorsichtig, um die Pferde nicht unruhig zu machen, schritten sie die Stallgasse entlang, bis zu einer am anderen Ende abgestellten Kutsche, die durch ein zweiteiliges Tor ins Freie gerollt werden konnte. Wilhelm bemerkte die schmale Tür in dem einen Flügel und öffnete sie behutsam.

Sie führte zu einer mit Kies bestreuten Auffahrt, die auf der gegenüberliegenden Seite von einer Buschreihe und der Schmalseite der Villa begrenzt wurde. Wilhelm wollte schon wieder umdrehen, da er gehofft hatte, von hier ungesehen ins Haus zu gelangen, als er Stimmen hörte. Er bedeutete Louisa, ihm zu folgen. Von den Sträuchern verborgen spähte er zur Villa. Eine gepflegte Rasenfläche erstreckte sich vor ihm, begrenzt von Beeten, in denen sich rote Blumen und Pflanzen mit weißen Kelchen der Sonne entgegenreckten. Auf einer Terrasse saß eine Frau im Rollstuhl, eine Stickarbeit in der Hand und ein schmiedeeisernes Tischchen neben sich, auf dem eine Tasse und ein Teller mit Scones standen. Wilhelm vermeinte, den Duft des Gebäcks zu riechen. Louisa stieß ihn an und nickte zu der Dame hin. Wilhelm hatte bereits erraten, dass es sich um Mrs Keenan handelte. Blitzschnell kombinierte er Gelegenheit und Möglichkeit und verwarf ihren ursprünglichen Plan.

Er ärgerte sich, dass sein Englisch noch immer mehr als bruchstückhaft war, und beschloss, auf sein schauspielerisches Talent zu setzen.

»Was heißt ›Ich bin der neue Gärtnergehilfe‹ auf Englisch?«, flüsterte er.

»Bist du verrückt? Das kannst du nicht machen!«

»Die Leute sehen, was sie sehen wollen.«

Louisa übersetzte. Er bat sie zu warten. Sie zog ein bitterböses Gesicht, eine steile Kerbe erschien zwischen ihren Augenbrauen, aber sie duckte sich und rückte enger an die Büsche heran. Vorsichtig kroch Wilhelm zum Ende der Strauchreihe, darauf bedacht, vom Haus aus nicht gesehen zu werden. In dem Moment, als er hinter den Sträuchern hervortreten wollte, packte ihn Louisa am Hosenbund und zog ihn mit einem Ruck zurück, sodass er fast auf seinem Allerwertesten gelandet wäre. Er wollte aufbrausen, da sah er ihn ebenfalls.

Ein Mann war auf die Veranda getreten. Nach Alter und Kleidung konnte es Mr Keenan sein. Wenn der jetzt seiner Gattin Gesellschaft leistete, mussten sie zu ihrem eigentlichen Vorhaben zurückkehren.

Aufmerksam beobachtete Wilhelm das Geschehen. Der Herr mit dem gewaltigen Schnauzer beugte sich über die Hand von Mrs Keenan und deutete einen Kuss an. Sie errötete, ihre Finger flatterten wie Libellenflügel, als sie ihn offenbar bat, Platz zu nehmen.

Das war definitiv nicht ihr Gatte.

Der Herr zog einen Stuhl heran. Ziemlich nahe – ein guter Bekannter oder Verwandter. Zufrieden bemerkte Wilhelm, dass er sich nur an der Kante niederließ, er wollte offenbar nicht lange verweilen. Mrs Keenan erinnerte ihn an einen verliebten Backfisch. Sie lachte zu laut und warf dem Mann immer wieder verstohlene Seitenblicke zu. Der Herr hatte einen Fuß vorgestellt, wirkte entspannt, schien sich in ihrer Gesellschaft wohlzufühlen.

Endlich erhob sich der Schnauzbärtige und kehrte in die Villa zurück. Wilhelm wartete einen Moment, tastete nach der Brosche, die in seiner Hosentasche steckte, und krempelte sich die Ärmel seines Hemdes hoch. Als Mrs Keenan einen Schluck Tee nahm, eilte er mit drei Schritten zum Blumenbeet und begann, Unkraut zu zupfen. Ihr Blick glitt über den Garten und achtlos über ihn hinweg. Unsichtbare Dienstboten. Er pflückte eine der rosaroten Blüten, überquerte den Rasen und blieb am Fuß der Terrasse stehen, von der zwei breite Stufen ins Grün herabführten. Links und rechts davon steinerne Schalen auf einem Sockel, gefüllt mit violetten und gelben Blumen. Mrs Keenan blickte ihn überrascht an. Voll Bewunderung sah Wilhelm zu ihr hinauf, scheinbar geblendet von ihrer Schönheit. Gleich darauf schlug er die Finger vor den Mund und trat einen Schritt zurück, als wäre er erschrocken über seine Verwegenheit.

»I'm the new gardener assistant«, stellte er sich vor. Wieder glitt sein Blick bewundernd über Mrs Keenan und von dort zu der Blume in seiner Hand. Er streckte sie ihr entgegen, ohne sich von der Stelle zu rühren. Wie erwartet bedeutete sie ihm, zu ihr auf die Terrasse zu kommen.

Perfekt. Gleich war er so nahe bei ihr, dass er die vermaledeite Brosche unter dem Teetisch oder in ihrem Rollstuhl platzieren konnte, als hätte sie die Villa nie verlassen.

Da öffneten sich zwei Fensterflügel im Seitentrakt.

* * *

Nachdem sein Onkel sich von ihm verabschiedet hatte und zur Terrasse geeilt war, ging Marc in den Musiksalon. Eine Dame saß auf dem altrosa gemusterten Sofa, ihre Zofe wartete mit gefalteten Händen und gesenktem Kopf neben ihr. Marc ging auf seinen Besuch zu, vorbei an dem mächtigen Kamin, auf dessen Sims Büsten von Mozart und Vivaldi standen. Etwas mollig die Dame, aber nicht so jung, wie er befürchtet hatte. Er schätzte, dass sie etwa sein Alter hatte – knapp über dreißig. War eine Frau ihres Jahrgangs nicht üblicherweise mit Haushalt und Kindern beschäftigt?

Er ließ sich seine Gedanken nicht anmerken.

»Mrs Herbert Hubart? Es ist mir eine Freude, Sie willkommen zu heißen. Bertha hat gemeint, Sie seien eine vorzügliche Pianistin.«

»Das ist zu freundlich von Mrs Palmer.«

Er setzte sich ihr gegenüber in einen Sessel. »Was kann ich für Sie tun, Mrs Hubart?«

Ihre Hand strich über ihr blondes Haar, als wollte sie sich vergewissern, dass ihre Frisur saß.

Ihre veilchenblauen Augen erinnerten ihn an Virginia, seine verstorbene Frau. Ein weiterer Grund, den Besuch so rasch wie möglich hinauszukomplimentieren.

»Es mag ungewöhnlich klingen, aber ich möchte mein Klavierspieltalent nicht nur für den Hausgebrauch nutzen. Es reicht mir nicht, Freunde damit zu beglücken. Seitdem ich als kleines Mädchen das erste Mal in einem Konzert war, träume ich davon, auf einer Bühne zu spielen.«

Marc musterte sie aufmerksam. Virginia war eine Träumerin gewesen, ihr hätte er es geglaubt. Hinter Mrs Hubarts Geschichte steckte etwas anderes, darauf hätte er gewettet.

»In der alten Heimat – ich komme aus Deutschland – wäre das unmöglich gewesen. Aber hier …«

»Mrs Hubart, möchten Sie mir eine Kostprobe Ihres Könnens geben?« Er deutete auf den Flügel, der in der Mitte des Raumes stand.

»Gern.«

Sie nahm auf dem Klavierhocker Platz. Marc lehnte sich an den Kaminsims. Mrs Hubart klappte die Abdeckung auf, legte die Finger auf die Tasten. Die ersten Takte der Mondscheinsonate erklangen. Schon hatte sie sich verspielt. Marc verzog das Gesicht. Die Frau konnte nicht einmal ein Stück fehlerfrei herunterklopfen – schade um seine Zeit.

»Es tut mir so leid, Mr Keenan. Gestatten Sie mir einen zweiten Versuch?«

Liebenswürdig lächelte er sie an. »Selbstverständlich, Mrs Hubart.« Seine Gedanken wanderten zu den Gerichtsakten, die er am Nachmittag bearbeitet hatte. Ein interessanter Fall, doch sobald Chapin das mitbekam, würde er ihm den wegnehmen. Wie immer. Und ihn – das Küken unter den Richtern – mit Routinekram abspeisen. Ich habe es so satt!

Er durchquerte den Raum, der von Beethovens Melodie erfüllt war, und legte die Finger um die Fenstergriffe, als er aufmerkte. Da wurden nicht nur Noten heruntergeklopft. Es lag Seele in den Klängen, ein unglaubliches Timbre, und die Nuancierung der gerade gespielten Phrase hatte er so noch nie vernommen. Sie berührte das Herz. Die letzten Töne verklangen, versunken öffnete er die Fensterflügel, als wollte er den Nachhall dieses so fantastisch vorgetragenen Werks in die ganze Welt entlassen.

Er wandte sich um. »Mrs Hubart, das war großartig. Sie haben recht, Ihre Kunst sollte nicht nur ein paar Freunden Genuss verschaffen.«

Sie erhob sich, ihre runden Wangen vor Freude gerötet, und trat zu ihm.

»Möchten Sie mir noch etwas vorspielen – zum Beispiel ein Stück von Bach, damit ich abschätzen kann, welche Bandbreite Ihr Können aufweist?«

»Sehr gern.«

Sie hatte ihm bereits halb den Rücken zugekehrt, da fiel ihr Blick in den Garten. Mitten im Schritt hielt sie inne. Draußen saß seine Mutter, und ein junger Mann mit einer Blume in der Hand stieg die Stufen zur Terrasse empor.

»Mrs Hubart?«

»Das … das ist der Mann, der meine Perlenkette gestohlen hat!«

Marc blickte sie scharf an.

»Bei unserer Ankunft. Ich bin sicher!«

Der Kerl näherte sich dem Tisch, an dem Marcs Mutter ihren Tee trank.

»Stehen bleiben!«, rief Marc.

Der Typ zuckte nicht einmal. Von jähem Zorn erfasst sprang Marc aus dem ebenerdigen Fenster, federte die Landung in den Knien ab und stürmte auf die Terrasse zu.

Der Mann vor ihm war nur noch zwei Schritte von seiner Mutter entfernt und griff in die Hosentasche. Er zieht eine Waffe! Marc stürzte vorwärts, geschmeidig wich der Mann zur Seite. Mit wenigen Schritten erreichte der Fremde den Rasen und rannte auf den Stall zu. Marc warf einen kurzen Seitenblick zu seiner Mutter. Sie schien in Ordnung zu sein. Rasch eilte er hinter dem Übeltäter her, der bereits zwischen den Büschen verschwand. Marc stürmte ebenfalls durch die Strauchreihe. Wie aus dem Nichts erschien eine Frau und riss die Stalltür auf. In dem Moment, als der Kerl hineinlaufen wollte, holte Marc ihn ein. Er stürzte sich auf ihn und packte ihn mit dem

Würgegriff, der im Krieg unzählige Male gegnerische Soldaten zum Schweigen gebracht hatte. Der Mann hatte keine Chance. Schwer atmend presste Marc fester zu. Wie konnte der Kerl es wagen, seiner Mutter etwas antun zu wollen?

»Lassen Sie ihn los! Sie bringen ihn ja um!«

Die Worte der kleinen Person, die die Tür aufgerissen hatte, brachten ihn zur Besinnung. Er war wieder im Hier und Jetzt, lockerte seinen Griff. Ein langer brauner Zopf baumelte über ihre Schulter. »Die Broschendiebin! Haben Sie diesmal Verstärkung mitgebracht?«

Der Mann versuchte sich loszureißen, sofort packte Marc fester zu. »So nicht, mein Freundchen!«

Mit einem Ruck schleppte er den Fremden zurück auf den Rasen. Louisa folgte ihm auf dem Fuß. Er hätte ja gewettet, dass sie unverzüglich das Weite suchte. Aber die Frechheit dieser Frau kannte keine Grenzen.

Durch den Tumult aufmerksam geworden, stürmten Marcs Vater und Onkel auf die Terrasse.

»Was ist hier los?«, rief sein Vater.

Die Mutter, die Hand an der Kehle, atmete schwer. Sein Vater stürzte zu ihr, kniete vor ihr nieder.

»Fehlt dir etwas, Emily?« Besorgt musterte er sie.

»Mir ist nichts geschehen.«

Noch einmal glitt sein Blick über sie. Dann erhob er sich und trat auf den Rasen hinab – dicht gefolgt von Horace. Drohend bauten sich die beiden neben dem Fremden auf.

»Ich lass dich los – keine falsche Bewegung!« Langsam löste Marc den Griff.

Der Kerl nickte, machte keine Anstalten fortzulaufen. Auch Louisa, die Marc ebenfalls nicht aus den Augen ließ, rührte sich nicht vom Fleck, sondern übersetzte seine Worte leise auf Deutsch. Jetzt, da er sie vor sich hatte, würde sie ihm nicht mehr entwischen!

Marc fasste in die Hosentasche des Fremden. Er erwartete, ein Messer oder gar eine Pistole vorzufinden. Etwas pikste ihn. Verblüfft zog er eine Brosche hervor.

Die Hand seines Vaters schoss vor. »Die gehört Emily! Du dreckiger Dieb! Du hast sie also gestohlen! Was hast du sonst noch entwendet?«

Der Fremde schwieg und sah zu Louisa.

»Besitzen wir noch etwas, dass Sie gern Ihr Eigen nennen würden?«, fragte Marc Louisa. Die Frechheit dieser Frau war unglaublich. Erst das Haus ausspionieren, die Brosche klauen und dann mit ihrem diebischen Freund wieder hier aufzutauchen.

»Ich habe nichts fortgenommen«, sagte Louisa. »Das ist eine Unterstellung!«

»Ich weiß, Unterstellungen mögen Sie nicht so. Sie scheinen jedoch äußerst zutreffend zu sein.

Und jetzt haben wir den Beweis.« Marc deutete auf die Brosche, die sein Vater in der Hand hielt.

Jeremiah führte Mrs Hubart in den Garten. In respektvollem Abstand blieb sie stehen.

»Wollen wir mal sehen, was wir sonst noch so bei Ihrem Komplizen finden.« Bevor Marc seine Durchsuchung fortsetzen konnte, schob sich Louisa zwischen ihn und den Fremden.

»Es ist nicht so, wie es scheint, Mr Keenan. Wilhelm ist kein Dieb.« Marc hob die Augenbraue. Aufgeregt fuhr sie fort. »Wir wollten die Brosche zurückbringen.«

»Zurückbringen?« Jetzt war Marc beinahe amüsiert. Im Gerichtssaal hatte er ja schon viele fantastische Geschichten gehört, aber die hier war gut.

»Ja. Die Brosche war auf einer der Blusen, die Ihre Mutter mir mitgegeben hat. Sie glauben ja, dass ich sie gestohlen habe ...«

»Allerdings!«

»... und daher wollten wir sie ins Haus zurückschmuggeln.«

»Interessant. Wollen wir doch mal sehen, was unser Held noch so zurückbringen wollte.«

Wilhelm trat einen Schritt nach hinten, als Marc ihn weiter durchsuchen wollte. Sofort hielt Horace ihn an den Armen fest. Der Kerl rief etwas. Da packte Marcs Vater ihn am Kragen und brachte das Gesicht des Mannes so nahe an seines, dass nicht einmal ein Blatt Papier zwischen ihnen Platz gehabt hätte.

»Du schäbiger Deutscher! Man sollte dich postwendend zurückschicken, wo du hergekommen bist. Und deine Kumpanin gleich mit.« Er holte aus. Marc griff nach der erhobenen Faust.

»Vater, tu nichts Unüberlegtes!« Sein Vater reagierte nicht. Er musste ihn von dem Mann wegbringen, bevor er zuschlug. »Ich glaube, Mutter braucht dich.« Ein, zwei Atemzüge lang verharrte der Vater, bevor er schwer atmend zurücktrat und die Arme sinken ließ.

Marc setzte seine Durchsuchung fort. Der Hosenbund fühlte sich seltsam fest an. Ein professioneller Trickdieb – darauf würde er wetten. Tatsächlich. Er zog aus der schmalen eingenähten Tasche hinter dem Bund eine Kette hervor. Vor der Nase des Diebes schwenkte er sie hin und her.

»Meine Perlen!«

Mrs Hubart eilte herbei. »Er hat sie mir gestohlen, als wir vor einer Woche das Schiff verlassen haben, das uns von New York hergebracht hatte.«

Louisa starrte fassungslos auf die schimmernden Perlen. Beinahe hätte Marc schwören können, dass sie keine Ahnung von deren Existenz hatte. Als Teil eines ausgebufften Diebesduos war sie jedoch vermutlich eine hervorragende Schauspielerin. Wer wusste das schon?

»Nun, dann werden wir mal die Polizei rufen.«

»Keine Polizei!«

Verblüfft drehte Marc sich um. Der Ausruf war nicht von Louisa gekommen, sondern von Mrs Hubart.

»Bitte, Mr Keenan, keine Polizei. Wenn ich nur meine Kette wiederhaben könnte. Es ist wirklich nicht nötig, die Behörden einzuschalten.«

Marcs Mutter beobachtete das Drama von der Terrasse herab. Sein Vater hatte sich vergewissert, dass es ihr gut ging. Nun kehrte er zurück.

»Dieser Akzent – Sie sind auch Deutsche, oder?«

Mrs Hubart nickte.

»Nur weil der Dreckskerl hier Ihr Landsmann ist, soll er seiner gerechten Strafe entgehen?«

Mrs Hubart rang die Hände. »So verstehen Sie doch. Ich habe mein Eigentum wieder und bin sicher, der junge Bursche hat seine Lektion gelernt.«

»Ja, ganz bestimmt«, sagte Marc. »Und darum hat er Ihre Perlenkette geklaut und seine Komplizin hat meine Mutter bestohlen.«

»Wir haben nichts fortgenommen!«, rief Louisa.

Langsam wurde es Marc zu bunt.

»Und dass die beiden Deutsche sind, hat nichts damit zu tun, ob sie Diebe sind oder nicht.«

Das hatte ihm noch gefehlt. Onkel Horace.

Marc sprach ein Machtwort. »Ende der Debatte. Jeremiah, rufen Sie die Polizei. Dieses Diebespärchen geht jetzt erst einmal ins Gefängnis.«

Kapitel 7

Louisa saß auf ihrer Pritsche, den Rücken gegen die kalte Steinmauer gelehnt, die Beine aufgestellt, die Arme auf den Knien abgelegt. Teilnahmslos beobachtete sie den Streit der Irinnen in der Mitte der großen Zelle, die ständig zankten. Die anderen Frauen saßen auf ihren Betten und tratschten. Eine stillte ihr Baby, die mit den Pockennarben erleichterte sich geräuschvoll in den Eimer in der Ecke. Ein beißender Geruch nach Urin, Schweiß und Exkrementen lag in der Luft.

Die Wut der ersten Stunden war schon lange verraucht, ihr Zorn auf Marc Keenan, der sie, ohne mit der Wimper zu zucken, der Polizei übergeben hatte, verschwunden. Es gab keinen einzigen Beweis, dass sie Unrecht getan hatte.

Als ob das überhaupt nötig gewesen wäre bei einem ehemaligen Hurdy-Gurdy-Girl.

Wie ein Stück Vieh hatte der Vater sie damals verkauft, als er die Pacht für den Hof nicht mehr zahlen konnte. Viel zu lange hatte sie sich eingeredet, dass sie ein Opfer für die Familie gebracht hatte. Und ihre Mutter! Mit keinem Wort hatte sie versucht, den Vater davon abzuhalten. Nicht einmal verabschiedet hatte sie sich von ihr. Dann die lange Reise. Eine Schar Mädchen, die noch nie aus ihren Dörfern hinausgekommen waren. Die verängstigt ihre Bündel an sich gepresst hatten. Louisa konnte die Tränen nicht zählen, die in den klammen Nächten an Bord geflossen waren, als sie über das bis zum Horizont reichende, angsteinflößende Meer gefahren waren. Was wussten Siebzehnjährige von der Welt?

Sie hatten auch Spaß gehabt. Der Agent brachte ihnen die Tanzschritte bei, und Mia aus dem Nachbardorf war immer wieder über die eigenen Füße gestolpert. Einer der Auswanderer spielte mit seiner Fidel auf, und alle sangen und klatschten in die Hände.

Damit war es vorbei, als sie nach kurzen Unterbrechungen in New York, Chagres, Acapulco und viele Wochen später in San Francisco an Land gingen. Louisa trottete Tag für Tag hinter dem Planwagen eines Ehepaars mit Kindern her, in dessen Diensten sie die nächsten drei Jahre stehen würde. Am Abend holte der Mann sein Hurdy-Gurdy heraus. Ein bauchiges Instrument, das aussah wie eine Fidel, aber Tasten hatte, auf denen man spielte. Die Frau brachte ihr weitere Tanzschritte bei. Jede Nacht musste sie unter dem Sternenhimmel abseits liegen, und die Frau beobachtete sie mit misstrauischen Blicken, ob sie ihrem Mann nicht zu nahekam.

Sie erreichten Bodie, die erste Goldgräberstadt. Louisa wusch die Kleidung der ganzen Familie. Der Mann zog seinen guten Anzug an, band ein rotes Tuch um und ging mit Louisa in den Saloon. Dort spielte er mit seinem Hurdy-Gurdy auf. Louisa musste mit allen tanzen, die bereit waren zu zahlen. Schwielige Hände, die sie berührten. Schwitzige Körper, die sich an sie pressten. Klamme Finger, die sie begrapschten. Und wehe, sie animierte nicht genügend Kerle zu diesem Vergnügen. Da wurde die Frau bitterböse, kniff sie in den Oberarm, dass er grün und blau wurde, und es gab nur Wassersuppe zu essen.

Gekreische am anderen Ende der Zelle riss Louisa aus ihren Gedanken. Die Irinnen gingen einander an die Kehle, zerrten sich gegenseitig an den Haaren, krallten die Fingernägel in die Haut der anderen und bissen. Aus dem Augenwinkel sah Louisa die hagere Alte wie eine räudige Katze durch die Bettreihen streichen – wieder einmal auf Beutezug. Alle Übrigen, dankbar für die Abwechslung, beobachteten gespannt die Rauferei.

Louisa kratzte sich am Unterschenkel. Die verdammten Wanzen. Wann würde sie freigelassen werden? Niemand hatte ihr etwas gesagt. Drei

Nächte war sie jetzt schon hier. Wollten die sie im Gefängnis verrotten lassen? Was war mit Wilhelm?

Als sie in den Keller des Gerichtsgebäudes gebracht worden waren, wurde er durch eine schwere Holztür gestoßen, sie durch die nächste. Vermutlich sah seine Zelle aus wie ihre. Nur zu Mittag fielen ein paar Sonnenstrahlen durch die Lüftungsschlitze knapp unter der Decke, sonst war es düster, bis auf das Licht der Petroleumlampen.

Ob Wilhelm die Perlenkette wirklich gestohlen hatte? Menschen waren oft nicht die, die sie zu sein schienen. Aber nur weil er bisher keine Arbeit gefunden hatte, war er noch lang kein Dieb. Wenn sie das trotzdem glaubte, war sie nicht besser als Marc Keenan. Sie würde zu gern annehmen, dass die Perlen rechtmäßig in Wilhelms Besitz gelangt waren. Doch wenn sie ehrlich war – es schien mehr als unwahrscheinlich.

Wie es Cora und der Mutter erging? Hatte ihnen irgendjemand Bescheid gegeben?

Bei der Zellentür tat sich etwas. Doch es waren nur die beiden kleinen Töchter der rothaarigen Diebin, die einander gegenüberstanden und zu einem Kinderreim die Hände in immer neuen Variationen aneinanderklatschten.

Vielleicht war sie ja doch zu Recht hier. Möglicherweise war das die Strafe für ihre Taten in Barkerville. Auch wenn sie noch nie in ihrem Leben gestohlen hatte. Obwohl das in Barkerville damals jeder geglaubt hatte. Dabei hatte sie ausgerechnet dort das Gefühl gehabt, dass sich endlich alles zum Guten wenden würde. Sie hatte ihre beste Freundin Rebecca kennengelernt und sich in Finn verliebt. Tränen stiegen ihr in die Augen, als sie an seine Sommersprossen dachte und wie er sie zum Lachen gebracht hatte. Aber dann war er verdächtigt worden, Goldnuggets gestohlen zu haben. Rebecca hätte ihn vor dem Tod retten können, doch sie hatte zu lange geschwiegen, aus panischer Angst vor ihrem Bruder, dem wahren Täter. Als Rebecca sich Louisa endlich anvertraute, war diese sofort zu Mr Kennock geeilt. Diesem scheinbar ehrenwerten, einflussreichen Mann. Er versprach zu helfen und wollte doch nur Finns einträglichen Claim. Keinen Finger rührte er. Im Gegenteil. Bereits am nächsten Tag gab es für Louisa kein Leben mit Finn mehr. Die Frauen sahen sie an und tuschelten, sie hätte den armen Finn so kirre gemacht, dass er für sie die Schuld auf sich genommen und in Wirklichkeit sie die Nuggets gestohlen habe. Damals begriff Louisa nicht, warum Mr Kennock sie betrogen hatte. Nie würde sie die Blicke und Anfeindungen vergessen. Dabei hatte sie Finn aufrichtig geliebt. Sie tastete nach dem Stein, den Finn aus Irland mitgebracht und ihr als Zeichen seiner Liebe geschenkt hatte. Der Stein war nicht da. Sie erschrak, doch dann erinnerte sie sich, dass sie ihn Cora geschenkt hatte.

Die Tür öffnete sich kreischend, und ein Wärter trat ein. Laut rief er: »Bender!«

Langsam erhob sich Louisa.

»Mitkommen, Mädchen!«

* * *

Zwei Glockenschläge schreckten Marc auf – die Wanduhr im Richterzimmer schlug halb fünf. Über der Arbeit hatte er völlig die Zeit vergessen. Sofort klappte er die Akten zu, schlüpfte in den Überrock, richtete sein Halstuch und eilte die breite marmorne Treppe hinunter. Als er den gepflegten Park, der das Gerichtsgebäude umgab, durch das schmiedeeiserne Tor verließ, sprang der Kutscher vom Wagen, um ihm die Tür zu öffnen. Marc wartete auf dem gepflasterten Bürgersteig – nicht nur aufs Einsteigen. Da hörte er auch schon die helle Stimme.

»Kein einziger Regentropfen seit drei Wochen. Ein Funke kann ganz Chicago vernichten! Die Chicago Tribune warnt! – Das letzte Exemplar, Sir. Greifen Sie zu, Sir.«

Schmunzelnd drehte sich Marc um. Der Zeitungsjunge grinste ihn mit einem zahnlückigen Lächeln an. Marc würde es wohl nie erleben, dass die Backen des Jungen einmal nicht dreckverschmiert waren. Sein verblichenes blaues Halstuch saß wie immer schief.

»Dein letztes Exemplar, Billy?«

»Mein letztes Exemplar, Sir.« Treuherzig blickte der Kleine ihn an, die Zeitung fast größer als das ganze Kind. Marc warf ihm eine Münze zu, die er geschickt auffing.

»Danke, Sir, schönen Tag, Sir!«

Marc klemmte sich die Chicago Tribune unter den Arm und stieg über die aufgeklappte Treppe in die Kutsche. Kaum saß er, trabten die Pferde an. An der nächsten Kreuzung kamen sie zum Stehen, da ein Fuhrmann und eine Equipage um die Vorfahrt stritten. In der Ferne hörte er Billys Kinderstimme.

»Chicago vielleicht bald in Schutt und Asche. Letztes Exemplar, Mylady! Greifen Sie zu, Mylady!«

* * *

»Hast du wirklich geglaubt, du kannst das vor mir verheimlichen?« Herbert Hubart stürmte ins Ankleidezimmer seiner Gattin im Hotel Palmer. Henriette setzte soeben ihren wagenradgroßen Hut auf. Der Schleier, der ihr Gesicht jederzeit verdecken konnte, war zurückgeschlagen.

»Es war meinem Geschäftspartner ein Genuss, mir von der Verhandlung zu berichten. Meine Frau vor Gericht!«

»Als Zeugin.«

»Das interessiert kein Schwein. Die Perlenkette wurde gestohlen, und du hast es nicht für nötig gehalten, mir davon zu erzählen?« Drohend trat er einen Schritt auf sie zu. »Zudem triffst du dich heimlich mit einem Fremden wegen deines dämlichen Klavierspiels. Obwohl ich es verboten habe!« Er stand so dicht vor ihr, dass ihr der Geruch seines nach Moschus riechenden Rasierwassers in die Nase stieg.

»Ich habe Richter Keenan besucht. Das Dienstmädchen war dabei.«

»Du glaubst nicht, wie sehr mir der Sinn danach steht, dich grün und blau zu prügeln.« Er packte sie am Handgelenk. »Aber bei jemandem, der so dumm ist wie du, würde das nichts bringen. Morgen hättest du es schon wieder vergessen.«

Er stieß sie von sich. Henriette stolperte zurück und prallte gegen die Tischecke. Herbert marschierte auf und ab.

»Seit wir in diesem Land sind, bist du außer Rand und Band.« Er hielt inne. »Nach der Verhandlung wirst du das Hotelzimmer nicht mehr verlassen, bis wir in unsere Villa gezogen sind. Wir werden erzählen, dass der Gerichtstermin deine ohnehin schwachen Nerven angegriffen hat.« Anklagend deutete er auf das Instrument, das durch die offene Tür zu sehen war. »In unserem neuen Haus wird als Erstes das Piano zu Kleinholz gemacht. Und dann wirst du es Stück für Stück in den Kamin schieben und zusehen, wie es in Rauch aufgeht.«

»Nein, Herbert, das kannst du nicht tun! Nicht das Klavier.«

»Und wie ich kann, meine Liebe. Ich kann noch viel mehr.« Er griff nach ihrer Hand und streichelte über ihren kleinen Finger. Henriette bebte bei dieser scheinbar zarten Liebkosung. Hoch und runter strich er und bog ihn dabei immer weiter nach hinten. Henriette erstarrte. Würde er ihn brechen? Verkrüppeln, damit sie nie mehr virtuos Klavier spielen konnte? Abrupt ließ er ihre Hand los.

»Lass uns aufbrechen, mein Schatz. Du willst doch den Beginn deines Prozesses nicht verpassen.«

* * *

»Erheben Sie sich für den ehrenwerten Richter Keenan!«

Louisa rappelte sich von der hölzernen Bank an der Seitenwand auf, zu der sie der Wärter Augenblicke vorher geführt hatte. Gerade brachten sie Wilhelm herein und drückten ihn auf den Platz neben ihr. Sein Lächeln misslang, in seinen Augen stand die Furcht. Der Gerichtssaal mit der erhöhten Richterbank, auf der vier Herren saßen, schüchterte Louisa ein. Die Zuschauerreihen hinter der Balustrade waren spärlich besetzt. Louisa fiel das Atmen schwer, als sie ihre Mutter und Cora entdeckte – und den guten alten Ed, der die beiden wohl hergebracht hatte. Die Mutter schlug die Lider nieder. Coras Blick glitt über sie.

Louisa wurde sich ihres zerknitterten Kleides bewusst und der zerrauften Haare, die sie mit den Fingern zu glätten versucht hatte.

In schwarzer Robe und mit ernstem Gesichtsausdruck trat Marc Keenan ein und nahm hinter dem Richtertisch Platz. Alle anderen setzten sich ebenfalls. Röcke raschelten, jemand hüstelte.

»Wir verhandeln heute zwei Diebstähle.« Marcs Stimme füllte den Raum mühelos. »Beginnen wir mit der Brosche, die Mrs Emily Keenan gestohlen hat und die im Besitz von Wilhelm Delger gefunden wurde. Was haben Sie dazu zu sagen, Mr Delger?«

Ein schmächtiger Mann, der neben Wilhelm Platz genommen hatte, übersetzte.

Wilhelm erhob sich. »Euer Ehren, das ist ein bedauerliches Missverständnis.« Der Schmächtige wiederholte Wilhelms Worte auf Englisch. Wilhelm lächelte gewinnend.

»Leugnen Sie, die Brosche in Ihrer Tasche gehabt zu haben?«, fragte Marc.

»Nein, Euer Ehren. Doch ich habe sie nicht geklaut. Louisa hat sie mir gegeben. Ich wollte sie nur ihrer rechtmäßigen Besitzerin zurückbringen.«

Louisa zog scharf die Luft ein. Wie Wilhelm die Sachlage schilderte, klang es, als hätte sie das Schmuckstück entwendet.

»Louisa Bender, haben Sie die Brosche gestohlen?«

»Nein! Sie hat auf der Bluse gesteckt, die mir Mrs Keenans Zofe zum Ausbessern mitgegeben hat. Als ich sie entdeckt habe, hat Wilhelm mir geholfen, sie heimlich zurückzubringen.«

Marc Keenan beugte sich vor und schaute sie durchdringend an. »Die Zofe schwört, dass kein Schmuckstück auf der Bluse war.«

»Sie lügt!« Louisas Herz raste. Wie konnte die Frau das behaupten? Im nächsten Moment war es ihr klar: Eine Angestellte, die kostbaren Schmuck außer Haus gab – die Frau hatte Angst um ihre Arbeitsstelle.

»Wenn es sich so abgespielt hat, wie Sie sagen, warum haben Sie die Brosche nicht einfach zurückgebracht?«

»Das habe ich ja versucht.«

Marc Keenan hob eine Augenbraue.

Louisa hasste diese Geste. »In der Villa haben mich längst alle für eine Diebin gehalten. Ich habe das Schmuckstück erst nach einer Woche entdeckt. Und nun geschieht, was Leuten wie Wilhelm und mir immer passiert: Keiner glaubt uns!«

»Ihr Vertrauen in die Justiz scheint nicht sehr ausgeprägt zu sein.«

Louisa öffnete den Mund und schloss ihn wieder. Was sollte sie darauf antworten? Sie hob das Kinn. »Ich schwöre, dass es sich so zugetragen hat. Seit ich in Chicago lebe, habe ich mir nichts zuschulden kommen lassen.«

»Und davor etwa schon? – Vergessen Sie die Frage. Das tut nichts zur Sache. Nun, es ist für das

Gericht nicht feststellbar, wer die Wahrheit sagt. Es steht Aussage gegen Aussage. Tatsache ist, dass die Brosche in Wilhelm Delgers Tasche gefunden wurde. Louisa Bender hat sich zwar unrechtmäßig auf dem Grundstück der Keenan-Villa aufgehalten, aber eine direkte Verbindung zum Diebstahl konnte ihr nicht nachgewiesen werden.«

Louisa war sicher, dass er am liebsten ein »Leider« hinzugefügt hätte.

»Bevor ich das Strafmaß für Wilhelm Delger festsetze, wenden wir uns dem zweiten Delikt zu. Der Perlenkette.«

Louisa strich sich eine Haarsträhne hinters Ohr. Hatte er sie gerade freigesprochen?

Ein Gerichtsdiener brachte eine Schmuckschatulle. Marc Keenan entnahm ihr eine Kette und hielt sie in die Höhe.

»Mrs Hubart, können Sie dieses Schmuckstück identifizieren?«

In der ersten Reihe erhob sich eine Dame. Ihr taubengraues Kleid streifte beim Gehen über den Steinboden, ihr Gesicht war hinter einem Hutschleier verborgen. Am Richtertisch angelangt, flüsterte Marc ihr etwas zu und sie schlug den Schleier zurück. »Das sind die Perlen, die mir am Hafen gestohlen wurden.«

»Sind Sie so freundlich und erzählen uns, wie sich der Vorfall zugetragen hat?«

Mrs Hubart schilderte, wie sich Wilhelm als Aufpasser ihres Pianos ausgegeben hatte und sie ihm dafür eine Münze in die Hand gedrückt hatte. Gleich darauf war ihre Kette verschwunden gewesen. Während sie sprach, wanderte ihr Blick nervös zwischen dem Richter und einem teuer gekleideten Mann im Zuschauerraum hin und her, der sie mit gerötetem Gesicht reglos anstarrte.

»Mr Delger – Ihre Sicht der Dinge?«

Wilhelm schien den Richter nicht gehört zu haben. Der Übersetzer stieß ihn an. Langsam hob er den Kopf.

»Sir, mir scheint, Hilfsbereitschaft ist in diesem Land ein Verbrechen. Ich habe das Klavier der Dame beim Entladen vor Schrammen bewahrt. Als sie mir dafür einige Cents gab, hat sie keine Perlenkette getragen.«

»Und wie erklären Sie sich, dass Mrs Hubart die Kette, die bei Ihnen gefunden wurde, wiedererkennt?«

»Ich hatte gerade das Schiff verlassen, da haben mir zwei Männer Ratschläge gegeben, wo ich Unterkunft und Arbeit finden kann. Ich glaube, sie waren von der Deutschen Gesellschaft Chicagos.«

»The German Aid Society, Sir«, ergänzte der Dolmetscher seine Übersetzung.

»Hinter den Männern, halb unter einer Taurolle verborgen, lag die Kette.«

Mrs Hubart sah mit geweiteten Augen zu dem Mann im Zuschauerraum, der die Lippen fest aufeinanderpresste.

»In dem Trubel war es unmöglich herauszufinden, wem der Schmuck gehörte.«

»Und da haben Sie ihn einfach behalten?«

»Selbstverständlich wollte ich die Kette zur Polizei bringen.« Treuherzig blickte Wilhelm Marc an. »Aber ich war neu in der Stadt und spreche kein Englisch. Und dann habe ich Louisa getroffen.«

Louisa fuhr auf.

»Meine Seelenverwandte«, setzte Wilhelm dramatisch fort.

»War sie ebenfalls gerade auf Diebestour? Etwas Besseres konnte Ihnen nicht passieren: eine Komplizin, die die Ware für Sie veräußert. Aber warum haben Sie die Kette noch?«

»Nun, Sir, ich dachte, sie wäre ein wunderbares Hochzeitsgeschenk.« Errötend schlug Wilhelm die Augen nieder.

Louisa war entsetzt. Wilhelm hatte die Unterstellung des Richters, dass sie mit ihm gemeinsame Sache gemacht hätte, nicht richtiggestellt. Außerdem, wen gedachte Wilhelm zu heiraten?

»Ihre Zukünftige scheint von ihrem Glück nichts zu ahnen.« Marc deutete auf Louisa. »Sie meinen doch die Angeklagte?«

Wilhelm nickte. Jetzt verstand Louisa gar nichts mehr.

»So ein Schmierentheater ist in meinem Gerichtssaal schon lange nicht mehr gespielt worden.« Marcs Stimme war auf einmal schneidend scharf. »Mrs Hubart, haben Sie mit den Männern der German Aid Society gesprochen oder sich in deren Nähe aufgehalten?«

»Nein, Sir. Ich schwöre, dass ich die Kette getragen habe, als ich diesem Mann die Münzen gab.« Sie zeigte auf Wilhelm.

»Haben Sie die Angeklagte Louisa Bender schon einmal gesehen, Mrs Hubart?«

»Das erste Mal im Garten der Keenan-Villa.«

»Gut. Wir haben heute noch andere Fälle zu verhandeln. – Wilhelm Delger, ich erkläre Sie des Diebstahls der Brosche und der Perlenkette, die bei Ihnen gefunden wurden, für schuldig. Die Kette wird an Mrs Hubart zurückgegeben. Louisa Bender wird auf freien Fuß gesetzt, da ihr eine Beteiligung an der Entwendung der Schmuckstücke nicht nachgewiesen werden konnte. Der Angeklagte bleibt übers Wochenende hier im Gerichtsgebäude in Haft und wird am Montag für achtzehn Monate ins House of Correction in der Southwest Side überstellt. Die Sitzung ist beendet.« Er schlug mit dem Hammer auf den Tisch. »Nächster Fall, Gerichtsdiener.«

Die Wärter zogen Wilhelm hoch und geleiteten ihn aus dem Saal. Verwirrt erhob sich Louisa. Als sie zu ihrer Familie wollte, hielt der Wärter sie am

Arm fest. »So schnell geht das nicht. Sie müssen ein paar Papiere unterzeichnen.«

Benommen folgte Louisa ihm, und es dauerte noch fast zwei Stunden, bevor sie ihre Freiheit wiederhatte, das Gerichtsgebäude verlassen durfte und sich auf der Straße wiederfand. Eigentlich sollte sie glücklich sein, doch Tränen brannten in ihren Augen. Sie wusste nicht mehr, was sie glauben sollte. Wilhelms Heiratsabsichten konnten nicht ernst gemeint gewesen sein, oder? Sie kannten sich gerade einmal zehn Tage. Und er war ein Dieb? Wie furchtbar! Dann war die Liebe zu ihr, die er dem Richter vorgegaukelt hatte, wohl nur Theater gewesen. So musste es sein. Aber möglicherweise liebte er sie wirklich? Sie dachte daran, wie er sie seit seiner Ankunft umworben hatte und wie er sofort bereit gewesen war, mit ihr die Brosche zurückzubringen – das sah nach echter Liebe aus. Vielleicht hatte er auch die Perlenkette nicht gestohlen? Allerdings, so sehr Louisa überlegte, ihr fiel nicht ein plausibler Grund ein, wie der Schmuck in Wilhelms Besitz gelangt sein konnte. Und wenn er ihn tatsächlich gefunden hatte, hätte er ihn seiner Besitzerin zurückgeben müssen. Zudem konnte es mit seiner Zuneigung zu ihr nicht weit her sein, denn er hatte im Gerichtssaal nichts gesagt, um sie zu entlasten. Wilhelm wusste doch genau, dass sie keine Ahnung von der Perlenkette gehabt hatte.

Louisa schwirrte der Kopf, und müde rieb sie sich das Gesicht. Im Moment würde sie das Rätsel nicht lösen. Sie sah sich suchend um, und mutlos sanken ihre Schultern herab. Ihre Mutter und ihre Schwester hatten nicht auf sie gewartet.

Räder ratterten über die Pflastersteine, Hufe klapperten, Marktschreier priesen ihre Ware an. Louisa setzte einen Fuß in die Verkehrshölle, und noch einen. Schritt für Schritt tauchte sie in die Großstadt ein und inmitten des Trubels fühlte sie sich einsamer als je zuvor.

Wie von allein trugen ihre Beine sie nach Hause. Sie trat durch die Tür. Der Erste, den sie sah, war Ed.

»Deiner Mutter geht es nicht gut. Ich hab sie heimgebracht.«

»Danke, Ed.« Louisa räusperte sich.

»Kopf hoch, min Deern! Du hast schon Schlimmeres überlebt.« Er schlug ihr auf die Schulter und verließ das Haus. Ihre Mutter saß zusammengesunken am Tisch. Cora brachte ihr ein Glas Wasser und würdigte Louisa keines Blickes. Schwerfällig ließ sich Louisa auf den Stuhl, ihrer Mutter gegenüber, fallen und legte die Hände auf den Tisch. Ihre Hände, die sonst nie zur Ruhe kamen, lagen da wie ein Paar Handschuhe, das auf den Winter wartete.

»Es tut mir so leid, dass ich dich enttäuscht habe, Mama.«

»Es ist meine Schuld! Alles meine Schuld.« Das verhärmte Gesicht ihrer Mutter wirkte, als wollte sie weinen, wüsste aber nicht, wie. Louisa war überrascht von dem unerwarteten Ausbruch.

»Ich habe das zugelassen«, fuhr ihre Mutter fort. »Immer war ich still und gehorsam, wie man es mir beigebracht hat. Meinen Lebtag lang. Sogar, als dein Vater dich verkauft hat.«

Louisa hätte gern etwas Tröstendes gesagt, aber wenn sie ehrlich war, hatte sie ihr das nie verziehen.

»Ich war dort«, sagte ihre Mutter. »Am Bahnhof. Den ganzen Weg vom Gutshaus bin ich gelaufen. Ich wollt dir sagen: ›Geh nicht. Bleib. Irgendwie geht's doch immer weiter.‹« Die Mutter verknotete die Finger ineinander. »Als ich am Bahnsteig ankam, war die Eisenbahn schon fort. Nur der Geruch von Ruß lag noch in der Luft, und die Dampfwolke hing am Himmel.«

Ungläubig starrte Louisa ihre Mutter an, die es nie gewagt hatte, sich dem Willen des Vaters zu widersetzen, und sich niemals getraut hatte, einen Arbeitstag im Herrenhaus zu versäumen. Sogar mit vor Fieber glühendem Kopf hatte sie sich ins Waschhaus geschleppt, und für Zärtlichkeiten war nie Zeit gewesen. Höchstens am Geburtstag hatte sie Louisa einmal über die Haare gestrichen und »gutes Kind« gemurmelt.

Louisa langte über den Tisch und ergriff die abgearbeiteten Hände.

»Du hättest nichts machen können.« Sie konnte nicht in Worte fassen, wie viel es ihr bedeutete, dass ihre Mutter es immerhin hatte versuchen wollen.

»Ich erinnere mich an den Tag«, sagte Cora. Sie lehnte am Herd. »Windelweich geprügelt hat Vater sie, weil sie an dem Abend keinen Lohn heimgebracht hat.«

»Das war nichts im Vergleich mit dem, was Louisa hat durchmachen müssen«, wehrte ihre Mutter ab. »Ich weiß nicht, wie ich das je wiedergutmachen kann.«

»Du verachtest mich also nicht?«, fragte Louisa. »Schämst dich nicht dafür, dass ich ein Hurdy-Gurdy-Girl war?« Und viel Schlimmeres, setzte sie in Gedanken hinzu.

Verwundert sah ihre Mutter sie an. »Ich bin stolz auf dich. Stolz, was du aus deinem Leben gemacht hast. Deine Kunststickerei, dieses Haus – und dann kommen wir und fallen dir zur Last.«

Louisa saß ganz still da, damit das Glück, das sie erfüllte, nicht zersprang wie eine auf den Boden fallende Glaskugel. »Ich bin so froh, dass ihr da seid und ich nicht mehr allein bin.«

»Kannst du mir je nachsehen, dass ich den Vater nicht gehindert habe, als er …«

»Ja, ja, natürlich.« Louisa sprang auf und umarmte ihre Mutter. »Ich habe mich in den letzten Jahren immer gefragt, warum du nicht für mich da warst. Aber jetzt, wo ich weiß, dass du zum

Bahnhof geeilt bist ... Lass uns neu anfangen, einverstanden?«

Ihre Mutter nickte und erwiderte für einen Moment die Umarmung. Ihr Gesicht wurde weich, und Louisa bekam eine Ahnung davon, wie sie als Mädchen ausgesehen haben musste. Neue Energie erfüllte Louisa. Sie, ihre Mutter und Cora – zu dritt würden sie es schaffen, sich ein glückliches Leben aufzubauen, ohne Geldsorgen und, viel wichtiger, voll gegenseitiger Wärme.

Da zerschnitt Coras Stimme den rosaroten Stoff ihrer Träume wie eine Schere. »Neu anfangen, mit dir? Du bringst allen nur Unglück. Seit du nach Amerika gegangen bist, waren Vaters Wutanfälle noch heftiger als zuvor. Ich habe keine Ahnung, warum. Und an wem hat er sie ausgelassen? An unserer Mutter. Wer hat deine Arbeit zu Hause übernehmen müssen und durfte nur noch zur Schule, weil der Pfarrer sich dafür eingesetzt hat? Ich! Die Bücher hat Vater mir deswegen um die Ohren geschlagen. Und du willst neu anfangen?« Cora stieß sich vom Herd ab. »Alle, die dich lieben, lässt du im Stich. Bringst ihnen Verderben!«

»Cora, das stimmt doch gar nicht.«

»Und wie das stimmt. Ich hab von daheim wegmüssen, nur weil du wolltest, dass ich nach Amerika komme. Dann lern ich Wilhelm kennen, und schon machst du ihm schöne Augen. Nur damit ich ihn nicht krieg. Dabei bin ich es, die ihn versteht – nicht du. Und du bist schuld, dass er im Gefängnis sitzt. Ich verachte dich!«

Cora riss die Tür auf und stürmte davon.

Kapitel 8

Horace eilte den schmiedeeisernen Zaun entlang, der die Grünanlage des Gerichtsgebäudes umschloss. Erst vor vier Tagen war er hier gewesen und hatte zugesehen, wie Marc diesen Wilhelm hinter Gitter gebracht hatte. An der Ecke beleuchteten Gaslaternen den Eingang zum Park. Mit weit ausholenden Schritten trat Horace ein. Der festgetretene Weg war von Laubbäumen gesäumt, durch die der Wind fuhr und Blätter auf Horace' Zylinder regnen ließ. Unwirsch schüttelte er sie ab. Vor ihm wurde ein kreisrunder Springbrunnen sichtbar, in dem sich das Wasser kräuselte.

Es war unabdingbar, dass er mit Chief Fire Marshal Williams sprach. Horace stürmte die Treppe hoch, die zu dem gewaltigen Eingangsportal führte, wo sich der zum Wachdienst eingeteilte

Polizist beeilte, ihm das Tor zu öffnen. Ohne nach rechts und links zu schauen, durchquerte Horace die Eingangshalle und stieg die Stufen des Turms hinauf, die sich hinter einer unscheinbaren Tür verbargen. In der Feuerwachstube tat ein junger Bursche Dienst. Er hatte Besuch von zwei Mädchen und klimperte auf einer Gitarre. An jedem anderen Tag hätte Horace ihm gesagt, was er von so einer Dienstauffassung hielt. Doch er eilte weiter, die schmaler werdenden Stufen hinauf, und trat auf die Aussichtsplattform, die rund um die Kuppel verlief. Sie überragte alle übrigen Gebäude, und man hatte einen ausgezeichneten Blick auf die Stadt. Die Plattform lag verlassen vor ihm, aber der Turm der Hauptfeuerwache war nie unbesetzt, daher trat Horace um die Ecke. Dort sah er den Diensthabenden und daneben Chief Marshal Williams. Der Bär von einem Mann im bodenlangen Mantel, auf dem Kopf einen kupfernen, spitz zulaufenden Helm und sein Sprachrohr in der Hand, stand mit dem Rücken zu Horace. Er hatte richtiggelegen: Williams war fast immer hier anzutreffen.

»Das Feuer in der South Side ist gelöscht, Mathias«, sagte der Chief Marshal. »Ich fahre heim und hau mich aufs Ohr. Ich habe das Gefühl, heute Nacht kommt noch was auf uns zu.«

»Chief Marshal Williams!«, sagte Horace.

Das Oberhaupt der Chicagoer Feuerwehr drehte sich um.

»Chief Marshal, ich habe eine grandiose Idee!«

»Ihnen auch einen schönen Sonntagabend, Alderman Keenan.«

»Wie? Ja, Ihnen ebenfalls. Was die Stadt braucht, sind ...«

Der Chief Marshal wandte sich an seinen Untergebenen.

»Wir sehen uns hoffentlich erst morgen wieder. Guten Abend!«

»Angenehme Nachtruhe, Chief.« Der Feuerwehrmann grinste und verschwand um die Ecke auf die andere Seite der Kuppel.

»Was kann ich für Sie tun, Alderman Keenan?«

»Feuerwehrboote!«

»Wie bitte?«

»Bei der nächsten Sitzung des Stadtrates müssen Sie sich dafür einsetzen, dass die Stadt Feuerwehrboote anschafft.«

»Muss ich?« Der Kanadier seufzte.

»Vom Fluss aus können die Boote verhindern, dass die Flammen auf andere Stadtteile übergreifen. Auch brennende Schiffe sind auf diese Art im Handumdrehen gelöscht.«

»Alderman Keenan – eine fantastische Idee. Nur: Wann hat jemals ein Feuer den Chicago River übersprungen?«

»Es gibt immer ein erstes Mal.«

»Sie wissen genau, dass der Stadtrat kein Extrageld für die Feuerwehr herausrückt. Ich werde mich für die Errichtung eines Ausschusses einsetzen, der nur noch den Bau von Ziegelhäusern erlaubt. Diese Stadt ist ein einziger Holzberg. Und ich werde froh sein, wenn ich die Zuständigen davon überzeugen kann.«

»Es muss Ihnen doch klar sein …«

»Selbstverständlich wären Feuerwehrboote großartig, Alderman Keenan. Darf ich ehrlich sein? Ich stecke meine Energie gern in Projekte, bei denen die Möglichkeit besteht, dass sie realisiert werden.«

Horace schnaubte ärgerlich. »Die Behörde, die Sie einrichten wollen, bringt frühestens in zwanzig Jahren etwas. Es wird immer Holzhäuser in Chicago geben. Zudem – solange es die riesigen Holzlager und jede Menge Sägewerke gibt, ist das sinnlos. Aber die stehen oft am Fluss. Und wenn eines davon Feuer fängt, könnte es von dort aus wirksam bekämpft werden.«

Der Chief Marshal schob sich seinen Helm aus der Stirn. »Ich werde darüber nachdenken, Alderman Keenan.«

»Machen Sie das. Und nächste Woche, bei der Sitzung …« Horace hielt inne, kniff die Augen zusammen und blickte auf das Häusermeer, das sich in der Dunkelheit schemenhaft unter ihnen abzeichnete. »Brennt es etwa schon wieder? Der rötliche Schein dort, über der West Side?«

Williams zückte sein Fernrohr und starrte angestrengt hindurch, schließlich ließ er es sinken. »Das ist der Widerschein des Gaswerks.

Wie gesagt, ich werde über Ihren Vorschlag nachdenken, Alderman Keenan. Sie entschuldigen mich. Ich brauche etwas Schlaf.«

Erbost sah Horace dem Chief Marshal nach. Der Mann war so stur. Es musste doch auch in seinem Interesse liegen, Chicago bestmöglich zu schützen. Er würde Williams morgen wieder in die Zange nehmen, und den Tag danach – bis er nicht anders konnte, als ihn zu unterstützen.

Horace warf einen letzten Blick auf den rötlichen Schein am dunklen Himmel. In der Ferne loderte etwas auf. Mit einem Schritt war er an der Brüstung und beugte sich vor, so weit er konnte. Das waren eindeutig Flammen! Williams irrte sich. Es brannte, und niemand unternahm etwas.

* * *

»Hallo, Ed!« Gut gelaunt winkte Louisa Ed zu, der aus einer Seitenstraße auf die Jefferson Street trat. Mit gerunzelter Stirn starrten er und sein Begleiter auf ein Stück Papier. Louisa befand sich mit ihrer Mutter und Cora auf dem Weg nach Hause. Sie hatten den Abendgottesdienst besucht und mit einigen von Mutters Kolleginnen aus der Fabrik getratscht. Die Luft war noch angenehm warm. Der Wind wirbelte Laub auf, das raschelnd über die Holzplanken des Gehwegs glitt, und Staub legte sich wie ein dünner Schleier auf ihre Sonntagskleider.

Ein paar Schritte vor ihnen ging Cora, die drei Tage zuvor wutentbrannt aus dem Haus gestürmt war. Seitdem hüllte sie sich fast schon unheimlich konsequent in Schweigen und hielt sich so fern von Louisa wie möglich. Coras Zöpfe baumelten über dem schmalen Rücken. Gern hätte Louisa ihr die Haare gekämmt, der Schwester etwas Liebes getan. Zugleich war sie stinksauer. Was Cora ihr vorwarf, war einfach abstrus! Sie war fest davon überzeugt, dass Louisa ihr Leben zerstört hatte.

Ed und sein Feuerwehrkollege starrten immer noch auf das Blatt, das Ed in der Hand hielt, während sie die Straße überquerten, auf der an diesem Abend nicht viel los war. Ein paar Jungen spielten Fangen, und ein Stück weiter zeichnete ein Mädchen mit einem Stöckchen im Staub, dabei fuhr die kleine Zungenspitze hoch konzentriert von einem Mundwinkel zum anderen. Louisa sog erschrocken die Luft ein, denn jeden Moment würde Ed gegen die Kleine stoßen.

»Vorsicht, Ed!«, rief Louisa. Ed blickte auf und wich im letzten Moment aus, dann schnauzte er das Kind unwirsch an, worauf es verdattert zu ihm hochsah.

»Was ist los, Ed? So verärgert habe ich dich schon lange nicht mehr gesehen«, sagte Louisa.

Wortlos hielt er ihr das Papier unter die Nase, in das er vertieft gewesen war. Louisa überflog es.

»Der Betrüger bringt immer noch Leute um ihr Hab und Gut!« Die Falten in Eds Gesicht schienen tiefer als sonst. »Es ist das gleiche Unternehmen, das daran schuld ist, dass ich weder Geld noch ein Grundstück hatte, als ich in Amerika ankam. Und nun haben sie Otto in ihre Klauen gekriegt.« Er deutete mit dem Kinn auf seinen Begleiter. »Donner und Doria!«

Lake Michigan Land Company stand auf dem Briefkopf. Zum Glück hatte Ed Louisa vor diesem Unternehmen gewarnt, als sie ihr Haus gekauft hatte.

»Inzwischen haben sie eine neue Masche: Eine Rate hat Otto nicht bezahlt. Eine Rate! Und das war's.«

»Was meinst du?«

»Seine Frau ist krank und braucht einen Arzt und Medikamente. Für die monatliche Rückzahlung hat es nicht mehr gereicht. Das erste Mal in fünf Jahren.«

»Von heute auf morgen haben sie uns auf die Straße gesetzt«, fügte Otto verbittert hinzu. »Bin gespannt, wann der neue Besitzer rausfliegt, weil er einmal nicht zahlen kann. Und dann der nächste. So können diese Betrüger einen schönen Reibach machen!«

»Pass auf, dass du nie etwas mit dieser Lake Michigan Land Company zu tun bekommst, Louisa!«

Mache ich, aber wer garantiert mir, dass mein Verkäufer nicht eines Tages das Gleiche macht? Bevor Louisa einen Ton sagen konnte, fuhr Ed fort:

»Wir finden eine Lösung, Otto. Die nächsten Tage könnt ihr bei mir im Zimmer pennen. Dann sehen wir weiter.«

Otto schob mit dem Fuß ein paar Kieselsteine zur Seite. Hoffnungslosigkeit umhüllte ihn und drückte seine Schultern nieder wie ein schwerer Lodenmantel. Ed klopfte ihm aufmunternd auf den Rücken. »Jetzt schauen wir erst einmal, dass wir eine Mütze voll Schlaf bekommen. Zu alldem hat uns letzte Nacht ein Feuer wachgehalten. Holmes' Mühle hat gebrannt wie Zunder. Otto, morgen sieht die Welt schon wieder anders aus.« Ed rieb sich die geröteten Augen. »Mach's gut, min Deern! Auf Wiedersehen, Frau Bender.«

Die beiden Männer bogen in die Wilson Street ein, wo sich das Boardinghouse befand, in dem Ed seinen Schlafplatz hatte.

Louisas Gedanken rasten. War sie in die gleiche Falle getappt wie Otto? Sie musste sich unbedingt ihren Vertrag erklären lassen. Zu dumm, dass sie Englisch kaum lesen konnte. Vom Schreiben ganz zu schweigen.

Ohne auf den Weg zu achten, ging sie weiter. Cora, die sich zu dem Mädchen gehockt und mit ihm gezeichnet hatte, folgte drei Schritte hinter ihnen.

»Ein hilfsbereiter Mann«, sagte ihre Mutter.

»Wen meinst du?«, fragte Louisa, aus ihren Überlegungen gerissen.

»Ich spreche von Ed.«

»Das stimmt.«

»Du hast bisher kaum etwas über ihn erzählt. Woher kennst du ihn?«

»Aus Barkerville. Das liegt an der Westküste wie San Francisco, allerdings von dort aus viel weiter nördlich. Ed hat dort bei einem Barbier gearbeitet. Hin und wieder kam er in den Saloon, zu den Tanzabenden. Seine Frau und sein kleiner Junge haben den Weg von Chicago in den Westen nicht überlebt. Er war sehr einsam, bis er dort Rebecca kennenlernte. Für sie hat er alles getan.« Louisa stieg die Treppe zu ihrem Haus hinauf. Wobei es genau genommen gar nicht ihr gehörte, wie ihr heute bewusst geworden war. »Wie du gesagt hast – Ed ist immer zur Stelle, wenn es brennt.« Sie öffnete die Tür, hängte ihr Umhängetuch an den Nagel daneben und goss sich in der Küche ein Glas Wasser ein.

Cora verzog sich auf die Veranda und lockte eine der unzähligen Katzen zu sich. Schnurrend sprang eine graue auf ihren Schoß und ließ sich von ihr streicheln. Die Mutter setzte sich ebenfalls hinaus.

»Ich muss noch arbeiten«, sagte Louisa, entzündete die Kerosinlampe in ihrer Nähstube und zog einen Kaschmirschal aus dem Korb. Mit fein säuberlichen Stichen verzierte sie ihn mit dem Monogramm EJ.

»Komm doch zu uns heraus!«, rief die Mutter. Zuerst wollte Louisa ablehnen, aber dann griff sie doch nach der Lampe. Tief sog sie die warme Herbstluft ein. In ein paar Wochen würde der Winter kommen und die Eiseskälte sie im Haus einsperren. Sie stellte die Lampe ab, woraufhin Cora sie wortlos zu sich heranzog, das Buch aufschlug, das auf dem Tisch lag, und zu lesen begann.

Louisa ließ die Hände sinken, in denen sie immer noch den Schal hielt. Im Halbdunkel konnte sie nicht arbeiten. »Cora, so geht das nicht«, sagte sie um Beherrschung bemüht. Sie zog die Lampe wieder zurück an ihr Tischende. Coras Brustkorb hob und senkte sich rasch. Mit einem Ruck klappte ihre Schwester das Märchenbuch zu.

»Welche Geschichte wolltest du denn lesen?«, fragte Louisa um des lieben Friedens willens, obwohl es in ihr tobte. »Schneeweißchen und Rosenrot?« Das war früher das Lieblingsmärchen ihrer Schwester gewesen.

Cora lehnte sich zurück und verschränkte die Arme vor der Brust. »Die Rose.« Herausfordernd sah Cora sie an. Sie sprach also wieder. Nur zwei Worte, aber immerhin. Sie wollte wirklich Die Rose hören? Die Erzählung hatte Louisa ihrer Schwester nur ein einziges Mal vorgelesen. Es ging um ein Kind, das starb, als eine Rose aufblühte. Danach hatte Cora sich so gefürchtet, dass Louisa die Seiten stets rasch überblättert hatte. Oder wollte ihre Schwester sie in Verlegenheit bringen, in der

Hoffnung, dass sie sich nicht mehr an die Geschichte erinnerte?

In Gedanken schlug Louisa das Buch auf. Sie sah das von einer Rose umwundene Initial vor sich und den verblassten Apfelmusfleck, den Cora vor langer Zeit als Kleinkind daraufgekleckert hatte.

Louisa stickte den mittleren Balken des »E« in den Schal und begann zu erzählen. Es klang, als würde sie vorlesen.

»Es war einmal einc arme Frau, die hatte zwei Kinder …«

Nach den ersten Sätzen schüttelte Cora resigniert den Kopf, lauschte dann jedoch aufmerksam, genauso wie ihre Mutter. Ruhig brannte die Öllampe vor sich hin, ab und zu krächzte eines der Hühner im Schlaf.

Auf dem schmalen Gehweg zwischen ihrem und dem Nachbarhaus erklangen Schritte. Es war Adam Schaeffer, der nebenan wohnte. Er blieb stehen und beugte sich über den Zaun.

»Guten Abend, alle zusammen. Habt ihr schon gehört? Der Stall der O'Learys brennt.«

»O nein! Erst heute Vormittag wurde eine Riesenladung Heu geliefert. Ich habe Catherine, Patrick und die Kinder gesehen, wie sie es hineingeschafft haben«, sagte Louisa.

»Da werden wir morgen keine Milch bekommen.«

»Cora!« Louisa war empört. Sie wandte sich an Adam. »Wir sollten vorbeischauen.«

Er winkte ab. »Ich nicht. Ich habe mir das gestrige Feuer angesehen. Da war was los, sag ich euch.« Er lachte. »Ja, ja, das Theater für die Armen.«

»Ich meinte, um ihnen zu helfen«, stellte Louisa richtig.

»Die Feuerwehr ist sicher schon vor Ort. Georg von gegenüber hat gesehen, wie jemand zu Goll's Apotheke gelaufen ist.«

»Dort befindet sich die Alarmbox«, erklärte Louisa Cora und ihrer Mutter.

»Und dann sind unsere Jungs von der Feuerwehr auch gleich da. Ich muss weiter. Noch einen schönen Abend, die Damen!«

»Dir auch!« Louisa vertiefte sich erneut in ihre Arbeit und erzählte das Märchen weiter. Irgendwann stand ihre Mutter auf und ging ins Haus. Kurz darauf stürzte sie auf die Veranda wie ein aufgescheuchtes Huhn.

»Das müsst ihr euch ansehen! Die Leute sind verrückt geworden.«

Louisa legte den Schal auf den Tisch und folgte ihrer Mutter hastig hinaus auf die Straße. Auch Cora drängte sich durch die Tür.

Georg, der vierschrötige Hausbesitzer von gegenüber, schleppte mit seinem halbwüchsigen Sohn eine Matratze ins Freie und warf sie mitten auf die Fahrbahn. Seine Frau hatte die Arme voller Bettzeug, das sie darauf deponierte. Der Dreikäsehoch der Familie zerrte einen Stuhl hinter sich her und packte ihn dazu. Auch aus der Bretterhütte daneben trugen die Bewohner ihren Hausrat ins Freie.

»Was bedeutet das?«, fragte die Mutter fassungslos. Fasziniert beobachtete Louisa, wie die alte Frau Meyer den Schaukelstuhl vom Gehweg auf die erdige Straße schleifte und eine Bratpfanne darunterschob.

»Frau Meyer, was ist denn los?«, fragte Louisa.

»In der Taylor Street brennt's. Die ganze Häuserzeile steht schon in Flammen. Wenn's meine Hütte erwischt, dann zumindest meinen Schaukelstuhl nicht. Den hat mir mein Egon geschnitzt – Gott hab ihn selig.« Sie wieselte ins Haus zurück und tauchte kurz darauf mit einem Arm voller Schöpflöffel, dem Schürhaken und einem Besen wieder auf.

»Kein Grund zur Sorge«, beruhigte Louisa ihre Mutter. »Das machen die Leute hier so, wenn sie befürchten, dass ein Feuer in ihre Gegend kommt.«

»Sollen wir unsere Sachen auch hinaustragen?«

Ein Schultertuch flatterte an Louisa vorbei, der Wind trieb es die Straße hinunter. Mit geschürztem Rock lief eine junge Frau hinterher, fing es ein und stopfte es unter den Kleiderstapel, den sie auf einem Tisch aufgetürmt hatte. Der Wind hatte das Schultertuch in die Richtung der O'Learys geweht.

»Nein, der Wind bläst das Feuer von uns fort«, sagte Louisa.

»Bist du sicher?«

Louisa nickte. »Ed und die anderen sind bestimmt schon dort, und der Spuk ist im Handumdrehen vorbei – wie immer.«

»Wenn du meinst.« Die Mutter wirkte nicht überzeugt.

Adam, der ihnen als Erster von dem Brand erzählt hatte, trat wieder zu ihnen. Er verschränkte die Arme vor der Brust. »Die alte Frau Meyer macht mal wieder alle verrückt. Als ich vor zehn Jahren in Chicago angekommen bin, hat mich auch jeder Alarm in Panik versetzt. Aber jetzt ...«

Ein etwa zwölfjähriger Junge mit zerzaustem Haar flitzte die Straße entlang. Der Nachbar fischte ihn von der Fahrbahn, indem er ihn am Arm packte und zu ihnen auf den Gehweg heraufzog. Er gab ihm einen Klaps auf den Hinterkopf. »Wo treibst du dich herum, Bengel? Morgen heißt's arbeiten!«

»Die Flammen sind über den Chicago River gesprungen, Vater!«

»Wer erzählt denn so einen Unsinn?«

Der Junge zappelte im Griff seines Vaters wie ein Fisch an der Angel. »Es stimmt! Alle sagen das. Der Fluss brennt, das ganze Geschäftsviertel brennt!«

»Und vielleicht geht auch gerade ganz Amerika in Flammen auf!«, höhnte der Vater. »Wie oft habe ich dir gesagt, dass du nicht alles nachtratschen sollst, was die Leute reden? Du bist schlimmer als ein Waschweib!«

Louisas Mutter zuckte zusammen. Cora starrte den Jungen mit großen Augen an.

»Wir gehen jetzt ins Bett. Abmarsch, Junge!«

»Gute Nacht!« Louisa, Cora und die Mutter kehrten ebenfalls ins Haus zurück. Louisa holte die Kerosinlampe von der Veranda.

»Das Gefängnis – das ist doch mitten im Geschäftsviertel.«

Louisa wusste sofort, an wen ihre Schwester dachte. »Cora, es ist vollkommener Unsinn, was der Bengel da erzählt.«

Aus der Ferne erklang Geläut. Nach einer kurzen Stille erneut. Die Glocke der Hauptfeuerwache, die in der ganzen Stadt zu hören war.

»Zweiter Feueralarm!«, flüsterte Cora.

Louisa trat auf die Straße und sog die Luft ein. Kein Brandgeruch. Die meisten der Anwohner hatten inzwischen ihren kompletten Hausrat ins Freie befördert. Vereinzelt ließen sie sich einfach auf den Betten mitten auf der Fahrbahn zum Schlafen nieder. Andere standen beisammen und unterhielten sich leise. Eine Bö trieb einen Ball aus Fetzen an Louisa vorbei. Wieder Richtung O'Learys Bretterhütte. Solang der Wind nicht drehte, drohte ihnen keine Gefahr.

Aber Wilhelm.

Louisa kehrte ins Haus zurück und löste ihren Zopf. Mit heftigen Strichen bürstete sie ihr Haar. Unmöglich. Nie und nimmer war das Feuer über den Chicago River gesprungen. Energisch flocht sie den Zopf neu. Und wenn es diesmal anders war? Immerhin saß Wilhelm im Gefängnis, weil er ihr hatte helfen wollen, die Brosche zurückzubringen.

Louisa wandte sich um. Cora kauerte auf ihrem Strohsack, die Mutter stand im Türrahmen.

»Ich werde mich überzeugen, dass Wilhelm nicht in Gefahr ist. Ihr schlaft am besten in den Kleidern. Wenn es gefährlich werden sollte, flieht in die Richtung.« Sie deutete zur Hintertür hinaus. »Lauft immer geradeaus, bis ihr in die Prärie kommt. Dort seid ihr in Sicherheit. Ja?«

Die Mutter nickte, aber Cora starrte sie nur trotzig an.

»Komm nicht auf die Idee, dir das Spektakel anzuschauen, Cora!« Louisa war nicht entgangen, wie Coras Augen aufgeleuchtet hatten, als der Nachbar von dem Feuer erzählt hatte.

Sie griff nach ihrem Schultertuch, überlegte es sich dann aber anders. Es war ein ungewöhnlich warmer Herbstabend, und mehr als ein Spaziergang zum Fluss würde es nicht werden. Sie würde in Kürze wieder zurück sein, nachdem sie sich überzeugt hatte, dass der Chicago River dunkel und ruhig seine Bahnen durch die nächtliche Stadt zog.

Kapitel 9

Die Holzpritsche knarrte, als Wilhelm sich umdrehte und die kratzige Wolldecke enger um sich zog. Es war stockdunkel in der Zelle, nur durch die Gitterstäbe fiel ein Lichtschimmer von der Petroleumlampe, die schwach wie ein Glühwürmchen im Gang brannte. Es müffelte wie in einem Kellerloch, dazu mischte sich der Geruch ungewaschener Männerkörper. Der Eimer in der Ecke tat sein Übriges.

Wilhelm versuchte, zumindest in Gedanken zu entfliehen. Voll Hoffnung war er nach Amerika gekommen, und war ihm nicht gleich Louisa über den Weg gelaufen? Die Perlenkette hätte perfekt zu ihr gepasst, sie wäre eine wunderschöne Braut geworden. Hätte er die Kette nur rechtzeitig verkauft. Er mochte nicht daran denken, wie lange er in dieser und anderen Zellen Tag und Nacht würde ausharren müssen.

Ein Streichholz erhellte für einen Moment das Dunkel, und kurz darauf zogen die Schwaden einer Zigarette durch den Raum. Wilhelm erinnerte sich an seine erste Selbstgedrehte.

Keine zehn Jahre war er alt gewesen. Der Glimmstängel hatte ihn gewärmt und ihn den knurrenden Magen vergessen lassen. Neben seinem Freund hatte er am Ufer der Fulda gehockt, in den Büschen verborgen, und den stibitzten Tabak genossen. Seit der Vater gestorben war und sich die Mutter in der Fabrik die Finger wund arbeitete, war Hunger sein ständiger Begleiter gewesen.

Heftig war es im Winter geworden, der kein Ende zu finden schien. Als die Kartoffeln im Zimmer gefroren und seine jüngere Schwester Isa immer magerer und magerer wurde, bis sie nicht mehr aufstehen konnte.

Die Hände unter die Jacke geklemmt – unter die er Zeitungen gestopft hatte, um sich zu wärmen –, die Schildmütze tief in die Stirn gezogen, stapfte er durch die Straßen. Kaum jemand war bei der Kälte unterwegs, zumal die Dämmerung bereits einfiel. Die Marktfrauen bauten ihre Stände ab. Eine Obsthändlerin bemerkte seinen sehnsüchtigen Blick und warf ihm einen verschrumpelten Apfel zu, der mit braunen Flecken übersät war.

»Hab Dank, du Fee in Menschengestalt!«

Schmunzelnd drohte sie ihm und schlang ihren Schal enger um Kopf und Schultern. Den Apfel würde er sich mit Isa teilen. Die eine Hälfte für sie – die andere für ihn. Doch er hielt es nicht aus. Schon bei der nächsten Straßenecke war sein Anteil verschlungen. Er knabberte am Rest. Nur ein bisschen noch von der Süße kosten. Mit den Zähnen ein bisschen daran nagen. Nur die Zunge darübergleiten lassen.

Als er zu Hause ankam, war der Apfel samt Gehäuse und Stiel verschwunden. Mit gesenktem Kopf schlich er in die Stube. Isa sah ihn aus großen Augen an. Er setzte sich zu ihr ans Bett. Das schlechte Gewissen drückte ihn nieder. Matt streichelte sie ihm über den Arm. Nie wieder würde er so egoistisch sein!

Am nächsten Tag versuchte Wilhelm erneut sein Glück.

»Oh, du Fee aus dem Märchenreich, hat dich der Herrgott erneut auf die Erde gesandt? Deine Sternenaugen können nicht von dieser Welt sein.«

»Junge, du wirst einmal den Mädchen den Kopf verdrehen. Auch wenn du lauter Unsinn von dir gibst.« Die Marktfrau reichte ihm einen Apfel. »Nun troll dich – ich habe auch noch zahlende Kunden.«

Wilhelm warf ihr einen Luftkuss zu und eilte heim. Nicht einen Bissen würde er von dem Apfel nehmen. Isa ganz allein sollte er gehören!

Er stieß die Tür zur Stube auf.

»Isa, guck!«

Doch sie rührte sich nicht, wandte ihm nicht wie sonst das Gesicht zu. Er trat an das Bett. Das blonde Haar lag aufgefächert auf der klammen Matratze, die offenen Augen starrten blicklos zur Decke. Er griff nach ihrer Hand – sie war kalt. So unglaublich kalt. Sanft legte er den Apfel hinein. Den, den sie niemals essen würde.

Ein heftiges Rütteln erschütterte Wilhelms Liege.

»Hör auf mit der Flennerei!« Der Zellengenosse, der neben ihm lag, schlug hart gegen das klapprige Gestell.

Wilhelm setzte sich auf und wischte sich über die Augen. Auch wenn ich jetzt hier bin. Ich werd es überleben, und sobald ich frei bin, Isa …

Tritte von schweren Stiefeln waren zu hören. Jemand schleppte etwas in den Keller des Gerichtsgebäudes. Ein Fluch ertönte. Es war stockdunkel, denn ein Gefangener verdeckte das Guckloch. Das Poltern und Schnaufen nahm kein Ende. Ein Häftling aus der Zelle nebenan rief: »Was macht ihr da draußen um diese Uhrzeit? Bringt ihr uns etwa Rum?«

»Halt's Maul!«

»Sie haben den Bürgermeister endlich zum Teufel gejagt und lagern nun sein Tafelsilber bei uns ein.« Grölendes Lachen erfüllte den Raum.

»Nun sag schon, Chef«, schmeichelte eine Stimme, »du willst doch, dass wir heute Nacht ruhig schlafen können.«

Jemand schnaubte.

Ein Sprechchor formierte sich in den Zellen. »Sag es! Sag es! Sag es!«

Mit dem Stock schlugen die Wärter gegen die Türen.

»Haltet das Maul, ihr Gesindel!«

Es klirrte, eine Tür wurde aufgeschlossen. Schmerzensgeheul ertönte. Schlagartig wurde es still. Offenbar hatte Big Jack Nachtdienst. Mit dem war nicht zu spaßen, das lernte jeder Gefangene am ersten Tag. Wilhelm versuchte, sich ans Fuldaufer zurückzuträumen, da hörte er, wie von einer Pritsche zur nächsten geflüstert wurde: »Es ist Schießpulver. Sie deponieren Schießpulver unter der Treppe.«

* * *

Cora trommelte mit den Fingern auf die Holzlatten des Gartenzauns und dachte verärgert: Ich wollte Wilhelm retten! Louisa war so rasch davongeeilt, dass sie außer Sicht gewesen war, bevor Cora sich ihr hatte anschließen können. Und jetzt soll ich brav ins Bett gehen wie ein kleines Kind. Seit ihrer Ankunft hatte Louisa sie herumkommandiert.

Immer arbeiten, arbeiten, arbeiten. Louisa schien nichts anderes zu kennen. Dass ihre Schwester die Näherei ruhen gelassen hatte, um mit ihr und Wilhelm ins Panorama zu gehen, verdrängte Cora in den hintersten Winkel ihres

Gedächtnisses. Sie hatte genug davon, ständig zu schuften und immer gehorsam zu sein. »Ich schaue bei den O'Learys vorbei!«

»Das ist zu gefährlich!«, antwortete ihre Mutter.

Eine Gruppe junger Leute schlenderte schwatzend die Straße herunter auf Cora zu. Eine der Frauen trug ein Baby auf dem Arm. »Mal sehen, ob das Feuer heute das Spektakel von gestern übertrifft«, sagte sie.

»Dein Kleiner wird Feuerwehrmann, Sophia. So viel Brandgeruch, wie er abkriegt.«

Sophia hob das Kind hoch, sodass die anderen es von allen Seiten bewundern konnten. »Er wird mindestens Chief Marshal!«

»Da muss sich Williams aber warm anziehen.«

»Für einen Feuerwehrmann nicht ratsam.«

Die Truppe lachte, zog an Cora vorbei und bog in die Jefferson Street ein.

»Ich schaue mir das Feuer an.« Cora trat auf die Straße hinaus.

»Warte!«

Cora drehte sich um und sah ihre Mutter im Haus verschwinden. Kurz darauf erschien diese mit einem Bündel in den Händen. »Ich lass dich nicht allein gehen.«

Sie eilten der vergnügten Gruppe nach und bald hatten sie die jungen Leute eingeholt.

»Sankt-Pauls brennt!«, rief eine ergraute Frau, die im ersten Stock eines Bretterhauses am geöffneten Fenster saß und mit den Armen auf einem Polster das Treiben unter sich beobachtete.

Immer mehr Menschen strömten in Richtung der Kirche. Es herrschte Volksfeststimmung.

»Ich kenne einen guten Aussichtsplatz!« Einer der Burschen der Truppe bedeutete den anderen, ihm zu folgen. Sie bogen in einen Hinterhof ein. Cora zögerte, dann ging sie ihm nach. Die Mutter drückte ihr Bündel fester an sich. Sie kletterten auf ein Scheunendach. Der junge Mann hatte recht. Von hier hatte man einen unglaublichen Rundblick. Durch das Feuer, das hinter dem Gotteshaus loderte, war es fast taghell. Ein Prasseln war zu hören. Groß und klobig lag die Sankt-Pauls-Kirche vor ihnen. Aus einem der spitz zulaufenden Fenster, hoch oben im Gebäude, schlugen Flammen.

Auf dem Gehweg und der Straße drängten sich die Schaulustigen Schulter an Schulter. Ein Feuerwehrwagen kämpfte sich zum Brandherd vor. Mit einem kräftigen »Ho ruck, ho ruck!« richteten die Männer die Leiter auf, die auf dem Wagen montiert war. Einer der Feuerwehrleute, dessen Pluderhosen in den Stiefeln steckten, kletterte hinauf – einen Schlauch geschultert. Herabfallende Funken landeten auf seinem spitzen Helm. Auf der obersten Sprosse angekommen, gab er seinen Kollegen ein Handzeichen. Kurz darauf strömte ein Wasserstrahl ins Kircheninnere, bis die Flammen verschwanden. Eine letzte Wolke dunklen Rauchs quoll ins Freie, als wollte der Teufel höchstpersönlich dem heiligen Ort entfliehen. Rund um Cora applaudierten die Zuschauer. Von hinten drängte jemand gegen sie. Unwillkürlich stemmte sie sich dagegen und ihre Mutter zog sie ein Stück zurück.

Einer der Feuerwehrmänner schleppte eine Heiligenstatue aus der Kirche. Ein weiterer Feuerwehrwagen preschte heran, gezogen von zwei Pferden. Die riesigen Speichenräder holperten über das Kopfsteinpflaster, dass es schien, als müsse die gläserne Messinglampe neben dem Kutscher jeden Moment in tausend Teile zerspringen. Der Kessel hinter dem Fahrer glich einer gigantischen Milchkanne, aus der oben Dampf quoll.

»Yeah, Jacob Rehm ist im Anmarsch!«, rief ein Bursche mit schwarzen Locken.

»Du kennst ja wirklich den Namen jedes Feuerwehrwagens. Oder kannst du etwa das Schild auf der Lampe lesen?«, fragte sein schmächtiger Freund.

Der dunkelhaarige Bursche grinste. »Weder noch. Aber den schmächtigen irischen Rotkopf mit dem viel zu großen Helm, den kenne ich.«

War das nicht Ed neben dem Rotschopf? Aus dem Hauptraum der Kirche schlugen immer noch Flammen. Auf der Straße verschafften sich die Feuerwehrmänner energisch Platz, schlossen den Schlauch am Hydranten an und verschwanden damit im Inneren.

»Guckt doch!« Die junge Frau, die Cora zuvor schon aufgefallen war, Sophia, wiegte ihr Baby im Arm und deutete nach oben. Die dunklen Silhouetten des Turms, der alle anderen Gebäude überragte, und seiner Glocke hoben sich wie Schatten gegen den rötlichen Himmel ab. Fasziniert beobachtete Cora, wie sich die Flammen einer Schlange gleich den Turm hinaufwanden. Der Feuerwehrmann auf der Leiter versuchte, sie zu löschen – ohne Erfolg. Inzwischen war Cora erneut vor und an die Hauskante gedrängt worden. Weitere Schaulustige kletterten auf die Scheune, und das Dach knackte.

Auf der Straße eilte Ed mit einer goldenen Monstranz in den Händen aus der Kirche und stellte sie ab.

Ein Knirschen, das immer lauter wurde, übertönte das Prasseln des Feuers. Der Boden unter Coras Füßen gab nach. Sie schrie und fiel im nächsten Moment. Mit einem harten Schlag kam sie auf, etwas Kantiges landete auf ihren Beinen. Schützend hielt sie die Arme über ihren Kopf. Um sie herum wurde geschrien, geflucht, gestöhnt, und ein Baby brüllte wie am Spieß. Cora sah sich um. Sophia untersuchte ihr Kind, das jedoch offenbar nur vor Schreck weinte. »Mama?« Cora rappelte sich auf. Unweit von ihr kämpfte sich ihre Mutter hoch, das Bündel krampfhaft an sich gepresst, und humpelte herüber. »Alles in Ordnung?«, fragte Cora.

»Ja, es geht mir gut.«

Vor ihnen tauchte Ed auf. »Was macht ihr denn hier?«

Ein brennender Balken krachte vom Kirchturm herunter. Die Menge schrie auf. Ed schob Cora und ihre Mutter in die Türöffnung des einstöckigen Gemischtwarenladens, der neben der eingestürzten Scheune stand und ihnen Schutz bot.

»Wo ist Louisa?« Suchend sah er sich um.

»Im Geschäftsviertel«, antwortete ihre Mutter.

»Das ist gut. Schaut, dass ihr auch dorthin kommt. Zu eurem Haus könnt ihr nicht mehr. Die ganze West Side steht in Flammen. Dort geht's zum Tunnel! Auf der anderen Seite des Flusses seid ihr in Sicherheit. Viel Glück!«

Er eilte quer über die Straße zur Kirche zurück. Plötzlich stieß ihn ein Fuhrwerk nieder, das hochbeladen in rasendem Tempo um die Ecke bog. Cora glaubte, Eds Rippen knacken zu hören. Sie stürzte zu ihm und zerrte ihn mithilfe der Mutter von der Straße auf den Gehweg.

Der Fahrer hatte nicht einmal angehalten.

»Ed, Ed! Haben Sie Schmerzen?«

Er schüttelte den Kopf, sein Gesicht war leichenblass. Er versuchte sich aufzusetzen, doch es gelang ihm nicht. Mit beiden Armen tastete er seinen Oberkörper ab. Cora konnte nicht hinschauen. Pfeifend zog er den Atem ein. Erneut glitten seine Hände über den Brustkorb. Mühsam zog er etwas aus seiner Brusttasche und hielt es Cora entgegen.

»Gib das Louisa. Sag ihr, es tut mir leid! Mit mir ist es vorbei.«

»Red keinen Unsinn.« Otto stand plötzlich neben ihnen. »Ab ins Krankenhaus mit dir! Eine gebrochene Rippe bringt dich nicht um.« Ein weiterer von Eds Kollegen eilte herbei. Sie hoben ihn auf eine Bahre und trugen ihn fort.

»Cora – wir müssen hier weg!« Die Stimme der Mutter riss Cora aus ihrer Erstarrung. Sie blickte auf die Revolverkugel, die Ed ihr in die Hand gedrückt hatte, und schob sie tief in die Rocktasche. Rufe drangen an ihr Ohr, der beißende Rauch nahm ihr den Atem. Die Wasserstrahlen aus den Schläuchen wirkten wie Regenwürmer, die durch einen gewaltigen Feuersee krochen, der einst die stolze Sankt-Pauls-Kirche gewesen war.

Ihre Mutter griff nach Coras Arm und zog sie mit sich fort, in die Richtung, die Ed ihnen gezeigt hatte.

Bevor sie im Tunnel verschwanden, schaute Cora zum Himmel empor. Funken wirbelten vom Kirchturm auf, immer höher und höher. Sie bildeten einen rot glänzenden Bogen, der sich über den Chicago River spannte.

* * *

Zur gleichen Zeit, als Cora und ihre Mutter zur Sankt-Pauls-Kirche aufbrachen, durchquerte Louisa auf ihrem Weg zum Gefängnis im Geschäftsviertel die West Side.

»Bitte, Miss, bitte helfen Sie mir!« Ein etwa zehnjähriger Junge zupfte an ihrem Rock und sah sie flehend an.

»Was ist los?«, fragte Louisa.

Eine beleibte Frau drängte sich an ihnen vorbei. Unter den einen Arm hatte sie eine zusammengerollte Bettdecke geklemmt, während sie mit der anderen eine Pfanne balancierte, in der Geschnetzeltes brutzelte. Louisa wich aus und stieß gegen eine Hauswand.

Das Spektakel auf der Straße war ungeheuerlich. Fuhrwerke standen vor den Bretterhütten und wurden von hektischen Männern beladen. Eine Frau in einem karierten Wollkleid zerrte eine Milchkuh hinter sich her auf die Fahrbahn. Kinder rannten kreischend den Gehweg entlang und drückten Holzlokomotiven und Stoffpuppen an sich.

»Bitte, Miss!«

Louisa wandte ihre Aufmerksamkeit erneut dem Jungen zu.

»Mein Großvater – er liegt dort oben. Ich krieg ihn allein nicht herunter.« Der Junge deutete auf ein fünf Häuser entfernt liegendes Gebäude. »Er kann nicht gehen, und die Mutter ist nicht da.«

Louisa war hin- und hergerissen. Sie wollte ihm gern helfen, aber sie musste so rasch wie möglich zu Wilhelm, denn eingesperrt im Gefängnis hatte er bei einem Brand keine Möglichkeit zu überleben. Das Feuer breitete sich viel schneller aus, als sie gedacht hatte. Nachdem sie beobachtet hatte, wie eine Bö ein Nachthemd in die Höhe gewirbelt hatte und es erst etliche Häuserblocks weiter wieder auf dem hölzernen Gehweg gelandet war, schien es ihr inzwischen nicht mehr unmöglich, dass der Wind Funken über den Chicago River getragen hatte.

Eine Rauchschwade trieb auf Louisa zu, hüllte sie ein, und als sie Luft holte, kratzte es in ihrer Kehle. Der Junge neben ihr wurde von einem Hustenanfall geschüttelt. Angstvoll sah er sie aus seinen braunen Augen an, und unwillkürlich dachte Louisa an ihre Schwester und die Mutter mit ihrer kaputten Hüfte. Sie wäre froh, wenn jemand den beiden helfen würde, falls sie in Gefahr wären. Somit war ihre Entscheidung gefallen.

»Gehen wir zu deinem Großvater«, sagte Louisa. Erleichtert eilte der Junge die Straße hinunter, und Louisa folgte ihm. Sie kämpften sich an Bergen von Kesseln und Pfannen vorbei. Ein Wagner rollte seine halb fertigen Räder auf die Fahrbahn. In einer Quergasse ging mit ohrenbetäubendem Knacken und Knallen ein Stapel teergetunkter Eisenbahnschwellen in Flammen auf. Männer mit aufgekrempelten Hemdsärmeln bildeten eine Kette und leerten Eimer um Eimer auf die daneben stehenden Gebäude, um zu verhindern, dass das Feuer übergriff.

Louisa und der Junge erreichten das Holzhaus, auf das er gezeigt hatte, und stiegen eine enge Treppe hinauf. Ein Teller lag einsam auf einer der Stufen. Louisa und der Junge traten in eine kleine Kammer. Darin befanden sich ein Tisch, drei Sessel, ein Herd mit einem Korb voll Holzscheiten daneben, und in der Ecke lagen zwei fleckige Matratzen. Auf einer wälzte sich ein alter Mann mit eingefallenen Wangen und grauem Stoppelbart unruhig hin und her.

»Guten Abend, Sir! Ihr Enkel und ich bringen Sie ins Freie. Können Sie sich aufrichten?«

Der Alte schüttelte den Kopf.

»Wie heißt du?«, fragte Louisa den Jungen.

»Jeremiah.«

»Wir packen deinen Opa unter den Achseln und tragen ihn die Treppe hinunter, Jeremiah.«

Der Junge nickte eifrig.

Louisa schlug die fadenscheinige Decke zurück, und ihr wurde beinahe übel, als sie den aufgeschwemmten Bauch des Alten sah. Beißender Uringeruch erfüllte mit einem Mal das Zimmer. Aus einer Tischdecke hatte jemand behelfsmäßig eine Windel für den Alten gefertigt. Louisa schluckte kräftig, hielt den Atem an und bemühte sich, den Mann in eine sitzende Position zu ziehen.

»Hilf mir, Jeremiah!«

Sofort sprang der Junge zu ihr und packte mit an. Gemeinsam gelang es ihnen, aber wie sollten sie den Alten nun auf die Beine heben?

»Können Sie ein bisschen mithelfen?«

Die hellblauen Augen des Alten füllten sich mit Tränen.

Jeremiah und Louisa zerrten an dessen Großvater, doch als sie ihn ein paar Zentimeter in die Höhe gehievt hatten, mussten sie ihn auf die Matratze zurückfallen lassen. Er war einfach zu schwer.

Von draußen hörte Louisa das Horn eines Feuerwehrmanns. Gleich darauf forderte er alle Einwohner auf, unverzüglich die Häuser zu räumen. Louisa sah sich um. Neben dem Herd hing ein Schürhaken an der Wand, auf dem Tisch standen ein Metallteller und ein Napf. Nichts, was ihnen helfen könnte. Louisas Blick wanderte zur Tür und von dort zurück zu dem alten Mann.

»Ich hab's, Jeremiah! Wir schleifen die Matratze samt deinem Großvater zur Tür.«

Sie packten an und zogen aus Leibeskräften an der mit Stroh gefüllten Unterlage. Hoffentlich reißt das Leinen nicht! Louisa pustete sich eine Haarsträhne aus dem Gesicht, der Junge neben ihr keuchte. Zentimeter für Zentimeter bewegten sie den Alten zum Ausgang.

»Ich geh vor, und du hältst die Matratze oben fest.«

Jeremiah begriff sofort, was sie meinte. Louisa stieg die ersten Stufen hinunter. Stück für Stück glitt die Matratze abwärts. Louisa betete, nicht plötzlich die mit Warzen übersäten Füße des Alten im Gesicht zu haben oder gar die stinkende Windel. Doch es gelang ihnen ohne Zwischenfälle, und sie zerrten den Alten samt Matratze auf den Gehweg hinaus. Was nun?

Ratlos sah Louisa sich um. Jeremiah hockte sich neben seinen Opa und strich ihm über die Stirn. Ein mit Hausrat gefülltes Fuhrwerk zockelte gemächlich heran, unbeeindruckt von der Hektik rundum.

»Sir, Sir – bitte helfen Sie uns!«

Der Wagen hielt tatsächlich an. Was auch daran liegen konnte, dass gerade eine Schar Schweine quer über die Straße rannte. Der Fahrer schob seinen Hut aus dem Gesicht.

»Können Sie den alten Herrn mitnehmen? Er kann nicht laufen.«

Der Mann warf einen Blick auf Jeremiah. »Bist du nicht der Sohn von Mrs Greeley?« Der Junge schüttelte den Kopf, woraufhin der Mann zögerte, dann aber trotzdem von seinem Fuhrwerk sprang und Louisa die Zügel in die Hand drückte. »Ich nehme euch mit, das ist schließlich meine Christenpflicht. Der Herrgott wird's mir vergelten. Dann wollen wir mal.« Als wäre der Alte leicht wie eine Feder, hob der Kutscher ihn hoch, legte ihn auf die Ladefläche und stopfte ihm sogar ein Kissen unter den Kopf. »Na, Großvater, das ist doch besser, als in den Flammen zu verbrutzeln.« Er schmunzelte. »Und Sie, Lady? Wollen Sie und Ihr Kleiner auch mit?«

Flink wie ein Streifenhörnchen kletterte Jeremiah auf den Wagen.

»Die beiden gehören nicht zu mir.« Louisa reichte dem Fahrer die Zügel. »Alles Gute!«

Der Mann schnalzte mit der Zunge, und das Fuhrwerk setzte sich in Bewegung. Louisa wischte sich die schweißnassen Hände am Rock ab. Jeremiah drehte sich noch einmal um und winkte ihr zum Abschied zu. Sie erwiderte seinen Gruß.

Dann holte Louisa tief Luft. Sie musste weiter. Kurz orientierte sie sich, bog in die nächste Querstraße ein und verschmolz mit der Menge, die vor dem Feuer floh und immer größer wurde. Louisa überholte ein Mädchen, das mit einem Karton voll Welpen in den Armen vorwärtsstolperte. Die Kleine wurde beinahe von einem Mann niedergestoßen, der einen mit Hühnern beladenen Leiterwagen hinter sich herzog. Mitten auf der Straße kniete eine Frau mit einem Rosenkranz zwischen den Fingern, blickte zum Himmel und betete lauthals.

Louisa eilte weiter.

Wilhelm ist im Gefängnis genau so hilflos wie Jeremiahs Großvater.

Die Psalmen der Frau erklangen hinter ihr wie das rhythmische Rattern eines Zuges, unter das sich immer lauter werdendes Hufgeklapper mischte. Ein dumpfer Knall ertönte, und die Stimme der Frau verstummte. Gleich darauf bretterte in voller Fahrt eine Kutsche an Louisa vorbei. Sie zwang sich, nicht zurückzusehen, reckte stattdessen den Kopf in die Höhe und biss die Zähne zusammen.

Ich muss zu Wilhelm.

Eingezwängt zwischen den Flüchtenden wurde sie vorwärtsgetrieben, ließ Straße um Straße hinter sich. Etwas Weiches streifte Louisas Gesicht. Verwundert blickte sie hoch. Es schneite graue Ascheflocken, gefolgt von roter Glut, die Löcher in ihr Kleid brannte. Sie suchte Zuflucht in einem Hauseingang.

Eine dunkelhäutige Frau, die vom Trubel um sie herum unberührt schien, schlenderte an Louisa vorbei. Mit beiden Händen hielt sie ihre Schürze, wiegte sich nach rechts und links und sang: »Chickery, Chickery, Crany Crow, I went to the well to wash my toe!«

Louisa wurde übel und sie glaubte, sich jeden Moment übergeben zu müssen. Diesen Kinderreim wieder zu hören. Ausgerechnet in diesem Moment, wo der Tod immer näher kam. Sie sah Finn vor sich, wie er in Barkerville vom Mob gehängt wurde. Als er gemerkt hatte, dass es keine Rettung mehr gab, hatte er diesen Reim gesummt, den seine Mutter ihm als Kind vorgesungen hatte. Der sein und Louisas gemeinsames Lied geworden war.

Mit einem Knall ging der Saloon auf der gegenüberliegenden Seite in Flammen auf. Hier konnte sie nicht bleiben. Wie gut, dass Cora und die Mutter daheim in Sicherheit waren. Louisa trat aus dem Eingang auf die Straße und eilte mit gesenktem Kopf durch den Glutregen weiter Richtung Gefängnis. Das Feuer war ihr auf den Fersen. Wie eine vom Hund gejagte Katze sprang es von Haus zu Haus.

Kapitel 10

Horace keuchte schon zum zweiten Mal an diesem Abend die Treppe im Turm des Gerichtsgebäudes hinauf. Er hatte den Verdacht, der Chief Marshal ging ihm absichtlich aus dem Weg. Auf der menschenleeren Plattform erfasste ihn eine Bö und schubste ihn vorwärts. Er umrundete die Kuppel und stieß auf einen korpulenten Feuerwehrmann, der die Brüstung umklammerte und angestrengt Richtung Westen starrte. Keine Spur von Williams.

»Wo ist der Chief?«, rief Horace ihm zu.

»Er hat eine Besprechung mit dem Polizeipräsidenten.«

»Danke.« Unverzüglich eilte Horace in den Westflügel des Gerichtsgebäudes, wo die Büros der Polizei und des Bürgermeisters lagen. Er klopfte und trat ins Amtszimmer des Chicagoer Polizeipräsidenten Kennedy ein. Der stand zusammen mit

Williams hinter seinem Schreibtisch, ein Papier in der Hand.

»Chief Marshal Williams! Das Feuer ist außer Kontrolle. The Little Giant und andere Feuerwehrwagen sind kaputt. Auf den Straßen ist die Hölle los!«, rief Horace.

»Meine Männer geben ihr Bestes, Alderman Keenan.«

»Ich weiß, aber dieser Brand erfordert besondere Maßnahmen.«

»Darüber spreche ich gerade mit Mr Kennedy.«

»Sehr gut! Ich habe einen Vorschlag. Unsere Pumpen sind zu schwach, um dieses Flammenmeer einzudämmen. Wir müssen eine Feuerschneise schlagen. Eine Häuserzeile oder mehr in die Luft sprengen, um dem Feuer die Nahrung zu nehmen.«

»Das bringt nichts. Die Funken werden vom Wind in die Höhe gewirbelt und weit transportiert. Auch über jede Schneise.«

»Aber die herabfallende Glut können wir erfolgreich bekämpfen. Die Feuersbrunst, die sich am Boden entlangfrisst, nicht!«

»Wir müssen uns auf die Maßnahmen konzentrieren, von denen wir wissen, dass sie tatsächlich helfen. Zudem brauche ich alle meine Leute.«

Ein Polizist betrat den Raum, eine Kanne Kaffee und zwei Becher in den Händen. Er stellte die Becher auf dem Schreibtisch ab, schenkte ein und reichte Kennedy und dem Chief Marshal je eine

Tasse. Horace winkte ab, als er anbot, ihm ebenfalls eine zu holen. Williams nahm einen Schluck und wischte sich mit dem Handrücken über die Lippen.

»Ich kann die Sprengungen durchführen«, sagte Horace.

»Wir sollten Alderman Keenans Vorschlag in Erwägung ziehen, Williams«, sagte der Polizeipräsident.

»Ich kann so eine Sprengung nicht ermächtigen. Das darf nur der Bürgermeister.«

»Der wird ja jeden Moment hier sein«, antwortete Kennedy.

»Sprengstoff haben wir auch keinen.«

Horace räusperte sich. »Ähm, ich habe mir erlaubt, heute am frühen Abend eine Ladung im Keller zu deponieren.«

»Was? Ohne meine Erlaubnis?«, brauste Kennedy auf.

»Sie waren bereits außer Haus – natürlich hätte ich Ihre Genehmigung nachträglich eingeholt.« Horace sah den Polizeipräsidenten eindringlich an. »Wir haben jetzt ganz andere Sorgen. Während wir reden, verschlingt das Feuer Straßenzug um Straßenzug. Wir müssen handeln.«

Es klopfte, und Bürgermeister Mason betrat den Raum. »Ich bin sofort gekommen. Ist es wirklich so schlimm, wie mir Ihr Bote berichtet hat, Williams?«

»Die gesamte West Side brennt. Die Funken sind über den Südarm des Chicago River gesprungen.

Die Armenviertel dort stehen bereits in Flammen. Das Feuer bewegt sich aufs Geschäftsviertel zu. Es ist nur eine Frage der Zeit.«

Der Bürgermeister wurde blass.

»Ich möchte Sie bitten, Depeschen an alle umliegenden Städte zu senden – Milwaukee, Detroit, Janesville –, wir brauchen jede Hilfe, die wir kriegen können«, sagte Williams.

Mason schluckte sichtbar. »Ich werde die Telegramme sofort aufsetzen und verschicken lassen.« Er wandte sich zum Gehen. Horace versperrte ihm den Weg.

»Entschuldigen Sie, Herr Bürgermeister. Wir müssen vor Ort auch etwas tun.«

Irritiert sah Mason ihn an. Vermutlich dachte er an die Feuerwehrmänner und Wagen, die seit Stunden ununterbrochen im Einsatz waren.

»Ich brauche Ihre Erlaubnis zur Sprengung von Häusern, um das Stadtzentrum zu schützen.«

»Ist das sinnvoll, Chief Marshal?«, fragte der Bürgermeister.

Williams zögerte. Er sah auf den Stadtplan, der ausgebreitet auf dem Schreibtisch lag.

Horace trat neben ihn. »Wir könnten alle Gebäude in dieser Straße sprengen. Dann sind das Gericht und sämtliche dahinterliegende Bauten geschützt.«

»In Ordnung«, stimmte Williams zu. »Beginnen Sie mit der North Union Bank.«

Horace nickte.

»Ich stelle Ihnen Beamte zur Verfügung, die Sie unterstützen, Alderman Keenan«, sagte Kennedy.

»Vielen Dank, wir legen sofort los.« Horace eilte zur Tür, doch Williams hielt ihn zurück.

»Achten Sie darauf, dass keine Personen in der Nähe sind, wenn Sie sprengen!«

Horace war stolz auf sich. Sein Instinkt hatte ihn nicht getrogen, als er am frühen Abend losgezogen war, um den Sprengstoff zu besorgen. Die Polizisten schafften ein Fässchen nach dem anderen aus dem Keller des Gerichtsgebäudes. Die Gefangenen, offenbar aus dem Schlaf gerissen, fluchten über die erneute nächtliche Störung.

»Das ist das letzte Fass für den Moment. Die müssen alle zur Union National Bank, Ecke La Salle und Washington Street«, sagte Horace.

»In Ordnung, Sir!« Einer der Polizisten hatte ein Fuhrwerk organisiert, auf dem sich nun die Fässer, Zündschnüre und weitere Utensilien stapelten. Unbehelligt trabten die Pferde über das Kopfsteinpflaster menschenleerer Straßen. Dunkel lagen die Prachtbauten zu beiden Seiten. Der Schein der Straßenlaternen beleuchtete die Schaufenster und gewährte einen Blick auf die ausgebreiteten Pelzmäntel, Kleider, Gewehre und Delikatessen.

Der Wagen erreichte die Bank, die Männer sprangen herunter und rüttelten an der verschlossenen Tür.

»Aufbrechen!«, befahl Horace.

Die Polizisten zögerten. »Wollen wir nicht warten, bis der Bankdirektor kommt, um aufzuschließen?«

Horace fuhr sich über den Schnauzer. »Er wohnt am anderen Ende der Stadt. Zudem werden wir dieses Gebäude in die Luft jagen.«

Noch immer machten die Beamten keine Anstalten, seiner Aufforderung Folge zu leisten. Ein Polizist mit unübersehbaren Tränensäcken und hängenden Wangen, die an eine Bulldogge erinnerten, räusperte sich. »Mein Name ist Webster, Sir. Ich denke ...«

Horace ließ ihn nicht ausreden. »Die Sprengung ist eine Anordnung von Bürgermeister Mason persönlich. Dagegen kann auch der Direktor nichts unternehmen. Und ob die Tür jetzt oder durch die Detonation zerstört wird, ist einerlei. Oder sehen Sie das etwa anders?« Scharf blickte er Webster an, bis dieser widerwillig zustimmte. »Außerdem haben wir keine Zeit zu verlieren. Das Feuer breitet sich viel schneller aus als die Brände in den letzten Wochen.« Horace' Stimme wurde gefährlich leise: »Uns bleibt keine andere Wahl: Brechen Sie die Tür auf!«

Die Beamten blickten verunsichert zwischen Webster und Horace hin und her, bis Webster ihnen ein Zeichen gab. Daraufhin hoben zwei der Uniformierten einen Rammbock vom Wagen. Mit voller Wucht stießen sie ihn gegen die Tür. Beim dritten Anlauf gab sie nach.

»Webster, Sie sind der Leiter dieser Einheit, oder?«

Der Beamte nickte mit versteinerter Miene.

»Mr Kennedy hat mir versichert, dass Sie ein ausgezeichneter Polizist sind«, sagte Horace, der sehr wohl wusste, dass er auf die Kooperationsbereitschaft des Mannes angewiesen war.

»Gemeinsam werden wir das Geschäftsviertel vor der Feuersbrunst schützen.«

Stolz und gleichzeitig leicht verlegen schob Webster seine Kappe zurecht.

»Schaffen Sie bitte mit Ihren Leuten die Fässer ins Gebäude. Zwei Ihrer Männer sollen die Häuserzeile abgehen und die Bewohner informieren, damit sie ihr Hab und Gut in Sicherheit bringen können.«

Webster bedeutete zwei Polizisten, sich auf den Weg zu machen.

»Ihr anderen deponiert die Pulverfässer vor den übrigen Häusern in der Straße«, sagte Horace.

Zusammen mit Webster betrat er die Bank. Von der Decke hing ein Leuchter, er zog an der zugehörigen Kette, und das Gaslicht erhellte den verlassen vor ihm liegenden Schalterraum. Sie gingen ins Büro des Bankdirektors, das am anderen Ende lag. Ein mächtiger Schreibtisch mit Ledersessel und gewaltige Aktenschränke füllten das Zimmer. Daneben befand sich der Raum mit den Schließfächern. Wenn der Bankdirektor rechtzeitig einträfe, könnten sie sie noch leeren. Horace bezweifelte jedoch, dass dazu Zeit bleiben würde. Es gab zudem eine Art Lagerraum, in dem Bankbelege, Papier und Bleistifte aufbewahrt wurden.

Horace und Webster machten sich ans Werk und verteilten die Fässchen in den einzelnen Räumen. Eines davon nahmen sie wieder mit und zogen eine Pulverspur von Fass zu Fass. Vorsichtig schüttete Horace das Schwarzpulver auf den blank polierten Marmorboden der Schalterhalle.

Von draußen drang eine zornige Stimme herein und unterbrach ihre konzentrierte Arbeit. Vor dem Eingangstor kam es zu einem Tumult. Jemand versuchte offenbar zu beschwichtigen, dann stürmte Horace' Bruder herein.

»Bist du von allen guten Geistern verlassen?«

Horace stellte das Pulverfass nieder und richtete sich auf.

»Was machst du hier, Gerald?«

»Ich wollte nachsehen, ob meine Bürogebäude vom Brand bedroht sind. Und was höre ich da? Du willst meine Häuser in die Luft jagen, obwohl das Feuer meilenweit entfernt ist?«

»Richtig«, erwiderte Horace.

Gerald trat an seinen Bruder heran und streckte ihm den Zeigefinger unter die Nase.

»Du wirst nichts dergleichen tun!«

»Möchtest du, dass ganz Chicago in Flammen aufgeht?«

»Du immer mit deinen Wahnvorstellungen! Meine Büros werden nicht zerstört.«

Wortlos griff Horace nach dem Pulverfass. Gerald stieß es ihm aus der Hand. Horace richtete sich kerzengerade auf. »Muss ich Webster bitten, dich festzunehmen, Gerald?«

»Mich festnehmen? Du gehörst in die Irrenanstalt!«

Horace zog ein zusammengefaltetes Stück Papier aus seinem Jackett. »Das ist der offizielle Bescheid des Bürgermeisters. Diese Häuserzeile wird gesprengt.«

»Mason hat diesen Schwachsinn nicht wirklich genehmigt!« Geralds Blick flog über das Papier.

»Schau, dass du noch möglichst viel aus deinen Gebäuden in Sicherheit bringst«, sagte Horace. »Aber beeil dich. Der Brand breitet sich rasend schnell aus.«

»Das Feuer macht mir keine Sorgen. – Was? Williams hat auch unterzeichnet? Die Stadt kann sich auf Schadensersatzforderungen gefasst machen, die sich gewaschen haben!«

»Alderman Keenan, es ist alles bereit.« Webster erschien im Schalterraum.

»Sind Sie der Sprengstoffexperte?«, fragte Gerald.

»Ich?«

»Ich leite die Sprengungen«, sagte Horace. »Und wir haben keine Zeit zu verlieren.«

»Na, dann viel Glück.«

»Was willst du damit sagen?« Horace zügelte mühsam seine Wut.

»Inszenierst du das alles eigentlich nur, um mir zu schaden? Weil ich ein Vermögen besitze und den Sohn, den du immer wolltest?«

»Gerald!«

»Was für eine billige Retourkutsche, jetzt ausgerechnet meine Häuser in die Luft zu jagen.«

»Sieh es ein, Gerald. Es geht einmal nicht um dich. Wenn du noch etwas aus deinen Büros retten willst, mach dich auf den Weg.« Horace wandte sich dem Polizisten zu. »Die Zündschnur, Webster!«

Webster eilte aus der Bank und kam kurz darauf mit einer Rolle in Kaliumnitrat getränkter Baumwollschnur zurück. Gerald sah aus, als wollte er sie ihm aus der Hand reißen.

»Sir – wir handeln im Auftrag des Bürgermeisters!«

Mit einem Knurren stürmte Gerald aus der Bank. »Das wird ein Nachspiel haben, das verspreche ich dir!«

Von draußen hörte Horace seinen Bruder lauthals vor sich hin schimpfen. Er ignorierte das Geschrei, wickelte ein langes Stück Zündschnur ab und steckte es in das Fass, das mitten im Schalterraum deponiert war.

»Webster, lassen Sie die Straße räumen.«

»Schon geschehen, Sir! Den Bereich von der Wells Street bis zur South Clark Street haben die Kollegen bereits abgeriegelt.«

Reglos standen sich Horace und Webster gegenüber. Horace zog eine Streichholzschachtel aus der Hosentasche.

»Bringen Sie sich in Sicherheit, Webster.«

»In Ordnung, Sir!«

Horace wartete, bis Websters Schritte verklungen waren. Kein Staubkorn lag auf den glatt polierten Schalterflächen. Die Messingstangen, die die Schalter von den Kunden trennten, schimmerten matt im Deckenlicht. Die Stühle waren sorgfältig unter die Tische geschoben.

Mit einem Zischen flammte das Streichholz auf. Horace hielt es an die Lunte. Der Funke sprang über und fraß sich die Schnur entlang. Horace sah nicht länger zu. Er rannte aus dem Gebäude, die Fahrbahn hinab und bog in eine Querstraße ein. Mit angehaltenem Atem wartete er. Kein Laut war zu hören. Vorsichtig blickte er um die Ecke.

Direkt vor der Bank tauchte eine Frau auf. Klein, das Kleid grau vom Ruß, und ein dunkler Zopf baumelte ihr über den Rücken.

Hastig trat Horace auf die Straße hinaus und wedelte mit den Armen. »Weg da, sofort weg da!«

Das Pulverfass zündete mit einem lauten Knall.

Kapitel 11

Instinktiv sprang Horace hinter das Gebäude und duckte sich. Knall folgte auf Knall. Ein Pulverfass nach dem anderen explodierte, einstürzende Mauern und das Klirren von zerborstenem Glas waren zu hören.

Dann herrschte Stille.

Webster und er sahen sich an.

Horace traute sich kaum, um die Ecke zu gehen. Ein Schritt. Noch einer, und er stand auf der La Salle Street. Reglos lag die Frau am Boden vor der Bank unter einer Decke aus Glassplittern, das Gesicht in den schützend um den Kopf gelegten Armen verborgen.

Horace eilte auf sie zu. Er wagte nicht, ihr zuzurufen, aus Furcht, keine Antwort zu erhalten. Da bewegte sie sich, kniete sich auf und erhob sich langsam. Scherben fielen zu Boden. In ihrem dunklen Haar glitzerte es wie von Feenstaub. Die Frau verzog das Gesicht und rieb sich die Ellbogen, wo ihr Kleid aufgerissen, die Haut aufgeschürft war.

»Miss, geht es Ihnen gut?«

Sie blickte an sich hinab. Ein Glassplitter hatte eine blutende Schramme auf ihrem Handrücken hinterlassen. Vorsichtig bewegte sie ihre Gliedmaßen, griff sich an die Ohren. »Ich kann kaum etwas hören.« Sie schüttelte den Kopf.

»Das kommt von den Explosionen. Ihr Gehör kehrt bald zurück«, rief Horace erleichtert. Die Frau kam ihm vage bekannt vor. Sie hob die Hände, um sich das Haar zu richten. Rasch hielt er sie fest. »Nicht!« Behutsam zupfte er die verbliebenen Scherben aus ihrem dichten Zopf, zerrupfte ihn aber dabei. Webster traute sich nun ebenfalls zu ihnen. Horace hob den Blick. Die Bank stand unversehrt vor ihm, abgesehen von den zerbrochenen Fensterscheiben.

Wie ist das möglich?

»Wo wollten Sie denn hin, junge Lady?«, fragte Horace.

»Zum Gefängnis.« Sie schien noch leicht verwirrt zu sein.

»Können Sie gehen?«

Sie nickte.

»Webster, begleiten Sie die Dame.«

Die Frau wehrte ab. »Das ist nicht nötig.«

Zweifelnd musterte Horace sie. Allerdings brauchte er jeden Mann. Irgendetwas war furchtbar schief gelaufen bei diesem ersten Sprengversuch seines Lebens. Er spähte durch eine der Fensteröffnungen. Ein schwarzes Loch im Marmorboden zeugte von dem Fass, das dort gestanden hatte, das Licht der Straßenlaternen leuchtete von hinten herein. Die gesamte Rückwand des Gebäudes war eingebrochen. Einige Steine lagen verstreut im Schalterraum.

»Ich muss weiter«, sagte die junge Frau.

Horace wandte sich ihr zu. »Nehmen Sie wenigstens vorher einen Schluck Wasser zu sich.« Sie nickte und folgte Webster zum Transportwagen der Polizei. Horace legte die Handflächen trichterförmig an den Mund und schrie die Straße hinunter: »Bringt Sprengstoff! Und Lunten!« Er verschwand in der Bank, um herauszufinden, worin sein Fehler bestanden hatte. Sie würden sofort einen zweiten Versuch starten. Vor ihnen lag eine lange und gefährliche Nacht.

* * *

Die Sankt-Pauls-Kirche versank in einem Flammenmeer, aus dem nur noch die Turmspitze dunkel und bedrohlich herausragte. Die Mutter umklammerte Coras Hand so fest, dass sie aufschrie, und zog sie Richtung Tunnel. Sie eilte auf die große Unterführung zu, die den Fuhrwerken vorbehalten war.

»Nicht, Mama, wir müssen hier lang!« Cora zerrte ihre Mutter zum Fußgängertunnel. Die Gaslampen flackerten und warfen Schatten auf die Männer und Frauen, die durch den Gang hasteten. Ein Bursche vor ihnen mit klobigen Schuhen schleppte ein unförmiges Bündel auf dem Rücken. Er hatte eine Bettdecke mit seinen Habseligkeiten gefüllt und sich über die Schulter geworfen. Eine abgehärmte Frau, aus deren Haarknoten Strähnen hingen, trieb ein halbes Dutzend Kinder vor sich her. Immer tiefer drangen sie in die Unterführung vor. Bald waren sie mitten unter dem Fluss. Dumpfes Gepolter ertönte.

»Der Tunnel stürzt ein!«, kreischte eine Frau.

Von hinten stieß jemand Cora mit der Faust vorwärts. Sie wurde gegen das Mädchen vor ihr gepresst, zugleich versuchte ein korpulenter Mann mit Bieratem, sich an ihr vorbeizuschieben. Krampfhaft umklammerte Cora die Hand ihrer Mutter. Das Gedränge wurde dichter und dichter.

Mit aller Gewalt zwängte sich eine hagere Alte zwischen sie beide. Die Finger der Mutter lösten sich von ihren. Cora wurde vorwärts geschoben und musste laufen, um nicht von der Menge überrannt zu werden.

»Mama, wo bist du?« Im Gehen drehte sie den Kopf. So viele Fremde, die so rasch wie möglich aus dem Tunnel wollten. Schreie erfüllten den

Durchgang. Ein Koffer lag auf dem Boden. Cora sah ihn zu spät, stolperte und stürzte. Ein junger Mann hinter ihr versuchte auszuweichen und trat ihr dabei auf die Hand. Schon war er an ihr vorbei, ohne sich auch nur umzusehen oder ihr zu helfen. Ein anderer trat auf Coras Rücken. Da zerrte jemand an ihrem Arm und zog sie mit unheimlicher Kraft nach oben. Ihre Mutter.

»Mama!« Cora klammerte sich an sie. Gemeinsam eilten sie vorwärts. Cora sah den Ausgang. Gleich hatten sie es geschafft.

Auf einmal erklang Hufgetrappel, und die Menschen drückten sich an die Wände, um eine Gasse zu bilden. Cora wandte sich um. Ein Rappe galoppierte in Todesangst durch den Tunnel direkt auf sie zu.

Sie erstarrte. Sah alles wie unter einem Vergrößerungsglas. Die geweiteten Nüstern, die wirre Mähne. Sie konnte das Pferd sogar riechen. Unaufhaltsam kam es näher.

Da stieß die Mutter sie zur Seite. Cora schlug gegen die rauen Steine der Tunnelwand. Jetzt stand ihre Mutter an der Stelle, wo sie sich einen Moment zuvor noch befunden hatte. Der Rappe stieß ihre Mutter zu Boden, und seine Hufe trampelten über sie hinweg. Cora schrie auf und bückte sich, um ihrer Mutter aufzuhelfen, und ein Mann mit umgeschnalltem Werkzeuggürtel kam ihr zur Hilfe, indem er ihre Mutter am anderen Arm packte. Gemeinsam schleiften sie sie die letzten

Schritte aus dem Tunnel. Dort legte der Mann sie ab und verschwand ohne ein einziges Wort. Cora kauerte sich neben ihre Mutter. »Mama, sag was! Mama!«

Ihre Mutter rührte sich nicht. Cora schossen die Tränen in die Augen. Sie streichelte über die Wangen, die sehnigen Arme und Hände, die immer noch das Bündel umklammert hielten.

Die Lider ihrer Mutter flatterten.

»Mama! Hörst du mich? Alles wird gut, Mama.«

Ihre Mutter öffnete die Augen. Mit einer kaum merkbaren Bewegung schob sie Cora das Bündel zu. Cora fasste danach. Die Mutter strich ihr über den Handrücken. »Ich hab euch lieb!«

Noch nie hatte ihre Mutter diese Worte ausgesprochen. Cora wollte etwas sagen. Ihre Kehle war wie zugeschnürt. Da sank der Kopf ihrer Mutter zur Seite, ihr Griff löste sich, und die Hand glitt in den Straßenstaub.

»Mama, nicht. Mama!«

Cora wiegte sich vor und zurück. Jemand stieß hart gegen ihre Schulter, sodass sie das Gleichgewicht verlor und auf das Bündel stürzte.

»Verschwinde, Mädchen! Der kannst du nicht mehr helfen.« Eine grell geschminkte Hure mit tiefem Dekolleté beugte sich vor, riss die Ansteck-nadel vom Kleid der Mutter und lief davon. Cora sprang auf, doch die Prostituierte war bereits im Menschengewirr verschwunden.

Ein unheilvolles Prasseln drang an Coras Ohr. Wie konnte das sein? Hatte der Wind etwa das Feuer über den Chicago River getragen, während sie unter ihm durchgeeilt waren? Der Fluss, auf dem ein brennendes Ruderboot entlangtrieb, lag dunkel vor Cora, aber aus dem Dach einer Scheune neben ihr schlugen Flammen und der Geruch von verkohltem Holz erfüllte die Luft. Cora spürte die Hitze im Gesicht. Mit einem lauten Krachen stürzte die Scheune in sich zusammen. Gierig streckte die rote Gefahr ihre Finger nach den danebenstehenden Holzhäusern aus. Cora presste das Bündel an sich und rannte los, das Feuer im Rücken.

Kapitel 12

Marc genoss die gediegene Atmosphäre im Café des Opernhauses. Das Stimmengemurmel, den Duft frisch gemahlenen Kaffees, die Melodien, die der Pianist dem Klavier entlockte. Marc schwenkte das Glas, in dem der Portwein dunkelrot schimmerte. »Du hast recht, Lewis, das ist wirklich ein exzellenter Tropfen.«

»Dafür findest du immer die besten Lokale, aber was die Getränke angeht …« Sein Freund schüttelte den Kopf und lachte auf. »Erinnerst du dich, wie wir nach Gettysburg alle völlig erledigt auf dieser Plantage in dem halb zerstörten Herrenhaus gelandet sind?«

Marc lachte. »Der Schwarze hat trotz seiner Angst so distinguiert ausgesehen mit seinen grauen Schläfen. Zudem sind wir ja gekommen, um ihn zu befreien. Konnte ich ahnen, dass er mir ein Fass Essig in die Hand drücken würde?«

»In der Nacht hast du dir unter deinen Männern keine Freunde gemacht.«

»Aber du musst zugeben, ich habe dann doch noch einen ganz passablen Wein aufgetrieben!«

Von draußen drang gedämpftes Donnern herein.

»Zieht ein Gewitter auf?«, fragte Lewis.

»Für mich hat es wie eine Explosion geklungen.« Marc lauschte, aber einzig Robert Schumanns Träumerei erfüllte den Raum. Virginia hätte es genossen. Er vermisste die sanfte und zurückhaltende Art seiner Frau, ihr gemeinsames Musizieren. Er und sie daheim im Salon. Er am Flügel und Virginia, die sang. Mit ihrer Stimme hätte sie in jedem Opernhaus der Welt auftreten können. Aber schon die Hauskonzerte hatten ihr die Röte in die Wangen getrieben und sie vor Aufregung nächtelang nicht schlafen lassen.

Die kleine Näherin hätte damit sicher kein Problem. Wobei Marc bezweifelte, dass sie irgendetwas von Musik verstand. Verstimmt schüttelte er den Kopf. Jetzt hatte sich diese Louisa schon wieder in seine Gedanken geschlichen. Das forsche Ding, das im Gericht, obwohl sie mit dem Rücken zur Wand gestanden hatte und ihre Furcht fast greifbar gewesen war, gekämpft hatte wie eine Löwin. Gegen seinen Willen hatte ihn das beeindruckt. Dennoch war es ärgerlich, dass er nicht genug Beweise gehabt hatte, um sie hinter Gitter zu bringen, denn er war nach wie vor von ihrer Schuld überzeugt.

Marc spürte eine Hand auf seiner Schulter. Lewis beugte sich vor.

»Denkst du etwa schon wieder an Virgina? Du musst sie loslassen. Ich vermisse meine Schwester auch, aber es ist jetzt zwei Jahre her.«

Marc nickte. Längst hatte er sich abgewöhnt, solchen Aufforderungen mit Gegenwehr zu begegnen. In letzter Zeit überwogen Schuldgefühle die Trauer, da die Erinnerung an Virginia verblasste. Er räusperte sich. »Sehen wir uns in drei Tagen, bei der Eröffnung der Oper? Crosby meint, das Interieur übertrifft alles bisher Dagewesene. Und auf die Aufführung bin ich auch sehr gespannt.«

»Leider nicht. Ich fahre übermorgen nach New York. Die vergangenen Wochen war ich sozusagen in geheimer Mission unterwegs.« Verschwörerisch senkte Lewis die Stimme. »Ein Gentleman, der nicht genannt werden möchte, hat Interesse an einigen Liegenschaften hier. Ich habe mich für ihn umgehört. Dabei bin ich auf interessante Details gestoßen und habe genauer nachgeforscht. Du glaubst ja nicht, was unter der Hand alles läuft.«

Marc dachte an die Immobiliengeschäfte seines Vaters und nahm einen Schluck Portwein.

»Ich vermute, dass mein Interessent in Wahrheit gar nichts kaufen will. Ich denke, er plant, diese

Machenschaften aufzudecken. Keine Angst – den Namen Keenan werde ich nicht fallen lassen.« Lewis zwinkerte Marc zu. »Zudem ziehe ich in Kürze aus Chicago fort. Ab nächsten Monat arbeite ich für die Union Pacific Railroad. Nachdem sie mir versprochen haben, mich nicht in den Westen zu den Indianern zu schicken, habe ich eingewilligt. Die Eisenbahn hat mich schon als Junge fasziniert.«

Draußen ratterten eisenbeschlagene Räder über das Kopfsteinpflaster. Marc spähte aus dem raumhohen, von Samtvorhängen gesäumten Fenster. Es war ein Spritzenwagen der Feuerwehr.

Gedankenverloren sah Marc Lewis an. Er konnte von den Aktivitäten seines Vaters, in die Marc selbst erst vor einer Woche eingeweiht worden war, unmöglich wissen. Marc war klar, dass da weitere Geschäfte liefen, die nicht immer ganz legal waren. Was hatte Lewis herausgefunden? Und viel wichtiger: Konnte er Lewis vertrauen? Seine Verbundenheit zur Familie Keenan war seit Virginias Tod nur noch eine lose. Ob sein Vater für das, was Lewis entdeckt hatte, vor Gericht belangt werden konnte? Selbst wenn nicht – das Ansehen der Keenans wäre für immer geschädigt.

Die Union Pacific Railroad war die Lösung. Lewis würde seine Reise nach New York gar nicht erst antreten, dafür würde er sorgen. Stattdessen würde sein Freund sich in Kürze auf dem Weg ans andere Ende des Kontinents befinden. Marc wusste bereits, mit wem er am nächsten Morgen sprechen würde. Es war schade, dass er Lewis lange nicht mehr sehen würde. Aber die Familie ging vor.

Ein hagerer Mann in einem abgetragenen, schlichten Anzug betrat den Raum – offenbar ein Bediensteter. Der Ober wollte ihn abwehren, doch der Hagere zeigte auf einen Herrn mit Vollbart und einer goldenen Taschenuhr am Revers, der am Tisch neben Marc und Lewis saß. Der Herr gab dem Kellner einen Wink, den Bediensteten vorzulassen. Marc kam nicht umhin, das Gespräch mitzuhören.

»Sir, ein Feuer nähert sich dem Geschäftsviertel. Die ersten Gebäude brennen bereits. Ihre Angestellten sind dabei, die Unterlagen und Möbel aus dem Büro zu schaffen. Aber im Lagerhaus am See ist nicht genug Platz ...«

Der Bärtige sprang auf, warf eine Münze auf den Tisch und eilte mit seinem Bediensteten davon.

»Das klingt nicht gut«, sagte Marc. »Ich sehe lieber mal im Gericht vorbei, ob wir Akten in Sicherheit bringen müssen.«

»Kann ich dir helfen?«

Marc winkte ab.

»Gut, dann mache ich mich auf den Heimweg. Bis bald!«

Marc schüttelte Lewis die Hand. Leider werden wir uns so bald nicht mehr sehen, mein Freund.

* * *

Der Polizist führte Louisa zu einem Fuhrwerk. Dankbar nahm sie Platz und trank den Becher Wasser, den er ihr reichte. Um sie herum leuchtete in fast sämtlichen Gebäuden Licht, und Angestellte schleppten Akten auf die Straße. Berge an Kleidung, Porzellan und Pelzen wurden aus den Geschäften getragen und draußen aufgestapelt. Herren in feinen Anzügen beaufsichtigten ihre Bediensteten und schrien Befehle.

Louisa rieb sich die Ohren. Alles klang, als wäre ihr Kopf unter Wasser getaucht. Warum Marc Keenans Onkel eine Bank in die Luft jagte, hatte sich ihr nicht erschlossen. Aber da er in Begleitung von Polizisten war, hatte sicher alles seine Richtigkeit. Sie blickte die Straße hinunter, aus der sie gekommen war. Es leuchtete rot, und Louisa vermeinte, Brandgeruch wahrzunehmen. Das Feuer kam zwischen den Steinhäusern und Ziegelgebäuden zwar langsamer voran, dachte jedoch nicht daran, sich zähmen zu lassen.

»Danke für das Wasser!«, sagte Louisa, sprang vom Wagen und drückte dem Beamten den Becher in die Hand. »Ich muss weiter.« Webster tippte an seine Kappe, und Louisa machte sich auf den Weg. Der Wind schob sie mit solcher Kraft vorwärts, dass sie beinahe stolperte. Zum Glück war es jetzt nicht mehr weit, und sie erreichte bald darauf den

Platz, in dessen Mitte das Gerichtsgebäude lag. Ein Pferdeomnibus bog um die Kurve und Kutschen preschten die Straße entlang. Im letzten Moment wich Louisa dem Besitzer einer Eisenwarenhandlung aus, der eine mit Nägeln gefüllte Kiste ins Freie schleppte und auf einem Berg aus Werkzeugen und Truhen platzierte, den er dort bereits aufgetürmt hatte. Auch der Geschäftsinhaber nebenan war rührig. Keuchend zerrte er halb fertige Sättel an Louisa vorbei auf den Gehweg. Der Geruch von Leder stieg ihr in die Nase. Als der Sattler seine Last absetzte und dabei gegen einen Haufen Steigeisen stieß, klirrte es. Im Weitergehen beobachte Louisa einen Wirt, der mit einem schlaksigen Gehilfen Brandyfässer aus einem Lager auf die Straße rollte. In der angrenzenden Kneipe saßen an der Theke Männer, die das Spektakel interessiert durch die offen stehende Tür verfolgten. Der Barbesitzer stellte ein Fass ab, rieb sich den offenbar schmerzenden Rücken, und rief seinen Gästen zu: »Trinkt! Geht aufs Haus. Wäre schade, wenn das Feuer den guten Tropfen verschlingt.«

»Ein Hoch auf O'Sheenan, den besten Wirt aller Zeiten!« Die Männer prosteten ihm zu und füllten ihre Gläser.

Louisa eilte an den Fässern vorbei, durch den Eingang des Parks und zwischen den Bäumen auf das pompöse Eingangsportal des Gerichtsgebäudes zu. Zwei Polizisten hielten Wache. Louisa hastete die Treppe hinauf, doch die beiden Männer traten ihr, die Gewehre im Arm, in den Weg. »Halt, Miss!«

Erleichtert stellte Louisa fest, dass sie beinahe wieder normal hörte. »Mister, bitte, was ist mit den Gefangenen?«

»Wovon sprichst du?«, fragte der junge Wachhabende, dessen Koteletten fast bis zum Kinn reichten.

»Hat man sie in Sicherheit gebracht?«

»Das braucht dich nicht zu kümmern, Mädchen! Schau, dass du weiterkommst!« Sein Kollege, ein untersetzter, stämmiger Kerl, wedelte mit der Hand und bedeutete ihr so zu verschwinden.

»Aber das Feuer wird bald hier sein!« Louisa strich sich eine Haarsträhne aus der Stirn.

Der mit den Koteletten warf seinem Kollegen einen besorgten Blick zu.

»Die Gefangenen haben keine Chance, eingesperrt im Untergeschoss«, sagte Louisa.

»Wenn du solche Sehnsucht nach deinem Liebsten hast, such dir das nächste Mal einen, der nicht kriminell ist, Mädchen. Und nun scher dich fort.«

So leicht würde sie sich nicht abweisen lassen. »Schau mich an!« Sie wies auf ihr mit Brandlöchern übersätes Kleid und den Schnitt auf ihrer Hand.

»Die Feuerwehr hat alles unter Kontrolle«, versuchte der mit den Koteletten, sie zu beschwichtigen.

Louisa schüttelte den Kopf. »Ganz im Gegenteil! Lasst die Gefangenen raus! Wollt ihr schuld sein, wenn sie in den Flammen umkommen?«

Der stämmige Beamte trat einen weiteren Schritt vor, sodass Louisa eine Stufe hinabsteigen musste. Und noch eine. Trotzdem starrte sie weiter entschlossen zu ihm empor.

»Jetzt reicht's! Verschwinde, oder ich sperr dich zu deinem Liebsten!«

Hinter Louisa ertönten Schritte und Stimmen. Sie blickte sich um und sah etliche Frauen und Männer, die über den Rasen auf den Eingang zueilten. Eine grauhaarige Alte rief: »Mein Sohn sitzt in einer der Zellen. Ihr müsst ihn freilassen!«

»Seht ihr nicht, dass das Feuer kommt? Meine Frau ist eine von euren Gefangenen. Öffnet die Türen!«

Die Angehörigen der Häftlinge drängten die Treppe hinauf, worauf die Polizisten ohne zu zögern die Gewehre auf sie richteten.

»Runter von der Treppe, sofort!«

Die Menge wich zurück. Nur Louisa blieb weiter wie angewurzelt stehen und ließ die Wächter mit ihren Waffen nicht aus den Augen. Sie hatte sich nicht durch die halbe Stadt gekämpft, um sich nun von diesen zwei Männern abwimmeln zu lassen. Hinter ihr erklangen plötzlich energische Tritte, und gleich darauf stürmte ein Mann an Louisa vorbei die Treppe hinauf.

»Was ist hier los?«, fragte er.

»Guten Abend, Richter Keenan!« Die Polizisten behielten die Leute, die sich auf der Wiese vor dem Gerichtsgebäude versammelt hatten und murrten, unablässig im Blick.

»Sie weigern sich, die Gefangenen in Sicherheit zu bringen«, erklärte Louisa.

Marc drehte sich zu ihr um und blickte sie mit gerunzelter Stirn an. Dann erkannte er sie. »Miss Bender!«

»Jawohl. Das Feuer wird bald hier sein und …«

Mit einer Handbewegung schnitt er ihr das Wort ab und stieg die restlichen Stufen hoch, bis er vor dem Portal stand. Louisa folgte ihm auf dem Fuß.

»Wer ist der wachhabende Offizier?«

»County Commissioner Daniel Worthington, Sir!«

»Holen Sie ihn!«

Die Polizisten wechselten einen Blick, dann nickte der Stämmige, und der Jüngere verschwand nach drinnen. Kurz darauf kehrten der Beamte und ein älterer Herr mit der aufrechten Haltung eines Generals zurück. Ein weißer Backenbart umrahmte sein Gesicht.

»Richter Keenan, was kann ich zu dieser späten Stunde für Sie tun?«

»Der Brand wird bald das Gerichtsgebäude erreichen. Die Häftlinge müssen in Sicherheit gebracht werden.«

»So, so.« Der alte Herr strich über seinen Bart. »Haben Sie eine Vollmacht des Bürgermeisters?«

»Ich stelle Ihnen eine aus!«

Der Commissioner verschränkte die Hände hinter dem Rücken. »Tut mir leid, Richter Keenan, das fällt nicht in Ihren Zuständigkeitsbereich.«

»Die Gefangenen werden in ihren Zellen umkommen, wenn Sie sie nicht freilassen«, sagte Louisa.

Der Commissioner warf ihr einen vernichtenden Blick zu. »Es muss alles seine Ordnung haben. Ohne Bescheid keine Freilassung.«

»Commissioner Worthington, das ist eine Ausnahmesituation!«, versuchte es Marc erneut.

»Genau. Bitte unternehmen Sie etwas. Wir haben nicht mehr viel Zeit«, sagte Louisa.

»In so einem Moment ist es wichtig, nichts zu überhasten und die Ordnung zu wahren. Und vor allem den Kopf nicht zu verlieren«, antwortete der Commissioner.

Louisa verzweifelte. So stur konnte man doch gar nicht sein! »Sie überlassen nicht ernsthaft wegen eines fehlenden Fetzen Papiers Menschen dem Tod!«

»Ich werde auf die Bürger Chicagos sicher nicht fast hundert Diebe, Räuber und Mörder loslassen, die sich schon unter normalen Umständen nicht an die Gesetze halten.«

»Bringen Sie sie gefesselt fort, bewacht von Ihren Leuten«, schlug Louisa vor.

»Ich weiß nicht, warum ich mit Ihnen rede, Miss. Außerdem stehen mir mitten in der Nacht für eine solche Aktion nicht genügend Polizisten zur Verfügung.«

»Commissioner Worthington, führen Sie nur die Mörder ab und die anderen lassen Sie frei. Es ist ja nicht so, dass ausschließlich Schwerverbrecher in den Zellen sitzen«, sagte Marc.

»Nicht ohne Bescheid des Bürgermeisters.«

Louisa hätte sich am liebsten die Haare gerauft und sie sah, dass es Marc Keenan ähnlich ging. Er biss die Zähne so fest zusammen, dass seine Kieferknochen hervortraten.

»Ich besorge Ihnen den nötigen Befehl.« Marc wandte sich an Louisa. »Keine Sorge, wir werden Ihren Verlobten und die anderen nicht sterben lassen. Der Bürgermeister wohnt ganz in der Nähe. Ich bin in Kürze zurück.« Er eilte die Stufen hinunter.

»Und Sie, Miss, gehen jetzt bitte ebenfalls«, sagte Worthington.

Louisa blickte auf die beiden Beamten, die ihre Gewehre noch immer schussbereit in Händen hielten. Drei weitere kamen aus dem Gerichtsgebäude und postierten sich am Treppenabsatz, worauf Louisa langsam die Stufen hinabstieg und die Menge unten auf dem Rasen murrend zurückwich. Eine der Frauen weinte leise, während ein Mann einen derben Fluch ausstieß.

Dass Marc Keenan den Bescheid besorgen wollte, war gut und schön, aber Louisa konnte Wilhelms Leben nicht von einer Unterschrift abhängig machen. Sie zwängte sich durch die Wartenden, die Schmährufe gegen die Polizisten ausstießen, sich jedoch nicht die Treppe hinaufwagten. Louisa bog um die Ecke und schlich sich unbemerkt über den Rasen zur Rückseite des Gebäudes. Hier lagen die Zellen. Einen Moment lang starrte sie auf die Steinmauer, dann wusste sie, wie sie Wilhelm befreien würde.

Louisa rannte zu der Eisenwarenhandlung, an der sie vorhin vorbeigekommen war. Davor türmten sich die Waren, und der Inhaber sowie ein junger Bursche beluden mit hochgekrempelten Ärmeln ein danebenstehendes Fuhrwerk. Dabei rann ihnen der Schweiß über die Stirn.

»Für mehr ist kein Platz«, sagte der Besitzer und kletterte auf den Kutschbock. »Du passt auf, bis ich zurück bin.«

»Geht klar, Mr Johnson!«

Als der Wagen auf dem Kopfsteinpflaster davonrumpelte, setzte der Junge sich auf eine der Truhen und zog eine Zigarette aus der Hosentasche. Louisa hatte in dem Berg inzwischen gefunden, wonach sie suchte. Sie erwog, den

Burschen um die Werkzeuge zu bitten, doch nach der Erfahrung, die sie soeben mit den Polizisten gemacht hatte, entschied sie sich dagegen. Unauffällig näherte sie sich dem Stapel und hob vorsichtig ein Stemmeisen herunter. Dann griff sie nach der Spitzhacke, die schwerer war, als sie erwartet hatte, und mit einem lauten Klirren auf die Straße knallte. Pfeilschnell stand der Junge neben ihr, die brennende Zigarette zwischen den Fingern, und zeigte auf das am Boden liegende Werkzeug. »Hey, was tust du da?«

»Mein Freund sitzt im Gefängnis, und die Wärter lassen ihn nicht raus.«

»Was geht mich das an? Stell das sofort zurück!«

Widerstrebend lehnte Louisa die Spitzhacke an eine mit Vorhängeschlössern gefüllte Kiste, denn der Junge sah flink aus. In diesem Moment ertönten auf der anderen Seite des Warenbergs Gepolter und Flüche.

»Wage es ja nicht, sie zu klauen!«, warnte der Junge Louisa und sauste hinter den Dieben her, die eine Kiste mit Werkzeug zwischen sich fortschleppten.

Louisa verharrte einen Moment. Ich werde das Werkzeug später wieder zurückbringen! Sie griff nach dem Stemmeisen und der Spitzhacke und verschwand, so schnell es das Gewicht in ihren Armen zuließ.

Ungesehen von den Polizisten gelangte sie an die Rückseite des Gerichtsgebäudes. Sie rief sich den Keller ins Gedächtnis und schritt die Wand entlang. »... zehn, elf, zwölf.« Louisa blieb stehen. Zuerst hatten die Wärter damals Wilhelm in seine Zelle gebracht. Zu ihrer waren es acht Schritte mehr gewesen, daher musste Wilhelm sich direkt hier hinter der Mauer befinden. Auch einer der Lüftungsschlitze, an die sie sich aus ihrer Zeit im Gefängnis erinnerte, befand sich an dieser Stelle. Leider war er viel zu schmal, um sich durchzuzwängen. Sie hob die Spitzhacke und schlug mit aller Kraft auf die Wand neben der Öffnung ein. Und noch einmal. Der Lärm ging unter im Tosen des Windes, dem Klappern auf der Straße und dem Geschrei der Angehörigen vorn am Eingang. Schon nach wenigen Hieben schmerzten ihre Arme. Immer wieder ließ sie die Hacke auf die Fuge zwischen den Mauersteinen sausen. Manchmal traf sie den Stein, dann drang der Schmerz bis in ihre Schultern.

»Was soll das werden?«

Louisa fuhr herum. Hinter ihr stand ein Hüne in grober Arbeitskleidung.

»Ich befreie die Gefangenen.« Sie schlug erneut zu. Der Hüne entwand ihr die Spitzhacke.

»Lass mich das machen! Mein Bruder sitzt auch dadrinnen.«

Bei ihm sah es aus wie ein Kinderspiel. Der erste Stein lockerte sich. Louisa griff nach dem Stemmeisen, setzte es an und drückte den Stein Zoll für Zoll aus der Öffnung, bis er ins Gras fiel.

»Ihr beiden, sofort weg da!«

Zwei Polizisten rannten durch den Park auf Louisa und den Hünen zu. Louisa erkannte den stämmigen Kerl vom Eingang wieder, raffte die Röcke und stürmte davon. Der würde seine Drohung wahr machen und sie, ohne mit der Wimper zu zucken, in eine Zelle werfen. Sie duckte sich hinter den Stamm eines mächtigen Baums. Vorsichtig spähte sie hervor. Die Polizisten waren dabei, dem laut protestierenden Hünen die Hände auf dem Rücken zu fesseln. Dann zerrte ihn der Stämmige in Richtung Eingang, während der andere neben dem gerade erst geschlagenen Loch Stellung bezog. Sie war so nah dran gewesen.

Louisa sah sich um und erschrak. Ein paar Häuserblocks entfernt loderten Flammen. Ihr blieb nicht mehr viel Zeit.

Kapitel 13

Es musste eine andere Möglichkeit geben, ins Gebäude zu gelangen. Wenn sie Wilhelm nicht von außen befreien konnte, dann vielleicht von innen. Louisa umkreiste erneut das Gericht und entdeckte eine unscheinbare Pforte. Sie schlich näher und sah einen Polizisten in der Türöffnung Wache halten. Rasch versteckte sie sich hinter einem Baum. Das durfte einfach nicht wahr sein! Sie musterte das schmale Gesicht, die Uniform, die dem schmächtigen Kerl zu groß war, und den fehlenden Knopf am Ärmelaufschlag. Der Mann sah müde aus. Vermutlich stand er bereits seit Stunden hier. Louisa zwickte sich mit den Fingern in die Wangen, um sie zu röten, biss mit den Zähnen auf ihre Lippen, um ihnen Farbe zu verleihen, und straffte die Schultern.

Sie trat hinter dem Baum hervor und schlenderte auf den Beamten zu. »Ein ganz schöner Tumult heute Nacht, nicht wahr?« Louisa schenkte ihm ein Lächeln. Unwillkürlich erwiderte er es, doch gleich darauf wurde seine Miene wieder ernst. »So ein kleines Feuer und eine derartige Aufregung. Du stehst doch sicher schon ewig hier, du Armer. Mein Bruder ist einer von euch, ich weiß, wie anstrengend das ist«, flunkerte sie ungeniert. »Schon wenn ich dich so stehen sehe, tun mir alle Knochen weh.« Louisa streckte ihren Oberkörper und strich mit den Händen über ihre Taille und die Hüften. Die Blicke des Polizisten folgten ihren Bewegungen. »Stell dir vor – O'Sheenan rollt sämtliche Brandyfässer auf den Platz raus. Der Dummkopf glaubt, dass die Flammen seine Bar vernichten, und gibt jedem einen aus!« Vertraulich beugte sie sich vor. »Ich habe mir ein Gläschen gegönnt. Einen Single Malt! Kann ich mir sonst nie leisten. Das ist wie ein Sonnenstrahl auf der Zunge.« Genießerisch fuhr sie sich mit der Zungenspitze über die Lippen. »Deine Kameraden zwitschern ordentlich einen.« Sie zwinkerte ihm zu. Sie hatte beinahe gewonnen, denn er trat aus der Türöffnung und spähte Richtung Saloon. Louisa stand so dicht bei ihm, dass ihre Arme sich streiften. »Wenn ich es mir recht überlege – ein Schlückchen könnte ich noch vertragen!« Mit wiegenden Hüften schritt Louisa die Hauswand entlang und bog um die Ecke. Sobald sie sicher war, dass er sie nicht mehr sehen konnte, rannte sie zum Springbrunnen und duckte sich dahinter.

So etwas hatte sie nie wieder tun wollen. Aber was war ihr anderes übriggeblieben?

Sie hielt den Atem an und wartete. Nichts geschah. Entmutigt lehnte sie den Kopf gegen den kühlen Stein und schloss die Augen. Als sie erneut aufsah, schlich der Wächter, sich ständig umsehend, davon, ohne Zweifel mit Kurs auf O'Sheenans Bar.

Im Westen hatte sie also doch genug über die Männer gelernt. Oder eher viel zu viel.

In Windeseile huschte Louisa zur Pforte und ins Innere. Wie sie gehofft hatte: Der Polizist hatte vergessen abzuschließen.

Allerdings kannte Louisa diesen Trakt des Gerichtsgebäudes nicht. Sie musste die Treppe zum Untergeschoss finden. Vorsichtig spähte sie in die einzelnen Räume und eilte mehrere Gänge entlang, als plötzlich ein Mann um die Ecke bog. Louisa stoppte abrupt und versteckte sich in einem Türeingang. Ihr Herz pochte wie wild. Der Mann war jedoch mit den Papieren in seiner Hand beschäftigt, sodass er sie nicht bemerkte. Louisa öffnete eine Tür am Ende des Flurs und sah die hohe Eingangshalle vor sich. Hier kannte sie sich aus! Da ertönte eine kräftige Stimme. »Alle Mann Gewehre nehmen und mitkommen! Wir müssen das Gebäude sichern!«

Von unten und aus dem anderen Flügel kamen Polizisten ins Foyer geeilt. Louisa trat augenblicklich von der Tür zurück, presste sich flach an die Wand und wagte nicht zu atmen. Das Trampeln von Schritten und Stimmengewirr drangen zu ihr. Aber innerhalb weniger Minuten war der Spuk vorbei. Von draußen erklangen Rufe und Befehle, aber drinnen war kein Laut mehr zu vernehmen. Louisa spähte in die Eingangshalle. Sie war menschenleer und die Tür zum Keller stand halb offen. Flink huschte sie an der Mauer entlang darauf zu und gelangte in einen Vorraum. Geradeaus führte die Treppe in die Tiefe, an den Seiten befanden sich die Türen zu den Räumen des Wachpersonals. Im ersten Zimmer an einem Brett hingen akribisch geordnet und durchnummeriert die Schlüssel. Sie konnte unmöglich alle mitnehmen, nie würde sie auf die Schnelle herausfinden, welcher Schlüssel in welches Schloss passte. Allerdings – ein Haken war leer. Zudem befand sich unter diesem keine Ziffer. Ob es etwa einen Hauptschlüssel für alle Zellen gab? Aber bis auf einen Tisch mit einem darauf liegenden Kartenspiel und einigen ringsherum stehenden Stühlen, war der Raum leer.

Louisa hastete in das gegenüberliegende Zimmer. Darin befand sich ein vollgeräumter Schreibtisch mit zurückgeschobenem Stuhl, als wäre jemand in großer Eile aufgesprungen. Auf dem Tisch lagen etliche Papiere, Stifte und aufgeschlagene Akten. Louisa eilte hin und hob die Blätter an, in der Hoffnung, in dem Chaos vielleicht den Hauptschlüssel zu finden, als sich Schritte näherten.

* * *

Dunkel hob sich die Kuppel des Gerichtsgebäudes von dem erleuchteten Nachthimmel ab. Ein steter Glutregen fiel nieder. Schemenhafte Gestalten huschten über die Plattform und erstickten die unablässig wachsenden orangeroten Zungen, die gierig am Dach leckten. Doch immer neue Funken fraßen sich, allen Bemühungen zum Trotz, ins Gebälk.

Der Wind griff nach den glühenden Dachschindeln, riss sie aus ihrer Verankerung und jagte sie durch die Luft. Eine davon segelte in den Turm des Gerichtsgebäudes und fiel auf einen Haufen Holzspäne. Es knisterte, prasselte, und im Nu brannte es lichterloh.

Schemen flohen die Treppe hinab. Die Glocke läutete unentwegt, während das Feuer die Kuppel in ein Flammenmeer hüllte. Rauchschwaden fanden ihren Weg durch die Gänge und Ritzen hinab ins Erdgeschoss und bis in den Keller. Der Qualm waberte den Flur entlang und schlüpfte durch die Türritzen in die Zellen.

Wilhelm kroch beißender Rauch in der Nase. Es war nicht der Duft des Herdfeuers, der eine köstliche Mahlzeit versprach, es war der Qualm, der den Tod bedeutete.

Wilhelm sprang von seinem Lager auf und stieß mit dem Häftling neben ihm zusammen, der ebenfalls zur Tür drängte. Er hörte Gebrüll und merkte im ersten Moment nicht, dass er selbst schrie. Rücksichtslos schob er seine Mitgefangenen zur Seite, bis er an der Eisentür stand, und schlug dagegen.

»Hilfe! Holt uns hier raus!«

Auch aus den anderen Zellen erklangen Rufe. Der Rauch machte Wilhelm das Atmen schwer. Er rüttelte an den Stäben, aber eine kräftige Hand stieß ihn fort. Im letzten Augenblick konnte er verhindern, dass er stürzte, doch er wurde immer weiter zurückgedrängt.

»Lasst uns sofort frei!«

»Ihr Hurensöhne – wir verrecken hier!«

»Bewegt eure Ärsche, ihr Bastarde!«

Wilhelms Ohren dröhnten. Der Rauch wurde dichter. Er hustete.

»Helft uns!«

»Habt Erbarmen!«

Wilhelm sank auf eine der Holzliegen. »Ich will nicht sterben. Nicht so!« Er schlang die Arme um seinen Oberkörper und wiegte sich vor und zurück. Seine Gedanken flogen zu Louisa. Er hatte wirklich ehrlich werden wollen, auch für sie. Dann kam ihm seine Schwester in den Sinn, die er nun wohl bald wiedersehen würde. Aber musst das wirklich jetzt schon sein? »Ich wollte den Apfel mit dir teilen, Isa, glaub mir. O mein Gott, nie mehr tue ich Böses! Bitte, lass es nicht so enden.«

Brutale Hände zerrten ihn auf die Beine.

»Weg da! Wir brauchen deine Pritsche als Rammbock, um die Tür aufzubrechen!«

Wilhelm kauerte sich an die Wand. Er hörte, wie seine Mitgefangenen das Bett gegen die Tür sausen ließen. Ein metallisches Klirren ertönte, und erneut schabte das Holz kreischend über das Eisen, und noch einmal. Und wieder.

Das ist doch sinnlos. Es ist vorbei.

Nach unzähligen Versuchen fiel die Holzliege mit Gepolter zu Boden. »Mist, nichts als ein paar Dellen!«

Jemand schluchzte.

Wilhelm presste sich die Faust vor den Mund. Das war es also, das Ende.

* * *

Schritte näherten sich dem Büro. Hektisch sah Louisa sich um und duckte sich dann unter den Schreibtisch. Nur die dünne Rückwand trennte sie von dem Hereinkommenden. Er umrundete den Tisch. Louisa konnte zwei abgeschabte, aber blank polierte Stiefel und Beine in Uniformhosen mit akkuraten Bügelfalten sehen. Ihr Herz klopfte bis zum Hals.

Der Beamte kramte auf dem Schreibtisch herum, hob Papiere hoch und knallte sie wieder nieder. »Wo ist denn nur die Liste mit den Inhaftierten?« Verärgert riss er die oberste Schublade auf und wühlte darin herum, bis er sie offenbar gefunden hatte. »Worthington ist ein verdammter Pedant. Im Moment gibt es wirklich Wichtigeres zu tun. Was wollte der Commissioner noch? Ach ja – den Hauptschlüssel.« Der Beamte griff in seine Hosentasche, zog ihn heraus und donnerte ihn zusammen mit der Liste auf den Tisch, sodass Louisa zusammenzuckte.

»Vermutlich hat der Alte Angst, dass ich die Gefangenen freilasse. Gute Lust hätte ich. Sollen die armen Hunde etwa verrecken? Und statt beim Löschen zu helfen, muss ich jetzt noch die verfluchte Diensteinteilung suchen.«

Der Mann trat vor und hastig zog Louisa ihren Rock enger um die Beine, denn beinahe wäre er daraufgetreten. Vor sich hin schimpfend schob er die Blätter auf dem Tisch hin und her. Als eines davon auf die Holzdielen segelte, erschrak Louisa. Wenn er sich bückte, um es aufzuheben, würde er sie unweigerlich entdecken, aber er schien es gar nicht zu bemerken.

»Wozu das alles? Will Worthington nach dem Brand eine vollständige Todesliste vorlegen? Ah, da ist ja die verflixte Einteilung.« Heftig atmend verharrte der Beamte und betrachtete den gefundenen Zettel vermutlich gerade, als erneut Schritte zu hören waren.

»Sir, Sir!« Ein weiterer Mann eilte ins Zimmer. »Kommen Sie, rasch! Der Mob stürmt jeden Moment das Gebäude.«

»Verdammter Mist. Gehen wir!« Die Hosenbeine verschwanden.

Erst als kein Laut mehr zu vernehmen war, kroch Louisa unter dem Tisch hervor und wischte sich die schweißnassen Hände an ihrem Rock ab. Ihr Blick glitt über den vollgeräumten Schreibtisch, aber sie entdeckte den Schlüssel nirgends. Hatte der Beamte ihn etwa mitgenommen? Mit fliegenden Fingern hob sie die Papiere an, doch da war er nicht. Als sie die Hoffnung schon fast aufgegeben hatte, fand sie ihn unter einem Blatt am Tischrand. Matt glänzend lag er vor ihr. Sie griff danach, Rauchgeruch in der Nase. Es galt, keine Zeit zu verlieren.

Louisa lief die Kellertreppe hinab. Im Schein der flackernden Öllampen lag der Gang verlassen vor ihr, nur die Gefangenen polterten gegen die Wände und schrien um Hilfe. Louisa schloss die erste Tür auf. Mit einem Knirschen schwang sie auf.

»Wilhelm!«, rief sie. »Wilhelm, bist du da?«

Die Häftlinge drängten an ihr vorbei ins Freie. Einem drückte sie den Schlüssel in die Hand. »Schließ die anderen Zellen auf!«

Er nickte und machte sich sofort an der Tür gegenüber zu schaffen.

»Wilhelm!«

»Ich bin hier.« Es war nur ein Krächzen. Wilhelm quetschte sich zugleich mit drei anderen durch die Tür, trat auf sie zu und umarmte sie fest. »Louisa!«

Erleichtert schlang sie die Arme um ihn und legte den Kopf an seine Brust. Sie hatte es rechtzeitig geschafft! »Wir müssen hier raus!« Sie löste sich von ihm und zog Wilhelm hinter sich her, reihte sich mit ihm in den Zug der Gefangenen ein, die die Treppe hinauf dem Leben entgegenstolperten.

Kapitel 14

Unruhig wälzte sich Henriette von einer Seite zur anderen. In letzter Zeit hatte sie Schwierigkeiten einzuschlafen. Seit der Gerichtsverhandlung achtete Herbert darauf, dass sie das Hotelzimmer nicht verließ. Selbst wenn er geschäftlich unterwegs war, wagte sie nicht, einen Fuß vor die Tür zu setzen. Sie strich über ihren heilen kleinen Finger und summte Beethovens Mondscheinsonate. Ihre Glieder wurden schwerer und schwerer. Vor ihrem inneren Auge erschien ein schwarz schimmernder Flügel, der auf einer Wolke dem Mond entgegenschwebte. Wie von Zauberhand klappte der Deckel der Tastatur auf, und unsichtbare Finger entlockten dem Instrument eine herrliche Melodie.

Lautes Klopfen riss Henriette aus ihrem Traum. Jemand schlug gegen die Tür.

»Was gibt's?« Herberts verschlafene Stimme klang aus seinem Schlafgemach zu ihr herüber.

»Es brennt, Sir!«

Mit einem Ruck setzte sich Henriette auf, nebenan hörte sie Herbert aus dem Bett steigen und zur Tür stapfen.

»Ein Brand breitet sich in der Stadt aus. Aktuell besteht keine Gefahr, aber wir möchten Sie dennoch bitten, sich vorsorglich in die Eingangshalle zu begeben. Ich danke Ihnen, Sir.«

Der Hotelangestellte war bereits unterwegs zum nächsten Zimmer.

Henriette eilte zum Fenster und schob die schweren, bodenlangen Vorhänge zur Seite. Weit entfernt sah sie Feuer aus Hausdächern schlagen. Herbert trat neben sie. Gebannt starrte er einen Moment lang auf die Flammen, dann wandte er sich abrupt zu ihr. »Zieh dich an!«, befahl er und verschwand in sein Schlafgemach.

Hastig zog sich Henriette ihr Kleid an und steckte das Haar zu einem einfachen Knoten hoch. Wenige Minuten später erschien Herbert, vollständig angezogen, in der Tür. »Pack unsere Sachen! Ich erkundige mich, was genau los ist.«

Er verließ die Suite, während Henriette nach dem Zimmermädchen klingelte, die Koffer aus dem Ankleideraum zerrte und Herberts Anzüge und ihre Gewänder hineinstopfte. Wo blieb das Mädchen bloß? Die Tür öffnete sich und Herbert eilte herein. »Der Brand ist vier Blocks entfernt, und etliche Feuerwehrwagen sind vor Ort. Wir gehen in die Lobby. Die Koffer kann der Page später holen.«

Henriette griff nach ihrem Schmuckkästchen und folgte Herbert auf den Gang hinaus Richtung Lift. Auch aus den anderen Zimmern kamen Gäste, kleinere Gepäckstücke in den Händen.

»Was für eine Nacht!«, sagte der Bewohner der Suite gegenüber, setzte seinen Zylinder auf und begleitete sie. »Da habe ich morgen im Klub eine interessante Geschichte zu erzählen.«

Henriette lächelte höflich. Vor dem Lift warteten zwei Familien mit halbwüchsigen Kindern, deren Augen vor Aufregung glänzten.

»Dürfen wir auf die Straße und das Feuer anschauen, Vater?«, fragte ein etwa vierzehnjähriger, schlaksiger Junge.

»Wir werden sehen. Jetzt nimm erst einmal deiner Mutter die Tasche ab.«

»Wollen wir nicht besser die Treppe nehmen, Herbert?«, fragte Henriette. Ihr Mann musterte die Menge, die geduldig auf den Lift wartete, der eben ankam. Ratternd öffnete der Liftboy das Gitter, und im Nu füllte sich die Kabine. Dennoch warteten weiterhin etliche Gäste auf dem Flur. Herbert nickte. Henriette war erleichtert – diese Lifte waren ihr nicht geheuer. Der Blick durch die kunstvollen Gitter während der Fahrt war nichts für ihren Magen, da stieg sie lieber die fünf Stockwerke zu Fuß hinunter. Sie raffte ihre Röcke.

In der Eingangshalle folgte sie Herbert an die Rezeption.

»Zimmer 503. Wir möchten bezahlen, und kann einer der Boys unser Gepäck holen?«

»Die Rechnung, Sir, sehr wohl.«

Während der Angestellte mit Herbert das Finanzielle erledigte, sah Henriette sich um. Kleine Gruppen von Gästen standen in der Halle und unterhielten sich mit gedämpften Stimmen. In der Sitzgruppe vor dem Kamin saß eine Frau mit vier Mädchen in Sonntagskleidern, und ein Kindermädchen hielt ein Baby im Arm. Neben der Palmengruppe saß eine alte Dame mit kerzengeradem Rücken auf einem hochlehnigen Stuhl, zu ihrer Linken ein Herr, der ein Monokel ans Auge hielt und auf seine Taschenuhr blickte.

Herbert bezahlte.

»Danke, Sir. Wegen der Koffer wenden Sie sich bitte an den Concierge.«

Sie begaben sich zum anderen Ende der Halle.

»Im Moment sind leider alle unsere Pagen beschäftigt«, sagte der Concierge gerade zu einer Traube Gästen, die sich um ihn versammelt hatten. »Aber wir werden uns selbstverständlich so schnell wie möglich um Ihr Gepäck kümmern.«

Herbert schnaubte und wandte sich ab. »Henriette, du wartest hier. Ich organisiere einen Träger.«

Henriette nickte und setzte sich auf den Stuhl rechts neben der alten Dame. Ein Kellner reichte

Getränke. Sie entspannte sich. Vielleicht war alles tatsächlich nur eine Vorsichtsmaßnahme. Der Zeiger der Standuhr zeigte ein Uhr morgens. Quälend langsam wanderte er vorwärts. Wo blieb Herbert? Henriette erhob sich und trat vor die Eingangstür. Statt der vornehmen Stille des Foyers umhüllten sie der Lärm vorbeifahrender Kutschen und die Rufe unzähliger Passanten. Eine Frau zerrte eine Matratze hinter sich her, an ihren Rock klammerte sich ein Kleinkind. Zwei Burschen schleppten einen Schrankkoffer, ihnen folgte ein Herr im Frack. Ein Pferd wieherte, Fuhrwerk reihte sich an Fuhrwerk.

Henriette kehrte in die Eingangshalle des Hotels Palmer zurück, in der man von der Aufregung draußen nur wenig spürte. Sie hatte keine Ahnung, was Herbert trieb. Ich muss hier weg! Und zwar samt meinem Klavier. Sie beobachtete, wie ein Herr mit gewaltigem Schnauzer einem Pagen ein Geldbündel zuschob. Daraufhin packte er die Koffer der Familie, und alle machten sich auf den Weg ins Freie.

Henriette blickte sich um. Den Kellner, der Häppchen anbot, kannte sie! Er war für ihre Etage zuständig. Da Herbert sie wie eine Gefangene gehalten hatte, war sie über jeden Menschen froh gewesen, den sie zu Gesicht bekam, sogar wenn es sich um einen einfachen Angestellten handelte. Sie hatte sogar des Öfteren ein paar nette Worte mit dem jungen Mann gewechselt.

Als Henriette genauer hinsah, bemerkte sie, dass der Kellner gar nicht so gelassen war, wie er schien. Immer wieder schielte er zur Dienstbotentür. Schließlich nickte er einem Kollegen zu, beide stellten ihre Tabletts ab und schritten betont gemessen Richtung Hinterausgang. Henriette eilte ihnen nach. »Halt!«

Die zwei drehten sich um.

»Ich habe einen Auftrag für Sie!«

»Selbstverständlich, Mrs Hubart. Was können wir für Sie tun?« Sein Kollege stieß ihn in die Seite, doch der Etagenkellner wehrte ihn ab.

»Mein Klavier – es muss heruntergeschafft und auf einen Wagen verladen werden.«

»Sehr wohl, wird sofort erledigt.«

Die beiden wandten sich zur Tür und waren schon fast hindurch, als Henriette ihnen die Schmuckkassette unter die Nase hielt. »Ich bezahle Sie natürlich!«

Die Männer blieben stehen.

Hektisch öffnete Henriette die Kassette und drückte ihnen ein Paar Diamant-Ohrringe in die Hand. »Sobald das Piano sicher auf einem Fuhrwerk steht, gebe ich Ihnen das dazugehörige Collier und dem Fahrer mein Goldarmband.«

»Damit haben wir ausgesorgt, Leroy«, flüsterte der Angestellte, den Henriette nicht kannte. Der Etagenkellner nickte und steckte die Ohrringe ein.

»In Ordnung, Mrs Hubart. Sie warten am besten im Foyer. Es kann eine Weile dauern.« Einer der

Hotelkutscher quetschte sich an ihnen vorbei. Leroy packte ihn am Arm. »Isaac, hol zwei Pferde aus dem Stall und schirr den Wagen an. Warte hinter dem Hotel auf uns. Mrs Hubart gibt dir dafür ihr Goldarmband.«

Henriette hielt die Schmuckkassette in die Höhe. Der Mann namens Isaac schwankte, doch dann stimmte er zu und eilte davon.

Die beiden Kellner verschwanden im Treppenhaus, und Henriette ließ sich wieder auf ihrem Stuhl nieder. Wenig später erschien Herbert, schnaufend und mit hochrotem Gesicht, den Schrankkoffer hinter sich herziehend. Als er Henriette erspähte, winkte er sie herrisch zu sich.

»Du dumme Pute hast nur Kleidung eingepackt«, sagte er mit leiser Stimme, aber deswegen nicht weniger zornig. »Meine Geschäftsunterlagen sind viel wichtiger! Die sind jetzt zum Glück drin. Den Rest bringt gleich einer der Boys. Hoffentlich schaffst du es wenigstens, darauf aufzupassen, während ich ein Fuhrwerk organisiere!«

Er eilte zur Vordertür hinaus. Henriette bezog neben dem Koffer Stellung und lächelte höflich einem jungen Herrn mit Zylinder zu, der am Kaminsims lehnte und Champagner schlürfte. Offenbar hatte er noch nicht auf die Straße geschaut.

Immer wieder wanderten Henriettes Blicke zu dem Treppenaufgang und den Liften. Die Kellner und das Klavier waren nicht zu sehen, aber ein Boy brachte ihr übriges Gepäck.

Weitere Gäste erschienen und bezahlten ihre Rechnungen. Hatten Sie Glück gehabt und eine Kutsche auftreiben können, verschwanden sie durch die Eingangstür. Die Zurückgebliebenen warteten leise plaudernd, scheinbar immer noch recht entspannt. Herbert kam zurück, zwei schmächtige Jungen im Schlepptau, mit denen er scherzte. Mit Kindern kam er seltsamerweise immer gut zurecht.

»Die beiden werden den Schrankkoffer tragen.«

Die Jungen mühten sich bereits ab, den Koffer hochzuheben, aber selbst Herbert musste doch klar sein, dass das nichts würde. Ausgerechnet in diesem Moment trat der Etagenkellner auf Henriette zu.

»Ihr Klavier ist verladen, Mrs Hubart.«

Herberts Gesicht lief dunkelrot an. »Bitte was?«

»Ich habe einen Wagen organisiert, Herbert. Können Sie bitte meinem Gatten helfen, das Gepäck aufzuladen?«

Leroy sah sich unruhig um. »Aber es muss rasch gehen.« Er griff nach dem Schrankkoffer und zog ihn hinter sich her.

»Euer versprochener Dollar. Passt auf euch auf.« Herbert warf den beiden Jungen je eine Münze zu.

Die schmale Gasse hinter dem Hotel lag verlassen da. Leroy und sein Kollege wuchteten die Koffer auf den Wagen. Währenddessen eilte

Henriette zu Isaac, der die Pferde organisiert hatte, und drückte ihm das Goldarmband in die Hand, ohne dass Herbert es merkte.

»Fahren kann ich Sie aber nicht, Mrs Hubart.«

»Kein Problem.« Henriette stieg auf den Kutschbock. Das war zwar etwas anderes als die leichten Gespanne, die sie auf dem Landsitz ihrer Eltern über die Felder gelenkt hatte, aber sie würde es schaffen. Sie warf einen Blick auf ihr Klavier. Glänzend und unbeschädigt stand es da.

Herbert ließ sich auf den Sitz neben sie fallen und riss ihr sofort die Zügel aus der Hand. Während Isaac die Pferde weiterhin festhielt, trat der Etagenkellner zu ihr, und sie reichte ihm das Diamantcollier.

»Bist du wahnsinnig?«, fauchte Herbert.

Schleunigst machte sich Leroy mit seinem Kollegen aus dem Staub.

»Die Diamanten bringen uns nicht in Sicherheit, Herbert. Der Wagen schon.«

Die Rösser scharrten mit den Hufen, und ein Gast trat durch den Hinterausgang. »Hier ist ein Wagen«, rief er. »Sir, können Sie meine Frau und mich mitnehmen?«

Doch Herbert löste rasch die Bremse und ließ die Peitsche knallen. Die Pferde trabten los, und das Fuhrwerk rumpelte über das Kopfsteinpflaster in die Nacht.

Kapitel 15

Louisa und Wilhelm rannten zusammen mit den anderen Gefangenen die Treppe hinauf in die Eingangshalle und hatten sie schon zur Hälfte durchquert, als die Menge ins Stocken geriet. Louisa prallte gegen den Häftling vor ihr. Eingeklemmt zwischen den Männern sah sie nicht, was los war. Wilhelm kam neben ihr zum Stehen.

»Warum geht es nicht weiter?«

»Da sind Polizisten mit Waffen«, antwortete Wilhelm.

Die Häftlinge murrten, zischten hasserfüllt und ließen die drohend auf sie gerichteten Gewehrläufe nicht aus den Augen.

»Lasst uns raus, ihr Hunde! Wollt ihr, dass wir hier verrecken?«

»Ich lass mich lieber erschießen, als zu verbrennen!«

»Genau!«

Die Gefangenen drängten wieder vorwärts, als auf einmal ein Schuss fiel. Alle erstarrten.

»Zurück, sofort!«

Ein weiterer Schuss hallte durch den Raum, und Putz bröckelte von der Decke.

»Komm!« Louisa griff nach Wilhelms Hand und zog ihn mit sich. Wenn wir nicht zum Haupttor hinauskönnen, dann eben durch die Nebenpforte. Sie kämpften sich zu der unscheinbaren Tür auf der Rückseite vor, durch die Louisa zuvor in die Eingangshalle gekommen war. Als sie nur mehr zwei Schritte davon entfernt waren, öffnete sie sich und Marc trat ein. Verblüfft starrte er auf die Häftlinge. Seine Augen weiteten sich erstaunt – er hatte Louisa entdeckt.

»Ist das Ihr Werk?«, fragte er und deutete auf die Menge. Louisa bejahte, und Marc nickte anerkennend. Er hob die Hand, in der er ein Dokument hielt, und rief: »Eine Order von Bürgermeister Mason! Die Gefangenen sind unverzüglich auf freien Fuß zu setzen. Lasst mich durch!«

Die Frauen und Männer wichen zur Seite und bildeten eine Gasse bis zur Haupttür. Wilhelm wollte Marc folgen, doch Louisa hielt ihn zurück. Wer wusste, was der alte Herr, der hier bestimmte, nun wieder für Probleme bereiten würde. Zur Not konnten sie sich durch den Hinterausgang in Sicherheit bringen.

Marc drückte dem Commissioner das Dekret in die Hand, der es gründlich las und sich dabei immer wieder über den Bart strich. Schließlich hob er den Kopf und rief: »Ihr werdet freigelassen – Anweisung von oben. Einer nach dem anderen hier durch. Die Mörder werden unter Bewachung fortgebracht.«

Erleichtertes Gemurmel kam auf. Manche der Männer klopften sich gegenseitig auf die Schultern, während alle Richtung Tor eilten, und gleich darauf stolperten die ersten Häftlinge ins Freie.

»Danke, Richter Keenan!«

»Sie sind unser Retter, Sir!«

Etliche hielten kurz inne, um Marc die Hand zu schütteln. Viele nickten ihm im Vorbeigehen zu.

Ein halbes Dutzend Männer und eine Frau fischten die Wärter am Ausgang heraus. Das sind die verurteilten Mörder. Louisa schauderte. Hand in Hand eilten sie und Wilhelm durch das Tor.

»Sie haben es geschafft«, sagte Louisa zu Marc, der auf dem Treppenabsatz stand und den Tumult auf dem Rasen beobachtete.

»Sie waren ebenfalls nicht untätig.« Sein Blick fiel auf Wilhelms und Louisas Hände. »Viel Glück!«

»Ihnen auch.«

Louisa beeilte sich, mit Wilhelm von dem brennenden Gerichtsgebäude fortzukommen. Sie ließen den Park hinter sich. Auf der Straße blieb Louisa stehen. Wohin sollten sie sich wenden? Die

Warenberge, die sie bei ihrer Ankunft gesehen hatte, waren weiter angewachsen. Zwei der ehemaligen Gefangenen liefen an einem Stapel Wagenräder vorbei. An der Kreuzung hielten sie bei den Brandyfässern, und jeder von ihnen zog einen Pfropfen heraus, sodass der Alkohol nur so sprudelte und die Fahrbahn entlangfloss. Sie warfen sich zu Boden und leckten den Branntwein auf. Angewidert wandte Louisa sich ab.

Die Glocke bimmelte unablässig, und der Wind zerrte an Louisas Kleid. Vom Wind angefacht trieb ein rotgoldener Funkenregen auf Wilhelm und Louisa zu. Schützend zog Wilhelm seine Jacke über ihre beiden Köpfe und hielt mitten in der Bewegung inne. »Ist das nicht Cora?«

»Unmöglich, sie ist zu Hause. Unsere Mutter würde ihr nie erlauben …«

»Aber sieh doch, dort vor der Bar!«

Louisa reckte den Hals und auf einmal entdeckte sie ihre Schwester. Verzweifelt presste Cora ein Bündel an ihre Brust. Sie wirkte verloren.

Das Feuer setzte einen Warenberg nach dem anderen in Brand. Ein Tabakhaufen fiel ihm genauso zum Opfer wie ein gewaltiger Kleiderstoß. Schon griffen die Flammen auf den Stapel Wagenräder über und drohten, Louisa die Sicht auf ihre Schwester zu nehmen.

»Cora!«, rief Louisa. »Cora!«

In dem Moment blickte Cora zu ihnen herüber, winkte und machte Anstalten, quer durch die Brandyfassreihen auf sie zuzurennen.

»Nein, Cora! Nicht!«, schrie Louisa.

Das Feuer verschlang die Räder und fraß sich den ausgelaufenen Alkohol entlang Richtung Kreuzung. Mit lautem Knacken ging das erste Fass in Flammen auf. Erschrocken blieb Cora stehen.

Louisa rannte die Straße hinunter. Wilhelm folgte ihr. Immer wieder ließ der Wind die Flammen in ihre Richtung züngeln. Im Nu stand das nächste Fass in Vollbrand. »Cora!« Gleich würde Louisa bei ihrer Schwester sein. Mittlerweile loderte die ganze Reihe zwischen ihr und Cora orangerot. Hitze schlug Louisa ins Gesicht. »Lauf zurück, Cora!« Noch waren die Häuser auf der anderen Straßenseite unversehrt, dennoch rannten die Passanten dort nach links und rechts davon, um sich in Sicherheit zu bringen. Einige Männer bildeten eine Kette mit Eimern und versuchten, ein einzelnes Gebäude zu retten. Eines von vielen entlang der Straße. Es war ein völlig sinnloser Versuch angesichts der immer größer und breiter werdenden Feuersbrunst.

Sieht denn niemand, dass Cora in Gefahr ist?

Louisas Schwester schrie wie am Spieß und versuchte, einen Weg aus dem Fässerwald zu finden. Ihr Rock verfing sich, und sie stürzte. Louisa lief ihr entgegen. Inzwischen setzte das Feuer die an die Fässer anschließenden

Warenberge in Brand. Links, rechts, vorn, hinten … Überall schlugen Flammen hoch.

Wilhelm packte Louisa am Arm. Sie wehrte sich, aber er war stärker als sie und zog sie immer weiter weg vom Feuer, bis zum Zaun des Parks. »Wir können sie nicht retten!«

»Lass mich los!« Sie riss an seiner Hand, um sich zu befreien, wand sich und versuchte, ihn fortzustoßen. Cora, eingeschlossen von Flammen, war doch direkt vor ihr.

»Bei dem Versuch sie rauszuholen, würden wir alle drei sterben«, rief Wilhelm.

Mit aller Kraft zerrte Louisa an seinem Arm, aber er hielt sie eisern fest. »Ich lasse nicht zu, dass du dein Leben aufs Spiel setzt!«

Verzweifelt sah sich Louisa nach Unterstützung um. Marc Keenan kam aus dem Park, den Zylinder tief ins Gesicht gezogen. Mit gesenktem Kopf eilte er die Straße herunter.

»Richter Keenan! Bitte, helfen Sie mir.« Er sah auf. Louisa zeigte auf die lodernden Fässer. »Meine Schwester!«

Cora kam wieder auf die Beine und starrte wie hypnotisiert auf die Flammenwand vor ihr. Sie wirkte wie gelähmt, aber Marc reagierte sofort. Er rannte den Gehweg hinunter und riss sich im Laufen den Zylinder vom Kopf. Er stürmte die brennenden Warenberge entlang, die es unmöglich machten, die andere Straßenseite zu erreichen.

Louisa biss Wilhelm in die Hand, doch er ließ nicht los, stattdessen schloss er beide Arme um sie. »Schau nicht hin, Louisa.«

Sie hörte Coras schrille Schreie, obwohl sie vom Prasseln des Feuers fast verschluckt wurden, und sah, wie Marc in der Querstraße Felle von einem Pelzstapel zerrte. Auch hier hatten Männer und Frauen eine Kette gebildet und reichten Wassereimer weiter, um die Gebäude zu schützen. Marc schnappte sich einen der Kübel und goss das Wasser über die Pelze. Dann schleuderte er ein nasses Fell auf das brennende Fass vor sich. Und noch eines. Das dritte hängte er sich selbst über. Ein Zischen erfüllte die Luft, und Rauchschwaden versperrten Louisa die Sicht. Einer der Männer aus der Reihe schüttete einen Schwall Wasser nach dem anderen in den dunklen Qualm. Louisas Augen brannten, so angestrengt versuchte sie, in dem lodernden Feuer etwas zu erkennen. Ein Umriss zeichnete sich zwischen den Flammen ab, doch schon wurde er wieder von einer grauen Wand verdeckt. Erneut landete Wasser in dem Inferno. Eine Gestalt wurde in den wogenden Rauchschwaden sichtbar. Zwischen den Überresten der Brandyfässer kämpfte sich ein Mann in gebückter Haltung zu ihnen vor. Es war der Richter. Louisa hielt den Atem an. Hatte er Cora gefunden? Marc Keenan warf den Pelz ab, der an der Oberseite bereits brannte. In seinen Armen trug er ihre Schwester.

»Er hat sie gerettet!«, rief Louisa. »Lass mich endlich los, du elender Feigling!«

Wilhelm gab sie frei.

Sie blickte ihm direkt in die Augen. Niemals zuvor hatte sie eine derartige Wut verspürt. »Du hättest Cora kaltblütig sterben lassen. Meine Schwester, die ich gerade erst wiedergefunden habe. Verschwinde!« Louisa wandte sich ab.

»Ich wollte doch nur ...«

»Das interessiert mich nicht!«, rief sie ihm zu, ohne sich nochmals umzudrehen. »Ich will dich nie wieder sehen!« Sie stürmte zu Marc, der ihre Schwester von dem Feuer fortgetragen hatte und in der Querstraße behutsam auf den Gehweg legte. Als sie Cora so reglos vor sich sah, durchfuhr es Louisa trotz der Hitze eiskalt.

»Lebt sie?«

Marc blickte zu ihr auf. »Ja.«

Louisa sank zu Boden. Cora stöhnte, bewegte den Kopf hin und her und hustete heftig. Mit einem Ruck setzte sie sich auf und wischte sich mit dem Handrücken über den Mund. Sie war rußverschmiert, der Schrecken stand ihr ins Gesicht geschrieben, und ihr Rock hing in Fetzen – aber sie lebte. Louisa schloss Cora in die Arme. Erleichterung durchflutete sie, ihre Augen wurden feucht. Eine Bewegung im Augenwinkel veranlasste sie, Cora loszulassen. Marc knüpfte sein Halstuch auf und wischte sich den Ruß von den Wangen. Louisa konnte nicht anders: Fest drückte sie den Retter ihrer Schwester an sich. »Danke.« Sie spürte die Wärme seines Oberkörpers. Der Duft von Sandelholz gemischt mit Rauch stieg ihr in die Nase. Louisa löste sich von ihm und verlor sich für einen Moment in seinem Blick, in dem Überraschung und ein unerwartetes Gefühl der Verbundenheit standen. Verlegen strich sich Louisa eine Haarsträhne aus der Stirn und sie wandte sich wieder Cora zu. »Bist du verletzt?«

»Ich glaube nicht.«

Marc deutete auf Coras aufgeschrammtes, leicht blutendes Bein. »Die Wunden gehören verbunden.« Er warf einen besorgten Blick auf die Flammenwand hinter ihnen und stand auf. »Aber zuerst müssen wir an einen sicheren Ort.«

»Wo ist Mutter? Ist sie auch hier?«, fragte Louisa ihre Schwester.

Coras Augen füllten sich mit Tränen. Stumm schüttelte sie den Kopf.

»Gott sei Dank«, stieß Louisa erleichtert hervor. Zumindest ihre Mutter war in Sicherheit, wenn Cora schon so unvernünftig gewesen war, sich aus dem Haus zu schleichen und ihr zu folgen. »Kannst du aufstehen?«

Das Feuer sprang auf den Pelzstapel über, und der Geruch verbrannten Haars hüllte sie ein. Der Rauch wurde immer dichter und die Hitze unerträglich.

Mit Louisas Hilfe richtete sich Cora auf und machte einen Schritt vorwärts, doch ihr Bein gab nach und sie sackte zusammen.

»Ich helfe dir«, sagte Louisa. Schwer stützte sich Cora auf sie. Mühsam schleppten sie sich ein paar Schritte vorwärts. In der Geschwindigkeit würden sie dem Feuer niemals entkommen.

»So geht das nicht«, sagte Marc, der Coras Gehversuche beobachtet hatte, hob Cora hoch und rief Louisa zu, sie solle ihm folgen.

Cora legte die Arme um Marcs Hals und blickte zum Gerichtsgebäude zurück. »Wo ist Wilhelm?«, fragte sie.

Nichts interessierte Louisa in diesem Moment weniger. Wilhelm war weit und breit nicht zu sehen, und das war auch gut so. Louisa folgte Marc, der wenige Meter später vor dem Warenhaus Hollister & Wilkins schon wieder an einem Stapel stehen blieb. Aber Louisa verstand sofort, zog eine Decke aus dem Berg und warf sie ihm und ihrer Schwester über. Dann hüllte sie sich ebenfalls in eine Decke, denn die Funken umwirbelten sie nun wie dichtes Schneetreiben. Der Wind tobte so kräftig, dass sich Louisa kaum auf den Beinen halten konnte. Nur weg hier!

Als Louisa, Marc und Cora den Gerichtsplatz hinter sich gelassen hatten, flaute der Wind ab. Kutschen und Fuhrwerke, beladen mit Büromöbeln und Akten, ratterten rasend schnell an ihnen vorbei. Aus etlichen Fenstern der vierstöckigen Gebäude züngelten Flammen, und der Brandgeruch biss in der Nase.

Louisa war dicht hinter Marc geblieben, um leichter vorwärtszukommen. Nun schob sie sich neben ihn, denn sie wollte einen Blick auf Cora werfen. Ihre Schwester schluchzte, dass es sie schüttelte. »Bald sind wir in Sicherheit«, beruhigte Louisa sie und strich ihr übers zerzauste Haar.

Sie erreichten einen Teil der Randolph Street, in dem das Feuer noch nicht aus den Dächern schlug. Einen halben Häuserblock vor ihnen blickten zwei Angestellte, die Arme voller Unterlagen, die Gebäudefront hinauf.

»Der Dummkopf!«, sagte der eine. Er war hager und hatte schütteres Haar. »Keine Geschäftsbücher der Welt sind es wert, das Leben dafür zu riskieren.«

»Er hat sich doch einen Notausgang geschaffen.« Der andere, deutlich beleibter und mit einem verkürzten Bein, wies auf ein Seil, das aus einem der Fenster bis auf den Gehweg baumelte. Der erste Mann schüttelte bloß den Kopf. Mit einem lauten Knall zerbarst eine Scheibe.

»Ich warte nicht länger!«, sagte er und schleppte seine Aktenordner die Straße hinunter. Sein Kollege zögerte, blickte noch einmal die Fassade hinauf und humpelte ihm dann hinterher.

Gerade, als Marc und Louisa an dem Gebäude vorbeieilten, erschien im dritten Stock ein dunkelhaariger Mann am Fenster. Er rief: »Vorsicht, da unten!«, und schon fiel ein Buch herab.

Rasch wich Marc zur Seite und stieß dabei gegen Louisa, worauf ihm Cora halb aus den Armen rutschte. Weitere Geschäftsunterlagen donnerten auf die Straße, gefolgt von etlichen Geldbündeln. Bevor Cora ihm endgültig entglitt, setzte Marc sie auf den Gehweg und warf die Decke, die er über den Kopf gezogen hatte, zu Boden. Der Funkenregen war fast verebbt. Auch Louisa entledigte sich ihres schützenden Umhangs.

Der Mann aus dem dritten Stock schwang sich auf den Fenstersims. Rauchschwaden quollen hinter ihm ins Freie. Wie ein Seemann kletterte er an dem Tau herab. Nur noch ein Stockwerk trennte ihn vom Gehweg, als Flammen aus dem Fenster im zweiten Stock schlugen und das Seil versengten. Es riss, und der Kletterer knallte mit voller Wucht auf die Straße. Louisa und Marc eilten zu ihm, packten gemeinsam an und zogen ihn auf die Beine.

»Haben Sie sich verletzt?«, fragte Louisa.

Der Mann bewegte seine Gliedmaßen, verzog vor Schmerz das Gesicht und rieb sich die offenbar lädierte Schulter. »Danke der Nachfrage.« Er bückte sich nach einem der Geldbündel, die auf dem Gehweg verstreut lagen, und grinste spitzbübisch, als kümmere ihn das Inferno rundum nicht. »Das sollte für die Arztkosten reichen. Dennis Walsh, angenehm.«

Marc stellte sie ebenfalls vor, und sie halfen ihm, seine Scheine und Geschäftsunterlagen einzusammeln. Gemeinsam war das rasch erledigt.

»Wir schauen besser, dass wir hier wegkommen«, sagte Mr Walsh.

Louisa trat zu Cora, die auf dem Gehweg saß und behutsam ihr mit Blutergüssen übersätes und geschwollenes Bein betastete. Das Gesicht ihrer Schwester war noch immer tränenüberströmt. Halb verborgen in den Falten einer der Decken erblickte Louisa ein weiteres Päckchen Geldnoten. Sie ging hin, bückte sich und griff danach, während Cora stöhnend aufstand und einen Schritt vorwärts machte. Mit einem Schmerzenslaut kippte sie zur Seite. Sofort sprang Louisa hinzu, umfasste Coras Taille und ließ sie vorsichtig wieder zu Boden gleiten. Louisa wollte sich gerade erheben, um Mr Walsh sein Geld zu geben, als ihr Blick auf Marc fiel, der mit hochgezogener Augenbraue das Bündel Scheine in ihrer Hand betrachtete. Einen Moment lang wusste sie nicht, was sein Ausdruck bedeuten sollte, dann schoss ihre Wut in einer heißen Welle hoch.

»Sie sehen nur, was Sie sehen wollen!« Louisa bebte vor Zorn. »Vorurteile stehen einem Richter nicht gut zu Gesicht.«

»Einmal Diebin, immer Diebin«, sagte Marc.

»Haben Sie einen Beweis, einen einzigen?«

»Sie meinen, außer den Scheinen in Ihrer Hand?«

»Die ich soeben im Begriff war zurückzugeben.«

»Wer's glaubt«, murmelte Marc.

»Sie haben eben gerade doch auch Geld aufgehoben! Habe ich Sie verdächtigt, es in die eigene Tasche stecken zu wollen?« Louisa hob das Kinn und würdigte ihn keines Blickes mehr. Mit zwei Schritten war sie bei Mr Walsh, der den Streit amüsiert beobachtet hatte, als ginge es nicht um sein Geld. Sie streckte ihm seinen Besitz entgegen. »Hier!«

»Danke.« Er drehte die Scheine in der Hand. »Da hätte ich mir ja sogar das Bein brechen können, denn die Arztkosten zu bezahlen, wäre damit kein Problem gewesen.« Zusammen mit den restlichen Büchern stopfte Dennis Walsh das Geldbündel in seine Umhängetasche. Das Feuer züngelte mittlerweile aus allen Fenstern. »Wir sollten uns jetzt wirklich auf den Weg machen.«

Marc nickte und machte einen Schritt auf Cora zu.

»Ich helfe Ihnen mit der Kleinen«, sagte Dennis Walsh. Die beiden bildeten mit den Armen einen Sitz, auf den sich Cora mit schmerzverzerrtem Gesicht hievte. Louisa hob die angekokelten Decken auf, die ihnen vielleicht noch gute Dienste leisten konnten. Wobei es sie in diesem Moment nicht gestört hätte, wenn Marc ein wenig angesengt worden wäre. Leider war sie nach wie vor auf seine Unterstützung angewiesen.

Sie waren erst wenige Meter weitergekommen, als ein Spritzenwagen in die Randolph Street bog und unweit von ihnen hielt. Sofort sprangen ein Dutzend Feuerwehrleute herab und rollten einen Schlauch aus, den sie offenbar an dem Hydranten, gleich hinter Louisa, anschließen wollten. Hurtig trat sie zur Seite. Das andere Schlauchende in der Hand lehnte einer der Männer eine Leiter gegen die Hauswand und kletterte empor, ein anderer brüllte Befehle durch ein Sprachrohr.

Louisa und ihre Begleiter umrundeten die Leiter. Keuchend schleppten die beiden Männer Cora die Straße hinunter, fort von dem brennenden Gebäude. Der Rauch erschwerte nach wie vor das Atmen.

Dennis Walsh wollte wissen, wohin sie eigentlich unterwegs waren, doch Marc blieb ihm die Antwort genauso schuldig wie Louisa. Fort vom Brand, mehr wusste sie auch nicht. Endlich stießen sie in den Teil der Straße vor, den die Flammen noch nicht erreicht hatten. An der nächsten Kreuzung hielten sie an.

In welche Richtung als Nächstes? Zum Lake Michigan?

Marc warf einen Blick auf Cora. »Das Tribune Building ist gleich die Straße hinunter. Wir müssen die Wunde des Mädchens versorgen.«

Der verflixte Kerl hatte leider recht. Zum See war es zu weit.

»Ausgezeichnete Wahl«, grinste Dennis Walsh. »Ein feuersicheres Gebäude ist im Moment nicht zu verachten.«

Also bogen sie in die Dearborn Street ein und kämpften sich, dem Wind entgegen, vorwärts. Die Flammen wurden endlich in die entgegengesetzte Richtung getrieben. Für einen Augenblick dachte Louisa an Wilhelm. Ob es ihm gelungen war, sich in Sicherheit zu bringen?

Kapitel 16

Wilhelm bog in eine Seitengasse ein und ließ den brennenden Gerichtsplatz mit dem beißenden Rauch und dem unheimlichen Getöse hinter sich. Ziellos irrte er durch die Straßen. Die Hitze nahm ab und das Glockengeläut dröhnte nicht mehr so laut in seinen Ohren. Gaslaternen beleuchteten seinen Weg, und nur vereinzelt hasteten Leute vorbei. Die Gebäude zu beiden Seiten lagen verlassen da, bei vielen standen die Haustüren weit offen. Er stieg über ein Kissen, das auf dem Gehweg lag.

Wieder hörte er Louisas Worte, mit denen sie ihn zum Teufel geschickt hatte, sah, wie sie den Richter umarmt und an sich gedrückt hatte, als wollte sie ihn nie wieder loslassen.

Mit dem Versuch, die Brosche zurückzubringen, hatte Wilhelm alles für sie riskiert. Nur ihretwegen hatte er die Perlen nicht verkauft und wäre fast in der Zelle im Feuer umgekommen. Er hatte Hunger gelitten, anstatt das teure Teil zu versetzen. Und das war der Dank! Ohne mit der Wimper zu zucken, hatte sie ihn fortgeschickt.

Wilhelm stieg plötzlich der Duft von geräuchertem Schinken in die Nase. Sein Magen knurrte. Er blickte sich um und entdeckte einen Delikatessenladen, aus dem der köstliche Geruch kommen musste. Durch die offene Tür trat Wilhelm in den halbdunklen Verkaufsraum, in den nur der Schein der Straßenlaterne fiel. Als sich seine Augen an das Dämmerlicht gewöhnt hatten, sah Wilhelm die Schinkenkeulen über der Theke hängen.

Er umrundete den Verkaufstresen. Louisa kann mir den Buckel runterrutschen! In einer Lade fand er ein Fleischermesser, zog sich eine Trittleiter heran, stieg hinauf und säbelte an der Schnur, bis eine der Keulen herunterfiel. Er schnitt sich ein Stück ab und biss hinein. Was für ein Genuss! In der Vitrine des Verkaufstresens ruhten Käselaibe, von denen er sich ebenfalls eine Scheibe gönnte. Den Schinken in der einen Hand, den Käse in der anderen, setzte Wilhelm sich auf die Leiter. Endlich einmal satt essen!

Louisa war wirklich ungerecht gewesen. Sie beide hatten ohne fremde Hilfe keine Chance gehabt, Cora zu retten. In ihrer Unbedachtheit hätte sich Louisa mitten in die Flammen geworfen. So war sie einfach. Und dieser Richter hätte es allein auch nie geschafft. Wenn die anwesenden

Männer kein Wasser auf seinen Pelzpfad gegossen hätten, wäre er mit Cora verreckt. Aber beim ehrenwerten Marc Keenan eilten natürlich alle herbei, um ihm zur Hand zu gehen. Wilhelm war sich sicher: Ihn hätten sie umkommen lassen.

Er brauchte nur an die Ereignisse im Gerichtsgebäude zurückdenken, wie sich die Häftlinge beim Richter für die Hilfe bedankt hatten. Hatte auch nur einer der Gefangenen ein freundliches Wort für Louisa übriggehabt, die sie aus den Zellen befreit hatte? Kein einziger!

Wütend stopfte sich Wilhelm ein Stück Schinken nach dem anderen in den Mund. Auch den Käse verzehrte er im Nu. Als er mehr als satt war, steckte er sich noch eine Stange Salami in die Jackentasche und trat vor die Tür. Der Himmel schimmerte rot, und das Glockengeläut erfüllte noch immer die Luft. Menschenleer erstreckte sich die Straße vor ihm. Nur ein kleiner Junge mit einem blassroten Halstuch hockte zwei Häuserblocks entfernt auf der Fahrbahn. Neben ihm lag ein Stapel Zeitungen auf den Pflastersteinen. Selig lächelnd rollte der Bub eine Spielzeuglokomotive hin und her. Aus einem der Häuser eilte ein Dienstmädchen, schloss sorgfältig ab und lief mit einer Schatulle unter dem Arm die Straße hinunter.

Planlos ging Wilhelm ein paar Schritte den Bürgersteig entlang. Erst lag ein Nachttopf umgekippt mitten auf dem Gehweg, dann versperrte ihm eine Kommode, die offenbar auf dem Fuhrwerk keinen Platz mehr gefunden hatte, den Weg. Er überquerte die Fahrbahn und stand direkt vor einem Geschäftsgebäude. Hinter der Scheibe blitzten kostbare Geschmeide auf dunklem Samt. Wilhelm drückte probeweise die Klinke der Eingangstür nieder, und tatsächlich schwang sie mit einem hellen Bimmeln auf, da die Ladenglocke anschlug. Er erstarrte, aber niemand eilte herbei. Er warf noch einen Blick zurück auf den Jungen, doch der schob, vertieft in sein Spiel, die Lokomotive die Fahrbahn entlang und verschwand schließlich in der nächsten Querstraße.

Entschlossen betrat Wilhelm den Juwelierladen. Von der Decke hing ein Kronleuchter, an dessen Kette Wilhelm zog, woraufhin Gaslicht das Geschäft erhellte. Schaukästen erstreckten sich vor ihm, gefüllt mit schimmernden Perlen, Goldringen und Smaragdschmuck in der Farbe von Louisas Augen. Seine Finger strichen über das Glas der Vitrine zu seiner Linken, und er rüttelte an ihrer Tür, doch sie war verschlossen. Wilhelm ließ den Blick schweifen. Im hinteren Teil des Geschäftsraums stand ein Stuhl.

Soll ich wirklich? So etwas hatte er noch nie gemacht. Wilhelm vermeinte, den Schmuck zu sich sprechen zu hören: »Hol mich raus! Nimm mich mit!« Sobald das Feuer käme, würde die ganze Pracht sowieso ein Raub der Flammen werden.

Also holte Wilhelm den Stuhl und hieb zaghaft mit einem Bein gegen die Scheibe. Sie klirrte schon bei der ersten Berührung, und Haarrisse überzogen das Glas wie ein Spinnennetz. Das Smaragdarmband rutschte von seinem Polster. Bevor Wilhelm es sich anders überlegen konnte, schlug er erneut zu. Die Splitter verteilten sich auf dem schwarzen Samt und blinkten selbst wie Kristalle.

Wilhelm hielt den Atem an, doch niemand eilte herbei, und kein Rufen erklang. Nur der Wind brauste durch die menschenleeren Straßen.

Behutsam griff Wilhelm nach dem Armband, holte es heraus und strich über die meisterhaft geschliffenen Smaragde. Er zog die dazu passende Kette aus der Vitrine sowie den Ring mit den eingefassten grünen Steinen.

Mit den Geschmeiden in der Hand spazierte er in den hinteren Bereich des Juweliergeschäfts. Auf einem langen Ladentisch wurde unter einer Glasplatte eine Kollektion goldener Taschenuhren präsentiert. Wilhelm beugte sich vor, um ein kunstvoll verziertes Stück genauer zu betrachten, wobei ihm die Wurststange in die Rippen stieß. Er zog sie aus der Jackentasche und legte sie auf den Tisch. Jeden Tag so feine Sachen essen, wäre ein Genuss.

Er zögerte, holte dann aber doch den Stuhl und schlug mit einem Hieb auch diese Scheibe ein. Die Uhren würden ihm hervorragend stehen. Er nahm eine heraus und hielt sie hoch. Dazu ein nobler

Anzug, und alle würden zu ihm aufsehen. Er könnte Louisa zurückgewinnen, da war er sich sicher. Ihre Entschlossenheit und sein Charme – gemeinsam könnten sie die Welt erobern.

Die Uhr in der Hand trat Wilhelm hinter die Verkaufstheke. Ob vielleicht Geld in der Kasse lag? Es klingelte, als sie aufschnappte, doch bis auf ein paar Cent war sie leer. Ohne große Hoffnung zog Wilhelm die Tischlade darunter auf und starrte verblüfft auf den Schlüsselbund, der darin lag. Ließen sich damit etwa die Vitrinen öffnen? Er probierte es als Erstes am Schaukasten mit den Perlen aus. Tatsächlich! Das Schloss schnappte auf. Die Perlen sähen wunderbar aus an Louisas Hals. Er stopfte sie in seine Jackentasche. In der nächsten Vitrine ruhten Goldringe, paarweise gruppiert, in dunkelblauen Samtfächern. Wilhelm holte eine Kette und fädelte sie auf. Und die Rubine – exquisit! Seine Hosentasche zog bereits schwer nach unten. Er fühlte sich wie im Fieber. Auf einmal sah er aus dem Augenwinkel einen Schatten, der sich bewegte. Erschrocken fuhr er herum und spähte angestrengt in alle Winkel, doch niemand war zu sehen. Anscheinend hatte er sich getäuscht. Wilhelms Blick blieb an zwei raumhohen Vitrinen an der Wand hängen, die er noch nicht inspiziert hatte. Wie magisch zogen sie ihn an, und er ging darauf zu, zwischen zwei Schaukästen durch, und stieß auf einmal gegen die Ecke eines Beistelltisches, den er übersehen hatte. Mit schmerzverzerrtem Gesicht rieb er sich im Weitergehen den Oberschenkel. Das würde ein gewaltiger blauer Fleck werden, aber zum Glück war seine fadenscheinige Hose nicht zerrissen. Er erreichte die Wand mit den Vitrinen und hob den Blick, der immer noch auf sein Bein gerichtet gewesen war. Plötzlich starrte ihm ein Mann in abgetragener Kleidung entgegen. Geschockt trat Wilhelm einen Schritt zurück. Sein Herz schlug ihm bis zum Hals. Erst einen Atemzug später erkannte er, dass er sich selbst sah. Zwischen den Glasschränken hing ein Spiegel. Erleichtert wischte Wilhelm sich über die Stirn. Er musterte sein verrußtes Gesicht, die ausgebeulten Jackentaschen und die Schlüssel in seiner Hand. Der Rausch, in dem er sich eben noch befunden hatte, war verflogen. Was tat er hier eigentlich? War er verrückt geworden? Er war nach Amerika gekommen, um ehrlich zu werden. Das hatte er doch gerade erst im Gefängnis erneut geschworen! Wurde er nie vernünftig?

Langsam zog er die Rubine aus seinen Hosentaschen und legte sie unter dem Spiegel auf einen niedrigen Tisch. Daneben landete klirrend die Kette mit den Ringen. Schweren Herzens zog er die Perlen aus der Hosentasche, die kühl in seiner Hand lagen. Er würde einen anderen Weg finden, Louisa zurückzuerobern. Als er alle Taschen wieder geleert hatte, türmte sich ein kleiner Juwelenberg vor ihm. Es fehlte nur noch die

Taschenuhr. Seine Finger strichen über die exquisite Gravur. So begehrenswert dieses Kleinod war – es fühlte sich richtig an, nichts von den Kostbarkeiten mitzunehmen. Er atmete tief ein, runzelte die Stirn und sog noch mal die Luft ein. Roch es jetzt nicht viel stärker nach Rauch? Wilhelm eilte zur Tür. Durch die Scheibe sah er, dass das Haus auf der gegenüberliegenden Straßenseite in Flammen stand. Ein Spritzenwagen raste heran, Feuerwehrmänner sprangen herab und entrollten einen Schlauch. Ein mageres, halbwüchsiges Mädchen mit blonden Zöpfen huschte aus dem Delikatessenladen. Fest umklammerte es einen Käselaib. Für einen Moment glaubte Wilhelm, Isa vor sich zu sehen und den Hunger zu spüren, der in den letzten Tagen ihres Lebens an ihr genagt haben musste. Er trat einen Schritt zurück, wich nach hinten, bis er vor dem Tisch mit den Juwelen stand. Sein Kopf war wie leer gefegt. Blindlings stopfte er die Perlen und Rubine zurück in seine Taschen. Aus der Vitrine links vom Tisch blinkten ihm filigrane Ohrringe entgegen. Ohne nachzudenken griff Wilhelm erneut nach den Schlüsseln und nahm sie heraus. Das Atmen fiel ihm schwer, und seine Haut schien in Flammen zu stehen.

Auf der Straße war die Hölle los. Dichte Rauchschwaden zogen an den Schaufenstern vorbei und drangen durch die Ritzen in den Laden. Die Rufe der Feuerwehrmänner, das Prasseln des

Feuers und das Tosen des Windes vereinten sich zu einer Sinfonie.

Hektisch sah Wilhelm sich um und bemerkte jetzt zum ersten Mal eine Tür an der Rückwand. Mit wenigen Schritten war er dort, drückte die Klinke hinunter und gelangte in ein Büro. Mitten im Kontor lag ein umgestürzter Stuhl, umgeben von Papieren, und an der gegenüberliegenden Wand stand ein offener Tresor. Daneben verbargen fast völlig zugezogene Vorhänge ein Fenster, unter dem ein Schreibtisch stand. Die leuchtende Lampe darauf warf ihren Schein auf einen halb verzehrten Apfel mit bräunlicher Bissfläche. Während er das Büro durchquerte, wanderte Wilhelms Blick hin und her zwischen dem Fenster, durch das er fliehen konnte, der Frucht und dem Tresor. Die oberen Fächer des Geldschranks waren leer geräumt, in den unteren Regalen stapelten sich jedoch weitere Kisten und Schmuckkassetten.

Wie in Trance öffnete Wilhelm ein Holzkästchen, und ihm leuchteten mehrere haselnussgroße Opale entgegen. In der Handkasse gleich daneben türmten sich Geldbündel. Wie von selbst stopften seine Hände den Schmugglergürtel voll. Seine Augen brannten, und der Schweiß rann ihm über Stirn und Nacken. In seinem Rücken knisterte und prasselte es immer lauter, während er eine Schatulle aufklappte. Im Lichtschein schimmerte ein Diamantcollier. Behutsam nahm Wilhelm es heraus. Es funkelte und glitzerte so verheißungsvoll wie die Wellen der Fulda an einem Sommertag. Und plötzlich war ihm auch so heiß, als läge er am Flussufer in der prallen Sonne. Die Hitze wurde unerträglich. Er wandte sich um und erschrak, als er das Feuer wie ein wogendes Seidentuch zur Tür hereinlodern sah. Es füllte bereits die ganze Öffnung aus. Panisch rannte Wilhelm zum Fenster, schob den Vorhang zur Seite und erblickte erst in diesem Moment die Gitterstäbe hinter den Scheiben.

Die rotgoldenen Flammen sprangen von einem auf den Holzdielen liegenden Papier zum nächsten, kamen näher und umtanzten Wilhelm in immer engerem Reigen. Das Collier in seinen Händen glänzte in den Farben des Regenbogens, und als das Feuer seine Arme nach ihm ausstreckte, tropfte Gold herab.

Kapitel 17

Sie erreichten das lang gestreckte, vierstöckige Gebäude, in dem Tag für Tag die Chicago Tribune gedruckt wurde. Marc und Dennis Walsh schleppten Cora die gewaltigen Rundbögen entlang, die das Erdgeschoss säumten. Plötzlich merkte Louisa auf – etwas hatte sich verändert. Aber was? Dann wurde es ihr bewusst: Das Glockengeläut, das ihren Weg die ganze Zeit begleitet hatte, war verstummt. Sie dachte an das brennende Gericht und schluckte. Vermutlich war der Turm eingestürzt und das Gebäude endgültig zum Raub der Flammen geworden.

An der Straßenecke angekommen, hievten die Männer Cora die drei Stufen zum Eingang hinauf, während Louisa das schwere Tor aufzog. Im Foyer stellten Marc und Dennis Cora auf die Beine. Louisa fasste sie unter und strich ihr eine

Haarsträhne aus der verschwitzten Stirn. »Hier sind wir sicher, Kleines. Wir suchen einen Platz, wo du dich ausruhen kannst.« Cora sah mit leerem Blick durch sie hindurch. Ihre Schwester so lethargisch zu sehen, beunruhigte Louisa.

»Ich verabschiede mich«, sagte Dennis Walsh. »Ich muss nach Hause. Viel Glück!«

»Herzlichen Dank. Alles Gute!«, antwortete Louisa. Marc schüttelte ihm die Hand, worauf Dennis sich die Schulter rieb und verschwand.

Zu beiden Seiten der Eingangshalle erstreckten sich hinter zweiflügligen Glastüren breite Korridore. Ratlos blickten Marc und Louisa sich an.

»Probieren wir den linken Gang«, sagte Marc. Wie etliche Male zuvor hob er Cora hoch, die gleich einer Gliederpuppe in seinen Armen lag. Louisa stieß die Glastür auf, und sie traten in den Flur. Links und rechts zweigten Türen zu diversen Geschäften ab, wie einem Hutmacher und einem Porzellanwarenladen. Zwischen einer Weinhandlung und einem Stoffgeschäft erblickte Louisa ein Treppenhaus: Stufen führten sowohl ins Untergeschoss als auch in den ersten Stock. Von oben waren das Schlagen von Türen und Schritte zu hören. Entschlossen stieg Louisa, gefolgt von Marc mit Cora, aufwärts. In der ersten Etage angekommen, sah Louisa nach links und rechts. Zu beiden Seiten befanden sich etliche, meist geschlossene Türen. Eine davon flog jedoch plötzlich auf, und ein Mann mit hochgekrempelten Hemdsärmeln, in der

Hand Papiere, eilte heraus und den Flur entlang. Direkt ihnen gegenüber wurde eine Doppeltür aufgerissen, worauf Stimmengewirr bis zu ihnen drang.

»Cowles und Meacham, ihr versucht, vor Ort alles über das Feuer in Erfahrung zu bringen. English, Sie kennen die Stadt am besten. Klettern Sie aufs Dach und versuchen Sie, so viele brennende Gebäude wie möglich zu identifizieren.«

»In Ordnung, Sir.«

Zwei Männer hasteten auf den Gang heraus, an ihnen vorbei und die Treppe hinab, während sie ihre Jacken überzogen. Der dritte, der eben mit English angesprochen worden war, umrundete Louisa und stieg die Stufen empor. Unmittelbar darauf traten ein junger Bursche und ein älterer Herr mit Vollbart in den Flur. »Die Drucker sollen die Pressen vorbereiten. Sobald Cowles und Meacham zurück sind, bringen wir eine Sonderausgabe heraus.«

»Wird erledigt, Sir.« Der Bursche querte den Gang und verschwand die Treppe abwärts Richtung Souterrain.

»Guten Abend, Mr Medill«, sagte Marc. Zugleich löste er den Griff von Coras Beinen, und als ihre Füße sicheren Stand gefunden hatten, auch von ihrer Taille. Teilnahmslos ließ Cora sich von Louisa stützen, die ihr über den Rücken strich.

Der weißhaarige Herr blickte Marc mit gerunzelter Stirn an, aber sowie er ihn erkannte, glättete sie sich wieder. »Richter Keenan!« Er trat zu ihnen, schüttelte Marc die Hand und nickte Louisa und Cora zu.

»Dürfen wir bis zum Ende des Brandes hierbleiben?«, fragte Marc. »Wir kommen direkt vom Gerichtsgebäude, und die junge Dame ist verletzt.«

Ein glatzköpfiger Mann schleppte auf seiner Schulter einen langen, runden Gegenstand die Treppe herab und blieb schwer atmend bei ihnen stehen. »Ich bringe das Teleskop in Sicherheit, Sir«, sagte er zu dem Mann namens Medill, der offenbar der Chef der Zeitung war. »Die anderen reißen die Plattform auf dem Dach ab und tragen die Hölzer weg, um dem Feuer keine Nahrung zu bieten.«

»Eine ausgezeichnete Idee.«

Der Glatzkopf wandte sich wieder der Treppe zu und stieg weiter abwärts, während Mr Medill seine Aufmerksamkeit wieder Marc zuwandte.

»Selbstverständlich gewähre ich Ihnen und Ihren Begleiterinnen Obdach.«

Erleichterung machte sich in Louisa breit, denn Cora brauchte dringend Ruhe. Zudem wollte sie endlich deren Wunden versorgen.

Der Herausgeber ging ein Stück den Flur entlang und öffnete eine der Türen zu seiner Rechten. Louisa, Marc und Cora folgten ihm in den Büroraum. Er war lang gestreckt und enthielt zehn Schreibtische – immer zwei einander gegenüber. Darauf stapelten sich beschriebene Papiere. An den Wänden hingen Fotografien, Pläne und Zeitungsartikel.

Marc setzte Cora auf einen der Stühle. Als Louisa in das nun kalkweiße Gesicht ihrer Schwester blickte, erschrak sie. Um Cora zu beruhigen, drückte sie die eiskalten Hände. »Alles wird gut.«

»Ich schicke Ihnen einen meiner Mitarbeiter, der Ihnen helfen wird«, sagte der Herausgeber.

»Danke, Mr Medill«, antwortete Marc.

Kurzerhand streckte der weißhaarige Herr den Kopf zur Tür hinaus, blickte den Flur hinunter und rief dann: »Hey, Frank!«

Kurz darauf trat ein junger, drahtiger Mann zu ihnen.

»Kümmern Sie sich bitte um unsere Gäste. Wir brauchen Verbandszeug und Wasser.«

»Wird erledigt, Sir.« Besagter Frank eilte davon, um das Gewünschte zu besorgen.

»Ist bei Ihnen alles in Ordnung?«, fragte Mr Medill Louisa.

»Ja, danke«, antwortete sie, obwohl das mulmige Gefühl in ihr immer stärker wurde. Irgendetwas war mit Cora los, das über den Schrecken der Feuersbrunst, der sie eben entkommen war, hinausging, denn ihre Schwester, die schon einiges erlebt hatte, hatte sie noch nie so apathisch erlebt.

»In der Stadt geht's drunter und drüber«, sagte der Herausgeber zu Marc.

»Das kann man laut sagen. Wissen Sie Näheres?«

»Das Feuer ist westlich von uns vorbeigerast. Nun wütet es im Zentrum des Geschäftsviertels. Das Post Office ist niedergebrannt, und von der Crosby-Oper existiert nur noch ein Haufen rauchender Trümmer.«

»Am frühen Abend habe ich dort im Café noch ein Glas Wein getrunken. Das Gerichtsgebäude brennt übrigens auch.«

»Vielleicht können Sie später einem meiner Reporter von Ihren Erlebnissen berichten. Ihre Eltern sind in Sicherheit?«

»Davon gehe ich aus. Die Villen der North Side liegen weit vom Brandherd entfernt. Zudem befindet sich der Hauptarm des Chicago River dazwischen.«

»Wobei der Wind das Feuer auch von der West Side über den Fluss getragen hat«, sagte Mr Medill.

Louisa folgte dem Gespräch nur mit einem Ohr, denn sie rieb unablässig Coras Hände, um sie zu wärmen, und versuchte dabei, den Blick ihrer Schwester einzufangen. Als ihr das nicht gelang, wurde sie immer besorgter. Möglicherweise würde Cora reagieren, wenn sie ihr über die Wange strich. Louisa hob die Hand und streifte dabei versehentlich Coras Brandwunden am Unterarm. Vor Schmerz stöhnte ihre Schwester auf.

Mr Medill drehte sich bei dem Geräusch um und fragte: »Kann ich Ihnen behilflich sein?«

Wenn ich nur wüsste, wie. Louisa zwang sich zu einem Lächeln. »Cora braucht nur etwas Ruhe, denke ich.«

»Dann entschuldigen Sie mich jetzt bitte«, sagte Mr Medill. »Obwohl es sich bei unserem Tribune Building um ein feuersicheres Gebäude handelt, will ich kein Risiko eingehen.«

»Natürlich«, antwortete Marc.

»Wenn Sie etwas benötigen, wenden Sie sich an Frank. Der jungen Dame geht es hoffentlich bald besser.«

Im Hinausgehen rief er einem Mitarbeiter zu: »Ist der Innenhof von allem Brennbaren gesäubert worden? Was ist mit diesem Teerfass auf der anderen Straßenseite?« Seine weiteren Worte waren schon nicht mehr zu verstehen.

Der junge Mann namens Frank kehrte mit Verbandszeug und einem Eimer Wasser zurück, begleitet von einem Burschen, der einen gefüllten Krug und Gläser auf einen der Tische stellte. Der Anblick rief Louisa ihre ausgedörrte Kehle in Erinnerung.

»Ich bin sofort wieder bei Ihnen«, sagte Frank und verließ ohne weitere Erklärung mit seinem Begleiter das Büro. Louisa schenkte allen ein. Cora und Marc tranken genauso gierig wie sie.

»Jetzt versorgen wir deine Verletzungen.« Louisa kniete nieder und griff nach Coras Bein, doch die zog es fort. Überrascht blickte Louisa auf. War Cora bisher kalkweiß gewesen, zeigten sich nun rote Flecken an ihrem Hals, und ihre Augen glänzten fiebrig.

»Er soll das machen.« Cora deutete auf Marc.

»Ich will nur deine Wunden säubern.«

»Rühr mich nicht an!«

Einerseits war Louisa erleichtert, dass Cora wieder auf ihre Umwelt reagierte, andererseits verstand sie nicht, weshalb Cora sich dagegen wehrte, von ihr versorgt zu werden. »Was ist los?«

»Ich erinnere mich wieder. Du wolltest mich verbrennen lassen!«

Louisa hatte keinen Schimmer, was ihre Schwester meinte.

»Du hast dort gestanden und zugesehen, wie das Feuer mich eingeschlossen hat.« Cora atmete stoßartig. »Und du hast Wilhelm daran gehindert, mich zu retten. Ich hab gesehen, wie du ihn zurückgehalten hast.«

Louisa wurde flau im Magen. Sie schluckte, öffnete den Mund, brachte jedoch keinen Ton heraus und schloss ihn wieder. Das dachte Cora von ihr?

»Ich glaube, du hast da etwas falsch gesehen«, erklang Marcs ruhige und feste Stimme – auf Deutsch.

»Sie sprechen unsere Sprache?« Verblüfft starrte Louisa ihn an. Sein Akzent war schauderhaft, der Satz aber völlig korrekt gewesen.

»In einer Stadt, in der jeder Fünfte aus dem Deutschen Reich stammt, ist das von Vorteil.

Zudem ist einer meiner Jugendfreunde in Kassel aufgewachsen.« Er wandte sich Cora zu. »Deine Schwester würde dich und alle, die ihr nahestehen, nie im Stich lassen. Ich habe miterlebt, wie sie sich für die Befreiung der Gefangenen eingesetzt hat. Sie hat es sogar geschafft, dass die Wärter sie aus ihren Zellen gelassen haben – wie genau, habe ich allerdings auch noch nicht erfahren.«

»Das kann ich mir schon denken. Als ehemaliges Hurdy-Gurdy-Girl weiß sie, was sie tun muss.«

Louisa glaubte, sich übergeben zu müssen, während Marc sie überrascht anblickte.

In dem Moment ertönte ein Klopfen, und Louisa blickte zu der offen stehenden Tür, in der ein blonder junger Mann stand. »Entschuldigen Sie die Störung, aber ist Mr Medill hier?«

Marc schüttelte den Kopf, worauf der Zeitungsmitarbeiter weitereilte.

Louisa brachte immer noch keinen Ton heraus und atmete flach, um der Übelkeit Herr zu werden. Eine unangenehme Stille breitete sich im Raum aus, die Marc brach, indem er sich räusperte. »Ich schau mir jetzt deine Wunde an. Du heißt Cora, nicht wahr?«

Louisas Schwester nickte.

»Dazu fasse ich dein Bein an, in Ordnung?«

Cora nickte erneut.

»Ich bin übrigens Marc. Nach unseren gemeinsamen Erlebnissen schlage ich vor, dass wir alle zum Du wechseln.«

Louisa setzte sich auf einen Stuhl und schlang die Arme um sich. Cora meint das nicht so. Es ist diese Nacht, der Brand.

Marc schob Coras zerfetzten Rock hoch. Darunter kam das geschwollene Bein zum Vorschein. Es schillerte blau und violett unter dem verkrusteten Blut. Mit einem feuchten Tuch wischte Marc es sauber, bevor er behutsam den Knöchel hin- und herdrehte. Trotzdem verzog Cora gequält das Gesicht.

»Ich bin kein Arzt, aber im Krieg habe ich etliche Verletzungen gesehen. Gebrochen ist nichts. Der Knöchel scheint nur verstaucht zu sein. Wir werden ihn schienen und fest bandagieren.« Suchend sah er sich um.

Wie in Trance reichte Louisa ihm ein Holzlineal, das vor ihr auf dem Tisch lag.

»Danke.« Er holte noch ein Lineal von einem der weiter entfernt stehenden Tische und schiente anschließend geschickt Coras Knöchel. »Du solltest dich jetzt ausruhen.«

Marc blickte sich erneut um, ging dann Richtung Tür und nahm die daneben an einem Haken hängende Weste und Jacke in die Arme. Daraufhin begab er sich zum hinteren Ende des Raumes. In der Ecke standen ein Schrank und, eine Tischlänge davon entfernt, eine Kommode. Marc legte die Kleidungsstücke auf einen der Schreibtische und öffnete die knarrenden Schranktüren. In den Fächern stapelten sich unzählige Ausgaben der Chicago Tribune. Er zögerte kurz, doch dann zog er die Zeitungen heraus und errichtete daraus mit wenigen Griffen zwischen Schrank und Kommode ein Lager für Cora und bettete sie darauf. Er schob ihr die Weste als Kissen unter den Kopf und mit der Jacke deckte er sie zu.

»Nun hast du es bequem«, sagte Marc lächelnd zu Cora.

Louisa schluckte angestrengt. Sie musste dieses Missverständnis unbedingt aufklären, daher folgte sie den beiden und hockte sich neben ihre Schwester. »Cora, ich wollte dich retten. Wilhelm hat mich daran gehindert. Schau!« Louisa deutete auf die Abdrücke von Wilhelms Fingern auf ihren Unterarmen. Unsicherheit flackerte in Coras Blick auf.

»Aber ich hab's gesehen«, beharrte sie.

»Es war eine anstrengende Nacht. Versuch, ein bisschen zu schlafen«, sagte Marc zu Cora. Er bedeutete Louisa aufzustehen. »Es hat im Moment keinen Sinn, mit ihr zu reden«, flüsterte er ihr zu. Louisa blickte auf ihre Schwester, die das Gesicht abgewandt hatte, und atmete tief durch. Sie waren alle überreizt. Marc hatte recht – sie würde später mit Cora sprechen.

Ein Klappern an der Tür ließ sie herumfahren. Beladen mit Tüchern, die wohl normalerweise zum Reinigen der Druckerpressen dienten, aber offenbar frisch gewaschen waren, und einer

Haarbürste kehrte Frank zurück. Marc und Louisa gingen zu ihm. Er legte die Utensilien auf einem der Tische ab. »Falls Sie sich frisch machen wollen. Ich bin im Büro nebenan, wenn Sie etwas benötigen. Aber ich muss wieder an die Arbeit, hier ist die Hölle los.«

»Danke, Frank«, sagte Louisa.

Sie tauchte die Hände in den Eimer, wie Nebelschwaden schwebte der Ruß durchs Wasser, und während sie das Nass auf ihrer Haut genoss, versuchte sie, nicht an Cora zu denken. Wenn sie alle ausgeruht waren, würde sie mit ihr sprechen. Louisa nahm eines der Tücher und tauchte es im selben Augenblick ein, als Marc seine Hände waschen wollte. Seine Finger strichen an ihren entlang, und Louisa erstarrte.

»Entschuldigung.« Marc zog seine verdreckten Hände aus dem Kübel und ließ ihr den Vortritt. Rasch befeuchtete Louisa das Tuch und rieb sich damit das Gesicht. Wie erfrischend! Bereits jetzt fühlte sie sich besser. Sehnsüchtig blickte sie auf die Bürste, aber sie wusste, welche Wirkung offenes Haar auf Männer hatte – selbst auf ehrenwerte Gentlemen.

»Kämm dich nur, wenn du dich dann wohler fühlst«, sagte Marc. Sie sah ihn an. »Ich werde unserer Patientin inzwischen noch etwas Wasser bringen.« Er griff nach dem Krug, der auf dem Tisch neben Louisa stand, um ein Glas vollzuschenken.

Louisa nahm das Haarband ab, das ihren Zopf zusammenhielt, und begann, die Flechten zu lösen.

»Vorsicht!«, sagte Marc, der sie offenbar beobachtet hatte. »Da stecken Glasscherben drin.« Er zupfte an ihrem Haar herum und sammelte auf der flachen Hand die Scherben.

»Danke«, murmelte sie.

»Keine Ursache.« Er umrundete den Schreibtisch und ging nach hinten zu Cora.

Louisa bürstete ihr Haar mit kräftigen Strichen, woraufhin Glasstaub und Ruß zu Boden rieselten. Als sie ihren Blick wieder hob, bemerkte sie, dass Marc auf ihre bis zur Taille fallende Mähne starrte. Ihr schoss die Hitze ins Gesicht. Rasch wandte sie sich ab, flocht den Zopf frisch, griff nach einem der Lappen, die Frank gebracht hatte, hockte sich nieder und wischte den Fußboden damit auf.

»Du solltest dich auch hinlegen«, sagte Marc plötzlich direkt neben ihr. Mit einem Ruck stand sie auf und blickte ihm direkt in die Augen, doch sie konnte keine Hintergedanken darin erkennen. Zögernd setzte Louisa sich an einen der Tische. Marc stellte den Eimer mit dem schmutzigen Wasser hinaus in den Gang und bürstete sich seinerseits mit knappen Bewegungen das Haar.

Frank sah zur Tür herein. »Richter Keenan, wir bräuchten dringend ein zusätzliches Paar starke Arme. Können Sie uns helfen?«

»Selbstverständlich.«

Die beiden Männer verließen das Büro, die Schritte verhallten, und Stille breitete sich aus. Vom anderen Ende des Raumes erklangen tiefe, gleichmäßige Atemzüge – Cora war eingeschlafen. Louisa rieb sich den Nacken und ließ die Schultern kreisen. Langsam fiel die Anspannung der letzten Stunden von ihr ab, ihre Lider wurden schwer. Ein bisschen Ausruhen täte ihr gut. Nur kurz den Kopf auf die Arme legen. Nur kurz die Augen schließen.

Kapitel 18

Henriette hielt sich am Sitz des Fuhrwerks fest, das über das unebene Kopfsteinpflaster holperte. Sie hatte keine Ahnung, wie lange sie bereits unterwegs waren. Seit ihrer Abfahrt vom Hotel Palmer schien eine Ewigkeit vergangen zu sein. Die ehemals schwarz glänzende Oberfläche ihres Pianos war von einer dünnen Ascheschicht überzogen, und Brandlöcher zeugten von vergangenen Funkenregen. Mit der halb verkohlten Jacke in ihrem Schoß hatte sie die Glut immer wieder erstickt. Sie ärgerte sich, dass sie nicht daran gedacht hatte, eine Decke über das Klavier zu werfen.

Ihr Blick wanderte zum Bürgersteig, auf dem sich Fußgänger durch zurückgelassenen Hausrat zwängten. An einem kalbsledernen Koffer lehnte ein Ölgemälde von einem Segelschiff inmitten stürmischer Wellen. Daneben lag ein zersplitterter, goldgerahmter Spiegel. Henriettes Herz zog sich zusammen, als sie an einem Cello mit eingetretenem Klangkörper vorbeifuhren, das zwischen aufgeschlagenen und zerfetzten Büchern seine letzte Ruhestätte gefunden hatte. Ein in sich zusammengesunkener Teddybär saß neben einer Obstschale aus seltsamerweise völlig unversehrtem grünem Glas.

Als eine Kutsche in die bereits völlig überfüllte Straße einbog, hielten sie mit einem Ruck. Herbert fluchte. Nach einer Weile, die Henriette endlos vorkam, ging es weiter. Mühsam kämpften sie sich ein Stück vorwärts, bis ein schmächtiger Mann, der aus dem Nichts aufgetaucht war, plötzlich in die Zügel des Brauereigespanns, das vor ihnen fuhr, griff und es anhielt.

»Ihre Ladefläche ist halb leer, Mister. Ich muss die antike Kommode meiner Mutter retten und einiges andere, an dem ihr Herz hängt. Können Sie mir helfen? Unser Haus liegt gleich da vorn.«

»Steigen Sie auf!«, sagte der Fahrer sofort.

Der Mann zögerte. »Was wird das kosten?«

»Keinen Cent. Bei so einer Katastrophe müssen wir alle zusammenhalten«, antwortete er.

»Herzlichen Dank!« Hurtig kletterte der Mann zu ihm hinauf.

»Hast du das gehört?«, sagte Herbert zu Henriette. »Keinen Cent! Und du hast ein Diamantcollier für diesen armseligen Karren verschleudert.

Wenn du nur einmal Sinn für Zahlen und Geld zeigen würdest.«

Ihr Erlebnis ein paar Straßenzüge zuvor hatte Herbert offenbar aus dem Gedächtnis gestrichen. Dort hatte ein Geschäftsmann einem Fuhrwerksbesitzer einen Wucherpreis gezahlt, damit er seine Akten in Sicherheit brachte. Zwei Straßen weiter hatten sie beobachtet, wie der Fahrer die Unterlagen kurzerhand auf den Gehweg geschleudert hatte, um gleich darauf mit dem nächsten Unternehmer zu verhandeln.

»Geht's endlich vorwärts?«, rief Herbert. Die Pferde schnaubten und trampelten nervös auf der Stelle. Kein Stück bewegte sich die Kolonne, die sich auf der Straße gebildet hatte, sodass Herbert ungeduldig aufstand, um die Ursache für den erneuten Halt zu erkennen.

»Eine Kutsche ist umgekippt. Am besten lassen wir den Wagen zurück und reiten«, sagte er.

»Und was geschieht mit dem Klavier?«

»Das scheußliche Ding wird sowieso zu Brennholz.« Herbert sprang vom Wagen und eilte vor zu den Rössern, sicher um eines abzuschirren. Entsetzt sah Henriette zu. Nie und nimmer würde sie ihr Piano zurücklassen! Nicht nachdem sie es von der alten Heimat bis hierher gebracht und aus dem Hotel gerettet hatte, das wohl längst den Flammen zum Opfer gefallen war. Entschlossen griff Henriette nach der zu ihren Füßen liegenden

Peitsche und knallte damit durch die Luft. »Die Pferde bleiben angespannt!«

»Bist du jetzt völlig wahnsinnig geworden?«

Henriette ließ die Peitsche erneut schnalzen, sodass die ohnehin nervösen Pferde stiegen. Hastig trat Herbert zurück.

»Mit dem Klavier im Schlepptau wirst du dem Feuer nie entkommen!«

»Das werden wir ja sehen.«

»Früher oder später wirst du es zurücklassen müssen.«

»Niemals!«

»Ach, fahr doch zur Hölle!« Herbert wandte sich ab und eilte an einem Berg Seidenkleider vorbei. Vom Wind getragen segelte eine brennende Schindel über die Dächer und landete in dem Stoffhaufen, der sofort Feuer fing. Zum Glück kam der Inhaber eines angrenzenden Delikatessenladens herausgerannt und leerte geistesgegenwärtig den Inhalt seines Gurkenfasses darüber. Henriette stieg Essiggeruch in die Nase. Einen Teil der Ladung bekamen Herbert und ein etwa sechsjähriges Mädchen ab, das mit tränenüberströmtem Gesicht auf dem Gehweg herumirrte.

»Verdammt!«, fluchte Herbert, sodass das Mädchen zusammenzuckte und aufschluchzte. Herbert wollte schon weiter, drehte sich dann aber noch einmal um. »Wo sind deine Eltern?«, fragte er die Kleine.

»Ich weiß nicht.«

Herbert seufzte genervt. »Na gut, komm, wir suchen sie.« Herbert streckte ihr die Hand entgegen. Die Kleine, der das blonde Haar über den Rücken floss, legte den Kopf schief und sah misstrauisch zu ihm hoch, griff dann aber nach seiner Hand, und die beiden gingen zusammen den Gehweg hinunter. Henriette hatte nie verstanden, warum, aber ausgerechnet Kinder vertrauten ihm seit jeher. So eine Tochter hatte Herbert sich immer gewünscht. Vielleicht wäre ihre Ehe anders verlaufen, wenn sie Nachwuchs gehabt hätten.

Als eine Bö einen Funkenschwall über die Häuserfront katapultierte, warf Henriette einen besorgten Blick auf ihr Piano. Routiniert erstickte sie mit ihrer Jacke die Glut darauf. Der Gestank verbrannter Wolle breitete sich aus – wieder einmal hatte sie ihr Instrument gerettet.

Sie griff gerade nach den Zügeln, als sie bemerkte, dass das Haar des Mädchens Feuer gefangen hatte. Mit einem Ruck riss das Kind sich von Herbert los und rannte schreiend die Straße entlang. Ein Spirituosenhändler, der soeben Ballonflaschen auf einem mit Fässern beladenen Fuhrwerk verstaute, sah die Kleine. Er zerschlug den Hals der Flasche, die er in der Hand hielt, am Rand des Wagens und kippte den Inhalt in einem Schwung über dem Mädchen aus. Entsetzt schrie Henriette auf. Herbert war hinter der Kleinen hergerannt und zog noch im Laufen seine Jacke aus, um sie über das Mädchen zu werfen.

Gemeinsam stürzten sie zu Boden. Gerade als Herbert die Flammen erstickt hatte, goss der Spirituosenhändler eine weitere Flasche über die zwei. Noch immer hatte er nicht begriffen, dass er damit nicht half, sondern das Feuer erst recht entfachte. Herbert schützte die Kleine mit seinem Körper vor dem Schwall und stieß sie aus dem Gefahrenbereich. »Lauf!« Ohne zurückzusehen rannte das Mädchen davon. Hinter ihm wehte sein angesengtes Haar wie eine Fahne im Wind.

Die Zügel schnitten in Henriettes Handflächen, so fest umklammerte sie sie, und der Geruch von Rum stieg ihr in die Nase. Unwillkürlich wallte in ihr Stolz auf ihren Mann auf. Sie wollte ihm gerade bedeuten, zum Wagen zurückzukommen, als er aufstand und mit geballten Fäusten auf den Spirituosenhändler zuging, der immer noch die zerbrochene Flasche in der Hand hielt. Henriette hielt die Luft an. Drohend hob der Kaufmann das scharf gezackte Glas. Herbert blieb stehen. Er würde doch keine Rauferei beginnen? Nachdem sich die beiden Männer einen Moment lang wütend angefunkelt hatten, wandte Herbert sich schließlich fluchend ab, um seine Flucht fortzusetzen. Erleichtert atmete Henriette aus und schüttelte den Kopf, als ihr Mann rücksichtslos einen an ihm vorbeihumpelnden Greis mit Krückstock anrempelte, der von einer jungen Frau gestützt wurde. Mit hochrotem Gesicht bückte sich Herbert und drückte dem Mann rüde die aufs

Pflaster gefallene Gehhilfe in die Hand. Henriette wusste: Er war kurz davor, die Beherrschung zu verlieren.

»Sir, können Sie mit anpacken?«, fragte die junge Frau ihn. »Mein Vater kann kaum mehr laufen.«

»Was geht mich Ihr Vater an?« Herbert machte einen Schritt vorwärts und bemerkte zu spät ein aus dem Patrizierhaus neben ihm herabfallendes, brennendes Fensterkreuz, das ihn streifte, bevor es auf dem Gehweg landete. Rasch zerrte die Frau ihren Vater von dem Brandherd fort. Der Spirituosenhändler eilte ihr zu Hilfe. Im selben Moment begannen blaue Flammen, an Herbert emporzuzüngeln. Henriette schlug dic Hand vor den Mund: Seine rumgetränkte Jacke brannte. Herbert warf sich zu Boden und wälzte sich hin und her, um das Feuer zu ersticken. Dabei geriet er in eine der Alkohollachen, die der Händler in seinem panischen Rettungsversuch auf dem Gehweg verteilt hatte.

Henriette sprang vom Fuhrwerk, um Herbert zu helfen. Die Alkohollache war inzwischen ein einziges Flammenmeer – und Herbert mittendrin. Unmenschliches Geschrei erklang.

»Herbert!« Schützend hielt sich Henriette den Arm vors Gesicht und näherte sich dem Brandherd. Das Feuer fraß sich den flüssigen Pfad auf dem Gehweg entlang und griff auf das Fuhrwerk mit den Spirituosen über. Die orangeroten Flammen bildeten bizarre Muster, in denen es bläulich schimmerte. Es war so heiß, dass Henriette nicht weitergehen konnte.

Die Schreie verstummten.

Henriettes Mund war ausgetrocknet, ihr Herz raste. Der Geruch von verbranntem Fleisch erfüllte die Luft. Henriette übergab sich direkt auf den Bürgersteig. So ein Ende hatte selbst Herbert nicht verdient.

Das Knistern des Feuers ließ sie den Blick heben. Gierig fraßen sich die Flammen vorwärts. Es war nur eine Frage von Augenblicken, bis sie bei ihr wären.

Henriette sprang auf, eilte zum Wagen zurück und nahm die Zügel in die Hand. Ihr Blick schoss umher. Vor und hinter ihr war kein Durchkommen möglich. Aber gegenüber dem Delikatessenladen, direkt neben sich, entdeckte sie in einem vierstöckigen Ziegelbau eine Hofeinfahrt mit gemauertem Rundbogen. Mit einem scharfen Ruck zwang sie die Pferde, sich zur Seite zu wenden, und lenkte sie durch die Toröffnung, durchquerte einen weitläufigen Innenhof und gelangte durch ein weiteres Tor in den nächsten Hof. In dem war es dämmrig, denn erhellt wurde er nur vom Licht, das aus den Fenstern der umgebenden Häuser fiel. Gedämpft drang der Lärm der Straße herein, während die Hitze nachließ. Die akute Gefahr war gebannt, aber Henriettes Herz schlug immer noch wie wild. Nervös trappelten die Rösser auf der

Stelle. Mit zitternden Beinen stieg Henriette ab, trat zu ihnen und strich ihnen über die Nüstern. »Tapfer wart ihr, gut gemacht habt ihr das.« Sie wusste nicht, wen sie versuchte, damit zu beruhigen: die Tiere oder sich selbst. Das warme Fell fühlte sich tröstlich an, aber Henriette war unruhig – die Flammen konnten jederzeit ihren Weg hierher finden.

Sie entzündete die Laternen, die vorn am Fuhrwerk befestigt waren. Nun sah sie den mitten im Hof wachsenden Baum mit ausladender Krone deutlich, und ebenso die mit Holz und Kohle gefüllten Verschläge entlang der Hauswände. Auf der gegenüberliegenden Seite entdeckte Henriette zwischen zwei Häusern einen Rundbogen. Ich muss weiter. Sie stieg auf und lenkte die Pferde auf eine schmale Gasse und bei einem fünfstöckigen Steinbau durch ein viereckiges Tor in einen weiteren Hof. Ein Gewirr aus Gassen, Durchgängen und Höfen führte Henriette immer weiter von der brennenden Straße, vom Rufen, Donnern und Prasseln fort. Allmählich fühlte sie sich sicher.

Im Halbdunkel suchte sie sich einen Weg, bis sie in einem Hof landete, der von hohen Mauern umgeben war, die kaum eine Fensteröffnung aufwiesen. Ob das Lagerhäuser waren? Der Boden bestand aus festgestampfter Erde, und in der hinteren Ecke entdeckte sie einen Ziehbrunnen, an dessen Kette ein verrosteter Eimer hing. Vom

Feuer war hier nichts zu merken. Im Moment schien sie nicht in Gefahr zu sein, und die Tiere brauchten dringend Wasser. Daher stieg Henriette vom Wagen, betätigte die Kurbel, wie sie es bei den Hausbediensteten beobachtet hatte, und der Kübel senkte sich kreischend in den Schacht. Als sie den Eimer über den Brunnenrand hievte, schwappte kühles Nass über. Nachdem die Pferde getränkt waren, gaben Henriettes Beine nach. Sie sank neben dem Brunnen nieder und lehnte sich an die rauen Steine. In ihrem Kopf gellten Schreie und loderten Flammen hoch – blaue Flammen. Sie würde die Farbe Blau für immer mit Herberts Ableben verbinden. Auch den Geruch von verbranntem Fleisch hatte sie wieder in der Nase. Sie krallte die Finger in die ausgedorrte Erde und wurde von einem trockenen Schluchzer geschüttelt.

Henriette wurde zunehmend durstiger und hungriger, konnte sich aber nicht überwinden, aus demselben Eimer zu trinken wie die Pferde. Sie kletterte auf das Fuhrwerk und durchsuchte die Koffer. Weder sie noch Herbert hatten daran gedacht, Speisen oder Getränke einzupacken. Dafür fand sie jede Menge Geschäftsunterlagen und Bilanzen. Henriette wurde wütend, als sie erkannte, dass Herbert ihre gesamten Klaviernoten wieder ausgepackt hatte.

Er war ein nüchterner Geschäftsmann und ein Kunstbanause gewesen – wie der Rest seiner Familie. Henriette warf den Kofferdeckel zu und sank darauf zusammen, als ihr ein furchtbarer Gedanke kam. Mit Herberts Tod fiel sein Besitz an seine Verwandten, und sie war fortan von deren Almosen abhängig. Sie konnte sich lebhaft vorstellen, wie sie ihr die Schuld an der Auswanderung nach Amerika gaben. Und an Herberts Tod.

Henriette schluckte, als sie erneut die blauen Flammen vor ihrem inneren Auge tanzen sah. Nein, so ein Ende hatte Herbert wirklich nicht verdient.

Sie öffnete den Klavierdeckel. Unversehrt schimmerten die elfenbeinfarbenen Tasten im Licht der Wagenlaternen. Auch wenn er es nicht verstanden hätte, wollte sie Herbert die letzte Ehre erweisen, bevor sie weiterzog und sich und das Piano endgültig in Sicherheit brachte.

Sacht drang die Melodie in Moll durch die Nacht, wurden die Töne von den Wänden zurückgeworfen, verstärkt, und wogten langsam durch den Hof. Auf und ab schwoll das düstere Lied, schwebte in Bodennähe, nicht leicht genug, sich in die Lüfte zu erheben. Es erfüllte den Raum zwischen den Häusern, fand kein Ende in seiner Schwermut und dunklen Virtuosität.

Eine Explosion riss Henriette aus ihrer Trance. Die Pferde wieherten und stiegen. Rasch sprang

Henriette vom Wagen, um die Tiere zu beruhigen, damit sie das Gefährt nicht umrissen. Eine weitere Detonation erklang, dann knallte es mehrfach ohrenbetäubend laut. Das Dröhnen von einstürzendem Gemäuer hallte im Hof wider. Erschrocken sah Henriette sich um, doch die Wände ragten still und glatt gen Himmel.

Die Tordurchfahrt!

Henriette rannte auf die Staubwolke zu, die ihr entgegenquoll. Es kratzte in ihrer Kehle, und sie musste husten. Die einzige Einfahrt zum Hof war bis oben hin mit herabgestürzten Ziegeln und Steinbrocken gefüllt. Sie war eingesperrt.

»Hilfe!«, rief Henriette. »Ist da wer?« Sie lauschte, aber nur das Prasseln weiterer einfallender Mauern war zu hören.

Und auf einmal herrschte ringsum Stille.

Kein Laut war mehr zu vernehmen.

»Hilfe!«, schrie Henriette erneut. Keine Antwort. Sie umrundete den Hof und starrte die Wände hoch. Die Fensteröffnungen befanden sich unerreichbar mehrere Meter über dem Boden. Mit zugeschnürter Kehle kehrte Henriette zu der Durchfahrt zurück, griff nach einem Ziegelstein und warf ihn zur Seite. Und noch einen. Tränen stiegen ihr in die Augen. Das konnte Stunden dauern! Die rauen Steine zerkratzten ihre Handflächen, und der Durst quälte sie inzwischen in unerträglichem Maße. Früher oder später würde sie aus dem rostigen Eimer trinken müssen. Dann besser sofort. Kühl rann das Wasser ihre Kehle hinunter. Aus einem der Koffer holte sie weiße Abendhandschuhe und zog sie über, um ihre Hände zu schützen.

In einiger Entfernung drehte sich eine rote Feuersäule spiralförmig in den Himmel. Ein wunderbares Schauspiel, wäre es nicht so tödlich gewesen. Die Säule fiel in sich zusammen, und dunkle Nacht umschloss Henriette. Hoffentlich trug der Wind keine brennenden Teile zu ihr in den Hof.

Erhobenen Hauptes schritt Henriette zurück zur Toreinfahrt und begann entschlossen, einen Stein nach dem anderen beiseitezuräumen.

Kapitel 19

Zufrieden betrachtete Horace den Schuttberg, der sich drei Häuserblocks lang erstreckte. Die hölzernen Gehwege lagen unter den Gesteinsbrocken verborgen – hier würde das Feuer keine Nahrung mehr finden. Er wandte sich dem zuletzt gesprengten Lagerhaus zu und runzelte die Stirn. Die Rückwand war stehen geblieben und ragte wie ein Mahnmal Richtung Himmel. Auf den Resten der unregelmäßig eingestürzten Zwischendecken türmten sich prall gefüllte Jutesäcke. Als im obersten der vier Stockwerke ein Stapel ins Rutschen geriet und herabstürzte, sprang Horace erschrocken zurück. Die Säcke schlugen auf den am Gehweg liegenden Trümmern auf und zerrissen, worauf ihn eine Mehlwolke einhüllte, sodass er niesen musste. Er klopfte sich den weißen Staub vom Gewand und rief nach dem

Leiter der kleinen Polizeitruppe, die ihm seit Stunden treu zur Seite stand. »Webster! Diese Wand müssen wir auch noch sprengen.« Er deutete auf die Mauer des Mehldepots, vor der er stand. »Und ebenso das restliche Lagerhausgeviert.«

Der Beamte, der mit seinen Kollegen in einer Quergasse in Deckung gegangen war, trat auf die Straße. Erschöpft rieb er sich die Augen und schlurfte zu Horace. »Meinen Sie nicht, dass die Feuerschneise inzwischen breit genug ist?«

»Ich will ganz sichergehen!«

Einen Moment sah es aus, als wollte Webster aufbegehren, doch dann wandte er sich resigniert ab und trottete die Straße hinunter zu dem in einiger Entfernung wartenden Pulverwagen.

Von den Explosionen war Horace inzwischen halb taub. Vor der Sprengung hatte er sich seltsamerweise eingebildet, Klaviermusik zu hören. Absurd. Er schüttelte den Kopf und nahm die Ziegelmauer näher in Augenschein, bis er eine geeignete Stelle fand. Wenn er die Fässer direkt in der herausgebrochenen Vertiefung der Strebe, die zwei der Lagerräume trennte, deponierte, würden die Ziegel nach hinten stürzen und die mit Schutt bedeckte Fläche um den Innenhof des Gevierts vergrößern.

»Alderman Keenan?« Von Horace unbemerkt war Webster zurückgekehrt und tippte ihm auf die Schulter. »Wir haben nur noch ein einziges Pulverfass.«

»Verdammt, damit können wir höchstens ein Loch sprengen. In dem Fall ist es besser, die Wand bleibt als Feuermauer stehen. Senden Sie eine Nachricht an den Bürgermeister, dass wir Nachschub brauchen.« Horace dachte an das Flammenmeer in der Innenstadt. »Mason soll das Pulver aus den Außenbezirken herbringen lassen.«

»Beim letzten Transport hätte die Meute den Fahrer beinahe am nächsten Laternenmast aufgehängt, als sie gemerkt hat, dass er Sprengstoff in die Nähe des Feuers bringt. Zudem – die Männer sind erschöpft und sorgen sich um ihre Familien.«

»Genau darum müssen wir alles unternehmen, um den Brand einzudämmen.«

»Bei allem Respekt, Sir, wir haben getan, was wir konnten – der Rest liegt in Gottes Hand. Es tut mir leid, aber auch ich habe Frau und Kinder. Ich wünsche Ihnen viel Glück, Alderman Keenan.«

Fassungslos beobachtete Horace, wie Webster übermüdet die Straße hinunterschlurfte, über einen der Gesteinsbrocken stolperte und beinahe stürzte.

»Webster, hiergeblieben!«

Der Polizist drehte sich nicht einmal um. Was bildete der Mann sich eigentlich ein? Sie hatten eine wichtige Aufgabe zu erfüllen. Erbost blickte Horace ihm nach. Erst jetzt bemerkte er, dass die Straße bis auf sie beide menschenleer war. Die anderen Polizisten hatten sich also ebenfalls aus dem Staub gemacht. Verärgert stemmte Horace die

Fäuste in die Seiten. Nur weil sie über kein Pulver mehr verfügten, waren sie noch lange nicht hilflos.

Von seinen Begleitern im Stich gelassen, eilte Horace allein die Dearborn Street entlang Richtung Norden und näherte sich dem Zentrum des Geschäftsviertels. Er haderte immer noch mit dem mangelnden Pflichtbewusstsein der Polizisten, als er die Flammen sah, die soeben von einem Schuppen auf die weiß gestrichenen hölzernen Fensterläden einer stuckverzierten zweistöckigen Villa übergriffen. Davor stand bereits ein Feuerwehrwagen – ein gewohnter Anblick in dieser Nacht, nur machten die Feuerwehrleute keine Anstalten, den Brand zu bekämpfen. Stattdessen standen sie auf der Fahrbahn neben ihrem Gefährt und warfen kaum einen Blick auf das Feuer. Unverzüglich eilte Horace zu ihnen.

Der Größte hielt einen Schlauch in den Händen, aus dem nur ein dünnes Rinnsal floss. Die Mienen der Männer waren ratlos. Einer schraubte an der auf dem Feuerwehrwagen befestigten Pumpe herum, die das Wasser vom Hydranten in den Schlauch transportierte.

»Was ist los?«, fragte Horace.

»Die Pumpe ist kaputt.«

»Lasst mich mal schauen.« Horace untersuchte das Gerät gründlich und schüttelte resigniert den Kopf. »Macht den Hydranten frei, damit ein anderer Wagen übernehmen kann, und fahrt euren in die

Außenbezirke. Lasst die Pumpe reparieren und dann kommt wieder zurück.«

Der Große musterte Horace argwöhnisch. »Und wer sind Sie, Sir, wenn ich fragen darf?«

Sein Kollege, der direkt neben ihm stand, stieß ihn in die Seite. »Das ist Alderman Keenan. Der hat vorige Nacht bis in die frühen Morgenstunden geholfen, als wir den Brand bei Holmes' Mühle bekämpft haben.« Er senkte die Stimme. »Du weißt schon – der, der immer alles besser gewusst hat.«

Den letzten Satz überhörte Horace großzügig. »Ich bin im Auftrag von Bürgermeister Mason und Chief Marshal Williams unterwegs. Wo ist euer Kommandant?«

»Den hat's leider erwischt.«

Horace seufzte. »Mein Beileid. Aber wie gesagt: Fahrt los und lasst die Pumpe reparieren. Den nächsten Feuerwehrwagen, den ihr seht, schickt ihr her.«

Die Männer schienen erleichtert, dass ihnen jemand klare Anweisungen erteilte, und machten sich auf den Weg. Horace hingegen strich sich besorgt über seinen Schnauzer: Wieder eine Mannschaft weniger, die dem Feuer Kontra bot. Aus dem Eingangsportal der Villa kamen die Dame des Hauses und ihre Zofe, die einen zusammengerollten, orientalischen Teppich auf den Schultern schleppten, und Horace wollte ihnen gerade zur Hilfe eilen, als es ihm wie Schuppen von den Augen fiel. Es wäre tragisch, wenn sie wegen einer defekten Pumpe dieses prächtige Gebäude verloren, aber es wäre eine Katastrophe, wenn das einzige Pumpwerk der Stadt in Flammen aufging. Ganz Chicago wäre ohne Wasser, und sie hätten dem Feuer nichts mehr entgegenzusetzen. Ob jemand Maßnahmen getroffen hatte, das Pumpwerk zu schützen?

Unverzüglich machte Horace sich auf den Weg Richtung North Side. Hoffentlich war es noch nicht zu spät.

Horace keuchte, als er drei Blocks weiter den Hauptarm des Chicago River erreichte – er war einfach nicht mehr der Jüngste. Er hatte es sich schon fast gedacht: In dieser Nacht ruhten die Schiffe nicht sanft schaukelnd am Kai. Ein steter Zug an Dampfern und Dreimastern strebte dem Lake Michigan entgegen. Ein tief im Wasser liegender Frachtkahn, dessen Laderaum vermutlich mit Getreide gefüllt war, zog an Horace vorbei. Ihm folgte ein Segelschiff, das nur noch zwei intakte Masten hatte, der dritte war in der Mitte abgebrochen, neben seinem Sockel lag ein verbranntes Segel. Die anderen waren offenbar mit Wasser getränkt worden, das Deck glänzte feucht. Die Schiffskolonne geriet ins Stocken, da sich die Brücke in der Flussmitte just in dem Moment um ihre Achse drehte, wodurch sie den Wasserfahrzeugen den Weg versperrte, den Menschen jedoch die Flucht ans andere Ufer ermöglichte.

Horace warf einen Blick hinter sich und schauderte: Ein rot-orangefarbenes Flammenmeer loderte bis zum Himmel, der von dunkelgrauem Rauch verborgen war. Horace eilte die River Street am Fluss entlang, und je näher er der Rush Street Bridge kam, desto dichter wurde die Menschenmenge. Direkt neben ihm kämpfte sich ein bärtiger Mann vorwärts, der einen kleinen Jungen trug und an dessen zerschlissene Jacke sich zwei halbwüchsige Mädchen klammerten. »Gleich sind wir in Sicherheit«, beruhigte der Vater die Kinder, doch Horace wusste es besser. Der Hauptarm des Chicago River war breiter als der Flussarm zwischen der West Side und dem Geschäftsviertel. In dieser Nacht jedoch würde er den Rest Chicagos nicht beschützen können.

Hoffentlich hat Gerald, dieser Sturschädel, Marc gewarnt und Emily aus der Stadt gebracht.

Horace überquerte die Brücke mit den gewaltigen Holzbögen zu beiden Seiten. Am anderen Ufer verlief sich die Menge rasch, sodass die breite, mit Bäumen gesäumte Rush Street ruhig vor ihm lag. Er ging sie entlang und durchquerte einen kleinen Park, in dem friedlich das Wasser eines Springbrunnens plätscherte. Akute Gefahr schien dem städtischen Pumpwerk nicht zu drohen. An der nächsten Kreuzung hielt Horace inne. Sollte er Emily und den Rest der Familie warnen oder doch zum Pumpwerk eilen? Wenn er sich sputete, konnte er beides erledigen.

In den Garten der Keenan-Villa fiel Licht aus einem Raum im Erdgeschoss. Hoffentlich waren Emily und Gerald dabei, das Nötigste zu packen und sich auf den Weg zu machen. Horace erklomm die Stufen zur Eingangstür und klopfte, woraufhin ihm der übernächtigte Butler öffnete.

»Guten Abend, Jeremiah. Ich möchte zu meinem Bruder und meiner Schwägerin.«

»Guten Abend, Sir – die Herrschaften befinden sich im Salon.«

»Danke.«

Als Horace den Salon betrat, war Gerald nicht zu sehen. Nur Emily saß mit einem Tuch um die Schultern in ihrem Rollstuhl beim Intarsientisch, auf dem eine halb fertige Stickarbeit lag. Erleichterung zeichnete sich in Emilys Gesicht ab, als sie Horace erkannte. Sie streckte ihm die Arme entgegen.

»Horace, du bist in Sicherheit!«

Er unterdrückte den Ärger auf seinen Bruder, weil dieser Emily nicht fortgebracht hatte, und eilte quer durchs Zimmer zu ihr. Er beugte sich hinunter, um sie zu umarmen, und für einen Moment drückte sie ihn fest an sich und legte ihren Kopf an seine Schulter.

»Dir ist nichts geschehen. Ich hatte solche Angst!«, sagte Emily.

Horace setzte sich zu ihr und fragte sich, wie Gerald seine Frau so gedankenlos in Gefahr bringen konnte.

»Dein Bett ist bereit, Liebes«, tönte es aus dem Flur. Einen Augenblick später trat Gerald ein und hielt mitten im Schritt inne, als er Horace erblickte. Seine Miene verfinsterte sich. »Was führt dich zu uns?«

»Ihr müsst weg. Der Großteil des Geschäftsviertels steht in Flammen, und der Wind treibt das Feuer hierher.«

»Du meine Güte!« Erschrocken schlug sich Emily die Hand vor den Mund.

»Ich hatte Emily gerade überredet, sich schlafen zu legen. Jetzt kommst du wieder mit deinen Geschichten, von denen man nur Albträume bekommt. Der Chicago River schützt uns. Nachdem du schon meine Bürogebäude in die Luft gejagt hast, werde ich zumindest Emily und mein Haus vor deinen wahnsinnigen Ideen bewahren.« Gerald funkelte seinen Bruder an, eilte zu seiner Frau und stellte sich schützend neben sie.

Emily ignorierte ihren Gatten und fragte: »Hast du Marc gesehen, Horace? Er liebt das Crosby-Opera-Café in der Innenstadt. Vielleicht war er dort?«

Horace und Gerald sahen sich an. Ihr stummes Zwiegespräch dauerte nur einen Wimpernschlag – sie waren sich einig.

»Marc war nicht im Kaffeehaus, Emily, sonst wäre ich ihm begegnet«, sagte Horace, der keine Ahnung hatte, wo sein Neffe sich aufhielt.

»Ich habe dir bereits erklärt, dass Marc mit Anthony verabredet war und die beiden bestimmt im Chicago Club sind. Und der liegt geschützt am Lake Michigan. Aber wenn es dich beruhigt, schicke ich jemanden hin, der sich davon überzeugt«, sagte Gerald.

»Ja, ja, das möchte ich«, sagte Emily.

»Und dann kannst du endlich in Ruhe schlafen, mein Schatz.«

»Gerald, du hast mich nicht verstanden. Ihr müsst hier weg«, insistierte Horace.

»Hast du etwa vor, auch noch die Villa in die Luft zu jagen?«

Horace verlor allmählich die Geduld mit seinem Bruder. »Mach dich nicht lächerlich!«

Doch Gerald winkte ab. »Ich lasse nicht zu, dass du Emily in Schrecken versetzt, Horace.« Beruhigend tätschelte er seiner Frau die Schulter. »Ja, im Geschäftsviertel brennt es. Aber hier ist alles ruhig. Schau!«

Die drei sahen zum Fenster hinaus, vor dem sich Dunkelheit ausbreitete.

Was für ein billiger Trick! Der Salon liegt Richtung Osten, natürlich ist hier nichts vom Feuer zu sehen, dachte Horace. Bevor er jedoch ein Wort sagen konnte, trat Gerald zu ihm, packte ihn am Oberarm und zog ihn mit sich Richtung Tür. Mit einem Ruck befreite sich Horace. Die beiden Brüder funkelten sich wütend an.

»Geh und renn deinen Hirngespinsten nach«, sagte Gerald. »Emily und ich ziehen uns jetzt zurück. Wenn du morgen früh gemerkt hast, dass du alle umsonst verrückt gemacht hast, bist du herzlich zum Frühstück eingeladen. Ich wünsche dir eine gute Nacht!« An Geralds Stirn pochte eine geschwollene Ader.

Horace setzte an, um zu widersprechen, doch er erkannte, dass sein Bruder kurz davor war, die Beherrschung zu verlieren. Wenn Gerald verrecken wollte, war das sein Problem, aber Horace wollte zumindest Emily in Sicherheit bringen. Er sah zu seiner Schwägerin.

»Horace ...« Der drohende Unterton in Geralds Stimme, der seine Absicht offenbar erraten hatte, war unüberhörbar. Aber Horace ließ sich nicht beirren.

»Ich würde dir gern eine angenehme Nacht wünschen, Emily, aber ich fürchte, die wird es nicht geben.«

Gerald ballte die Hände zu Fäusten. Horace kannte ihn gut genug, um zu wissen, dass es besser war, für den Moment das Feld zu räumen. Mit einer Rauferei war niemandem gedient. Daher hob Horace abwehrend die Arme, machte auf dem Absatz kehrt und verließ den Salon, jedoch nicht, ohne fieberhaft zu überlegen. Sollte er den Butler um Hilfe bitten? Nein, der war Gerald treu ergeben. In Gedanken versunken schritt Horace durch den Gang ins Foyer. Am Treppenabsatz zum oberen

Stock blieb er stehen. Sein Blick fiel auf die unauffällig in die getäfelte Wandverkleidung eingelassene, ins Souterrain führende Dienstbotentür an der Rückseite der Eingangshalle. Vielleicht konnte er einen der anderen Angestellten dazu überreden, Emily in Sicherheit zu bringen? Im Geiste ging Horace sie durch: die Köchin, den jungen Hausburschen ... Das leise Quietschen von Rädern auf dem Marmorboden riss ihn aus seinen Überlegungen. Jeremiah schob Emily soeben aus dem Salon durch den Flur in die Eingangshalle, nahm sie auf die Arme und stieg mit ihr die Stufen hinauf, wohl zu ihrem Schlafgemach. Sie blickte zu Horace, der noch immer am Treppenabsatz stand. »Marc ist in Sicherheit, oder?«

»Bestimmt, Emily. Sorg dich nicht um ihn.«

Sie lächelte ihm zu. Augenblicke später erreichte Jeremiah mit ihr das obere Stockwerk, schritt den Flur hinab, und Horace verlor sie aus dem Blick. Ein lautes Räuspern veranlasste Horace sich umzudrehen. Gerald stand in der Salontür, die Daumen am Revers eingehakt.

»Wolltest du dich nicht verabschieden?«, fragte er Horace scharf, worauf dessen Blut wieder in Wallung geriet. Er biss jedoch die Zähne zusammen, nickte seinem Bruder zu, schritt zur Haustür und trat ins Freie. Noch immer erzürnt über Geralds Ignoranz eilte Horace die Stufen hinab und den Kiesweg der Villa entlang zur Auffahrt. Als er sie erreichte und den Stall erblickte, in dem auch die Droschke der Keenans abgestellt war, wusste Horace, wen er um Hilfe bitten würde: den Kutscher Andrew. Der Mann war erst seit einem knappen Jahr in Geralds Diensten und mehr als einmal hatte Horace bemerkt, wie sein Bruder den Bediensteten zur Weißglut gebracht hatte, wenn er ihn während einer seiner Wutanfälle wieder einmal völlig ungerechtfertigt zurechtgewiesen hatte.

Horace überquerte die Auffahrt und öffnete die in das große Tor eingelassene Stalltür. Sie knarrte. Im Stall war es ruhig, direkt vor ihm stand die Droschke wie ein großer schwarzer Schatten. Die schmale Stiege zu seiner Linken erahnte Horace mehr, als er sie sah, aber er wusste, dass sie zu einem kleinen Raum im Dachboden führte, in dem der Kutscher schlief. Als er hinaufstieg, knarzten die Stufen. Oben klopfte Horace an die schief in den Angeln hängende Holztür.

»Andrew?«

Aus der Kammer war kein Laut zu vernehmen. Horace pochte lauter gegen die Tür und rief noch einmal nach dem Kutscher, aber außer dem verschlafenen Muhen einer Kuh war nichts zu hören. Vorsichtig öffnete Horace die unverschlossene Tür. Mondlicht fiel durchs Fenster in die Kammer auf ein leeres Bett. Wo trieb sich Andrew herum? Verzweiflung stieg in Horace hoch, denn seine Zeit wurde langsam knapp. Sein nur als kurzer Zwischenstopp geplanter Aufenthalt in der Keenan-Villa dauerte sowieso schon viel zu lang.

Er musste weiter zum Pumpwerk, aber noch hatte er keine Lösung für Emily gefunden.

Horace schlug die Tür wieder zu und hastete die Stiege hinab. Gerade als er aus dem Stall auf die Auffahrt hinaustrat, kam auf der gegenüberliegenden Seite ein Mann aus dem Dienstboteneingang der Keenan-Villa. Die breitschultrige Gestalt war unverkennbar – es war Andrew. Erleichtert atmete Horace aus. Was Andrew wohl im Haus gemacht hatte? Unwillkürlich musste Horace schmunzeln. Wenn er richtig vermutete, war der Kutscher nach einem amourösen Besuch bei einem der Hausmädchen auf dem Rückweg zu seinem Schlafplatz. Horace eilte auf ihn zu, und Andrew zuckte erschrocken zusammen, als er wie aus dem Nichts vor ihm auftauchte.

»Andrew, ich bin's, Mr Keenans Bruder.«

»Sir?« Der Kutscher sah ihn überrascht und beunruhigt an. Sein Blick wanderte zwischen der Villa und Horace hin und her.

»Keine Sorge, Andrew, ich werde meinem Bruder nicht erzählen, dass du nachts in der Villa warst.«

»Danke, Sir, ich war nur … Also, ich wollte …«

Horace wehrte seine Erklärungsversuche mit einer Handbewegung ab. »Andrew, ich brauche deine Hilfe. Das Geschäftsviertel brennt, und das Feuer wird auch die North Side nicht verschonen. Sobald sich mein Bruder zurückgezogen hat, weckst du die gnädige Frau und bringst sie bitte so weit nach Norden wie möglich. Am besten in den Lincoln Park. Dort müsste es sicher sein.« Horace zog etliche Dollar aus seiner Hosentasche und drückte sie dem Kutscher in die Hand. »Versprich es mir, Andrew!«

»Aber ...«

»Mrs Keenan stirbt sonst! Wenn die Flammen erst da sind, kann sie nicht wie alle anderen um ihr Leben laufen. Und deine Kutsche wird dann auch nicht mehr durch die überfüllten Straßen kommen.«

Andrew rieb sich nachdenklich den Nacken. Vermutlich dachte er an Geralds Wutausbrüche. »Ich weiß nicht, Sir.«

»Mein Bruder liebt seine Frau, auch wenn er sich gerade wieder wie ein Dummkopf aufführt. Wenn du sie in Sicherheit bringst, wird er dir das nie vergessen.«

Horace zog sein gesamtes restliches Geld aus der Hosentasche und drückte es dem Kutscher in die Hand, der erstaunt auf den Packen Scheine starrte. »Kann ich mich auf dich verlassen?«, fragte Horace eindringlich.

Langsam nickte Andrew. »Natürlich, Sir. Ich werde warten, bis das Licht in der Villa erloschen ist, und inzwischen bereite ich schon mal die Kutsche vor.« Der Kutscher nickte Horace zu, steckte die Scheine in seine Hosentasche und verschwand im Stall. Horace sah ihm erleichtert nach, da er Emily nun in guten Händen wusste.

Jetzt war es aber wirklich Zeit, dass er sich auf den Weg zum Pumpwerk machte, denn ohne Wasser waren sie alle auf jeden Fall verloren.

Horace rieb sich das schmerzende Kreuz, das ihn daran erinnerte, dass er bereits wieder einmal viel zu lange auf den Beinen war. Doch darauf konnte er keine Rücksicht nehmen. Die Gaslaternen beleuchteten seinen Weg durch die breiten Straßen und die dunklen Villen mit ihren Gärten. Nichts deutete darauf hin, dass auf der anderen Flussseite Menschen um ihr Leben rannten. Die Luft war klar, und ein Blauhäher krächzte verschlafen.

Horace erreichte die Kreuzung Chicago Avenue und Rush Street. Entlang der Chicago Avenue erstreckte sich bis zur Pine Street vier Stockwerke hoch die schlichte Fassade von Lills Brauerei. Horace lief das Wasser im Mund zusammen, als er an das berühmte Lills Cream Ale dachte, von dem er jetzt nur zu gern einen Humpen kippen würde. Er trat auf den weitläufigen Platz vor ihm, der aus den breiten Straßen und den gepflasterten Gehwegen zusammen mit dem in der Mitte befindlichen Park gebildet wurde. Im Zentrum der Grünfläche ragte der Wasserturm wie ein Obelisk mit einem burgähnlichen Sockel in die Höhe. Dahinter lag das Pumpwerk gleich einer mittelalterlichen Trutzburg. Jedes Mal, wenn Horace die Türmchen und das rund ums Dach verlaufende

Gesims aus Zinnen erblickte, sah er Ritter auf Schlachtrossen vor sich. Eine Schlacht schlugen sie heute Nacht ebenfalls. Und was für eine!

Horace klopfte an die Eingangstür des Pumpwerks, doch nichts geschah. Daraufhin hämmerte er dagegen, bis drinnen schlurfende Schritte erklangen und ihm der Nachtwächter verschlafen das Tor öffnete. Hatte keiner dem Mann Bescheid gegeben?

»Guten Abend, ich bin Alderman Keenan. Wissen Sie nicht, was los ist?«

Der Nachtwächter rieb sich die Augen und richtete einen seiner Hosenträger, der halb herabgerutscht war. »Sie meinen das Feuer?«

»Allerdings.«

Der Mann hatte ein Gesicht wie ein Mops und eine Halbglatze und blinzelte in die kühle, dunkle Nacht, während er vom Haken neben der Tür eine Jacke nahm und überzog. Sogleich zerrte der Wind daran.

»Wie heißen Sie?«, fragte Horace.

»John. John Miller.«

»Nun, John Miller – Sie alarmieren jetzt sofort Ihre Kollegen, und anschließend werden wir das Pumpwerk für den Brandfall absichern. Und zwar unverzüglich!«

John Miller riss die Augen auf, rührte sich aber nicht von der Stelle. Also setzte Horace nach.

»Wollen Sie, dass ich Chief Marshal Williams über Ihre Nachlässigkeit informiere?«

»Ja, Sir. Ich meine – nein, Sir. Bin schon unterwegs. Die anderen schlafen noch.« John Miller eilte zurück ins Gebäude, und Horace stellte zufrieden fest, dass kurz darauf die ersten beiden Helfer aus dem Eingangstor ins Freie stolperten. Verschlafen rieb sich der eine, ein junger Bursche, die Augen, während der andere mit deutlich sichtbaren Bartstoppeln ungeniert mit weit aufgerissenem Mund gähnte. Es dauerte nicht lange, und ein halbes Dutzend Männer hatte sich um Horace versammelt.

»Danke für eure Unterstützung. Kommen wir gleich zur Sache: Ihr habt doch hier sicher Eimer, oder?«

Die Männer nickten.

Horace deutete auf die zuerst Gekommenen: »Füllt die Kübel bitte mit Wasser und bringt sie aufs Dach.«

Die beiden trabten los.

»Wie sieht's mit Schläuchen aus?«

John Miller verzog das Gesicht. »Nicht so gut, aber zwei sollten in dem einen Maschinenraum ganz hinten liegen. Und dort drüben können wir sie anschließen.« Er deutete vage ums Hauseck.

»Kümmern Sie sich darum?«

John Miller nickte, bedeutete einem untersetzten Kerl, mit ihm zu kommen, und die beiden verschwanden im Inneren des Pumpwerks.

Ein knochiger Mann, dessen Wange eine lange Narbe zierte, schob sich eifrig direkt vor Horace.

»Hinter dem Haus befindet sich ein Kohlehaufen. Den können Francis und ich fortschaufeln, Sir!« Er deutete auf seinen Kollegen, dem fettige Haarsträhnen in die Stirn hingen.

»In Ordnung.«

Die zwei eilten ebenfalls davon, und Horace beschloss, eine Runde durch das Werk zu drehen, um eventuelle Schwachstellen ausfindig zu machen. Zu beiden Seiten des Eingangs lagen Büros und Arbeitszimmer, weiter hinten gelangte er zu den Maschinenräumen und den Dampfkesseln, die die Pumpen antrieben, mit denen das Wasser ins Leitungssystem von Chicago transportiert wurde. So weit sah alles feuersicher aus, nur die Fenster- und Türrahmen aus Holz beunruhigten Horace. Als er zum Dachboden hinaufgestiegen war und aus einer der Luken spähte, runzelte er die Stirn, denn ein hölzerner Sims lief rund ums Gebäude. Doch der junge Bursche von vorhin und der Bärtige, der inzwischen hellwach war, schleppten immer mehr gefüllte Eimer auf den Dachboden und deponierten sie dort. So konnten sie im Ernstfall die brennende Verzierung rasch löschen.

Es war nicht einmal eine halbe Stunde vergangen, bis alles so war, wie Horace es wünschte – und das keinen Moment zu früh. Erste Rauchschwaden zogen bereits um das Pumpwerk, und hinter den ein- und zweistöckigen Geschäftsgebäuden mit den steilen schindelgedeckten Dächern, die die gegenüberliegende Seite des Platzes säumten, loderte es rötlich auf. Hastig bezogen alle Helfer bei den gefüllten Eimern auf dem Dachboden Stellung, nur John Miller blieb draußen bei den Schläuchen.

Horace stieg die enge Wendeltreppe in einem der Ecktürme empor, die ein Stockwerk hoch über das Dach hinausragten. In dessen Spitze befand sich eine kahle Kammer, die bis auf einen verstaubten Schrank leer war. Von dort aus überblickte Horace einen Großteil der North Side. Er wusste, die Villen erstreckten sich bis zum Horizont. Viele brannten bereits, und der Wind trieb das Feuer erschreckend schnell vorwärts. Aufmerksam beobachtete Horace den Brandverlauf, und nach wenigen Minuten war das Feuer nur mehr eine Straßenzeile vom Platz mit dem Wasserturm entfernt. Die als schemenhafte Schatten sichtbaren Arbeiter von Lills Brauerei rollten Bierfässer über das holprige Pflaster, während hinter ihnen die Flammen gen Himmel schlugen. Jeden Moment konnten die Böen ein brennendes Teil bis zum Pumpwerk tragen.

Horace stieß sich an der niedrigen Tür den Kopf, als er so rasch wie möglich die Stufen hinuntereilen wollte.

»Lills Brauerei geht jeden Moment in Flammen auf!«, rief er, sowie er den Dachboden erreicht hatte, wo die Männer neben den Fensterluken an den Querstreben lehnten. In dem Moment landete eine glühende Schindel zwischen den Zinnen.

Geistesgegenwärtig kippte der Nächststehende seinen Eimer darüber aus. Um weiteren Funken keine Angriffsfläche zu bieten, schütteten die Männer hektisch Wasser über das hölzerne Gesims. Die ersten Helfer rannten mit leeren Kübeln hinunter, um sie erneut zu füllen. Horace folgte ihnen und forderte den vor dem Pumpwerk ausharrenden John Miller auf, die Fassade mit dem Schlauch zu benetzen. Hilflos musste Horace mitansehen, wie die Geschäftsgebäude rund um den Platz eines nach dem anderen wie Heuballen in den gierigen Flammen in sich zusammensanken und verschwanden. Immer wieder trug der Wind brennende Vorhänge, Holzteile und Fensterkreuze bis zum Pumpwerk.

Die Männer gaben alles – Horace war stolz auf die Leute. Seite an Seite mit John Miller richtete Horace den schweren Schlauch auf die Glutnester. Doch kaum hatten sie einen Brandherd niedergekämpft, flammte es an einer anderen Stelle des Gebäudes rot auf. Die Hitze versengte Horace' Brauen, und seine Augen brannten, aber er richtete den Strahl weiter unbeirrt auf das Pumpwerk, bis der Schlauch in seinen Armen plötzlich erschlaffte. Horace schüttelte ihn, aber nur noch ein paar Wassertropfen fielen herab und verdampften zischend, sobald sie auf dem glutheißen Boden landeten. Horace blickte sich um – auch Millers Schlauch lag eingesunken am Boden, und das Feuer umhüllte das Gebäude.

Die Schlacht war verloren. Nicht einmal eine Stunde hatte ihr Gegner gebraucht, um den Sieg davonzutragen. Mit letzter Kraft flüchtete Horace vor den zum Himmel schlagenden Flammen und suchte Schutz hinter dem einsam in die Höhe ragenden Wasserturm. Erschöpft rutschte er mit dem Rücken an den Turm gelehnt Stück für Stück abwärts, bis er mit angewinkelten Knien auf dem Boden saß. Ihm traten Tränen in die Augen, die er brüsk fortwischte. Jetzt blieb den Feuerwehrleuten in der ganzen Stadt nur noch das im Leitungsnetz verbliebene Wasser. Es war nur noch eine Frage der Zeit, bis es aufgebraucht war.

Chicago war verloren. Oder?

Kapitel 20

Louisa rieb sich den verspannten Nacken und drehte den Kopf nach links und rechts. Wie lange hatte sie geschlafen? Zwei oder drei Stunden? Sie rückte den Stuhl zurück und trat ans Fenster, das ihr einen Blick in einen Innenhof gewährte, der an zwei Seiten vom Chicago Tribune Building begrenzt war. An der dritten Seite schlossen sich deutlich niedrigere Häuser mit Steinfassaden und spitzen Dächern an. Gegenüber kauerte sich ein Schuppen an eines der zweistöckigen Ziegelhäuser, und am Eck befand sich ein Stall. Der Himmel darüber war leicht gerötet. Louisa erschrak: Vom Feuer? Als sich eine orangerote Scheibe über die Dächer schob, atmete sie erleichtert auf – Sonnenaufgang. Also war es ungefähr sechs Uhr morgens.

Louisa ging zum rückwärtigen Teil des Büros, wo ihre Schwester friedlich schlummerte. Die ihr als Decke dienende Jacke war im Schlaf zur Seite gerutscht. Behutsam zog Louisa sie zurecht. Als ihr Magen knurrte, wurde ihr bewusst, dass das Abendessen am Vortag ausgefallen war. Sie begab sich auf die Suche nach Frank und fand ihn schreibend im Nachbarraum an einem Tisch, um ihn herum etliche Zettel mit Notizen. Sowie er sie erblickte, legte er seinen Stift zur Seite und stand auf.

»Hätten Sie etwas zu trinken und eine Kleinigkeit zu essen für mich?«

»Ich bring Ihnen gleich etwas.« Mühsam unterdrückte er ein Gähnen und rieb sich die rot geränderten Augen.

»Wissen Sie Neues vom Feuer?«

Frank deutete auf den halb fertigen Artikel. »Es wütet noch immer. Meine Kollegen waren die ganze Nacht unterwegs. Aber keine Sorge, hier sind wir sicher. Ich schau, ob ich uns eine schöne Tasse Kaffee organisieren kann.«

Louisa kehrte in das Büro zurück, in dem sie geschlafen hatte, und während sie auf Frank wartete, betrachtete sie die an der Wand hängenden Zeichnungen. Es waren Pläne von der Stadt und Bilder, die in der Chicago Tribune im Laufe der Zeit abgedruckt worden waren. Auf einem Foto war die Feier anlässlich des Bürgerkriegsendes vor sechs Jahren zu sehen. Ein anderes zeigte eine lange Schlange von Einwohnern, die Lincoln, aufgebahrt im Chicagoer Gerichtsgebäude, die letzte Ehre erwiesen. Interessiert überflog Louisa, eine Hand auf ihren Magen gepresst, der sich wieder zu Wort meldete, den dazugehörigen Artikel. Weitere Berichte und Abbildungen von Chicago hingen rund um den Lincoln-Beitrag. Louisas Blick fiel auf eine Landkarte, auf der Grundstücke und ihre Eigentümer eingetragen waren. Der Plan ist falsch. Louisa schüttelte den Kopf. Wie komme ich auf die Idee? Aufmerksam betrachtete sie die schraffierten Flächen und das mit Wellenlinien gekennzeichnete Seeufer. Sie hatte die Zeichnung schon einmal gesehen. Aber wo?

Plötzlich fiel es ihr wieder ein. In der Keenan-Villa, als Marc gestolpert und beinahe die Treppe hinuntergefallen war, hatte sie ein Blatt aus den Dahlien gefischt, das die gleichen Schraffierungen gezeigt hatte. Obwohl – nicht ganz. Sie schloss die Augen und legte im Geiste die Pläne nebeneinander: Die Seegrenzen und Proportionen waren unterschiedlich. Louisa öffnete die Lider. Die anderen von ihr eingesammelten Dokumente waren Kaufverträge gewesen. Auf einmal verstand sie, warum Marc ihr die Papiere damals fast panisch aus der Hand gerissen hatte.

Sein Vater verkaufte mithilfe von gefälschten Plänen Grundstücke, die nicht existierten oder im Lake Michigan lagen, an Immigranten. Und eines seiner Opfer war Louisas Freund Ed, der viel, viel mehr als seine Ersparnisse verloren hatte. Seine Familie und seine Zukunft waren ihm genommen worden. Louisa schluckte, als sie an den heruntergekommenen Landstreicher zurückdachte, der Ed bei seiner Ankunft in Barkerville gewesen war.

Ein Räuspern riss sie aus ihren Gedanken. »Hier, frisch gebrühter Kaffee. Milch gibt's leider keine mehr.«

Geistesabwesend nahm Louisa das dampfende Getränk entgegen, bedankte sich und schob auf einem der Schreibtische einen Stapel Papier zur Seite, um ihre Tasse abstellen zu können. Sie setzte sich, völlig durcheinander. Der Vater des ehrenwerten Richters Marc Keenan war ein Betrüger!

Sie schlürfte einen wohltuenden Schluck und beschloss, sich zunächst zu stärken – wer wusste, was die kommenden Stunden noch bringen würden. Mit einem Lächeln zauberte Frank zwei Birnen und einen Apfel aus seinen Hosentaschen.

»Großartig! Ich sterbe vor Hunger.« Gierig biss Louisa in eine der Birnen.

»Ich muss Sie leider wieder allein lassen – wir haben eine Besprechung, bei der die Beiträge für die Sonderausgabe ausgewählt werden.«

»Wissen Sie, wo Marc Keenan ist?«

»Vermutlich hilft er auf dem Dach. Der Wind bläst immer neue Funken herüber.«

Alarmiert sprang Louisa auf.

»Keine Angst, die Männer haben alles unter Kontrolle.«

Er verließ den Raum, und Louisa hörte Schritte, Stimmen und eine sich schließende Tür. Die Redaktionssitzung hatte also begonnen.

Louisa trank ihren Kaffee und aß die Birne auf, obwohl es in ihr brodelte, denn ihre Gedanken kreisten unablässig um den Grundstücksbetrug. Sie füllte ein Glas mit Wasser und trug es nach hinten, wo Cora nach wie vor tief und fest schlief. Nicht einmal Franks Besuch hatte sie wecken können – sie musste völlig erschöpft sein. Leise stellte Louisa das Getränk neben ihrer Schwester auf den Boden und legte das restliche Obst dazu. Behutsam strich sie Cora das Haar aus dem Gesicht. In der Hand hielt Cora die Kette mit dem Stein. Das geflochtene Band war angesengt und in der Nacht wohl endgültig gerissen. So sanft wie möglich nahm Louisa es an sich. Ihre Schwester seufzte, erwachte aber nicht.

Von Marc war nach wie vor nichts zu sehen. Den sauberen Herrn würde sie zur Rede stellen. Mit der Kette in der Hand begab sich Louisa auf die Suche nach ihm. Zuvor jedoch löste sie den Grundstücksplan von der Wand, faltete ihn zusammen und steckte ihn in ihre Rocktasche. Wenn sie sich richtig erinnerte, lagen die manipulierten Gegenstücke in einem Banktresor.

Louisa stieg ein Stockwerk hinauf in die zweite Etage. Als sie die nächste Treppe erklimmen wollte, polterten ihr von oben Männer mit rußgeschwärzten Gesichtern entgegen. Ihre verschmutzte Kleidung verströmte den Geruch von Schweiß und Rauch, sodass Louisa unwillkürlich die Nase rümpfte und in den Gang zurücktrat. »Ich suche Richter Keenan.«

»Er hilft uns, das Dach zu schützen, ist aber schon mit dem vorigen Trupp heruntergekommen. Wahrscheinlich ruht er sich in einem der Büros aus, Miss«, antwortete ein Angestellter, dessen Hemd etliche Brandlöcher aufwies, und deutete den Flur entlang, in dem auf jeder Seite vier Türen lagen.

»Danke!«

Er nickte ihr zu und folgte seinen Kollegen in das Zimmer direkt neben dem Treppenaufgang. »Aufgewacht, Leute, ihr seid wieder dran mit Löschen. Der verdammte Funkenflug wird einfach nicht weniger.«

Augenblicke später schleppten sich vier erschöpfte Männer an Louisa vorbei zur Treppe, die aufs Dach führte – Marc war nicht dabei. Zuversichtlich blickte Louisa in den Raum neben jenem, in den sich die Brandbekämpfer zurückgezogen hatten. Er entpuppte sich als muffig riechende Rumpelkammer, in der ein zerbrochener Setzkasten an der Wand lehnte, mit der einsamen Letter Z im untersten mittleren Fach. Auf der anderen Seite des Zimmers türmten sich kaputte Stühle, und in der Ecke stand ein leerer Schrank mit hängender, halb offener Tür. Durchs Fenster sah Louisa, dass sich die Sonne inzwischen gänzlich über die Dächer des Innenhofes erhoben hatte.

Louisa versuchte ihr Glück auf der anderen Gangseite. Vorsichtig trat sie in eines der Zimmer, aus dem ihr eine Hitzewelle entgegenschlug, die sie zurückprallen ließ. Sie blieb in der Türöffnung stehen. Das verlassene Büro ging zur Straße hinaus. Auf dem Schreibtisch lagen Stifte und Pinsel sowie eine angefangene Zeichnung von einer Mutter mit ihren Kindern auf einem Dach, eingeschlossen von Flammen. Das Bild war mit Splittern bedeckt, da die Fensterscheibe in tausend Teile zerborsten war. Die Splitter bedeckten auch einen unter dem Fenster stehenden Stuhl, dessen Lack geschmolzen war und von dem langsam Rauchschwaden aufstiegen.

Hinter Louisa erklangen eilige Schritte. Rasch trat sie in den breiten Gang zurück, in dem es deutlich kühler war, und erspähte einen hageren Mann mit grauem Haarkranz samt Eimer, der gerade die Treppe herabkam. Sie rief ihn zur Hilfe, worauf er unverzüglich an ihr vorbei ins Zimmer rannte und Wasser über den Stuhl kippte.

»Die verfluchte Hitze. Gut, dass ich gerade Nachschub von den Wassertanks im Dachgeschoss geholt habe. Den ersten Raum auf dieser

Seite habe ich schon geprüft und die restlichen kontrolliere ich gleich«, sagte er und eilte zur nächsten Tür.

Von da an beschränkte Louisa ihre Suche auf die Zimmer, die Richtung Innenhof lagen. Wo steckt der verflixte Kerl nur? Marc kann sich doch nicht in Luft aufgelöst haben. Viele Räume blieben nicht mehr übrig, wenn man die brütend heißen straßenseitigen Zimmer außer Acht ließ. Entschlossen drückte Louisa die nächste Klinke hinunter.

Ein schlanker Mann mit dunkelblondem Haar öffnete soeben in der hinteren Ecke des Büros einen Tresor und legte eine Packung Streichhölzer hinein. Offenbar hörte er die Tür, denn er wandte sich um, und Louisa blickte ein jungenhaftes Gesicht entgegen, das ihr vage bekannt vorkam. Sie runzelte die Stirn, und dann fiel es ihr ein: Er hatte den Herausgeber gesucht, als Cora Marc gerade Louisas Vergangenheit als Hurdy-Gurdy-Girl offenbart hatte.

»Mr Medill hat befohlen, alles Brennbare zu entfernen.« Er deutete auf die Kette in ihrer Hand. »Wollen Sie Ihren Schmuck auch im Safe in Sicherheit bringen?«

»Gern.« Louisas Finger strichen über den glatten Stein und das seidige Haarband, wobei Erinnerungen in ihr hochstiegen. Erinnerungen an Rebecca, der sie ihr Schweigen nicht verzeihen konnte, bis sie mit tiefen Messerschnitten vor ihr gestanden hatte. Louisa hatte gewusst, wer ihr die zugefügt hatte, und begriffen, dass es für ihre einzige Freundin unmöglich gewesen war, anders zu handeln. Aus ihrem Haar hatte Rebecca für sie das Halsband geflochten, als Zeichen ihrer Freundschaft, und daran Finns Stein befestigt. Louisa dachte daran, wie Rebecca, von unerträglichen Schmerzen geplagt, im Präriegras gelegen und ihr die Kette gereicht hatte.

»Miss?«

Aus ihren Gedanken gerissen durchquerte Louisa den Raum und legte die Kette behutsam neben die Streichholzschachtel. Der junge Mann schob die Tresortür zu. Mit einem Surren drehte er das Zahlenrad zweimal herum. »Kann ich Ihnen irgendwie behilflich sein? Sie sind doch Miss Louisa, die mit Richter Keenan zu uns gekommen ist, oder? Er ruht sich übrigens nebenan aus.«

»Oh, danke. Ich habe ihn schon gesucht.«

Louisa betrat den Nebenraum, der nahezu identisch eingerichtet war wie das Büro, in dem sie die Nacht verbracht hatte. Hier war er also. Den Kopf auf die Arme gebettet saß Marc an einem der Schreibtische und schlief. Sein Gesicht hatte er gewaschen, aber vom Hals abwärts war er kohlrabenschwarz. Die beiden anderen Zeitungsmitarbeiter im Raum lagen halb auf ihren mit Papieren übersäten Tischen und waren ebenfalls weggedämmert, sodass sie Louisas Eintreten nicht bemerkten. Am liebsten hätte sie Marc heftig gerüttelt und ihn angeschrien, was er sich dabei dachte, seinen Vater zu decken, der unzählige Einwanderer ins Unglück stürzte, aber in dem Moment nahm Louisa aus dem Augenwinkel eine Bewegung wahr, und gleich darauf trat der junge Mann ein, der eben noch den Tresor befüllt hatte.

»Entschuldigen Sie, Miss. Darf ich mich vorstellen? Mein Name ist Lambert Ackley. Heute sind es genau fünf Jahre, dass ich als Reporter bei der Chicago Tribune arbeite«, sagte er stolz.

»Ich gratuliere«, antwortete Louisa höflich, obwohl sie keine Ahnung hatte, warum er ihr das erzählte.

»Danke! Vor Kurzem ist mein erster großer Artikel erschienen. Auf Seite zwei! Ich habe einen Riecher für ungewöhnliche Begebenheiten. Meine Mutter hat immer gemeint, dass ich einmal Detektiv werde.«

»Journalist ist bestimmt auch ein interessanter Beruf.«

Er nickte. »Ich liebe es, zuzuhören. Es ist oft verblüffend, welche Geschichten zum Vorschein kommen.«

Einer der Männer hustete im Schlaf, drehte den Kopf auf die andere Seite, und kurz darauf drang ein Schnarchen durch den Raum, das an Schweinegrunzen erinnerte. Louisa und Lambert schmunzelten.

»Ich will Ihnen nicht zu nahe treten, Miss Louisa, aber ich habe gehört, wie die junge Dame, mit der Sie hergekommen sind, erzählt hat, dass Sie ein Hurdy-Gurdy-Girl waren. Das muss eine harte Zeit gewesen sein.« Er sah sie mit so aufrichtigem Interesse an, dass Louisa nach einer Weile zögerlich nickte. Worauf wollte er hinaus?

»Darf ich fragen, wo im Westen Sie gelebt haben?«

»In Barkerville.«

»Oh, von der Goldgräberstadt habe ich gehört: Viele Reichtümer, noch mehr Schmutz und jede Menge Saloons. In einem davon hat sich sogar ein eigener Tanzstil entwickelt, nicht wahr? Dabei schwingen die Männer die Mädchen hoch in die Luft, dass ihre Füße die Decke berühren.«

... und die Röcke zur Taille hinabrutschen, ergänzte Louisa in Gedanken. Ganz zu schweigen davon, wie kräfteraubend es gewesen war, weil manche Kerle sich einen Wettstreit lieferten, wer es schaffte, sein Hurdy-Gurdy-Girl öfter in die Höhe zu stemmen. Louisa sah wieder den Fuß in dem schwarzen Schnürstiefel vor sich, der die herabhängende Petroleumlampe traf.

»Gab's dort nicht vor drei Jahren auch einen gewaltigen Brand?«, sinnierte Lambert. Unwillkürlich zuckte Louisa zusammen, und es durchfuhr sie siedend heiß. »Aber das Feuer heute übertrifft das in Barkerville vermutlich um einiges«, fuhr er fort und lächelte ihr zu. »Sobald Ruhe eingekehrt ist, würde ich mich freuen, wenn Sie mir von Ihren Erlebnissen als Hurdy-Gurdy-Girl berichten. Mr Medill liebt gute Storys!«

Louisa bezweifelte stark, dass der Herausgeber der Chicago Tribune an dem Leben einer Tänzerin interessiert war – wo noch dazu viele Männer und Frauen auf die Hurdy-Gurdy-Girls herabsahen wie auf Prostituierte. »Wir werden sehen. Im Moment gibt es Wichtigeres, denke ich.«

»Da haben Sie recht. Ich werde mich erneut ins Geschehen stürzen.« Lambert griff nach Louisas Hand, drückte einen Kuss darauf und zwinkerte ihr verschmitzt zu. »Ich bin schon gespannt auf unser Wiedersehen, Miss Louisa. Sobald ich meine Feuergeschichte in der Tasche habe, bin ich sofort wieder bei Ihnen.«

Louisa lächelte ob seines spitzbübischen Gesichtsausdrucks. Er eilte zur Tür, aber bevor er endgültig im Gang verschwand, winkte er ihr noch einmal zu. Sie erwiderte seinen Gruß und hörte, wie seine Schritte sich entfernten. Hinter ihr knarrte es leise, und als sie sich umwandte, saß Marc aufrecht auf seinem Stuhl und blickte sie durchdringend an. »Dieser Reporter erkennt die Wahrheit – und eine gute Story – nicht einmal, wenn sie direkt vor seiner Nase liegt. Als er von dem Brand in Barkerville gesprochen hat, habe ich dein Gesicht gesehen – du hast doch etwas damit zu schaffen gehabt.« Plötzlich sog Marc scharf die Luft ein, als wäre ihm ein furchtbarer Gedanke gekommen. »Aber verursacht hast du ihn hoffentlich nicht, oder etwa doch?«

Diese Unterstellung ließ Louisas sowieso noch nicht erloschene Wut sofort wieder heiß hochschießen. Wie kam Marc zu so einer Unterstellung? Mühsam zügelte sie ihren Zorn und presste die Lippen zusammen.

»Nun?«, insistierte er.

»Nein«, zischte Louisa. Marc konnte nicht wissen, wie es zu dem Feuer gekommen war und dass Eds und ihr Plan furchtbar schiefgegangen war.

»Du bist die schlechteste Lügnerin, die ich kenne.«

Louisa ging zu ihm hinüber, stützte sich am Schreibtisch ab und sah ihm direkt in die Augen. »Bin ich das? Eine Lügnerin?«

»Du hast behauptet, nie unter die Goldgräber gegangen zu sein. Dabei hast du in Barkerville gelebt.«

»Aber ich habe nie nach Edelmetallen geschürft.«

»Wortklauberei! Warum willst du auf keinen Fall mit Goldgräbern in Verbindung gebracht werden?«

»Das geht dich nichts an. Außerdem glaubst du mir ja sowieso kein Wort. Und seitdem du weißt, dass ich ein Hurdy-Gurdy-Girl war, hältst du all deine Vorurteile über mich doch sowieso für bestätigt. Wie passend!«

»Du vergisst, dass Tag für Tag Angeklagte in meinem Gerichtssaal die fantastischsten Geschichten erzählen.«

»Und das macht dich zum Fachmann?« Louisa ließ ihn nicht aus den Augen. »O nein, du siehst genau das, was deine Meinung über andere bestätigt. So wie bei dem Geldbündel.«

»Das ist eine infame Unterstellung!«

»Der ehrenwerte Richter Keenan ist es nicht gewohnt, dass man ihm widerspricht, was? Der ehrenwerte Richter hat immer recht? Ich versichere dir, so ist es nicht!« Louisa hatte endgültig die Nase voll von Marc. Vor allem, wenn sie an die Machenschaften seines Vaters dachte, die er deckte. Sie stützte die Fäuste in die Seiten. »Ich war ein Hurdy-Gurdy-Girl und habe Dinge getan, die du nie verstehen wirst. Aber ich bin keine Betrügerin. Und auch keine Lügnerin. Du bildest dir ein, ein guter Menschenkenner zu sein, aber ich verrate dir was: Da täuschst du dich gewaltig!«

Mit einem Ruck erhob sich Marc von seinem Stuhl und baute sich drohend vor ihr auf. Louisas Herz klopfte ihr bis zum Hals, dennoch wich sie keinen Fußbreit zurück, legte den Kopf in den Nacken und sah zu ihm empor.

»Jetzt sage ich dir mal was ...«, begann Marc.

Auf dem Gang war plötzlich Getrampel zu hören, das immer lauter wurde. Jemand stürmte die Treppe herab.

»Das Dach brennt! Wir brauchen jede Hand!«

* * *

Marc nahm immer zwei Stufen auf einmal, hinter sich die Schritte von anderen, die durch die Rufe aufgeschreckt worden waren. Was bildete sich Louisa eigentlich ein? Sie wusste nichts über ihn und unterstellte ihm mangelnde Menschenkenntnis. Er schnaubte. Das Leben seines Vaters war von Vorurteilen geprägt, aber sein eigenes bestimmt nicht. Jeden Tag versuchte er, im Gerichtssaal unvoreingenommen seine Urteile zu fällen. Gerade Louisa sollte das wissen. Er war sicher, dass sie die Brosche geklaut hatte, trotzdem hatte er sie nicht ins Gefängnis geschickt, da er zu ihrem Glück keine stichhaltigen Beweise gefunden hatte. Sie konnte froh sein, dass er die Verhandlung geleitet hatte – wenn auch nicht ganz zufällig.

Im Nu erreichte Marc das Dachgeschoss, in dem sich etliche Wassertanks befanden, deren Inhalt normalerweise für die dampfbetriebenen Druckerpressen benötigt wurde. Die Zeitungsmitarbeiter hatten von den Tanks bis zum Dach hinauf eine Kette gebildet. Ein Mann mit Koteletten und einem bauschigen Schnauzer stand direkt neben dem Tank, füllte daraus einen Eimer mit Wasser, drückte ihn dem korpulenten Mann neben sich in die Hand und nahm einen leeren von ihm entgegen. Marc quetschte sich an ihnen vorbei, eilte die enge Eisentreppe zum Dach hinauf und trat ins Freie, wo der letzte Gedanke an Louisas Worte verschwand. Hitze schlug ihm entgegen, und die rauchgeschwängerte Luft erschwerte ihm das Atmen. Schwarz ragten ein halbes Dutzend Schornsteine in die Höhe, einer davon, im entferntesten Drittel, brannte lichterloh. Dahinter züngelten an etlichen Stellen orangerote Flammen. Die Menschenkette reichte bis zu dem brennenden Schornstein, aber es fehlten eindeutig noch Leute, die Männer standen viel zu weit auseinander. Unverzüglich reihte Marc sich ein, drehte sich zu dem Helfer hinter ihm, um den ersten Eimer entgegenzunehmen, und riss erstaunt die Augen auf. »Was machst du hier oben?«

»Jede Hand wird gebraucht«, antwortete Louisa knapp und reichte ihm den vollen Kübel.

Er griff danach, und nach dem nächsten. Rasch kam er in einen Rhythmus, und allmählich erstarb jeder Gedanke. Nur der Mann vor ihm, Louisa hinter ihm und das transportierte Wasser zählten.

Einige Männer schlugen mit flachen Holzstücken auf die Glutnester, um sie zu ersticken, während andere die brennenden Schindeln, Holzbalken und Kleidungsstücke, die der Wind aufs Dach wehte, hinab auf die gepflasterte Straße schaufelten, wo sie erloschen.

»Platz wechseln!«, brüllte ein Kerl mit gewaltigem Bauch quer über das Dach. Die Männer vorn am Brandherd zogen sich hinter die Schornsteine am anderen Ende des Daches zurück, um zu verschnaufen und der Hitze zu entfliehen, der Rest rückte nach. Marcs Augen tränten, und es kratzte in seiner Kehle. Mechanisch gab er einen Eimer nach dem anderen weiter. Die Henkel schnitten in seine Handflächen.

»Platz wechseln!«

Nun stand Marc ganz nahe beim Feuer. Soeben leerte er eine weitere Ladung in die Flammen, als der Schornstein neben ihm mit ohrenbetäubendem Poltern einstürzte. Entsetzt sprang Marc zur Seite. Eine Staubwolke stieg empor, und zwischen den Mauersteinen loderte es auf. Sofort schüttete Marc Wasser auf die Flammen. Es zischte. Louisa nahm ihm den leeren Kübel ab und drückte ihm einen vollen in die Hand. Als er ihn auskippte, qualmte es gewaltig, aber das Feuer war gelöscht. Schon reichte Louisa ihm den nächsten gefüllten Eimer.

»Vorsicht!«, rief Louisa einen Wimpernschlag später und deutete auf ein Glutnest seitlich von ihm, das der Wind in dem Moment entflammte. Sie riss dem Mann hinter sich den Eimer aus der Hand und schüttete gleichzeitig mit Marc Wasser aufs Feuer. Es erlosch, und sie blickten einander erleichtert an. Marc fühlte sich ihr seltsam verbunden. Im Angesicht des Infernos erschien ihm ihr Streit auf einmal lächerlich.

»Platz wechseln!«

»Komm«, sagte Marc zu Louisa, und sie suchten Schutz hinter einem der entfernt liegenden Schornsteine, wo das Atmen deutlich leichter fiel. Louisa betrachtete ihre von roten Schwielen überzogenen Handflächen. Erschrocken griff Marc nach ihren Händen und strich behutsam darüber. Seine schmerzten ebenfalls, aber für Louisa mussten die schweren Eimer einen viel größeren Kraftaufwand erfordert haben. Als ihm bewusst wurde, was er tat, ließ er ihre Finger abrupt los. Louisa lächelte ihm zu. Verwirrt über das Gefühlschaos, das sie dadurch in ihm auslöste, wandte er sich ab.

Erst jetzt nahm Marc wahr, dass ein unaufhörliches Rauschen sie umgab, als donnerte in der Nähe ein gewaltiger Wasserfall herab. Sein Blick schweifte über das Häusermeer und die dunklen Rauchschwaden, durch die die rote Sonnenscheibe schimmerte. Unter ihnen, nur wenige Straßenzüge entfernt, wogten die Flammen wie ein aufgewühltes Meer in unzähligen Rot- und Orangetönen. Es wirkte, als hätte ein Wahnsinniger Farben auf eine Leinwand geworfen.

Louisa deutete hinab auf die Dearborn Street, die an beiden Seiten von imposanten, mehrstöckigen Steinhäusern gesäumt war und auf der ameisengleich Hunderte Menschen entlangeilten und sich am Ende in zwei Ströme teilten. »Wo wollen die hin?«, fragte sie.

»Die einen zum Lake Michigan nehme ich an, und der andere Teil vermutlich zum alten Friedhof.«

Wie ein Kartenhaus stürzte drei Straßen entfernt ein vierstöckiges, stuckverziertes Gebäude in sich zusammen.

»Platz wechseln!«

Ob er die beiden Wörter jemals wieder hören konnte, ohne an diesen Tag zu denken? Marc trat hinter dem gemauerten Kamin hervor und hatte das Gefühl, flüssige Lava einzuatmen. Er war versucht, Louisa, die ihm folgte, den Arm um die Taille zu legen und sie hinter den Schornstein, in Sicherheit, zu bringen, als zwei völlig verdreckte Männer nach Luft ringend auf sie zustolperten, ihnen ihre Schaufeln in die Hände drückten und hinter dem Kamin verschwanden. Bevor Marc ein Wort zu Louisa sagen konnte, hatte sie schon eine glimmende Schindel aufgeladen und über die Dachkante auf die Straße geworfen. Unverdrossen beförderte sie brennende Vorhänge, Fensterkreuze und Äste, die auf dem Dach des Chicago Tribune Building landeten, in die Tiefe hinab. Marc tat es ihr gleich.

Als der Mann mit dem gewaltigen Bauch Entwarnung gab, dass die Situation wieder unter Kontrolle sei, hatte Marc das Gefühl, stundenlang geschuftet zu haben. In Wirklichkeit waren es wohl nicht einmal dreißig Minuten gewesen. Seine Haut glühte, als stünde sie in Flammen, und er freute sich auf die Kühle im Inneren des Gebäudes.

Louisa schien nichts mitbekommen zu haben, denn sie schaufelte stoisch ein brennendes, halb verkohltes Halstuch auf und schleuderte es vom Dach. Marc nahm ihr die Schaufel aus der Hand. »Zeit für eine Pause.« Ihre Arme zitterten vor Anstrengung, und sie folgte ihm wortlos ins Treppenhaus und die Stufen hinab. Als sie die oberste Etage hinter sich gelassen hatten, sagte Louisa: »Ich muss nach Cora schauen.«

Marc nickte. »Wir sollten uns ihr Bein ansehen.«

Sie gingen in den ersten Stock in das Büro, in dem sie vor etlichen Stunden Zuflucht gesucht hatten, aber von Cora keine Spur.

Marc sah die Panik in Louisas Augen und sagte: »Wir suchen sie.«

»Natürlich suchen wir sie!«

In Marc stieg Wut hoch. Auf dem Dach hatte er das Gefühl gehabt, dass sie an einem Strang zogen, und nun schon wieder so eine spitzzüngige Antwort. Doch bevor er weiter darüber nachdenken konnte, humpelte Cora, von Frank gestützt, in den Raum.

»Wo warst du? Ist alles in Ordnung?« Louisa stürzte zu ihrer Schwester. Die reckte das Kinn in die Höhe und sah sie abweisend an. Sie glaubte offenbar immer noch, dass Louisa sie vor dem Gerichtsgebäude im Stich gelassen hatte.

Als klar war, dass Cora nicht antworten würde, sagte Frank: »Ein Bedürfnis«, und Cora schoss die Röte ins Gesicht. Frank, offensichtlich bemüht, rasch das Thema zu wechseln, deutete auf den Tisch. »Ich habe vorhin noch mehr Obst und etwas zu trinken gebracht. Zum Waschen gibt es leider nur das gebrauchte Wasser in dem Eimer von vorhin. Aus der Leitung kommt seit geraumer Zeit keines mehr. Und das Wasser aus unseren Tanks wird fürs Dach und die Druckerpresse gebraucht.« Marc sah in Louisas verrußtes Gesicht. Er sah sicher auch nicht besser aus.

»Ich muss wieder«, sagte Frank erschöpft. »Mr Medill plant immer noch, eine einseitige Sonderausgabe herauszubringen. Sie wissen ja, wo Sie mich finden.«

Frank verließ den Raum, während Cora mühsam durchs Zimmer hinkte, jede Hilfe von Louisa aber abwehrte. Marc schüttelte den Kopf – an Halsstarrigkeit standen die Schwestern sich in nichts nach.

»Ich helfe dir gleich, Cora.« Er stürzte ein Glas Wasser hinunter, bevor er Louisas Schwester hochhob und sie zu ihrem Lager trug. »Ich schaue mir deinen Fuß an, in Ordnung?«

Cora nickte. Er drehte das immer noch geschwollene Bein so behutsam wie möglich, trotzdem verzog die Kleine vor Schmerzen das Gesicht. Es würde wieder werden, aber allein laufen konnte sie noch nicht. Er bemerkte den bitterbösen Blick, den sie Louisa quer durch den Raum zuwarf.

Der Zwist zwischen den beiden war nicht auszuhalten. Und von wegen, er sähe in Louisa nur die Gaunerin. Er war sehr wohl imstande, all ihre Facetten wahrzunehmen. »Cora, deine Schwester wollte dich retten, aber ihr Verlobter hat sie daran gehindert.«

»Das würde Wilhelm nie tun.«

»Ich habe gesehen, wie Louisa versucht hat, sich von ihm loszureißen. Sie hat mir zugerufen, dir zu helfen. Damit hat sie dir das Leben gerettet.«

Coras Blick wurde plötzlich glasig und verlor sich in der Ferne. Offenbar war sie wieder dort, zwischen den Fässern. Ihre Unterlippe zitterte, und ihre Augen füllten sich mit Tränen. Ihm schien sie zu glauben.

»Louisa, ich glaube, du wirst gebraucht«, sagte Marc leise.

Louisa rannte zu ihnen und schloss Cora in die Arme. Wie ein kleines Kind schmiegte die sich schluchzend an ihre Schwester, deren Gesicht weich wurde.

Marc gönnte den beiden ein wenig Zweisamkeit und ging nach vorn, um einen Happen zu essen. Er wurde einfach nicht schlau aus Louisa. Einerseits war sie mitfühlend, andererseits kalt und abgebrüht. Mit keinem Wort hatte sie nach ihrem Verlobten gefragt oder sich bemüht, ihn wiederzufinden – im Gegenteil. Sie hatte mit Lambert, diesem Reporter, geschäkert. Ein Hurdy-Gurdy-Girl eben. Er wollte gerade in einen Apfel beißen, hielt aber unwillkürlich inne. War er etwa doch voller Vorurteile? Dann wäre er keinen Deut besser als sein Vater. Es durchlief ihn siedend heiß. So wollte er auf keinen Fall sein. Er musste gerecht sein: Vermutlich wäre jede Frau Lamberts Charme erlegen – Hurdy-Gurdy-Girl oder nicht. Und eines wusste er ganz bestimmt: Louisa war fabelhaft gewesen, als sie sich, ohne zu zögern, in die Hölle auf dem Dach gewagt hatte.

Marc verspeiste den Apfel und griff nach einem weiteren. Coras Schluchzen wurde leiser, und Louisas Murmeln erfüllte das Büro, erinnerte ihn daran, wie seine Mutter ihn als kleinen Jungen getröstet hatte. Sein Blick schweifte über die Zeitungsartikel an der Wand, viele davon hatte er gemütlich zu Hause in der Bibliothek gelesen. Er deutete auf einen Beitrag: »Da war ich dabei.«

»Wo warst du dabei?« Louisa, die am Boden hockte und Cora in den Armen hielt, sah zu ihm hoch.

»Als Lincoln aufgebahrt im Gerichtsgebäude lag«, begann Marc vorzulesen.

»Letzte Ehrung für den ermordeten Präsidenten. Die Vorstellungskraft kann keine eindrucksvollere Szene ersinnen als diejenige während und nach der Ankunft der würdevollen Prozession im Gerichtsgebäude am Montag«, sagte Louisa aus dem Gedächtnis. »Der düstere Wandbehang der

Halle; die Lampen, vor den Augen versteckt, werfen ihre gedämpften Strahlen, leuchtend gleich Sternen, auf den Sarg; die Ehrenwache steht unbeweglich und lautlos an ihren Plätzen – der Veteran und gefasste General Hunter an der Spitze des Korps.« Wort für Wort rezitierte Louisa den Artikel. Verblüfft drehte sich Marc zu ihr um, so was hatte er noch nie erlebt. Sie lief rot an, schlug die Augen nieder und zuckte mit den Achseln. »Ich habe den Bericht vorhin gelesen. Es war gewiss ein beeindruckendes Erlebnis.«

»Stimmt.«

»Glaubst du, wir sind hier sicher?«, fragte Louisa plötzlich.

»Ich denke, schon.«

»Aber all die Leute, die geflohen sind.«

»Das Feuer ist bereits einmal am Tribune Building vorbeigezogen. Zudem muss es irgendwann erlöschen, wenn es keine Nahrung mehr findet.«

Louisa sah ihn zweifelnd an. »Rundum gibt's jede Menge Häuser mit Holzverzierungen. Und Frank hat vorhin gesagt, dass die Wasservorräte zur Neige gehen.«

Dass diese Frau immer widersprechen musste, trieb ihn in den Wahnsinn. »Wir sind hier sicher!« Er wandte sich wieder der Wand zu. Hoffentlich waren seine Eltern in der North Side nicht in Gefahr. Eigentlich hätte er gern nach ihnen gesehen. Und was hielt ihn davon ab? Es gab etliche Männer, die Louisa mit Cora helfen konnten. Ihnen schöne Augen zu machen, fiel ihr ja offenbar nicht schwer. Er hatte seinen Teil dazu beigetragen, Louisa, ihre Schwester und das Gebäude zu retten. Dass ihm ein einflussreicher Herausgeber wie Mr Medill deswegen jetzt gewogen war, konnte zukünftig nur von Vorteil sein. Das war ihm bisher überhaupt noch nicht in den Sinn gekommen! Aber nun war es Zeit, dass er sich um seine eigene Familie kümmerte.

Er wollte sich gerade von der Wand abwenden, als sein Blick auf die Zeichnungen von Chicago fiel. Von einer dreidimensionalen Ansicht bis zu den verlegten Wasserleitungen hingen da etliche. Mittendrin war eine Lücke, als fehlte ein Plan. Ein Geräusch an der Tür ließ ihn herumfahren. Frank trat ein. »Ich möchte mich verabschieden. Mr Medill braucht meine Dienste nicht mehr. Es gibt doch kein Sonderblatt.«

Marc dachte an die Papiere und Pläne seines Vaters, die er in einem unterirdischen Banktresor vor fremden Augen in Sicherheit gebracht hatte, und hielt den jungen Mann zurück, der kaum noch die Augen offen halten konnte. »Entschuldigen Sie, Frank. Hier scheint ein Plan zu fehlen.«

Frank trat zu ihm und runzelte die Stirn. »Die Zeichnung, in der die Grundstücke eingetragen sind. Vielleicht ist er hinuntergefallen?« Suchend blickte er sich um. Aus dem Augenwinkel sah Marc, wie Louisas Hand zu ihrer Rocktasche glitt.

Louisa, die damals den Streit zwischen ihm und seinem Vater mitangehört, die die herabgefallenen Blätter eingesammelt und ihm gereicht hatte. Zudem hatte sie eine besondere Fähigkeit, wie er vorhin bemerkt hatte. Ein Blick, und alles, was sie sah, brannte sich wie eine Fotografie in ihr Gedächtnis ein. »Ich bin keine Betrügerin«, hatte sie gesagt, bevor sie aufs Dach geeilt waren. Marc hatte das Gefühl, als würde ihm jemand einen Schlag in die Magengrube versetzen. Louisa kannte das Geheimnis seines Vaters. Das war eine Katastrophe. Wie hatte der Reporter mit dem blonden Haar zu ihr gesagt? »Mr Medill liebt es, gute Storys zu veröffentlichen.«

Als hätte Marc ihn mit seinen Gedanken herbeigerufen, streckte Lambert Ackley den Kopf zur Tür herein. »Ich bin wieder zurück. Unglaublich, was sich direkt vor unserer Tür abspielt. Kennen Sie den Speed Block in der Madison Street? Die Häuserreihe aus vierstöckigen Ziegelgebäuden mit den Steinfronten? Sie hat Feuer gefangen, und ein Mann rief aus einem der Fenster um Hilfe. Wir konnten ihn nur retten, weil wir eine lange Planke an die Fassade gelehnt haben, an der er herabgerutscht ist. Ein anderer hat sich in einer waghalsigen Aktion aus dem vierten Stock in den dritten gerettet. Wie es ihm weiter ergangen ist, lesen Sie hoffentlich bald auf Seite eins.« Er zwinkerte Louisa zu, die inzwischen aufgestanden war. »Eine Weile werden wir hier noch ausharren müssen. Ich lege rasch meine Notizen ab, und dann freue ich mich auf eine interessante Geschichte von Ihnen.«

Marc schluckte. Er musste Louisa sofort aus der Zeitungsredaktion schaffen.

Kapitel 21

»Wir können nicht länger bleiben«, sagte Marc.

»Ich dachte, hier ist es so sicher?«

Herausfordernd sah Louisa ihn an.

»Musst du immer widersprechen?« Marc wirkte gereizt. »Das Feuer auf dem Dach hat deutlich gezeigt, dass auch dieses Gebäude Schwachstellen hat. Außerdem – wenn du es genau wissen willst – möchte ich nach meinen Eltern sehen.«

Cora mischte sich ins Gespräch ein. »Louisa, ich muss dir etwas sagen. Wegen unserer Mutter.«

»Einen Moment.« Louisa sah Marc unverwandt an. »Dass du zu deinen Eltern willst, verstehe ich. Cora und ich finden jemanden, der uns weiterhilft. Ich danke dir vielmals für deine Unterstützung.«

Marc runzelte die Stirn und fuhr sich mit einer Hand durchs Haar, was sich als miserable Idee herausstellte, denn nun war sie vom Ruß geschwärzt. Ungehalten zog er mit der anderen ein Stofftaschentuch aus der Hosentasche und wischte sie sauber. »Nachdem ich Coras Leben gerettet habe, fühle ich mich für sie verantwortlich. Daher kann ich deine Schwester und dich jetzt nicht eurem Schicksal überlassen.«

Warum war Marc nicht froh, sie und Cora endlich loszuwerden? Abgesehen von dem Augenblick auf dem Dach hatte Louisa den Eindruck gehabt, dass er von ihnen inzwischen ziemlich genervt war. Oder ging es ihm um den Grundstücksplan? Sie hatte bemerkt, wie er eins und eins zusammengezählt hatte, und auch sein entsetzter Gesichtsausdruck war ihr nicht entgangen. In dem Moment war ihr klar geworden, dass es keinen Sinn ergab, ihn mit dem Betrug zu konfrontieren, da Marc nie etwas gegen seine Familie unternehmen würde. Zudem war sein Vater der wahre Übeltäter. Sie dachte an Ed, dessen Leben durch Mr Keenans Gewissenlosigkeit zerstört worden war, genauso wie das von seinem Freund Otto. Mr Keenan durfte nicht ungestraft davonkommen, auch wenn sie von Marc keine Unterstützung erwarten konnte. Sie musste einen anderen Weg finden. Ein kleines Stück weit verstand sie Marc sogar. Sie würde Cora genauso wenig im Stich lassen.

Ein Klopfen an der offen stehenden Tür riss Louisa aus ihren Gedanken. Voller Elan betrat Lambert den Raum, und nur die dunklen Augenringe deuteten darauf hin, dass er seit vielen Stunden nicht geschlafen hatte. Louisa lächelte ihm zu. Der junge Reporter wäre ein sympathischer Helfer – nicht nur bei ihrer Flucht vor dem Feuer, sondern möglicherweise auch bei der Aufdeckung des Grundstücksschwindels.

Lambert Ackley wollte zwischen den Schreibtischen durch zu ihr, doch Marc stellte sich ihm mit ein paar raschen Schritten in den Weg.

»Mr Ackley, wären Sie so freundlich, uns ein Gefährt zu besorgen, um Cora fortzubringen? Vielleicht einen der niedrigen Leiterwagen, die man mit der Hand zieht?«, fragte Marc.

»Ja, aber …«

»Ich danke Ihnen!«

Verblüfft beobachtete Louisa, wie Marc Lambert zur Tür hinauskomplimentierte, bevor sie eine Gelegenheit hatte zu protestieren. Was fiel Marc ein, einfach über sie und ihre Schwester zu bestimmen?

»Louisa, ich muss dir etwas erzählen«, kam es von Cora, die mit feucht glänzenden Augen neben Louisa saß.

Louisas Gedanken kreisten noch um Marcs eigenmächtige Entscheidung, die sie so definitiv nicht hinnehmen würde, auch wenn ein Transportmittel für Cora zugegebenermaßen eine gute Idee war. Aber – ihre Schwester wollte mit ihr reden. »Was gibt's denn, Kleines?«

»Unsere Mutter, sie …«

Eine kräftige, bis in den letzten Winkel des Stockwerks dringende Stimme hallte durch den Gang und unterbrach Cora. »Lauft um euer Leben, Leute! Das Dach steht in Vollbrand.«

Das Geräusch von etlichen Füßen, die über den Steinfußboden trampelten, war zu hören, und zwei Atemzüge später erblickte Louisa Männer in verschmutzten Hemden und mit kohlrabenschwarzen Gesichtern, die an der offenen Bürotür vorbei Richtung Ausgang hetzten.

»Beeilt euch!«, war die kräftige Stimme erneut zu vernehmen.

Ohne Zeit zu vergeuden, zog Louisa Cora auf die Beine. Marc rannte zu ihnen, hob Cora hoch, und gemeinsam folgten sie den Angestellten der Chicago Tribune so schnell wie möglich die Treppe hinunter ins Erdgeschoss und zum Eingangstor hinaus. Gegen die Hausmauer gelehnt, saß ein bärtiger Mann auf den Stufen zur Straße und schnarchte, als würde das Feuer sein Leben nicht bedrohen. Die Zeitungsmitarbeiter stürmten an ihm vorbei und verschwanden in den Seitengassen, einer aber wollte den Mann nicht einfach seinem Schicksal überlassen und rüttelte ihn an der Schulter. »Sie müssen hier weg!«

Unwirsch schob er dessen Hand zur Seite und lallte: »Ich lass mir von niemandem was vorschreiben.« Damit drehte er sich zur Wand und vergrub den Kopf in seinen Armen.

»O Gott!«

Marcs Ausruf ließ Louisa aufblicken. Sie erschrak: Wie ein Orkan brauste das Feuer die Straße herab auf sie zu. Niemals konnten sie mit Cora rasch genug fortlaufen.

»Wir müssen einen anderen Weg finden.« Schon stieg Marc die Stufen wieder hinauf.

Louisas Gedanken rasten. »Fliehen wir durch den Innenhof!«

»Eine ausgezeichnete Idee.«

Gleichzeitig mit Marc erreichte Louisa die zugefallene Eingangstür. Mit dem Rücken drückte Marc sie auf und wurde beinahe von einem Mann umgerannt, der herausstürmte. Panische Zeitungsmitarbeiter rannten an ihnen vorbei und stießen gegen sie, während die drei sich durchs Foyer in den rückwärtigen Teil des Gebäudes vorkämpften. Die Männer ignorierten Louisas Rufe, dass vorn alles in Flammen stünde. Einer stieg ihr mit seinen schweren Stiefeln auf die Zehen, was höllisch schmerzte. Aus dem Souterrain eilte ein Drucker die Stufen hoch.

»Die Straße brennt! Wo geht's zur Hintertür?«, rief Marc dem Mann zu, der ihn verwirrt ansah. Dann kapierte er und lief ihnen voraus, den Korridor entlang und um eine Ecke zum Ausgang. Sie traten ins Freie und erblickten in dem von ein- und zweistöckigen Gebäuden umgebenen Geviert Lambert, der über den festgestampften Erdboden einen niedrigen Leiterwagen hinter sich herzog, in dem die Zeitungsjungen sonst die Chicago Tribune zum Verkauf transportierten.

»Richter Keenan, der Wagen, den Sie wollten.«

»Danke!« Marc setzte Cora hinein, und er und Louisa fassten gleichzeitig nach dem breiten Griff, um sie zu ziehen, während der Drucker wieselflink in einem der umliegenden Gebäude verschwand. Verblüfft blickte Lambert ihm nach.

»Vor dem Haus tobt das Feuer«, teilte Louisa dem Reporter hastig mit.

»Da muss ich hin«, antwortete er. »Ich sehe die Schlagzeile schon vor mir: ›Chicago Tribune Building in Flammen‹.«

»Das ist Wahnsinn«, sagte Louisa entsetzt.

»Möglich, aber ein Journalist muss manchmal etwas riskieren. Bis bald, tapferes Hurdy-Gurdy-Girl.« Ein letztes Zwinkern, und er verschwand. Louisa blieb keine Zeit, sich weiter Gedanken um ihn zu machen, und sie eilte gemeinsam mit Marc und Cora, die sich an den Rand des Leiterwagens klammerte, quer über den Hof, direkt auf einen Stall zu und durch dessen Hintertür nach drinnen. Lautes Prasseln war zu hören, und Louisa sog erschrocken die Luft ein. Die auf dem Heuboden gestapelten Strohballen brannten lichterloh. Die hölzerne Zwischendecke, auf der sie gelagert waren, konnte jederzeit einstürzen. In Windeseile zogen Marc und Louisa Cora den mit Kuhfladen verdreckten Stallgang entlang, vorbei an leeren Boxen, deren Türen sperrangelweit offen standen.

Unheilvoll knackte es über Louisas Kopf, aber schon liefen sie durch die Vordertür ins Freie. Sofort umbrandeten sie die Schreie und Rufe der unzähligen, die Straße hinunterlaufenden Männer, Frauen und Kinder. Ein gewaltiges Donnern ließ Louisa herumfahren und einen Blick zurückwerfen. Wie bei einem Vulkanausbruch schossen ein Funkenschwall und Holztrümmer aus dem Stalldach und regneten auf sie herab. Ein Brett streifte Louisas Schulter, und sie schrie auf. Mit bloßen Händen warf Cora ein brennendes Büschel Stroh aus dem Wagen.

»Alles in Ordnung?«, rief Mark Louisa zu. Sie ignorierte ihre schmerzende Schulter und nickte. Unverzüglich mischten sie sich unter die Menge, die die Monroe Street entlang auf den Lake Michigan zuströmte. Der Geruch von verkohlten Balken und heißem Teer stieg Louisa in die Nase, und Schweißperlen rannen ihr die Schläfen hinunter, von der Hitze glühte ihr Gesicht. Flammen schlugen aus den mehrstöckigen stuckverzierten Gebäuden. Eine korpulente Frau mit einem Bündel auf dem Rücken, das größer war als sie selbst, rempelte sie an, sodass sie für einen Moment aus dem Tritt kam und fürchtete zu stürzen. Doch sie fing sich wieder. Neben Louisa zogen Männer hochbeladene Fuhrwerke hinter sich her, die ein Pferd kaum vom Fleck gebracht hätte. Angetrieben wurden sie von der Angst, die ihre eisigen Klauen in sie alle geschlagen hatte. Die

Furcht lähmte auch Louisas Gedanken und ließ sie wie alle anderen panisch vorwärtsstürmen. Marc schien es genauso zu gehen. Alles um Louisa verschwamm, sie sah nur mehr das schmutzig graue riesige Bündel der Frau vor sich und rannte, so schnell sie konnte. Der Leiterwagen, in dem Cora saß, zerrte an ihren Armen, rumpelte über am Boden liegende Schürhaken und Stickrahmen, der Griff schnitt in ihre Handflächen. Louisa stieß gegen einen kleinen Jungen. Seinen Zinnsoldaten fest an sich gepresst blickte er aus weit aufgerissenen Augen zu ihr auf. Seine Hand klammerte sich krampfhaft an den Rock seiner Mutter, was ihn davor bewahrte, zu stürzen und niedergetrampelt zu werden. In dem Moment kam Louisa zu sich.

Sie hielt an, und auch Marc blieb abrupt stehen, da sich wie aus dem Nichts ein Mann, die Arme voller Bratenspieße, vor ihn drängte. Mit voller Wucht rammte der Leiterwagen Louisas Beine, sie ließ den Griff fallen und Tränen schossen ihr in die Augen. Der Mann mit den Bratenspießen verschwand zwischen den Leuten. Benommen machte Louisa einen Schritt vorwärts, bekam den Griff wieder zu fassen und zog an. Eingereiht in die Menge der Flüchtenden setzte sie einen Fuß vor den anderen. Wir schaffen es. Wir kommen hier raus. Langsam ließ der Schmerz nach.

An einer Kreuzung versperrten ihnen ein umgefallenes Fuhrwerk und die davon herabgestürzten

Vitrinen, Salontische und Stühle den Weg zum See. Der Menschenstrom teilte sich. Louisa war froh, wieder Herrin über ihre Gedanken zu sein. »In diese Richtung müssen wir. Gegen den Wind!«

»Dort steht alles in Vollbrand«, sagte Marc. »Versuchen wir, über den Chicago River zu gelangen.« Bevor Louisa ein Wort erwidern konnte, ging er los, die Wabash Avenue hinauf.

Louisa hatte keine Zeit zum Diskutieren. Ihr war völlig klar, dass sie Cora ohne Marc nicht in Sicherheit bringen konnte. Auf der Fahrbahn drängten sich Fuhrwerke und Kutschen dicht an dicht. Louisa und Marc reihten sich in die Menschenmasse auf dem Gehweg ein. Louisa schrie erschrocken auf, als eine Schar Ratten vorbeihuschte und ihren Rock streifte. Deswegen übersah sie beinahe einen Jugendlichen in schäbiger Kleidung, der, halb unter einem Marmorstein begraben, reglos vor ihr auf den Pflastersteinen lag. Seine Hände steckten in blütenweißen Handschuhen. Als eine Frau mit dem Fuß gegen ihn stieß, rollten aus seiner Jackentasche goldene Manschettenknöpfe auf den Gehweg. Zusammen mit Marc lenkte Louisa den Leiterwagen zur Seite, um den Jungen nicht zu überrollen. Achtlos hasteten die anderen Flüchtenden an dem Toten vorbei. Louisa wandte den Blick ab.

Kurz darauf geriet die Menge erneut ins Stocken. »Was ist dort vorn los?« Louisa stellte sich auf die Zehenspitzen und sah, dass berittene Polizisten die Straße absperrten.

»Durchfahrt verboten!«, rief einer der Uniformierten.

»Schert euch zum Teufel! Ich habe wertvolle Gemälde geladen.« Ein Mann im Frack zog seinem Rappen die Peitsche über und preschte mit seinem Landauer mitten durch die Reihe der Polizisten. Einer der nachfolgenden Wagenbesitzer hingegen leistete der Aufforderung der Beamten Folge. Doch als er seine Kutsche wendete, krachte die Deichsel gegen einen Stein und die Radnabe brach, woraufhin die Situation endgültig chaotisch wurde, da die einen vor und die anderen zurück wollten. Louisas Herz schlug schneller – das Feuer kam näher, und sie saßen hier fest. Hektisch blickte sie sich um und entdeckte eine schmale Gasse zwischen zwei Häusern. Sie stieß Marc an.

»Hier durch. Der Weg müsste zum See führen.«

Marc nickte und sie kämpften sich an einem grauhaarigen Alten vorbei, der ein langes Ofenrohr hinter sich herzog. Beladen mit klappernden Muffinformen, Schöpfkellen und einer Bratpfanne rannte eine Frau den Pfad hinunter und stieß beinahe gegen Marc. Mit dem Fuß schob Louisa ein paar Bücher zur Seite, die im Weg lagen.

Kurz darauf erreichten sie die Michigan Avenue, die parallel zum Seeufer verlief. Sie war mit Flüchtenden überfüllt, die versuchten, ihr Hab und Gut in Sicherheit zu bringen. Aufatmend stellte Louisa fest, dass die Flammen noch nicht bis hierher vorgedrungen waren, auch wenn das Prasseln des Feuers bedrohlich nahe klang. Gemeinsam zogen Louisa und Marc Cora den Gehweg entlang. Draußen auf dem See kam ihnen eine Lokomotive mit einer nicht enden wollenden Reihe Waggons entgegen. Sie rollten über Schienen, montiert auf Metallstreben, die aus dem Wasser ragten. Das Pfeifen der Lokomotive schrillte in Louisas Ohren. Offenbar schaffte der Zug Güter aus dem Depot weg, das bei der Flusseinfahrt lag. Louisa seufzte. Wie gern hätte sie in dieser Eisenbahn gesessen und sich weit, weit fort in Sicherheit bringen lassen.

Je näher sie dem Hauptarm des in den Lake Michigan mündenden Chicago River kamen, desto dichter wurde die Menschenmenge. Louisa erkannte den hölzernen Rundbogen der Rush Street Bridge, die den Fluss überspannte, und ein Gewirr aus Köpfen und Leibern, das sich auf dem Übergang drängte. Eine einsame Brigg steuerte den leeren Fluss herab, direkt darauf zu. Unberührt vom Feuer ragten auf der anderen Flussseite die Getreidespeicher in die Höhe. Louisa atmete auf, denn gleich hatten sie es geschafft.

In dem Moment ging ein Aufschrei durch die Menge und schwoll zu einem derart wütenden Gebrüll an, dass Louisa erschrocken zusammenzuckte. Ein Herr mit Zylinder und hochrotem Gesicht wetterte neben ihr in einer Lautstärke, die

Louisas Ohren zum Klingeln brachte – und dann sah sie es auch: Die Brücke drehte sich vom Ufer fort! Wegen eines Schiffes werden Hunderte Menschen in Gefahr gebracht? Das kann doch nicht wahr sein!

Ein gewaltiges Getöse ließ Louisa herumfahren. Unweit von ihnen stürzte ein vierstöckiges Patrizierhaus in sich zusammen. Rotgolden loderten Flammen empor, Angstschreie erfüllten die Luft.

Cora umklammerte die Sprossen des Leiterwagens und starrte mit weit aufgerissenen Augen auf die brennenden Trümmer. Unerbittlich näherte sich das Feuer, sodass die Flüchtenden immer stärker vorwärtsdrängten und dadurch enger und enger zusammenrückten. Louisa war froh, am Rand der Menge zu stehen, abgeschirmt von Marc auf der einen Seite und einer zweirädrigen Kutsche vor ihr. Eine Stimme übertönte die Rufe der Leute und das Prasseln des Feuers: »Macht Platz!«

Louisa blickte sich um und sah einen Feuerwehrmann mit Sprachrohr auf einem Spritzenwagen, der sich unbarmherzig durch die Menschenmasse kämpfte, sodass Männer, Frauen und Kinder noch mehr aneinandergedrückt wurden. Die Feuerwehrleute kletterten herab und zerrten den Schlauch hinter sich her direkt an Louisa vorbei, um das eine Schlauchende im Fluss zu versenken, von dem sie das Löschwasser entnahmen.

Die Brigg segelte weiter dem Lake Michigan entgegen, und erleichtert bemerkte Louisa, dass die Brücke wieder zurückschwang. Noch bevor sie das Ufer erreichte, sprangen die Ersten darauf. Laut knarrend rastete die Brücke ein, und schon rumpelten Pferdewagen auf die unebenen Bohlen, das Gedränge und Geschrei war unglaublich. Am liebsten hätte Louisa sich die Ohren zugehalten, doch sie packte den Griff von Coras Leiterwagen fester und zog, obwohl der Druck von hinten so groß war, dass der Wagen fast von allein rollte – und zwar zu schnell. Viel zu schnell! Bevor Louisa sichs versah, wurden sie und Marc gegen die Kutsche vor ihnen gedrückt, die zum Stillstand gekommen war. Rasch schob Louisa sich zur Seite, damit der Leiterwagen nicht wieder gegen ihre Beine stieß. Zum Glück fuhr die Kutsche vor ihnen wieder an und ratterte weiter. In ihrem Windschatten zogen sie Cora über die rettenden Bretter. Ein hässliches Knirschen ließ Louisa Böses ahnen, und sie verlangsamte, so weit es ihr im Gedränge möglich war, wie Marc ihren Schritt, als sich auch schon, scheinbar quälend langsam, ein Kutschenrad löste und das Gefährt auf der einen Seite zu Boden krachte. Entsetzt starrte Louisa auf das unüberwindliche Hindernis vor ihr. Nie und nimmer würden sie daran vorbeikommen! Noch bevor sich Louisa nach einem Ausweg umsehen konnte, packten ein paar kräftige Männer in Hemdsärmeln ohne viel Federlesens zu.

»Keine Sorge, Miss, das haben wir gleich!«

»Finger weg von meiner Kutsche, ihr Lumpenpack! Schert euch zum Teufel!«

Unbeeindruckt von dem wütenden Besitzer schirrten die Männer das Pferd ab und stürzten den Einspänner über die Holzbrüstung in den Chicago River. Wasser spritzte hoch und etliche Tropfen benetzten Louisas Kleid. Sie erschauerte, denn die dunklen Wassermassen strömten bedrohlich nahe unter ihr dahin. Mit Cora im Schlepptau kämpften Marc und sie sich vorwärts, als Louisa flussabwärtstreibende Flammen bemerkte und überrascht für einen Moment innehielt. Sie hatte keine Ahnung, wie das möglich war.

»Tierfette, Öle und industrielle Chemikalien. Der Chicago River ist eine einzige Kloake.« Marc hatte den brennenden Fluss ebenfalls bemerkt.

Ungefähr zwei Drittel der Brücke hatten sie bereits überquert, als ein Mann, bekleidet mit einem schwarzen Jackett und Melone, hochkant einen Sarg an ihnen vorbeischleppte. Hinter ihm folgten ein halbes Dutzend Jungen, ebenfalls mit Särgen beladen. Louisa erschauerte. Hoffentlich ist das kein schlechtes Omen. Aber schon lenkte das Knallen einer Peitsche Louisa von dem schaurigen Anblick ab.

»Hüh! Vorwärts, ihr Mistviecher. Aus dem Weg, Gesindel!«

Ein Fuhrwerk kämpfte sich gewaltsam den Weg frei und drängte dadurch die Menschenmassen zur Seite, wobei Marc gegen Louisa gepresst wurde. Die Holzstreben der Brüstung bohrten sich in ihre Rippen. Das Geländer knarrte und schien nachzugeben. Mit aller Kraft stemmte sich Louisa gegen Marc, der ebenfalls versuchte, dem Druck der Menge entgegenzuwirken. Gerade, als es ihm gelang, sich Luft zu verschaffen, gaben die morschen Balken hinter Louisa nach.

Sie schrie, als sie den Boden unter den Füßen verlor und in die Tiefe stürzte. Kräftige Finger umfassten ihr Handgelenk. Ihre Beine schwangen hin und her. Marc! Er packte ihren anderen Arm, kniete auf der Brücke und hielt sie eisern fest.

In dem Moment sah Louisa es in seinen Augen.

Wenn er sie jetzt fallen ließ, war sein Problem gelöst. Sie würde für immer in den Fluten des Chicago River versinken.

Sein Griff lockerte sich. Verzweifelt angelte Louisa nach dem Rand der Brücke.

Marc ließ ihr Handgelenk los.

Im nächsten Moment packte er sie am Oberarm. Mit einem gewaltigen Ruck zog er sie empor. Louisa landete auf den Bohlen, Marc verlor das Gleichgewicht und stürzte rückwärts. Ein an ein Fuhrwerk geschirrter Schimmel stieg und Hufe donnerten herab. Im letzten Augenblick rollte Marc sich zur Seite, dennoch streiften die Hufe seinen Hinterkopf.

Louisas Herz raste, die rauen Holzplanken kratzten an ihrer Wange und sie rang nach Atem. Direkt neben ihr lag Marc und regte sich nicht.

»Louisa!« Cora kroch auf sie zu. »Bist du verletzt?«

Langsam setzte Louisa sich auf, sie zitterte am ganzen Körper. Der umgestürzte Leiterwagen verhinderte, dass die anderen Flüchtenden über sie hinwegtrampelten. Wieder stiegen die Pferde, die Marc verletzt hatten. Eine Dame sprang von dem Wagen, eilte zu den Pferden und strich ihnen beschwichtigend über die Nüstern. »Alles in Ordnung?«, rief sie herüber.

Louisa, die noch immer zitterte, konnte keinen klaren Gedanken fassen. Sie spürte eine Hand auf ihrem Arm und sah Cora, die sie besorgt anblickte. »Geht's dir gut, Louisa?« Benommen nickte sie. Daraufhin beugte sich Cora über Marc und rüttelte ihn an der Schulter – keine Reaktion. Seine Kopfwunde blutete heftig.

»Lebt er?«, rief die Dame und versuchte, ihre nervös tänzelnden Schimmel zu beruhigen.

»Ich weiß nicht«, sagte Cora und schluckte die Tränen hinunter.

»Komm her, Kleine!« Herrisch bedeutete die Frau Cora, zu ihr zu humpeln und an ihrer statt die Pferde zu halten. Louisas Herz klopfte immer noch viel zu schnell. Marcs Blut bildete eine Lache auf den Brettern und tropfte durch die Spalten hinab. Wie in Trance löste Louisa Marcs Halstuch und presste es auf seinen Hinterkopf, woraufhin er leise stöhnte.

Die Dame kniete sich auf einmal neben ihr auf den Boden – Louisa hatte sie gar nicht kommen sehen. »Das ist ja Richter Keenan!«, sagte die Unbekannte. »Wir müssen ihn auf den Wagen heben.«

Mechanisch griff Louisa zusammen mit der fremden Frau Marc unter die Arme, und sie schleiften ihn zu dem Fuhrwerk, auf dessen Ladefläche ein Klavier stand, was Louisa für einen Moment irritierte. Kurz schoss ihr zudem der Gedanke durch den Kopf, dass sie keine Ahnung hatte, wie sie Marc hinaufheben sollten, da sie ihn kaum ziehen konnten, doch da übernahm die Lady schon das Kommando.

»Auf drei!«, sagte sie. »Eins, zwei …« Mit einer gewaltigen Anstrengung hievten sie Marc, so hoch sie konnten. Zwei Burschen, die vorbeieilten, packten spontan mit an, und schon lag Marc auf dem Gefährt. Er stöhnte.

»Wir müssen hier weg«, sagte die Dame, kletterte auf den Bock und nahm die Zügel in die Hand. Cora, die die Pferde festgehalten hatte, hinkte zum Wagen, und Louisa, deren Zittern langsam nachließ, half ihr auf die Ladefläche. Aufatmend lehnte Cora sich an das Piano und stieß dabei gegen Marcs Bein. Er stöhnte, regte sich und schlug die Augen auf. Orientierungslos sah er sich um, bis sein Blick allmählich klarer wurde.

»Mrs Hubart!«, sagte er erstaunt.

»Willkommen zurück unter den Lebenden, Richter Keenan.«

»Du blutest«, sagte Louisa, noch immer benommen, drückte ihm das Halstuch in die Hand und bedeutete ihm, es gegen den Kopf zu pressen.

»Wir haben keine Zeit zu verlieren«, sagte Mrs Hubart und zeigte auf das Flammeninferno hinter ihnen. »Steig auf!« Ohne nachzudenken kletterte Louisa wie befohlen zu der Dame auf den Bock. Die Schimmel legten sich ins Geschirr, und Stück für Stück rollte der Wagen der North Side entgegen. Langsam beruhigte sich Louisas Herzschlag. Sie wischte sich die schweißnassen Hände am Rock ab und vermied es, auf die dunklen Fluten unter sich zu blicken.

Kapitel 22

Endlich erreichten sie das Ufer, und Mrs Hubart versuchte, Louisas Gesicht unter der Rußschicht zu erkennen. »Sind Sie nicht die Komplizin von dem Dieb, der meine Perlenkette geklaut hat?«

Die Frage brachte Louisa, die gerade das Gefühl gehabt hatte, wieder den einen oder anderen klaren Gedanken fassen zu können, völlig aus dem Konzept. Sie kämpften ums Überleben, und diese Frau dachte an ihren Schmuck?

»Natürlich sind Sie es. Na, da habe ich mir ja eine schöne Gesellschaft aufgeladen.«

In dem Moment kippte etwas in Louisa, und die Anspannung der letzten Stunden entlud sich in unkontrollierbarem Gelächter, während sie darauf wartete, dass Mrs Hubart sie jeden Moment vom Kutschbock stoßen würde.

Alles wirbelte in Louisas Kopf durcheinander: die überfüllte Brücke, die Funkenschauer, die Gerichtsverhandlung, der entwendete Grundstücksplan und die lodernden Brandyfässer. Das Chaos in ihr wollte sich einfach nicht legen: grauer Ascheregen, einstürzende Schornsteine, rotorangefarbenes Lodern und samtweiße Perlen – ein Bild jagte das andere. Die Kugeln der Kette verschmolzen mit den Flammen zu Feuerperlen, die sich in einem wilden Tanz immer schneller drehten. Sie umschlangen Wilhelm, enger und enger, bis er verschwand. Nun glitten die glühenden Feuerperlen wie eine Schlange über den Chicago River und züngelten nach Louisas Füßen, die am Brückenrand hing und hin- und herschwang. Im nächsten Moment lagen die Perlen wieder unschuldig um Mrs Hubarts Hals, und sie selbst lag sicher in Marcs Armen.

Louisa rang nach Atem, und langsam erstarb das Gelächter, das sie nicht hatte aufhalten können. Nach und nach kam ihr Gedankenkarussell zum Stillstand, und Louisa fühlte die harte Sitzbank unter sich und das ruckelnde Fuhrwerk. Die Schimmel schnaubten, wie ihr jetzt erst bewusst wurde. Tief sog sie die klare Luft ein.

Als sich Louisa wieder beruhigt hatte, sagte Mrs Hubart: »Nimm die Zügel! Den Weg zur Keenan-Villa kennst du ja.« Louisa wollte protestieren, aber dann sah sie Mrs Hubarts zerschrammte, blutende Handflächen. Jedes Reiben der Zügel musste ihr Höllenqualen verursachen.

Je weiter der Karren sich vom Fluss entfernte, desto leiser wurden das prasselnde Feuer und das Donnern einstürzender Gebäude. Inzwischen säumten Villen mit weitläufigen Gärten die Straße. Louisa lenkte den Wagen die Rush Street entlang an einem herrschaftlichen Haus vorbei, vor dem Bedienstete Löcher in den Rasen gruben und Zofen Truhen, Bücher und kostbares Porzellan ins Freie trugen, um sie unter der Erde in Sicherheit zu bringen. Auf der Veranda saßen übernächtigte Damen und Herren mit derangierten Frisuren in verschmutzter Kleidung, denen Hausmädchen mit Häubchen und Schürze Kaffee und Pfannkuchen servierten.

Inzwischen hatte Louisa sich wieder so weit gefangen, dass sie auch an ihre Schwester und deren Wohlergehen denken konnte. Ein Blick nach hinten zeigte ihr, dass Cora mit geschlossenen Augen am Klavier lehnte. Marcs Kopf war in ihren Schoß gebettet – offenbar hatte er wieder das Bewusstsein verloren. Sein Anblick weckte widersprüchliche Gefühle in Louisa.

Als sie am Geländer gehangen hatte, war sie wie von einem spitzen Speer von der Angst durchbohrt worden, bis Marcs warme, kräftige Hände ihre Arme umfasst hatten. Doch dann hatte sie den Blick in seinen Augen gesehen, und in ihr war die

Panik aufgewallt, dass er seinen Vater und die Ehre seiner Familie über ein Menschenleben stellen würde. Über ihr Leben. Sie hatte gefürchtet, sich in ihm getäuscht zu haben. Wie erleichtert war sie gewesen, als er sie hochgezogen und damit vor dem Ertrinken gerettet hatte, obwohl er dadurch sein eigenes Leben in Gefahr gebracht hatte.

Louisas Lippen verzogen sich zu einem Lächeln. Er war zwar ein arroganter Kerl mit Vorurteilen, aber dennoch: War er nicht, ohne zu zögern, zwischen die brennenden Fässer gestürmt, um ihre Schwester zu retten? Und wie er auf dem Dach über ihre zerschundenen Handflächen gestrichen hatte …

»Hey, Mädchen, wo bist du mit deinen Gedanken?« Die harsche Stimme von Mrs Hubart holte Louisa in die Gegenwart zurück. »Wir müssen hier in die Ohio Street einbiegen.«

Louisa zog am Zügel, lenkte das Gefährt an der nächsten Kreuzung in die Cass Street und gleich darauf in die Auffahrt der Keenans, die links von einem schmalen, baumgesäumten Grasstreifen begrenzt wurde. Rechts erstreckte sich bis zur Villa ein Rasen, auf dem etliche niedrige Sträucher, ein Ahorn und zwei Ulmen wuchsen. Als sie fast einen schmalen Kiesweg erreicht hatten, der von der Auffahrt zum Eingangstor und von dort weiter um die Villa führte, hielt Louisa mit einem Ruck an. Dadurch kam Marc zu sich, stöhnte, setzte sich vorsichtig auf und rieb sich den Hinterkopf.

»Lass mal sehen«, sagte Louisa, kletterte auf die Ladefläche und schob behutsam sein Haar zur Seite. Trotzdem zuckte Marc zusammen – kein Wunder, denn darunter verbargen sich eine gewaltige Beule und eine hässliche Schramme. Zum Glück blutete die Wunde nicht mehr. »Kannst du allein aussteigen?«, fragte Louisa.

»Es dreht sich zwar alles, aber ich denke schon.« Mühsam krabbelte er hinab. Als er auf der Zufahrt stand, schüttelte er den Kopf und verzog gleich darauf schmerzhaft das Gesicht. Das war wohl keine gute Idee gewesen. Louisa sprang vom Wagen, und auch Cora kroch herunter, wobei sie sich mit einer Hand am Wagen festhielt, um ihr Bein zu entlasten, während Mrs Hubart sorgenvoll mit der flachen Hand über ihr Piano fuhr und jeden kleinen Kratzer mit gerunzelter Stirn inspizierte.

»Kommt«, sagte Marc, ging langsam auf dem Kiesweg die Hausfront entlang bis zum Eingang und stieg die Stufen zur Tür hinauf, bemüht, jede Erschütterung zu vermeiden. Louisa und Cora folgten ihm. Als sie halb oben waren, vernahm Louisa ein leises Quietschen, das Tor öffnete sich, und der Butler trat ins Freie.

»Mr Keenan, es ist Ihr Sohn!«, rief er ins Haus hinein.

Zum selben Zeitpunkt, da sie den Treppenabsatz erreichten, eilte der Hausherr aus der Villa und schloss Marc erleichtert in die Arme. »Du lebst, Gott sei Dank!« Er ließ seinen Sohn los, und sein Blick fiel auf Louisa und Cora. Louisa sah an sich hinab. Was musste er von ihnen denken? Sie wurde sich ihres zerzausten Haars und des mit Brandlöchern übersäten Kleids bewusst. Beim Sturz auf der Brücke war ihr Rock bis zum Oberschenkel aufgerissen, und Cora sah kaum besser aus. Wobei – eigentlich war es ihr egal, was er von ihr hielt, wenn sie sich in Erinnerung rief, zu welcher Niedertracht dieser Mann fähig war.

»Es ist gut, zu Hause zu sein, Vater. Es war eine lange Nacht. Wir brauchen Betten, etwas zu essen und zu trinken.«

Mr Keenan reckte das Kinn in die Höhe und streckte die Brust heraus. »Das Immigrantenpack kommt mir nicht ins Haus!«

Unwillkürlich trat Louisa einen Schritt zurück. Mit der Reaktion hätte sie rechnen müssen, aber es traf sie dennoch. Sie biss die Zähne zusammen.

»Wie bitte?«, fragte Marc ungläubig.

»Lebenslange Erfahrung. Zudem hat ein Deutscher das Leben deiner Mutter zerstört, als er mit seinem Bierwagen über sie hinweggerollt ist, wie du genau weißt.«

»Das war ein Unfall, egal wie oft du es leugnest.«

Schweres Atmen und der Klang von Schritten veranlasste Louisa, sich umzublicken. Mrs Hubart, deren Piano-Inspektion offenbar abgeschlossen war und die von der Auseinandersetzung nichts mitbekommen hatte, stieg mit gerafftem Rock die Stufen herauf und stieß zu ihnen. »Guten Tag, Mr

Keenan. Entschuldigen Sie mein Aussehen, aber es gab in den letzten Stunden einige Widrigkeiten zu überwinden. Könnte sich eines Ihrer Hausmädchen meines Klaviers annehmen?« Sie deutete hinunter auf das Fuhrwerk. »Es benötigt dringend eine gründliche Säuberung. Das Innenleben hat bisher alles unbeschadet überstanden. Wenn ich so unverfroren sein darf, Sie zudem um eine Tasse Tee zu bitten?«

Mr Keenan kniff die Augen zu schmalen Schlitzen zusammen. »Gesindel kommt mir nicht ins Haus.«

»Das verstehe ich«, antwortete Mrs Hubart. »Die beiden Mädchen können ja in den Dienstbotentrakt gehen.«

Louisa glaubte, nicht richtig zu hören. Mrs Hubart und Mr Keenan redeten über sie, als stünden sie nicht direkt neben ihnen. Als wären sie Ungeziefer, das man zwischen den Fingern zerquetscht. »Keine Angst, Mr Keenan, wir werden Ihre geheiligten Hallen nicht betreten. Komm, Cora.« Sie wandte sich ab und stützte ihre Schwester, während sie Stufe für Stufe hinabstiegen.

»Louisa, bleib!«, sagte Marc. »Louisa und Mrs Hubart haben mir das Leben gerettet, Vater.«

»Nachdem ihr Pferd dich fast zu Tode getrampelt hat«, warf Louisa bitter ein.

»Dann hätte ich auch dich beinahe durch eine Deutsche verloren? Schaff sie fort, Marc. Alle drei.«

Mr Keenan drehte sich um und verschwand im Haus. Die Reaktion seines Sohnes wartete Louisa nicht ab. Stattdessen stieg sie die letzte Stufe hinab und marschierte mit Cora, so gut diese konnte, die Hausfront entlang, auf die kiesbestreute Auffahrt zu, wo immer noch das Fuhrwerk stand. Hinter sich hörte sie gedämpft Marcs Stimme. Offenbar war er seinem Vater ins Haus gefolgt und stellte ihn zur Rede. Bei der Zufahrt angekommen, ging sie mit Cora, die sich schwer auf sie stützte, am Fuhrwerk vorbei Richtung Straße.

»Louisa!«, rief Marc. Aus dem Augenwinkel sah sie, dass er quer über den Rasen auf sie zulief, eine Hand gegen die Stirn gepresst. Der Hufschlag auf den Kopf schien ihm noch Schmerzen zu bereiten. Keuchend erreichte er sie und berührte leicht ihren Arm, sodass sie stehen blieb. »Wo willst du denn hin?«, fragte er.

»Keine Ahnung. Eine Villa wie du habe ich ja nicht. Vermutlich habe ich überhaupt kein Zuhause mehr. Und wenn ich eines hätte, fände dein Vater mit Sicherheit einen Weg, es mir wegzunehmen.« Wütend schaute sie ihn an. »Was passiert mit deinem Vater, sobald bekannt wird, dass er Immigranten Land verkauft hat, das nicht existiert? Sag schon!«

Marc schluckte. »Sein Vermögen würde konfisziert werden.«

»Aber du würdest ihn vor dem Gefängnis bewahren. Ich verstehe.«

Er schüttelte den Kopf. »Das könnte nicht einmal ich.«

»Und da hält sich dieser Herr für so viel besser als wir? Komm, Cora.«

Sie marschierte weiter Richtung Straße, doch nach ein paar Schritten trat Cora unglücklich auf und zuckte mit einem Schmerzensschrei zusammen.

»Verdammt!«, rief Marc, eilte ihnen nach und hob Cora hoch. »Ihr bleibt da. Wir versorgen Coras Wunde, ihr esst und ruht euch aus.«

Louisa wurde heiß vor Wut, denn seine herrische Art ging ihr gewaltig auf die Nerven. »Ich setze keinen Fuß in die Villa!«

»In Ordnung.« Marc trug Cora unter den ausladenden Ahorn, dessen herbstliches Laub ein schattiges Dach bildete, und setzte sie darunter ab. »Ich bringe euch Decken und alles andere.«

Der Butler trat aus dem Haus und kam über den Rasen auf sie zu. »Richter Keenan, Ihre Frau Mutter möchte Sie sehen. Sie hat sich furchtbare Sorgen gemacht. Sie ist oben, in ihrem Schlafgemach. Ich kümmere mich um Ihre Gäste.«

»Danke, Jeremiah,« sagte Marc, und an Louisa gewandt: »Kommt ihr zurecht? Ich bin bald zurück.«

Sie nickte, und die beiden Männer verschwanden in der Villa. Ob es Mrs Hubart gelungen war, sich Zutritt zu verschaffen? Louisa warf einen Blick zum Fuhrwerk. Offenbar nicht, denn sie wieselte, nachdem sie sich offenbar von irgendwoher Lappen und Reinigungsmittel organisiert hatte, um ihr Piano herum. Anscheinend durften nicht einmal die Schimmel in den Stall, der sich ein Stück weiter die Auffahrt hinunter neben dem Haus befand.

Louisa ließ sich neben Cora nieder, lehnte wie ihre Schwester den Kopf an die knorrige Rinde und schloss erschöpft die Augen. Wie würde es weitergehen? Wo sollten sie hin?

»Louisa?«, sagte Cora.

»Hm?« Louisa wollte nichts mehr hören und sehen.

»Glaubst du wirklich, dass unser Haus abgebrannt ist?«

»Ich weiß es nicht. Aber mach dir keine Sorgen. Mutter hat sich bestimmt rechtzeitig in die Prärie gerettet.«

Cora schluchzte trocken auf. »Mama lebt nicht mehr.«

»Was sagst du?« Louisa war auf einmal wieder hellwach.

»Sie war mit mir bei der Sankt-Pauls-Kirche. Als wir durch den Tunnel geflüchtet sind, ist sie von einem Pferd zu Tode getrampelt worden. Sie hat versucht, mich zu retten.«

Louisas Augen wurden feucht. Die ganze Zeit hatte sie ihre Mutter vor sich gesehen, in der weiten Grasebene außerhalb der Stadt, wie sie auf ihre Töchter wartete.

Cora rannen Tränen über die Wangen. »Es war so schlimm.«

Louisa schloss die Arme um ihre Schwester und wiegte sie hin und her. Ihre Mutter hatte nie ein leichtes Leben gehabt, und oft hatte Louisa geglaubt, dass ihre Töchter ihr egal wären. Sie hatte sich getäuscht. Die Trauer schnürte ihr die Kehle zu, und sie drückte Cora fest an sich. Lange saßen sie so da.

Schritte erklangen, Geschirr klapperte, und schließlich räusperte sich jemand dezent neben ihr. Louisa löste sich von Cora und sah den Butler vor ihnen stehen, beladen mit Decken, einem Krug Wasser, Wein und Sandwiches. Geschickt baute er alles auf, als befänden sie sich zum Picknick auf einer Landpartie.

»Danke, Jeremiah.«

»Gern geschehen.« Gemessenen Schrittes kehrte der Butler ins Haus zurück, vorbei an Mrs Hubart, die sich inzwischen einen hochlehnigen Stuhl und einen kleinen Tisch ins Freie hatte bringen lassen, die auf dem Kiesweg vor der Villa völlig deplatziert wirkten, und in geziemender Entfernung von Louisa und Cora Tee schlürfte. In der Tür stieß Jeremiah beinahe mit Marc zusammen, der eben ins Freie trat und die Stufen hinab über den Rasen zu Louisa eilte. Seinem Kopf schien es besser zu gehen.

»Die Aufregung hat meiner Mutter Fieber beschert. Ihr Rücken und die Beine schmerzen so, dass sie das Bett nicht verlassen kann. Mein Onkel Horace war heute Nacht hier und ist seitdem nicht mehr aufgetaucht. Ich werde ihn suchen und herausfinden, ob die North Side wirklich sicher ist. Außerdem habe ich mit meinem Vater geredet. Er wird euch nicht fortjagen. Versprich mir, dass du noch da bist, wenn ich wiederkomme, Louisa.«

»Sorgst du dich um mich oder hast du Angst, dass ich euer Familiengeheimnis verrate?«

»Beides.«

Immerhin war er ehrlich. Nachdenklich sah Louisa ihn an. »Ich verspreche es.«

Er ging quer über den Rasen und die Zufahrt zum Stall und betrat ihn durch eine Tür im Flügel eines großen Holztors. Zum ersten Mal fiel Louisa der steinerne Brunnen auf, der sich auf der anderen Seite der Auffahrt an der Schmalseite des Stalls befand.

Kurz darauf galoppierte Marc auf einem Rappen am Fuhrwerk vorbei hinaus auf die Straße und die Cass Street hinunter Richtung Wasserturm. Louisa blickte auf die vor ihnen liegende Villa, aus der kein Laut drang. Was würde sich Marcs Vater wohl einfallen lassen, um das Wort, das er seinem Sohn gegeben hatte, zu umgehen?

Nicht lange, nachdem Marc fortgeritten war, kam Jeremiah aus dem Haus und trug mit Bedauern alles, was er ihnen gebracht hatte, wieder fort. Louisa schüttelte nur ungläubig den Kopf, versuchte aber nicht, ihn aufzuhalten, denn zum Glück hatten sie sich bereits satt gegessen. Mehr hatte Mr Keenan nicht zu bieten? Auch Mrs Hubart blieb nicht verschont. Als Jeremiah zu ihr trat, um das Service, Tisch und Stuhl zu holen, trank sie mit hoheitsvoller Miene einen letzten Schluck Tee, erhob sich anschließend, schritt zu ihrem Fuhrwerk und kletterte auf die Ladefläche. Sie nahm auf dem Klavierhocker Platz, schlug den Deckel auf und spielte, ohne eine Taste anzuschlagen, eine Melodie, die nur sie hörte.

Louisa kuschelte sich an Cora. Schon bald zeigten ihr die langen, tiefen Atemzüge, dass ihre Schwester weggedämmert war. Sie schloss ebenfalls die Lider.

Auf einmal war sie wieder in Barkerville und vernahm Rebeccas Schreie. Sie sah Ed, wie er versuchte, den wütenden Mob aufzuhalten. Dann befand sie sich in Rebeccas Kammer, und Marc stand vor ihnen, reichte ihr eine Nadel und nickte aufmunternd, bis sie Rebecca damit ins Fleisch stach, das viel fester war, als sie gedacht hatte. Wieder wechselte der Schauplatz: Flammen loderten auf, mittendrin blickte ihre Mutter gleich einer Heiligenstatue mit gefalteten Händen auf sie nieder, und aus dem Nichts ertönte ein Schuss.

Louisa schreckte auf und sah sich verwirrt um. Auch Cora rieb sich verschlafen die Augen. Hatte

Mr Keenan etwa auf sie geschossen? Louisa entdeckte ihn jedoch nirgends. Nur die Zweige des Ahorns bogen sich unter heftigen Windböen. Vielleicht wusste Mrs Hubart mehr. Louisa erhob sich und ging zu ihr hinüber. Die Frau saß nach wie vor an ihrem Piano, auf ihrer Wange prangte ein Abdruck der Tasten. Offenbar war sie ebenfalls eingenickt gewesen.

»Der Wind hat die Stalltür zugeworfen«, erklärte sie ungefragt. Unwillkürlich blickte Louisa zu dem Nebengebäude und sah einen Burschen, der aus dem Brunnen vor dem Stall Wasser in zwei Eimer schöpfte. Keuchend schleppte er sie anschließend quer über die Auffahrt zu einem großen Bottich, der an der Schmalseite der Villa neben dem Dienstboteneingang stand, und füllte ihn. Zwei Hausmädchen traten beladen mit einem Berg Decken und Federbetten ins Freie, warfen sie bis auf zwei zu Boden, tauchten diese in den Bottich und schleppten sie wieder ins Haus. Louisa runzelte die Stirn: Was ging hier vor? Von weiter oben kam ein seltsames Hämmern, das fast völlig vom Tosen des Windes überdeckt wurde, und veranlasste sie, die Fassade hinaufzublicken. Bedienstete in Hemdsärmeln kletterten auf der Villa herum und nagelten feuchte Decken fest. Das halbe Dach war bereits darunter verborgen. Den Männern rann der Schweiß über die Stirn, einer wischte ihn sich soeben mit dem Unterarm fort. Ungläubig beobachte Louisa das Geschehen. Kurz darauf reichten die Hausmädchen den Männern durch ein offenes Dachfenster die tropfnassen Decken hinaus. Kaum waren sie verschwunden, erschien eine behandschuhte Hand und hielt den Männern auf dem Dach einen irdenen Bierkrug hin.

»Wie rücksichtsvoll von Mr Keenan«, sagte Mrs Hubart. »Er lässt seinen Angestellten Erfrischungen servieren.«

Irritiert sah Louisa sie an. Was im Kopf dieser Frau vorging, war ihr ein Rätsel. Sie erinnerte sich an Marc, der Hand in Hand mit ihr auf dem Dach des Tribune Buildings zugepackt hatte, aber gleich darauf drängten sich ganz andere Gedanken in den Vordergrund. Hatte das Feuer etwa den Hauptarm des Chicago River übersprungen und wütete jetzt in der North Side? Warum sonst sollte Mr Keenan auf einmal versuchen, seine Villa zu schützen? Louisa sah sich um, ob Marc inzwischen zurückgekehrt war, doch er war weit und breit nicht zu sehen. Die Sträucher bogen sich im Wind, und es roch nach Rauch. War sie den Geruch schon so gewohnt, dass er ihr darum bisher nicht aufgefallen war? Sie blickte auf die umliegenden Villen – schimmerte es dort hinten rötlich? Wie hatte sie nur so leichtsinnig sein können? »Mrs Hubart, wir müssen hier fort. Können Sie uns mitnehmen?«

Die Dame klappte den Tastendeckel zu und blickte zu Louisa hinab. »Von Mr Keenan hast du keine Hilfe zu erwarten, und sein Sohn ist offenbar verschollen.« Mrs Hubart musterte sie derart abfällig, dass Louisa die Hitze in die Wangen stieg. Sie konnte die Gedanken der Frau förmlich lesen: Denn mit einer Diebin wie dir will keiner etwas zu tun haben.

»Ich appelliere an Sie als Landsmännin.«

»Ich habe wohl mehr mit den Keenans gemeinsam als mit dir. Aber was auch immer in deinen Kreisen üblich ist, selbstverständlich nehme ich dich und deine Schwester mit.« Prüfend sog Mrs Hubart die Luft ein und bemerkte den Brandgeruch offenbar ebenfalls. »Bring die Kleine her!«

»Danke, Mrs Hubart.« In dieser Situation konnte Louisa sich einen Groll gegen die Frau einfach nicht leisten, und immerhin war sie bereit zu helfen. Louisa eilte zu Cora, stützte sie, als sie zum Fuhrwerk humpelte, und half ihr auf die Ladefläche. Während Cora versuchte, zwischen den Koffern und dem Klavier eine halbwegs komfortable Sitzposition zu finden, beschäftigte Louisa noch eine Frage. »Mrs Hubart, warum sind Sie nicht wütend auf Mr Keenan? Er hat auch Ihnen den Zutritt zu seinem Haus verweigert.«

»Nun, weil …«

In dem Moment schrie Cora auf und deutete zum Himmel. Louisas Blick folgte dem ausgestreckten Zeigefinger ihrer Schwester, und sie sah ein weißes Hemd, das mit ausgebreiteten Ärmeln durch die Luft segelte, einen Feuerschweif hinter sich herziehend. Gleich einer Möwe flog es mit dem Wind auf die Villa zu und durchs Fenster rechts von der Eingangstür in den Salon. Erschrocken sahen Mrs Hubart und Louisa sich an. Louisa raffte ihre Röcke und rannte über den Rasen aufs Haus zu und die Treppe hinauf. »Jeremiah! Jeremiah!«

Die Haustür öffnete sich, und der Butler streckte ihr abwehrend die Hände entgegen. »Du darfst nicht hinein.«

»Jeremiah ...«

Er packte sie am Arm und schob sie eine Stufe hinab.

»Es brennt!«, rief Louisa.

Der Butler starrte auf die Nachbarvilla, der Flammen aus dem Dach schlugen.

»Im Haus!«

»Was meinst du?«

Wie konnte man so schwer von Begriff sein? Louisa riss sich los und deutete nach drinnen. Endlich verstand der Butler, stürzte hinein und schrie um Hilfe. Louisa folgte ihm. Das Feuer kroch bereits aus dem Salon in die Eingangshalle. Beherzt griff Louisa nach einer Vase, die auf dem Tisch neben dem Treppenabsatz stand, warf die blauen Dahlien fort und schüttete das Wasser in die Flammen. Es zischte, und eine Rauchwolke umhüllte Louisa. Aber das Feuer war von ihrer Aktion nicht weiter beeindruckt. Unbeirrt sprang es auf das Treppengeländer über und schlängelte sich wie eine rote Königsnatter daran hinauf.

Am anderen Ende des Foyers, gegenüber der Eingangstür, erklangen Schritte, und schon eilten die Köchin und das Küchenmädchen aus dem Dienstbotentrakt im Untergeschoss mit Eimern bewaffnet herbei und kippten deren Inhalt resolut in die Flammen.

Mr Keenan trat mit einem Buch in der Hand aus einem der Räume im nicht brennenden Gebäudeteil links von Louisa. Als er das Feuer erblickte, lief er durch den Gang zu ihnen ins Foyer. Unwillkürlich trat Louisa einen Schritt zurück, doch er beachtete sie überhaupt nicht. »Emily!«, rief er und stürmte ohne Rücksicht auf den Brand die Stufen hoch in den ersten Stock, um seine Frau zu retten. Er schaffte es nach oben, bevor die Flammen auf die Stufen übergriffen. Louisa wurde bewusst, dass sie hier im Moment nicht helfen konnte, also lief sie auf den Rasen hinaus und sah, dass etliche der Vorhänge im Erdgeschoss rechts von der Eingangstür bereits loderten. Aus einem der offenen Fenster aus dem Obergeschoss vernahm Louisa Mrs Keenans Hilferufe. Zum Glück lag das Schlafzimmer von Marcs Mutter, aus dem die Schreie erklangen, links vom Eingang, wo es noch nicht brannte. Louisa erblickte Mr Keenan, der an diesem Fenster vorbeieilte. Wollte er seine Frau über die Stufen in Sicherheit bringen? Das würde nicht funktionieren. Aber Louisa hatte eine Idee und eilte die Hausfassade entlang zu dem Bottich, in den die Hausmädchen vorhin die Decken eingetaucht hatten. Dabei sah sie Mrs Hubart, die soeben einen vollen Eimer Wasser aus dem Brunnen hievte und ihn quer über die Auffahrt schleppte. Am Hauseck trafen sie aufeinander.

»Die Treppe brennt, und Mrs Keenan ist im Obergeschoss eingesperrt. Das Küchenpersonal löscht drinnen, aber das Feuer hat schon zu weit um sich gegriffen«, sagte Louisa zu Mrs Hubart und bückte sich zu dem Bottich hinab. Ein Scheppern ließ sie über die Schulter zurückblicken und überrascht bemerkte sie, dass Mrs Hubart ihren Eimer abgestellt hatte.

»Ein Kleiderberg!«, sagte Mrs Hubart.

Louisa nickte, denn den gleichen Einfall hatte sie auch gehabt, und zerrte eine blaue Decke aus dem Wassertrog. Mrs Hubart gab ein ersticktes Geräusch von sich. Wie gebannt starrte sie auf die Decke, ihr Gesicht war kreidebleich. »O Herbert«, flüsterte sie.

»Ist alles in Ordnung, Mrs Hubart?«

»Ich habe nur gerade an ein blaues Flammeninferno denken müssen.« Mrs Hubart gab sich einen Ruck und griff nach den noch trockenen Federbetten, die neben dem Bottich lagen. Gemeinsam liefen Louisa und sie zurück in den Garten und stapelten die Decken unter dem Schlafzimmerfenster auf dem Kiesweg, wobei Mrs

Hubart sie so drapierte, dass von der blauen Decke nichts mehr zu sehen war.

Trichterförmig legte Louisa die Hände an den Mund. »Mr Keenan! Werfen Sie alle Polster und Decken herunter!«

Er erschien am Fenster und bedeutete ihr, dass er verstanden hatte.

»Die Koffer!«, schrie Mrs Hubart Cora zu, die noch immer auf dem Fuhrwerk saß und sofort reagierte. Sie öffnete das erste Gepäckstück und warf sämtliche darin liegenden Kleidungsstücke auf den Boden. Mrs Hubart und Louisa rannten zu ihr und nahmen rasch so viele der Seidenkleider und dunklen Anzüge in die Arme, wie sie fassen konnten, und liefen damit zurück zur Villa. Der Berg unter dem Fenster wuchs schnell an, da Mr Keenan gleichzeitig Polster und Gewänder herabschleuderte.

»Jetzt Mrs Keenan!«, rief Louisa. Aus dem Schlafzimmerfenster quoll bereits Rauch. Der Hausherr legte eine Daunendecke aufs Fensterbrett und setzte seine Frau darauf. Wie in einem Tragebeutel ließ er sie so weit hinunter, wie er konnte. Angstvoll klammerte sich Mrs Keenan an die Decke, aus der nur ihr Kopf und der Spitzenbesatz ihres Nachthemds ragten.

»Fallen lassen!«, rief Louisa, und: »Keine Angst, Mrs Keenan!«

Ihr Mann ließ los, und Marcs Mutter fiel herab. Schwer wie ein Stein schlug sie auf dem Kleiderberg auf.

»Haben Sie sich verletzt?«, fragte Louisa.

»Mein Rücken«, stöhnte Mrs Keenan mit schmerzverzerrtem Gesicht.

»Können Sie sich bewegen?«

Vorsichtig hob und senkte Mrs Keenan die Arme, drehte den Kopf und den Oberkörper nach links und rechts und nickte schließlich. Gemeinsam halfen Louisa und Mrs Hubart ihr, sich aufzusetzen, und schleiften sie zwischen sich fort vom Haus quer über den Rasen zum Fuhrwerk. Louisa wischte sich den Schweiß von der Stirn, als Mrs Keenan an einem der Wagenräder lehnte, und wandte sich wieder der Villa zu.

Soeben kletterte Mr Keenan aus dem Fenster und umklammerte die Fensterbank, seine Beine baumelten herab. Über ihm schlugen Flammen ins Freie. Er ließ los und landete in dem Deckenstapel. Sofort humpelte er zu seiner Frau. Offenbar hatte er sich den Knöchel verstaucht.

»Ist alles in Ordnung, Emily?« Sie nickte.

Von der Villa erklangen Schritte und Rufe. Jeremiah und die anderen Dienstboten, die offenbar bis jetzt versucht hatten, das Feuer im Haus zu löschen, flüchteten aus dem brennenden Gebäude und rannten auf sie zu. Unwillkürlich wanderte Louisas Blick zum Dach – doch dort war niemand mehr zu sehen. Offenbar hatten die

Männer die Gefahr erkannt und sich auf der ihnen abgewandten Seite in Sicherheit gebracht.

Hufgetrappel ließ Louisa herumfahren, und Erleichterung durchflutete sie, als sie Marc sah, der die Auffahrt hoch auf sie zuritt. Ihm war bei der Suche nach seinem Onkel Horace nichts geschehen. Beim Pianowagen angekommen sprang er von seinem Araber und rief ihnen zu: »Wir müssen weg!«

Daraufhin blickte Mr Keenan sich hektisch um. »Wo ist Andrew? Er soll die Kutsche vorfahren.«

Keuchend und hustend kam Jeremiah bei ihnen an, gefolgt von der Köchin, der Zofe, dem Hausburschen und den beiden Küchenmädchen. »Er ist schon lange fort, Sir«, antwortete der Butler.

Marc drückte dem Hausburschen, dem gerade erster Flaum auf der Oberlippe spross, die Zügel seines Rappen in die Hand und sagte zu den um ihn herumstehenden Bediensteten, deren Blicke angstvoll in alle Richtungen wanderten: »Wartet hier! Zu Fuß habt ihr keine Möglichkeit zu entkommen. Ich schirre die Pferde an.« Schon eilte er zum Stall, gefolgt von Louisa. »Ich helfe dir.«

Durch die schmale Tür, die in das große Tor eingelassen war, traten sie ein und standen direkt vor der dort abgestellten Kutsche. Statt Rauch umgab sie der Geruch von Stroh und Pferdedung. Hinter der angrenzenden, von einer halbhohen Holzbalustrade eingefassten Sattelkammer stampften zwei Schimmel unruhig in ihren Boxen, und die Milchkuh der Keenans, die am anderen Ende des Stalls festgebunden war, muhte. Rasch folgte Louisa Marc in die Sattelkammer, in der das Geschirr für die Pferde hing. Er reichte ihr eines und streifte dabei ihre Finger. Durch die Aufregung schlug Louisas Herz sowieso schon viel schneller als normal, aber jetzt raste es förmlich.

»Wenige Straßen weiter ist die Hölle los«, sagte Marc, während sie Seite an Seite zu den Schimmeln eilten und ihnen die steifen, gepolsterten Ringe überstreiften, an dem die Zugleinen befestigt wurden. Ein Knarren ließ Louisa zurückblicken. Mr Keenan und Jeremiah drückten die Flügel des Tors auf, um der Kutsche den Weg ins Freie zu ermöglichen. So rasch hatte Louisa noch nie ein Pferd angeschirrt. Zeitgleich mit Marc führte sie ihres die Stallgasse entlang, an der Kutsche vorbei und auf die Auffahrt hinaus, wo Mr Keenan es übernahm. Louisa rannte erneut nach drinnen und die Stallgasse hinunter, um die Milchkuh loszubinden. Immer wieder glitten ihre schweißnassen Finger ab, im Hintergrund klirrte das Pferdegeschirr, und schließlich vernahm sie quietschende Kutschenräder. Endlich gelang es ihr, den Knoten zu lösen. Louisa gab der Kuh einen Klaps, worauf diese durch den Stall nach draußen preschte, und folgte ihr hinaus. Die vor die Kutsche gespannten Schimmel tänzelten nervös zwischen Nebengebäude und Villa. Jeremiah hielt sie fest in dem Versuch, die Tiere zu beruhigen, damit die anderen in der Kutsche Platz nehmen konnten. Nur die Küchenmädchen fehlten, wie Louisa auffiel. Trotz Marcs Warnung hatten sie offenbar das Weite gesucht.

Während Marc die Kutschentür öffnete und die Stiege herunterklappte, hob Mr Keenan seine Frau hoch, die an den dahinterstehenden Pianowagen gelehnt saß, trug sie nach vorn und setzte sie behutsam hinein.

Mrs Keenan beugte sich vor und blickte durch die Türöffnung hinaus. »Marc, hast du Horace gefunden?«

»Ja, er wollte gerade zu uns. Ich soll dir Grüße ausrichten. Nachdem das Pumpwerk verloren war, ist er nach zwei durchwachten Nächten völlig erschöpft hinter dem Wasserturm eingenickt. Er weiß, dass du bei mir und Vater in guten Händen bist. Er hilft jetzt der Nachbarschaft.«

»Der heilige Horace«, schnaubte Marcs Vater und sagte zu den verbliebenen Angestellten: »Steigt ein, wir fahren zum Lincoln Park.«

Marc widersprach: »Der Wind bläst das Feuer genau dorthin, Richtung Norden. Wir müssen zum Lake Michigan. Dort ist es sicher.«

»Unsinn«, entgegnete sein Vater barsch, erklomm den Kutschbock und griff nach den Zügeln. Hurtig eilte Jeremiah herbei und kletterte hinterher. Verzweifelt schüttelte Marc den Kopf, wusste aber vermutlich besser als jeder andere, dass mit seinem Vater nicht zu reden war, wenn er einmal einen Entschluss gefasst hatte. Die Köchin zögerte, lächelte Mrs Keenan entschuldigend zu und stieg ebenfalls ins Innere, gefolgt von der Zofe.

Ein lautes Donnern ertönte, als das Dach der Villa in sich zusammenstürzte. Erschrocken fuhr Louisa herum. Flammen schlugen aus der Eingangstür und setzten die Kugelbüsche in Brand. Aus dem Augenwinkel sah sie, wie sich der Bursche, der immer noch Marcs Araber hielt, daraufhin entsetzt auf dessen Rücken schwang und die Auffahrt hinunterpreschte, als wäre der Teufel hinter ihm her. Die Kutsche rollte ebenfalls an, am Stall vorbei, bog um die Ecke und war nicht mehr zu sehen.

»Wir müssen auch los!«, rief Marc und griff nach Louisas Hand. Gemeinsam liefen sie die paar Schritte zum Pianowagen. Von dort blickte Cora Louisa verängstigt entgegen und streckte den Arm nach ihr aus. Daher kletterte sie mit Mrs Hubart zu Cora auf die Ladefläche, während Marc auf den Bock stieg und die Zügel in die Hände nahm. Der Wagen ruckte an, und die Pferde trabten vorwärts, ums Stalleck und durch ein weit offen stehendes schmiedeeisernes Tor auf die Ohio Street.

»Ich bringe uns zum Lake Michigan.« Marc warf einen Blick über die Schulter zu Louisa und den anderen. »Mein Vater ist unbelehrbar! Für meine Mutter hoffe ich, dass der Brand den Lincoln Park verschont.«

Rasch ließen sie das Keenan-Grundstück und die Nachbarvilla hinter sich. Der Wind brauste, und als ein glühendes Kohlestück neben Louisa auf dem Klavier landete, schrie sie erschrocken auf. Mit bloßen Händen griff Mrs Hubart danach und schleuderte es auf die Straße. Louisa bedeutete Cora, sich zu ducken, und breitete den jetzt leeren Koffer ihrer Retterin wie ein Dach über sie. Neben den Kleidungsstücken hatte er Geschäftsakten enthalten, die Cora bei ihrer Hilfsaktion für Mrs Keenan achtlos in den Wagen geworfen hatte. Nach solch einer griff Louisa jetzt und warf Hand in Hand mit Mrs Hubart sämtliches Papier aus dem Fuhrwerk.

Inzwischen waren sie in die direkt zum Lake Michigan führende Ontario Street eingebogen. Eingezwängt zwischen einer hochherrschaftlichen Kutsche und einem Brauereigespann kamen sie nur langsam voran. Reiter überholten die Gefährte rechts und links und vergrößerten so das Durcheinander. An der Kreuzung zur Rush Street war überhaupt kein Weiterkommen mehr möglich, da die Fliehenden auf dieser Straße nach Norden Richtung Lincoln Park strebten und ein Queren unmöglich schien. Doch Marc ließ die Peitsche knallen, und Louisa hielt sich entsetzt die Augen zu, als er die Schimmel in seiner Verzweiflung zwischen einen Pferdeomnibus und einen Landauer trieb. Jeden Moment erwartete sie, den Aufprall des Zusammenstoßes zu spüren, aber nichts geschah. Als sie es wagte, sich wieder umzusehen, hatten sie die Kreuzung hinter sich gelassen. Louisa dachte mit Schaudern daran, dass noch mindestens zwei Querstraßen bis zu ihrem Ziel vor ihnen lagen.

Das Gedränge wurde größer, doch es gelang ihnen, auch die restlichen Kreuzungen unbeschadet zu passieren, denn immer mehr der Flüchtenden wollten in die gleiche Richtung wie sie. Endlich erreichten sie das Seeufer an jener Stelle, an der sich ein Sandstrand den Lake Michigan entlangzog. Ungläubig starrte Louisa auf das Bild, das sich ihr bot.

Kapitel 23

Marcs Kopf schmerzte so sehr, dass er dachte, er würde zerspringen. Die Beule pochte wie verrückt, und das bizarre Bild vor ihm erschien ihm wie eine Wahnvorstellung.

Auf dem völlig überfüllten Strand saßen Damen in Seidenkleidern auf halb im Sand versunkenen Polstersesseln und unterhielten sich. Ein Arbeiter hockte am Boden und umklammerte krampfhaft seine abgewetzte Werkzeugtasche, aus der Hobel und Stemmeisen ragten. An ihm vorbei schleppte ein Gentleman mit rußgeschwärztem Gesicht eine marmorne Uhr, gefolgt von seiner Gattin, die ein kleines Mädchen auf dem Arm trug. Hinter ihnen ging ein Junge, keine zehn Jahre alt, um dessen Hals an einem Draht ein Gemälde baumelte, das bei jedem Tritt gegen seine Schienbeine stieß. Immer schluchzte der Junge dabei auf.

Marc lenkte das Fuhrwerk an Verwundeten auf Matratzen vorbei und umrundete einen Stapel verlassener Kisten, über die sich eine Schar Plünderer hermachte. Teilnahmslos sahen die Umstehenden zu. Marc wollte eingreifen, doch er hielt sich zurück. Er konnte hier nichts ausrichten, zudem war es im Moment wichtiger, Louisa und die anderen in Sicherheit zu bringen. Suchend blickte er sich um und entdeckte einen freien Platz zwischen einem Einspänner, auf dem ein weißhaariges Ehepaar saß – die alte Frau hielt einen Käfig mit einem Kanarienvogel auf dem Schoß –, und einer Gruppe junger Männer, die sich auf den Sand gefläzt hatten und grölend einen Krug gefüllt mit Alkoholischem herumreichten. Marc zog an den Zügeln, und die Pferde hielten schnaubend an. Er kletterte vom Wagen und klopfte den erschöpften Tieren den Hals. »Gut habt ihr das gemacht.«

Mrs Hubart klappte den Klaviaturdeckel ihres Instruments auf. Wollte sie jetzt tatsächlich auf dem Piano spielen? Nach einigen Akkorden und einem raschen Lauf über alle Tasten, wobei sie bei den höchsten Tönen die Nase rümpfte, nickte sie zufrieden. In Louisas Gesicht war deutlich zu lesen, dass sie Mrs Hubart für vollkommen verrückt hielt. Aber sie sagte kein Wort. Ein Wunder. Marc kletterte zu den Frauen auf die Ladefläche und lehnte sich an die Seitenwand des Pianos. Langsam ließen die Kopfschmerzen nach.

»Ist alles in Ordnung, Marc?«, fragte Louisa.

»Du meinst, abgesehen davon, dass ich um diese Zeit normalerweise meiner Mutter beim Fünf-Uhr-Tee Gesellschaft leiste und Scones esse?«

Ein Schatten lief über Louisas Gesicht, als er seine Mutter erwähnte. Sie griff nach Coras Hand und drückte sie. In dem Moment wehte der Wind eine Zeitung über den Strand direkt vor Mrs Hubarts Füße, und sie hob sie auf. »Oh, die ist ja auf Deutsch. Die Illinois Staats-Zeitung. Ich erinnere mich. Bei der Eröffnungsfeier des Hotels Palmer habe ich den Herausgeber kennengelernt, ein Mr Hesing oder so ähnlich. Ein sehr sympathischer Herr.«

Und sein Blatt hatte eine gewaltige Reichweite. Marc warf Louisa einen Seitenblick zu.

»Interessant«, murmelte sie.

Zum hundertsten Mal fragte er sich, warum er es auf der Brücke einfach nicht über sich gebracht hatte, sie fallen zu lassen – im Krieg waren so viele gegnerische Soldaten durch seine Hand gestorben. Aber wenn er ehrlich war, wusste er ganz genau, warum.

Neben Marc heulte ein Hund auf und riss ihn aus seinen Gedanken. Am Horizont türmten sich Berge aus Rauch, die sich näher schoben und die Sonne verdunkelten. Der Wind trieb Stroh und sogar Federbetten über den Strand. Pferde wieherten, und unweit von ihnen fing ein Möbelstapel Feuer. Marc richtete sich auf. Wie war das Feuer so schnell hergelangt? Die alte Frau auf dem Einspänner neben ihnen umklammerte mit ihrer faltigen Hand den Oberarm ihres Gatten und schrie wie am Spieß. »Bring mich um, bevor es uns erreicht! Ich will nicht verbrennen.«

Funken regneten herab, und Marc duckte sich, hatte das Gefühl zu ersticken. Wohin er auch blickte – ihn umgaben Rauch und Flammen. Sie mussten sofort hier weg. Gleichzeitig mit Louisa kletterte er nach vorn auf den Bock.

»In den See!«, rief sie.

Marc griff nach den Zügeln, doch die Pferde trabten bereits von allein los. Das Fuhrwerk rumpelte über eine verwaiste Matratze, und einen Wimpernschlag später rettete sich ein Mann im letzten Augenblick mit einem Sprung zur Seite. Schon umspülten Wellen die Wagenräder. So weit wie möglich fuhr Marc in den Lake Michigan hinein. Neben ihnen preschten weitere Kutschen und Karren ins Wasser. Erst als es den Schimmeln beinahe bis zum Bauch reichte, hielt Marc an. Die Pferde tänzelten verängstigt auf der Stelle und warfen die Köpfe in die Höhe. Eiskaltes Seewasser umspülte Marcs und Louisas Füße, und sie erschauerte, worauf Marc ihr einen besorgten Blick zuwarf. Aber es schien ihr gut zu gehen. Er sah nach hinten und erkannte erleichtert, dass auch Cora und Mrs Hubart wohlauf waren. Zumindest saßen sie alle mehr oder weniger im Trockenen, während unzählige Damen in ihren Seidenkleidern, Herren im Anzug und hemdsärmelige Arbeiter bis zur Taille in den See rannten, um dann, den Rücken dem brennenden Ufer zugewandt, stehen zu bleiben und auszuharren. Mühevoll atmete Marc die erhitzte Luft ein. Es war ihm, als würde seine gesamte Kehle brennen und seine Lungenflügel in Flammen aufgehen. Das Chaos war unglaublich: Eltern hielten ihre Kinder auf den Armen, Kofferschränke wurden in den See geworfen, und halbwüchsige Mädchen suchten darauf Zuflucht. Ungläubig beobachtete Marc, wie zwei Gentlemen ein Sofa ins rettende Nass schleppten.

Dort, wo sich eben noch unzählige Menschen getummelt hatten, loderten die Flammen rot und orange in die Höhe, vollführten einen Höllentanz und verschlangen alles Zurückgelassene.

Schweigend, wie die Menge um sie, verharrten Marc, Louisa, Cora und Mrs Hubart im Wasser, das Donnern des tobenden Feuers und seine Hitze im Rücken. Immer wieder warf Marc einen Blick hinter sich. Die ganze North Side schien in Flammen zu stehen. An Land zurückzukehren, war unmöglich. Obwohl seine Beule wieder wie verrückt pochte, zerbrach sich Marc den schmerzenden Kopf. Es musste eine andere Möglichkeit geben, als stundenlang im See auszuharren.

»Wir könnten im Lake Michigan so lange parallel zum Ufer fahren, bis wir in Sicherheit sind«, sagte Louisa, als hätte sie seine Gedanken gelesen.

»Aber in welche Richtung?«, fragte Marc. »Ich habe keine Ahnung, ob das Feuer im Geschäftsviertel noch wütet.«

»Gibt's hier Inseln oder Sandbänke?«, ließ sich Mrs Hubart vernehmen.

»Der Leuchtturm!«, riefen Louisa und Marc wie aus einem Mund. An der Mündung des Chicago River lag ein Leuchtturm.

»Wir müssen so nah wie möglich ans Ufer zurück, sonst kommt der Wagen nicht vorwärts«, sagte Marc.

»Cora, streck dich flach auf dem Boden aus«, rief Louisa ihrer Schwester zu. Die verzog das Gesicht, legte sich jedoch gehorsam ins kalte Wasser, das auf die Ladefläche geschwappt war. Louisa und Marc tränkten ebenfalls ihre Kleidung. Nur Mrs Hubart zögerte, tat es ihnen dann aber gleich. Bedächtig wendete Marc den Wagen, dennoch verlor eines der Pferde den Halt und schlug wild um sich, woraufhin das Fuhrwerk langsam zur Seite kippte. Marcs Herz raste, doch zum Glück fand der Schimmel plötzlich Grund, das Fuhrwerk richtete sich wieder auf, und die tapferen Tiere kämpften sich vorwärts.

Im See lenkte Marc den Wagen parallel zum Ufer der Flussmündung entgegen. Das Wasser umspülte die Fesseln der Schimmel, und der heiße Wind blies Marc direkt ins Gesicht, sodass sein feuchtes Hemd und die Hose im Nu wieder trockneten. Es kam ihm vor wie eine Ewigkeit, bis er schließlich den steinernen Pier erblickte, der weit in den See hinausführte. Kurz darauf hatten sie ihn erreicht. Ein ums andere Mal glitten die Hufe der Pferde ab, als sie die Mole zu erklimmen versuchten. Marc und Louisa sprangen vom Wagen, und jeder ergriff einen der Schimmel. Sie zogen, zerrten und feuerten die Tiere an. Endlich fanden die Pferde Halt und kämpften sich mit aller Kraft den Wall hinauf. Dabei geriet allerdings das Piano ins Rutschen und krachte gegen die hintere Wagenwand. Cora und Mrs Hubart schrien erschrocken auf. Kurz bevor es herabfiel, erreichten sie die Anhöhe des Piers, und das Fuhrwerk stand wieder aufrecht. Es ruckelte den aufgeschichteten Steinberg entlang und drohte mehrmals zu kippen.

Sie gelangten ans Ende der Mole, wo hölzerne Ruderboote auf den Wellen schaukelten, unberührt von der Panik rundum. Marc und Louisa halfen Cora vom Wagen.

»Mrs Hubart, kommen Sie!«, rief Marc.

Offenbar konnte sie sich nicht von ihrem Piano trennen, war hin- und hergerissen. Aber selbst ihr musste klar sein, dass sie das Instrument unmöglich in eine der kleinen Schaluppen mitnehmen konnten.

»Bringen wir das Klavier so weit in den See hinaus, wie es geht. Bitte!«

»Die Frau ist komplett verrückt«, murmelte Louisa. Aber Marc verstand Mrs Hubart. Das Piano war für sie das Wichtigste auf der Welt. Daher lenkte er den Wagen den hier flach abfallenden Pier hinunter und so weit in den See, dass die Ladefläche gerade noch über die Wasseroberfläche hinausragte, schirrte die Pferde ab und gab ihnen einen Klaps. »Bringt euch in Sicherheit!«

Mrs Hubart starrte zu dem Leuchtturm, der auf einer Aufschüttung im Lake Michigan stand, während Louisa und Marc Cora ins Boot halfen und ebenfalls darin Platz nahmen. Nach einem letzten Blick auf ihr Piano kletterte Mrs Hubart zu ihnen. Louisa griff nach einem Ruder, Marc nach dem anderen, und legte sich kräftig in die Riemen. Louisas Ruder aber tauchte unkoordiniert ins Wasser ein und wieder aus, sodass sie nicht vom Fleck kamen.

»Was zum Teufel machst du da?«, schimpfte Marc.

»Ich bin noch nie in meinem Leben Boot gefahren«, antwortete Louisa verzweifelt.

»Lass mich!« Mrs Hubart fasste nach Louisas Ruder und tauschte mit ihr den Platz. Je weiter sie sich vom Land entfernten, desto höher schlugen die Wellen. Wild schaukelte die Schaluppe auf und ab. Eine große Woge kippte das Boot gefährlich zur Seite, Cora verlor den Halt und stürzte mit einem Schrei in die kalten Fluten.

Louisa folgte Marc ins Innere des Leuchtturms, den Arm um die zitternde Cora gelegt. Hinter ihnen warf Mrs Hubart die Tür ins Schloss und sperrte so mit einem Schlag Lärm und Hitze aus. Die abgestandene Luft, der ungehobelte Holzboden und das Fehlen der panischen Menschenmassen machten den Turm zu einem Ort des Friedens. An der Wand stand ein klobiger Schrank, ein Tisch und ein paar Stühle in der Zimmermitte vervollständigten das Mobiliar. Zu Marcs Füßen bildete sich eine Pfütze. Er war in den Lake Michigan gesprungen und hatte Cora herausgefischt. Erschöpft ließ er sich auf einen der Stühle fallen und rieb sich die Stirn.

Mrs Hubart half Louisa, bis Cora ebenfalls sicher saß. Seit sie gemeinsam Marcs Mutter gerettet hatten, kam Louisa Mrs Hubarts Haltung ihr gegenüber verändert vor.

»Es tut mir leid, dass Sie Ihr Klavier zurücklassen mussten«, sagte Louisa.

Mrs Hubart schaute sie überrascht an. »Danke.« Offenbar hatte Louisa sie auf eine Idee gebracht, denn sie ging zu dem schmalen, länglichen Fenster, blickte Richtung Ufer und meinte: »Der Wagen steht bombenfest. Was für ein Glück.« Sie richtete sich in der Fensternische häuslich ein.

Louisa öffnete den Schrank, um darin nach Decken für Cora und Marc zu suchen, als Mrs Hubart aufschrie und den Arm schützend vors Gesicht riss.

Mit einem Satz war Louisa bei ihr am Fenster. Brennende Schindeln, die der Wind über den See bis zum Leuchtturm getragen hatte, schlugen gegen die Scheibe und rollten dann über die Steine ins Wasser hinab.

»Was ist los, Louisa?« In Coras Stimme lag Panik.

Sofort eilte Louisa zu ihr und legte die Arme um ihre Schwester. »Ein paar glimmende Holzstücke – kein Grund zur Sorge.« Sie drückte sie noch einmal und ging dann zurück zum Schrank, um das Segelleinen, das sie darin entdeckt hatte, zu holen. Eines davon reichte sie Marc und das andere legte sie Cora um die Schultern. »Du bist hier sicher, Kleines.« Innerlich war sie jedoch längst nicht so ruhig, wie sie sich nach außen hin gab, und trat erneut zu Mrs Hubart ans Fenster.

Herrenlos trieb ein in Flammen stehendes Ruderboot den Chicago River herunter auf sie zu. Louisa hielt den Atem an, doch kurz vor dem Leuchtturm brachten die Wellen es zum Kentern, sodass es qualmend versank.

Louisa atmete tief durch und wollte sich gerade abwenden, als Mrs Hubart sie am Oberarm packte und mit dem Kinn nach draußen deutete. Ein imposanter Dreimaster fuhr den Fluss hinab auf den See zu. Seine Segel brannten lichterloh, und an Bord konnte Louisa keinen einzigen Matrosen ausmachen. Ihr Magen krampfte sich zusammen, denn der Wind blies das Schiff direkt auf den Leuchtturm zu.

»Wir müssen hier raus!«, schrie Louisa.

Ohne nachzufragen schnappte Marc Cora, und sie liefen gemeinsam ins Freie. Vom Segelschiff, das bereits so nahe war, dass Louisa den Namen am Bug lesen konnte, wehte die Hitze zu ihnen herüber, ein Funkenregen fiel auf sie nieder, und der Wind zerrte an ihren Kleidern. Rasch suchten sie hinter dem Leuchtturm Schutz. Louisas Herz schlug bis zum Hals. Es knirschte, als der Schiffsbauch der Ariadne auf die Steine traf. Atemlos wartete Louisa auf die Erschütterung, wenn der Dreimaster gegen den Leuchtturm donnern würde. Das Kreischen der Ariadne, als sie die Steine entlangschrammte, schmerzte in Louisas Ohren. Aber mit einem Mal verstummte es, und nur das Tosen des Windes war noch zu vernehmen. Vorsichtig spähte Louisa um den Turm herum. Das brennende Schiff war haarscharf am Leuchtturm vorbeigefahren und trieb nun auf den See hinaus. Doch Louisas Herzschlag wurde nicht langsamer, da nun glühende Kohlen vom Land her bis zu ihnen segelten, und sie deshalb rasch wieder hineinliefen. So sicher, wie sie gedacht hatten, war ihre Zuflucht offenbar nicht. Aber wo konnten sie jetzt noch hin?

* * *

»Ich bin Richter Marc Keenan. Der Name Keenan ist Ihnen doch bestimmt ein Begriff.«

Louisa bezweifelte, dass dies der richtige Weg war, um den Kapitän des Schleppbootes davon zu überzeugen, sie an Bord zu nehmen. Obwohl deutlich vom Feuer gezeichnet, erweckte das Boot, das nach ihren Rufen beim Leuchtturm beigedreht hatte, einen robusten Eindruck und konnte ihre Rettung sein.

»Sobald der Brand vorbei ist, werde ich Sie für Ihre Dienste entlohnen«, versuchte Marc es erneut, doch der Kapitän, der zu ihnen an Land gekommen war und jetzt neben ihnen auf den von Wellen umspülten Steinen stand, wirkte nicht wirklich überzeugt.

»Haben Sie Kinder?«, fragte Louisa ihn. »Vielleicht eine Tochter?«

Misstrauisch blickte er sie an. »Ja. Margaret, gerade dreizehn. Ein Prachtmädel.«

»Meine Schwester ist auch in dem Alter.« Louisa legte Cora die Hand auf die Schulter. »Lassen Sie zumindest sie an Bord. Bitte!«

Der Kapitän schwankte, aber als Cora einen Schritt auf ihn zu humpelte, starrte er auf ihr verletztes Bein und runzelte die Stirn. »Tut mir leid«, brummte er. »Los, Leute, wir …«

»Sie warten gefälligst!« Mrs Hubarts befehlshaberischer Ton brachte Louisas Blut selbst in dieser Situation in Wallung, doch der Kapitän hielt tatsächlich inne. Umständlich nestelte Mrs Hubart an dem Halsausschnitt ihres hochgeschlossenen Kleides herum und zog eine Kette hervor. Die

Perlenkette, die Wilhelm ins Gefängnis gebracht hatte. Nachdem sie den Verschluss geöffnet hatte, ließ sie die Kette vor den Augen des Kapitäns hin- und herpendeln.

»Die Perlen sind ein Vermögen wert. Sie gehören Ihnen, wenn Sie uns mitnehmen.«

In den Augen des Kapitäns leuchtete es auf, und er streckte gierig den Arm nach dem Halsband aus, doch Mrs Hubart wich zurück. »Zudem laden Ihre Männer mein Piano auf.« Sie deutete auf das Fuhrwerk, das inzwischen leicht schief im See stand, und auf das Klavier, dessen Pedale bereits vom Wasser umspült wurden. Louisa biss die Zähne zusammen und bohrte die Fingernägel in ihre Handflächen, um die wahnsinnige Lady nicht zu schütteln, die ihrer aller Überleben doch tatsächlich von der Mitnahme ihres Instruments abhängig machte.

»In Ordnung. Ich bringe Sie durch den Chicago River hinauf bis zu dem Teil der Stadt, den das Feuer verschont hat.«

Louisa konnte gar nicht glauben, dass der Kapitän eingewilligt hatte, als ihr bewusst wurde, was er gerade gesagt hatte. »Wieso fahren wir nicht auf den Lake Michigan hinaus?«, fragte sie.

»Zu hoher Wellengang.«

»Sobald wir sicher angekommen sind, bekommen Sie die Perlenkette«, sagte Mrs Hubart.

»Einverstanden. Leute – macht das Schiff bereit! Eine volle Ladung Kohle, damit wir so rasch wie möglich durch den brennenden Hafen schippern können. Johnsen und Maties, ihr befestigt den Schlauch an der Pumpe, damit wir jeden Brand sofort löschen können.« Mit einem Satz sprang er an Bord. »Worauf warten Sie? Wollen Sie nun mit oder nicht?«

Kapitel 24

Horace' Kreuz schmerzte bei jedem Schritt, seine Augen waren halb zugeschwollen und brannten, als würde das Feuer von Chicago in ihnen lodern. Völlig unerwartet war es ihm gelungen, sich erneut Pulver zu organisieren, und mit ein paar widerwilligen Helfern im Schlepptau hatte er eine weitere Häuserzeile gesprengt. Am Schluss hatten sie die Gebäude im Fünf-Minuten-Takt in die Luft gejagt. Erst als endgültig kein Sprengstoff mehr aufzutreiben war, hatte er seine Männer nach Hause geschickt. Die so geschaffene Feuerschneise sollte zumindest einen Teil der Stadt retten.

Erschöpft stolperte Horace einen Gehweg in jenem Teil der North Side entlang, den die Flammen noch nicht erreicht hatten. Das Feuer war mitten durch die North Side Richtung Norden gebraust, als wäre das Wasserpumpwerk sein Ziel gewesen, und hatte sowohl die in der Nähe des Lake Michigan gelegenen Villen im östlichen Teil dieses Stadtteils als auch die Gebäude im Westen, die sich bis zum Nordarm des Chicago River hin erstreckten, unbeachtet gelassen. Aber nun züngelte es auch in diese beiden Himmelsrichtungen. Horace hatte Gerüchte vernommen, dass es inzwischen bis zum See vorgedrungen war.

Rasch, aber nicht hektisch, eilten Damen und Herren an ihm vorbei, nur ein etwa dreijähriges Mädchen in einem weißen Spitzenkleid stand verloren am Fahrbahnrand und schluchzte tränenüberströmt. In der Ferne hörte Horace eine Frauenstimme. »Marie! Marie, wo bist du?« Er kniete sich nieder, um mit dem Kind auf gleicher Höhe zu sein, und fragte es: »Bist du Marie? Hast du deine Mama verloren?« Erschrocken wich die Kleine zurück, aber als er seine Fragen wiederholte, nickte sie. Horace richtete sich auf und blickte die Straße hinunter, auf der Kutschen und hochbeladene Fuhrwerke in geordneten Reihen dahinratterten. Der enorme Lärm und das Geschrei, das Horace noch aus dem brennenden Teil der North Side in den Ohren klang, fehlten hier, die rufende Mutter war deutlich zu vernehmen. Er streckte Marie die Hand entgegen. »Ich bring dich zu deiner Mama.« Zögernd griff sie danach und trippelte neben ihm den Gehweg hinunter. Kurz darauf sah Horace eine sich verzweifelt umsehende Frau, aus deren

Haarknoten sich eine Strähne gelöst hatte, die sie immer wieder aus dem Gesicht strich. Sie lief den Gehweg auf und ab. Sowie Marie ihre Mutter erblickte, riss sie sich von Horace los und stürmte auf sie zu. »Mama, Mama!« Horace folgte ihr. Überglücklich schloss die Frau das Kind in die Arme. »Danke, Sir, vielen Dank!«, sagte sie zu Horace. Er nickte und beschloss, seinen müden Knochen einen Augenblick Ruhe zu gönnen. Erschöpft sank er auf einen von vier Stühlen, die am Gehweg standen und darauf warteten, auf ein am Fahrbahnrand stehendes Fuhrwerk verladen zu werden. Aus dem bogenförmigen Tor des mehrstöckigen Wohnhauses neben ihm trat ein beleibter Mann mit Schnauzer. Unter dem Arm trug er ein halbes Dutzend Regenschirme, die er auf der Ladefläche des Fuhrwerks verstaute. Nachdem ihm seine Gattin von Horace' Hilfe erzählt hatte, strich er Marie übers Haar und schüttelte dem Retter seiner Tochter die Hand. »Können wir Sie mitnehmen? Nicht mehr lange und das Feuer ist auch hier.«

»Danke, aber ich werde noch gebraucht.« Horace erhob sich ächzend. Der Mann griff nach einem der Stühle und packte ihn auf den Wagen, worauf Horace ihm mit den restlichen half und anschließend eine gute Fahrt wünschte.

»Danke.« Der Mann kletterte auf den Bock, nahm die Zügel in die Hand und legte sie wieder beiseite. »Ich prüfe nur rasch, ob das Licht aus ist.«

Schon eilte er zurück ins Gebäude. Seine Gattin, die Marie auf den Wagen hob, seufzte entnervt. »Seit wir Gaslicht haben, kontrolliert er jeden Tag mindestens drei Mal, ob die Lampen aus sind. Als ob das jetzt nicht völlig einerlei wäre.«

»Das Licht funktioniert noch?«, fragte Horace alarmiert.

»Aber ja.«

Horace durchfuhr es eiskalt. Das bedeutete, dass das Gaswerk noch in Betrieb war. Das Werk lag in der Nähe des Chicago River. Wenn das Feuer es erreichte, würde es eine Explosion geben, die den Hafen und sämtliche auf dem Fluss befindlichen Schiffe in tausend Stücke zerreißen würde. Der Hausherr kehrte zurück. »Alle Lampen sind aus! Fahren wir.«

»Wissen Sie, wo Mr Ludington wohnt? Der Verantwortliche des Gaswerks?«, fragte Horace ihn.

»Seine Villa befindet sich ganz in der Nähe, nur zwei Blocks die Straße hinunter. Es ist das Eckgebäude mit dem Sonnenrelief über der Eingangstür.«

Horace nahm sich nicht die Zeit, sich zu verabschieden. Wie von allein eilten seine Beine den Gehweg entlang, und erst beim Haus von Mr Ludington hielt er keuchend an. Vor dem Anwesen stand eine Kutsche, in deren Fußbereich ein hochgewachsener, hagerer Mann hektisch eine Ladung Bücher verstaute.

»Mr Ludington?«, fragte Horace.

»Ja?«

»Ich bin Alderman Keenan. Hat jemand daran gedacht, das Gas aus dem Werk abzuleiten?«

»Mein Chefingenieur hat den Tank schon vor Stunden geleert, denke ich.«

»Hat er nicht. Das Licht funktioniert noch. Wir müssen diese Gefahrenquelle sofort eliminieren. Kommen Sie!«

»Sie sind wohl wahnsinnig! Das Feuer ist viel zu nah. Wir würden in die Luft fliegen.«

»Wenn wir rechtzeitig dort sind ...«

Doch Mr Ludington hörte Horace nicht länger zu, stieg in die Droschke und bedeutete seinem Kutscher loszufahren.

»Stehen bleiben!«, herrschte Horace den Bediensteten an und wandte sich wieder an Mr Ludington. »Erklären Sie mir zumindest, was ich tun muss.«

»Sie sind verrückt. Im Werk befindet sich ein riesiger, mit Gas gefüllter Tank. Zudem lagern hinter dem Haus gewaltige Kohleberge. Sie schaffen es niemals beizeiten, die richtigen Ventile zu öffnen und diese Gasmenge abzuleiten.«

»Wo finde ich die Ventile und welche muss ich betätigen?« Horace' Stimme war nun gefährlich leise. Panisch blickte Mr Ludington auf die Passanten, die an ihnen vorbeieilten, und auf die Straßenkolonne. Hastig erklärte er Horace, was zu tun war, und rief dann: »Los, Kutscher!« Der ließ sich das nicht zweimal sagen und reihte sich sofort in den Flüchtlingsstrom nach Norden ein.

Horace jedoch kämpfte sich in die Gegenrichtung vor. Hoffentlich erreiche ich das Gaswerk vor den Flammen.

Auf halbem Weg stieß Horace auf einen Feuerwehrwagen mit einem Dutzend Männern, die ein Holzlager und die nebenstehende Sägemühle nass spritzten. Sichtlich eine vorbeugende Maßnahme, denn Flammen waren keine zu sehen. Die Uniform der Männer war ihm unbekannt, seine Neugier geweckt: Von der Chicagoer Feuerwehr waren diese Männer bestimmt nicht.

»Woher seid ihr?«

»Janesville, Sir!«

Horace erinnerte sich an die Telegramme, die der Bürgermeister an Detroit, Cincinnati und weitere Städte geschickt hatte – es kam ihm vor, als wäre das in einem anderen Leben gewesen. »Ich bin Alderman Keenan und brauche eure Hilfe«, sagte er. »Wir müssen ein wichtiges Gebäude retten. Ich bin autorisiert von Chief Marshal Williams persönlich. Folgt mir!«

Erleichtert beobachtete Horace, wie die Männer nach kurzer Diskussion die Schläuche einrollten und verluden. Dass sie den schweren Spritzenwagen danach per Hand die Straße hinunterzogen, irritierte ihn allerdings.

»Wir haben den Feuerwehrwagen mit der Eisenbahn hergeschafft, aber es gab keine Pferde für uns.« Der Kommandant zuckte mit den Schultern. Als sie an der nächsten Kreuzung anhielten, um einen Pferdeomnibus passieren zu lassen, fragte er: »Um was für ein Gebäude handelt es sich überhaupt?«

»Ums Gaswerk.«

»Wie bitte?«

»Wenn es ein Opfer der Flammen wird, hat das unvorhersehbare Folgen für die Stadt«, sagte Horace.

»Ich schicke meine Männer bestimmt nicht in den sicheren Tod. Leute, wir drehen um!«

Horace packte den Kommandanten am Arm. »Das können Sie nicht machen. Sie sind den weiten Weg gekommen, um uns zu helfen.«

»Das werden wir. Aber dort, wo es Sinn ergibt.«

Erbost starrte Horace den Feuerwehrleuten nach, die abbogen und ihren Wagen mit fortschleppten. Es half nichts, das Gas musste abgeleitet werden. Daher eilte Horace so rasch wie möglich die Straße hinunter, übersah die Treppe, die den Gehweg auf ein anderes Niveau führte, und stürzte. Mühsam rappelte er sich auf, seine aufgeschürften Knie und Ellbogen brannten. Was würde er jetzt für saubere Laken und eine Mütze Schlaf geben! Doch noch durfte er seiner Erschöpfung nicht nachgeben.

Kapitel 25

Louisa starrte auf die Wand aus Rauch, auf die sie zusteuerten. Mit einigen Mühen hatten die Seeleute das Piano an Bord gehievt, anschließend waren sie den Pier entlanggefahren, und soeben lenkte der Kapitän das Schleppboot in die Flussmitte. Gleich würden sie in die dunklen Schwaden eintauchen. Eine Bö riss eine Lücke in die Wand vor ihnen und trieb einen Feuerschwall auf sie zu. Louisa duckte sich rasch und hockte nun neben Cora, Marc und Mrs Hubart im Schutz der Schiffswand am Bug. Die rauen Stimmen der Seeleute klangen zu ihnen herüber, und die Planken bebten unter den schweren Tritten der Männer, die mit dem Schlauch das Deck nass spritzten.

Zu beiden Seiten ragten verkohlte Ruinen empor, aus denen Rauch aufstieg, dazwischen brannten Holz- und Kohlelager. Das Schiff fuhr immer langsamer. Louisa hielt es nicht mehr aus, sie erhob sich und blickte über die Reling. Trümmerberge aus Ziegelsteinen von eingestürzten Gebäuden ragten aus dem Wasser. Hoch konzentriert stand der Kapitän hinter dem Steuerrad und lenkte das Boot in Schlangenlinien durch den Schutt, der die Schiffsschraube zu zerstören drohte.

Seit sie an Bord gegangen waren, verharrte Cora seltsam still und wandte ihren Blick nicht von Mrs Hubart ab. Die runzelte deswegen zwar irritiert die Stirn, sorgte sich aber offenbar vor allem um ihr Klavier, das an der Kajütenwand abgestellt war und gegen das die Seeleute im Vorbeilaufen immer wieder stießen. Zuvor hatte sich Mrs Hubart vehement geweigert, im Inneren des Schiffes Zuflucht zu suchen. In der Hinsicht verstand Louisa sie; beim Vorschlag des Kapitäns hatte sie sich ebenfalls unwohl gefühlt. Im Ernstfall würden sie in dem Kabuff wie die Ratten wahlweise ersticken, ertrinken oder verbrennen – da sah sie der Gefahr lieber ins Auge.

»Warum starrst du mich so an?«, fragte Mrs Hubart Cora schließlich.

»Die Perlenkette – Sie sind die Dame vom Gericht. Ihretwegen ist Wilhelm im Gefängnis gelandet und jetzt vielleicht tot.«

»Was redest du da?«

Auf einmal tastete Cora nach ihrem Hals und fuhr mit den Fingern unter den Kragen ihres Kleides. Bestürzt sah sie Louisa an. »Ich habe deinen Stein verloren. Oh nein!«

»Alles in Ordnung«, beruhigte Louisa sie. »Er ist …«

Ein knirschendes Geräusch übertönte ihre Worte. Der Schiffsrumpf schrammte an einem Gegenstand unter der Wasseroberfläche entlang. Der Kapitän stieß einen deftigen Fluch aus, drehte das Steuerrad, und der Bug zeigte nun Richtung Ufer. In Louisas Gesichtsfeld erschien ein Lagerhaus, aus dessen Fenstern Rauchschwaden quollen. Eine Explosion erschütterte das Gebäude, blaue Flammen schossen wie Fontänen zum Himmel und hüllten es ein. Kreidebleich sprang Mrs Hubart hoch, die Augen weit aufgerissen.

»Wir werden sterben!«, schrie sie. »Genauso wie Herbert. Aber ich will leben! Wir müssen sofort umkehren! Ich will nicht brennen wie eine Hexe. Nein, ich …«

Ohne nachzudenken packte Louisa sie an den Schultern und drückte sie nach unten, hinter die schützende Schiffswand. »Schauen Sie mich an, Mrs Hubart! Wir werden nicht sterben. Keiner von uns. Hören Sie?«

Mrs Hubarts Blick glitt an Louisa vorbei zu dem blauen Flammenmeer, ihr Atem ging schneller und schneller.

»Ihr Klavier, Mrs Hubart.« Ruhig und bestimmt erklang Marcs Stimme.

»Was ist damit?«

»Wenn das alles vorüber ist, will ich Sie in einem Konzertsaal wiedersehen – an diesem Piano.« Er deutete auf das zerschrammte Instrument. »Sie werden so grandios spielen wie nie zuvor – Händels Feuermusik.«

»Feuerwerksmusik«, korrigierte Mrs Hubart automatisch.

Louisa war sicher, dass Marc den Namen des Stücks absichtlich falsch gesagt hatte. Langsam ließ sie Mrs Hubarts Schultern los.

»Wie würde Händels Werk am Klavier klingen? Schließen Sie die Augen. Hören Sie es?«, fuhr Marc fort. Er wirkte wie der Schlangenbeschwörer, den Louisa einmal in einer Kuriositätenschau gesehen hatte. Tatsächlich schloss Mrs Hubart die Lider, und Louisa glaubte, ein leises Summen zu vernehmen, was unmöglich war, denn das Prasseln des Feuers erfüllte die Luft. Die mehrstöckigen Lagerhäuser am Ufer loderten wie gigantische Fackeln, und ein gekentertes Transportschiff, lang wie ein Zug, lag mit dem Rumpf nach oben quer über den Fluss. Um es zu umrunden, lenkte der Kapitän das Schiff nahe ans Ufer. Die Temperatur wurde so hoch, dass der Lack an den Schiffswänden Blasen warf, die mit lautem Platzen aufsprangen.

Die Hitze brannte in Louisas Gesicht, Funken regneten herab, und Flammen züngelten auf dem flachen Kajütendach. Sofort richteten die Seemänner den Schlauch darauf, Wasser schoss heraus, und das Feuer erlosch. Als ein brennender Fensterladen aufs Deck fiel, schwenkten die Männer den Schlauch, doch der Wasserstrahl versiegte, bevor er ihn erreichte. Aber Marc schleuderte eine Jacke darüber.

Mrs Hubart hatte ihr Gesicht in den Händen verborgen und wiegte sich vor und zurück, doch Louisa hatte keine Zeit, sich um sie zu kümmern, denn eine glühende Eisenstange stürzte auf das Piano. Um ihre Hände zu schützen, zerrte Louisa den schlaffen Schlauch in die Höhe und versuchte, damit die Stange hochzuheben und in den Chicago River zu kippen. Das Ding ist vielleicht schwer! Marc tauchte neben ihr auf, griff nach dem herabhängenden anderen Schlauchteil, packte mit an, und gemeinsam warfen sie das Eisen über Bord. Mit einem Zischen verglühte es im Wasser. Zurück blieb nur ein zerbrochener Klavierdeckel mit Brandspuren. Erleichtert sahen Marc und sie sich an. Er trat neben sie und wollte etwas sagen, doch ein lautes Dröhnen ließ sie beide herumfahren. Louisa durchlief es eiskalt, als sie sah, wie ein turmhoher, brennender Getreidespeicher langsam kippte und direkt auf das Boot zu stürzen drohte. Mit voller Kraft steuerte der Kapitän, der die Gefahr ebenfalls erkannt hatte, vom Ufer fort.

Das Gebäude stürzte vornüber in die Fluten, hohe Wellen liefen übers Wasser, das Schleppboot schaukelte heftig, und vereinzelte Ziegelsteine landeten an Deck. Louisa krallte ihre Finger in Marcs Hemd und verbarg ihr Gesicht an seiner Schulter. Plötzlich wurde ihr bewusst, dass er seine Arme um sie geschlungen und eine Hand schützend auf ihren Hinterkopf gelegt hatte. Als sie es wagte, sich umzusehen, erkannte sie, dass der Schuttberg zusammen mit dem gekenterten Transportschiff hinter ihnen eine unüberwindbare Barriere bildete.

Louisas Blick schoss in die andere Richtung. Cora und Mrs Hubart kauerten nach wie vor am Bug, Schutz suchend hatte Cora ihren Kopf in Mrs Hubarts Schoß verborgen, direkt neben ihnen lag ein Ziegelstein. Rasch eilten Louisa und Marc zu ihnen. Zum Glück war Cora nichts geschehen, und auch Mrs Hubart kehrte langsam wieder unter die Lebenden zurück. Das Schiff nahm Fahrt auf und kam Stück für Stück voran. Mechanisch strich Louisa über Coras Rücken. Nur nicht stehen bleiben, nur raus aus diesem Inferno! Vorsichtig blickte Louisa über die Schiffswand. Oh nein!

Vor ihnen, von einem Ufer zum anderen, lag die eingestürzte Wells Street Bridge. Von den Wassermassen umspült ragten die verkohlten Holzpfeiler wie Speere in die Luft. In einem undurchdringlichen Wirrwarr dazwischen Geländer, bizarr abgerissene Teile des Übergangs und ein halb im Wasser versunkener Pferdeomnibus.

An beiden Ufern loderten die Flammen der brennenden Getreidespeicher wie orangerote Mauern.

Sie waren eingesperrt.

Kapitel 26

Horace näherte sich dem Krankenhaus – jetzt war es nicht mehr weit bis zum Gaswerk. Auf dem Vorplatz des Hospitals lagen die Verwundeten und Kranken dicht nebeneinander und warteten darauf, in Sicherheit gebracht zu werden. Ein Geruch von Eiter, Angst und Schweiß schlug Horace entgegen. Erschöpfte Pfleger trugen Leidende ins Freie und betteten sie aus Platzmangel auf dem Gehweg, sodass Horace bei jedem Schritt achtgeben musste, nicht auf eine Hand oder einen Fuß zu treten. Wer von den Patienten dazu in der Lage war, humpelte oder kroch davon, um der zu erwartenden Feuersbrunst zu entkommen. Die Bettlägerigen warteten mit angstverzerrten Gesichtern auf den nächsten zurückkehrenden Krankenwagen – sofern einer wiederkam.

Horace, der gerade mit einem entschuldigenden Lächeln über die Beine eines alten, hohlwangigen Mannes stieg, sah aus dem Augenwinkel eine dunkelhaarige kleine Schwester auf sich zu schießen, deren Blick unverwandt auf die überfüllte Straße hinter ihm gerichtet war. Sie stieß ihn zur Seite, warf sich ungeachtet der Gefahr vor eine fahrende, halb leere Kutsche und wich nicht zur Seite, bis die Insassen einen der Verletzten aufgeladen hatten. Zunächst erschrocken und dann bewundernd sah Horace zu. Er wollte gerade weiter, als sich ein Verwundeter auf seiner Krücke mühsam auf ihn zu schleppte. »Sir, Sir, helfen Sie mir!« Mit seiner freien Hand bedeutete er Horace, ihn zu stützen. Unwillkürlich trat Horace einen Schritt auf ihn zu, dann blieb er stehen.

»Tut mir leid, ich muss weiter.«

Der kräftige Fluch des Mannes klang noch in seinen Ohren, als er das Gaswerk erreichte. Horace rüttelte an der eisernen Eingangstür, aber sie bewegte sich kein Stück. War sie abgeschlossen? Er drückte dagegen – nichts.

Horace humpelte die schlichte Hausfront entlang, so rasch es sein beim Sturz geprelltes Knie zuließ, und bog um die Ecke. Viel zu schnell näherte sich das nur noch einen Block entfernte Feuer. Ein Seiteneingang! Knirschend öffnete sich die Tür. Insgeheim dankte Horace dem Zuständigen, der seiner Pflicht nicht nachgekommen war, und trat in einen verwaisten Gang, von dem Türen zu Räumen mit unterschiedlichsten Maschinen und Geräten führten, die ihm alle unbekannt waren.

»Ist hier jemand?«, rief Horace, so laut er konnte, und lauschte.

Keine Antwort.

Er musste zum Haupteingang, denn dort begann Mr Ludingtons Wegbeschreibung. Endlich hatte er die schwere Metalltür gefunden. Zuerst geradeaus gehen und am Ende des gefliesten Korridors nach links. Gerade als Horace den Flur betrat, knallte es, als wäre ein Hinterlader abgefeuert worden, und ein Glasregen prasselte auf ihn nieder. Instinktiv riss er die Arme hoch, um seinen Kopf zu schützen.

Sowie das Klirren der auf den Boden fallenden Scherben verklungen war, senkte er die Hände. Durch ein Fenster sah er, dass auf der gegenüberliegenden Straßenseite ein Bürogebäude lichterloh brannte, die Rauchschwaden quollen über die Straße ins Gaswerk herein. Horace hustete. Er ignorierte sein Bein, sein Kreuz und die Glassplitter und humpelte weiter. Hier, die Treppe muss ich hinauf. Mühsam zog er sich am Geländer Stufe für Stufe empor und warf erst oben angekommen einen Blick zurück. Ein einsamer, im gefliesten Gang stehender Holzstuhl ging soeben in Flammen auf.

Vorwärts!

Ein Dutzend Schritte später erreichte Horace den Geräteraum, der sein Ziel war. Inzwischen umhüllte ihn so dichter Rauch, dass er kaum mehr die Hand vor Augen sah und mühsam nach Luft rang. Er öffnete die Tür und wollte eintreten, aber ihm war derart schwindelig, dass er zu Boden stürzte. Hier fiel das Atmen leichter, also kroch er hinein.

Nach einer gefühlten Ewigkeit fand er die gesuchten Ventile, die das Gas aus dem gewaltigen Tank hinter dem Gebäude über Rohre zu den Behältern am anderen Ende der Stadt leiten würden.

Horace richtete sich auf und legte den Hebel des ersten Ventils um, dann den zweiten. Er hörte ein Rauschen und wusste nicht, ob es vom abströmenden Gas kam oder Einbildung war. Zudem bekam er kaum noch Luft, alles verschwamm vor seinen Augen.

Das dritte Ventil.

Geschafft.

Ein heftiger Hustenanfall zwang ihn in die Knie, sein Atem ging stoßweise. Mit beiden Händen griff er nach dem Schaltbrett, zog sich hoch und öffnete das vierte Ventil.

Mit brennenden Augen starrte er auf den Zeiger, der an der runden Scheibe befestigt war und ihm verriet, wie viel Gas noch im Tank war. Stetig sank er Richtung null. Horace rang nach Luft. Doch da war keine mehr.

Kapitel 27

Verzweifelt sah Louisa sich um. Zu beiden Seiten loderten Feuerwälle an den Ufern, und vor ihr umspülte das Wasser die grotesk aus dem Fluss ragende, eingestürzte Brücke. Es gab kein Durchkommen.

Der Kapitän wendete das Boot, doch es dauerte nicht lang und die Trümmer des in den Fluss gestürzten Lagerhauses türmten sich vor ihnen auf. In der dichter werdenden Rauchwolke versuchte der Kapitän, eine Lücke zwischen dem Schuttberg und dem gekenterten Lastkahn zu finden.

Vergeblich.

Louisa atmete tief durch. Keine Panik. Wir haben es bis hierher geschafft. So darf es nicht enden. Es muss eine Lösung geben. Aber welche? Sie hustete den Rauch aus ihrer Lunge, und als sich ihr Atem wieder beruhigt hatte, schloss sie die Augen, um besser nachdenken zu können. Wie Blitzlichter sah sie ihre Umgebung vor sich: den Chicago River, die Getreidespeicher und die Brücke. Auf einmal war sie wieder mit Wilhelm und Cora im Panorama und glitt, wie damals, gleich einem Vogel über Chicago auf den Lake Michigan hinaus, wendete und segelte zurück zur Flussmündung. Deutlich sah sie das Zugdepot vor sich, das nur noch ein Haufen rauchender Trümmer gewesen war, als sie mit dem Boot daran vorbeigefahren waren. In Gedanken flog Louisa den Hafen entlang, bis zu dem schmucklosen Lagerhaus, das den blauen Flammen zum Opfer gefallen war, und von dort weiter zur stolzen Wells Street Bridge, deren Überreste ihnen ein Durchkommen verwehrten. Im Panorama hatten neben der Brücke an den Ufern die Getreidespeicher in die Höhe geragt, aus denen jetzt das Feuer loderte, das Louisas Gesicht glühen ließ.

Louisa öffnete die Augen. Das ist es!

Sie raffte ihre Röcke und rannte zum Kapitän, der immer noch vergeblich nach einer Durchfahrt suchte.

»Sie müssen auf diesen Getreidespeicher zusteuern.« Louisa deutete ans Ufer. »In die Richtung müssen wir.«

»Ich fahre doch mein Boot nicht freiwillig in die Flammen!«

»Dort liegt unsere Rettung.«

»Was meinst du?« Marc trat neben sie, und Louisa wandte sich ihm aufgeregt zu.

»Hinter dem Getreidespeicher führt ein Kanal entlang. So einer, wo die Lastkähne vor Anker gehen, um den Weizen an Bord zu laden.«

»Solche Kanäle gibt es«, bestätigte der Kapitän. »Aber nicht bei jedem Lagerhaus.«

»Bei dem schon, glauben Sie mir! Ich hab's im Panorama gesehen.«

Ein Funkenschauer fiel unweit von ihnen ins Wasser.

»Unsere einzige Chance besteht darin, in der Flussmitte auszuharren«, widersprach der Kapitän.

»Und zu ersticken!«, rief Louisa. »Vertrauen Sie mir. Hinter diesem Getreidespeicher ist ein Kanal.«

»Wagen wir es, Kapitän«, sagte Marc. »Louisa hat eine besondere Gabe. Was sie einmal gesehen hat, vergisst sie nicht mehr. Sie ist wie ein lebender Fotoapparat.«

Ein Windstoß jagte die Flammen über den Fluss aufs Boot zu. Erschrocken duckte sich Louisa hinter die Wand, an der das Steuerrad befestigt war, und Marc legte schützend einen Arm um sie. Zum Glück fiel die Feuerwand unweit des Schiffes in sich zusammen. Der ebenfalls in Deckung gegangene Kapitän richtete sich auf. »Gut, wir versuchen es.«

Er wendete und steuerte auf den Getreidespeicher zu, dessen flackernde Umrisse immer deutlicher wurden. Louisa hob ihren Überrock vors Gesicht, um Mund und Nase zu schützen, und blinzelte gegen die Hitze an. Aus den Fenstern schlugen Flammen, hoch ragte das Gebäude vor ihr empor.

»Das Lagerhaus entlangfahren.« Louisa zählte die Fensteröffnungen: eins, zwei, drei ...

»Wir müssen noch weiter!«

... vier, fünf, sechs.

»Hier ist die Einfahrt!«

Der Kapitän starrte auf den Rauch und das Flammenmeer vor ihnen. Nichts ließ erkennen, dass ein Kanal abzweigte.

»Vertrauen Sie ihr«, sagte Marc.

Der Kapitän schluckte kräftig. »Mit Volldampf voraus!«

Louisa und Marc duckten sich hinter die Wand, an der das Steuerruder befestigt war. Links und rechts von ihnen prasselte das Feuer. Jeden Moment konnten Funken Louisas Rock in Brand setzen. Ihr Gesicht glühte, und sie hatte das Gefühl, in einem Backrohr zu stecken. Es gab keine Luft zum Atmen.

Das überleben wir nicht. Louisa klammerte sich an Marc, der Stoff seines Hemds zerknitterte unter ihren Händen. Mit seinem Oberkörper schirmte Marc sie vor den Flammen ab und drückte sie an sich. Der Duft seines Rasierwassers, ein Hauch von Sandelholz, stieg Louisa in die Nase. Die Hitze wurde unerträglich.

Dann waren sie durch. Der Kapitän lenkte das Boot an der Rückseite des Getreidespeichers entlang. Auf der gegenüberliegenden Seite des Kanals qualmten und rauchten Berge von Schutt, und aus den ehemaligen Lagerhäusern der Schlachthöfe stank es nach verbranntem Fleisch. Immer wieder trieben dichte Rauchschwaden über das Wasser, die ihnen die Sicht nahmen. Louisa zählte erneut die Fensteröffnungen.

»Zum Fluss zurücksteuern! Jetzt!«, rief sie.

Der Kapitän riss das Ruder herum – keinen Augenblick zu früh. Kreischend schrammte das Boot die Kaimauer entlang, die den Abschluss des Kanals bildete.

Louisa bebte vor Anspannung, doch sie tuckerten ungehindert vorwärts und erreichten kurz darauf den Chicago River, wo Louisa merkte, dass die eingestürzte Wells Street Bridge von der anderen Seite genauso apokalyptisch aussah. Unwillkürlich griff sie nach Marcs Hand. Immer rascher entfernten sie sich von der rotgoldenen Gefahr und ließen das Flammeninferno hinter sich. Die Luft wurde kühler, und das Atmen fiel Louisa leichter. Am Ufer schaukelte ein verkohltes, halb gesunkenes Ruderboot auf den Wellen. Dahinter ragten rauchgeschwärzt, aber unversehrt mehrstöckige Lagerhäuser in die Höhe sowie ein Ziegeleiwerk, neben dem ein Berg Backsteine lag.

Keine Flammen weit und breit, kein loderndes Feuer. Allmählich lockerten sich Louisas verkrampfte Schultern, und ihre Anspannung ließ nach.

Hand in Hand mit Marc beobachtete sie, wie sie sich Stück für Stück vom Hafen entfernten. Sie drückte Marcs Finger und sah zu ihm empor. Er schloss sie in seine Arme, und sie presste ihr Gesicht an sein zerrissenes, verrußtes Hemd. Wir haben überlebt! Erleichterung durchflutete Louisa wie die Strahlen der Sonne, die über dem Horizont aufgeht. Sanft strich Marc ihr über den Rücken und presste seine Lippen auf ihr Haar, sodass Louisa das Gefühl hatte, ihr Inneres würde von Licht erfüllt, als steige die Sonne zum Zenit und leuchte so hell wie nie zuvor.

Das gleichmäßige Tuckern des Schleppbootes und das Kreischen einer Möwe waren wie Musik in Louisas Ohren. Ein weiterer Klang mischte sich darunter, zuerst leise, dann lauter und lauter. Angespannt lauschte Louisa und erstarrte. Es war das Prasseln von Feuer.

Marc und Louisa fuhren auseinander. Flammen schlugen aus dem Kajütenfenster und erfassten den an Deck liegenden Schlauch. Wie Schlangen glitten sie daran Richtung Bug, direkt auf Louisas Schwester zu, die wie hypnotisiert daraufstarrte. Auch Mrs Hubart neben ihr schien unfähig zu reagieren.

»Cora!«, rief Louisa. »Wir müssen den Schlauch über Bord werfen!« So schnell sie konnte, rannte sie den brennenden Schlauch entlang bis zu seinem anderen Ende. Mit einer Drehbewegung löste sie ihn von der Pumpe und ergriff ihn. Mit einem Blick vergewisserte sie sich, dass Cora und Mrs Hubart den Schlauch ebenfalls gepackt hatten. Gemeinsam zerrten sie ihn zur Reling. Louisa war erstaunt, wie leicht er war. Die Flammen fraßen sich bedrohlich nahe an sie heran, die Luft flimmerte von der Hitze. Irgendwoher hatte Marc eine Schaufel aufgetrieben und lud den brennenden Schlauch in der Mitte auf. Der Kapitän, die Hände mit Fetzen umwickelt, griff ebenfalls zu.

»Ins Wasser damit!«, rief Marc. Alle hoben an und schleuderten den brennenden Schlauch übers Geländer in den Fluss. Mit einem lauten Platschen schlug er auf, es zischte und rauchte. Eine Schiffslänge weit trieb er den Chicago River hinunter, bevor er langsam versank.

Louisa sah zum Bug, wo ihre Schwester an der Reling lehnte und in die Tiefe blickte. Sie schien unversehrt. Tränen der Erleichterung rannen Louisa über die Wangen und fielen auf ihre Hände, mehr und mehr. Verwundert hob sie die Arme. Unzählige Tropfen landeten darauf. Sie blickte zum Himmel hinauf, spürte die kühle Brise auf der Haut und das kalte Nass, das ihr Gesicht benetzte.

Es regnete!

Ein Platzregen stürzte auf sie nieder und ließ die restlichen Glutnester auf den Bohlen des Schiffsbodens mit einem Zischen erlöschen. Nur schwarze Asche verriet noch, wo das Feuer gewütet hatte. Louisa hob das Gesicht dem erfrischenden Schauer entgegen und schloss die Augen. Jetzt wird alles gut.

In seiner Erleichterung umklammerte der Kapitän Marc wie ein Schraubstock und klopfte ihm immer wieder auf den Rücken. Im Vorbeigehen strich Louisa Marc zärtlich über den Arm und lächelte ihm zu, während sie zu ihrer Schwester eilte, sie umarmte und die Nase in Coras rußigem, nassem Haar vergrub. Louisa strahlte übers ganze Gesicht. Marc trat zu ihnen, Louisa gab Cora frei und schloss ihn in die Arme. Wir haben es geschafft.

Der Regen prasselte auf sie herab, trommelte aufs Deck und gegen die noch intakten Kajütenfenster, und Louisa glaubte, nie ein schöneres Geräusch gehört zu haben.

Eine Melodie erklang, leise und schlicht vereinte sie sich mit dem Plätschern der Regentropfen zu einem einzigartigen Duett. An Marc geschmiegt, Coras Hand in der ihren, drehte Louisa den Kopf. In ihrem verrußten Kleid saß Mrs Hubart an ihrem ramponierten Piano, streichelte es mit einer Hand und entlockte ihm mit der anderen ein Lied, das Louisa nie mehr vergessen sollte.

Epilog

Zwei Wochen nach dem Feuer

»Die Robe aus Paris wird wieder wie neu aussehen, Mrs Honoré. Und aus dem blauen Samtkleid mit dem verbrannten Saum nähe ich einen Rock samt einer eleganten Jacke für Ihre Nichte«, sagte Louisa und verstaute die Kleidungsstücke in ihrem Korb.

»Auf Wiedersehen, Mrs Honoré«, sagte Marc, der sich während Louisas Geschäftsverhandlungen dezent im Hintergrund gehalten hatte.

»Es war mir ein Vergnügen, Richter Keenan.«

Marc und Louisa verließen das Gästezimmer im ersten Stock der in einem Vorort von Chicago liegenden Palmer-Villa, in der Mrs Honoré und ihre Familie Obdach gefunden hatten, und stiegen die breite Marmortreppe hinab. Die Eingangshalle glich einem Feldlager. Dutzende Menschen, deren Heim den Flammen zum Opfer gefallen war, hatten sich mit ihren Habseligkeiten hier wohnlich eingerichtet. Unter dem Kristalllüster im Esszimmer saß eine alte Frau in einem geflickten Kleid am Tisch und wiegte einen kleinen Jungen auf ihrem Schoß. Am Ende des Ganges sah Louisa Bertha Palmer, die offenbar mit der Köchin über die Verpflegung ihrer Schützlinge sprach. Louisa hatte gehört, dass jeden Tag für alle, die zur Abendessenszeit an die Tür klopften, eine warme Mahlzeit ausgegeben wurde.

Auf der Straße wandte sich Louisa an Marc. »Wenn das so weitergeht, können Cora und ich die Arbeit bald nicht mehr ohne Hilfe bewältigen. Danke für all die Aufträge, die du mir verschafft hast.«

»Die hast du ganz allein an Land gezogen. Ich habe nur den einen oder anderen Kontakt hergestellt. Und denk an die ganzen Stickereien, die du anfertigen musst, weil die Schmetterlinge auf dem Kleid meiner Mutter die Damen so entzückt haben. Bald wird Louisas Nähstube überall in Chicago ein Begriff sein.«

Einträchtig gingen sie nebeneinander die Straße hinunter bis zur Haltestelle des Pferdeomnibusses, der bereits wieder fuhr und sie aus dem Vorort zurück in die Stadt brachte.

Die Linie endete an der Ecke Chicago Avenue und Rush Street in der North Side, sodass sie von dort aus zu Fuß weitergingen. Der Brand hatte hier heftig gewütet. Unwillkürlich schauerte Louisa, als sie eine ehemalige Allee entlangschritten, die sich in zwei Reihen schwarzer Geisterbäume mit kahlen Zweigen verwandelt hatte. Darunter jedoch herrschte reges Treiben: Fuhrwerke, beladen mit Baumaterial fuhren genauso an ihnen vorbei wie mit Paketen beladene Kutschen, die vermutlich gerade reiche Damen vom Einkaufen heimbrachten, die ihren Haushalt wieder mit allem Nötigen – und Unnötigen – ausstatteten. Dazwischen trabten immer wieder geschäftige Reiter die Straße entlang. Auch Louisa war von dem unglaublichen Aufbauwillen erfasst worden, der in ganz Chicago herrschte, und eilte seit Tagen wegen ihrer Nähaufträge kreuz und quer durch die Stadt.

Noch ragten in den Gärten die verkohlten Überreste der einst so prächtigen Villen empor, doch überall waren Arbeiter am Werk, um den Schutt wegzuschaffen, wiederverwendbare Steine auf einen Haufen zu stapeln und so Platz für Neues zu schaffen. Ein mit Brettern beladener Pferdekarren kreuzte Louisas und Marcs Weg, und der Duft von frisch geschnittenem Holz stieg Louisa in die Nase.

Sie bogen in die Ohio Street ab, und als sie die Keenan-Villa erreichten, blieben sie stehen. Nur die Grundmauern waren noch zu sehen, und auch der Stall war niedergebrannt – lediglich der steinerne Brunnen stand verrußt im Garten, zusammen mit dem nun blätterlosen, angekokelten Ahorn und den Ulmen. Marc schluckte und biss die Zähne zusammen.

»Bald wird die Villa wieder aufgebaut werden, und bestimmt größer und schöner als zuvor«, sagte Louisa tröstend.

»Auf dem Flügel im Salon hat mir meine Mutter das Klavierspielen beigebracht. Und als Dreikäsehoch durfte ich jeden Sonntag in der Bibliothek auf der Ledercouch neben meinem Vater sitzen, und er hat mir vorgelesen. Ich habe nicht einmal die Hälfte verstanden.« Marc lachte leise. »Mit dem Haus waren so viele Erinnerungen verbunden.«

»Deine Eltern leben, Marc.« Louisa strich ihm mitfühlend über den Arm, bis es Marc gelang, sich von dem Anblick seines zerstörten Elternhauses loszureißen, und sie ihren Weg fortsetzen konnten.

»Habe ich dir eigentlich schon erzählt, dass wir seit gestern im Hotel Tremont wohnen?«, fragte Marc.

»Ist das nicht niedergebrannt?«

»Stimmt, aber der Besitzer hat noch während des Feuers ein Hotel in der Michigan Avenue gekauft. Der Inhaber hat ihn für verrückt erklärt. Doch dank Horace hat es den Brand tatsächlich überlebt. Er hat dort eine Feuerschneise geschaffen.«

Louisa erinnerte sich lebhaft an Horace' ersten Sprengversuch – wie die Druckwelle sie zu Boden geworfen hatte und die Glassplitter auf sie herabgeregnet waren.

»Dein Onkel war ein wahrer Held«, sagte sie.

»Sein Tod hat meine Mutter sehr erschüttert. Gestern saß sie wieder mit Tränen in den Augen im Rollstuhl und hielt sein Bild in der Hand.«

»Sie besitzt wieder einen Rollstuhl?«

»Ja, mein Vater hat vom kleinsten Ladenbesitzer bis zum Warenhausmagnaten alle belagert. Selbst Marshall Field hat er nicht verschont. Und vor zwei Tagen konnte er tatsächlich einen auftreiben.«

So plaudernd erreichten sie den Hauptarm des Chicago River und durchschritten den La Salle Street Tunnel, in dem es immer noch nach Rauch roch. Louisa bemühte sich, die kohlrabenschwarzen Steinwände nicht zu streifen und vor allem nicht an den anderen Tunnel zu denken, in dem ihre Mutter tödlich verletzt worden war.

Im Geschäftsviertel herrschte ebenfalls Aufbruchstimmung. Überall wurden Berge kaputter Backsteine, zerbrochener Holzbalken und entzweigegangener Schindeln fortgeschafft, wurde gehämmert und genagelt. Als die Ruinen des Gerichtsgebäudes vor ihnen auftauchten, lief es Louisa kalt über den Rücken, denn sie erinnerte sich, wie Cora zwischen den Fässern eingesperrt gewesen war. Statt mit brennenden Warenbergen war die Straße an diesem Tag gefüllt mit Ständen, die Kinder aus Ziegelsteinen und Brettern errichtet hatten.

»Souvenir, Souvenir!«, schrie ein zehnjähriger Knirps und streckte Marc eifrig ein halb geschmolzenes Geschäftsschild des Kaufhauses Field, Leiter & Company entgegen. Lächelnd winkte Marc ab.

Louisa presste ihren Korb eng an sich, um nicht versehentlich einen der wohlgekleideten Herren zu streifen, die an ihr vorbeischlenderten. Aus dem Augenwinkel musterte sie Marc, der so nahe neben ihr ging, wie es der Anstand erlaubte, und verspürte das Bedürfnis, ihm übers Haar zu streichen und seine Lippen zu berühren.

»Vorsicht«, sagte Marc, denn vor Louisa war unerwartet eine Dame stehen geblieben, die mit leichtem Schauer auf die verkohlten Überreste der Bryan Hall und des Hotels Sherman House deutete. Im letzten Moment wich Louisa ihr aus, stieß dabei jedoch gegen einen der niedrigen Verkaufsstände, hinter dem ein Mädchen mit langen blonden Zöpfen stand und sie schüchtern anlächelte. Die Kleine hatte auf den Brettern vor sich angekokelte silberne Kerzenhalter, geschmolzenes Glas und Metallstücke aufgebaut.

»Bruchstücke der Glocke vom Gerichtsgebäude! Spottbillig«, pries sie ihre Ware an. Bevor Louisa etwas sagen konnte, drängte eine wohlbeleibte Matrone sie zur Seite.

»Kauf ein Glockenteil«, forderte sie ihren Gatten auf. »Die Vanderbilts werden staunen, wenn wir das nächste Mal bei ihnen zu Gast sind.«

Kaum dass sie den unverkennbaren Akzent erkannt hatte, musste Louisa schmunzeln. Sie beugte sich zu Marc und flüsterte ihm zu: »Typisch New Yorker«, worauf er herzhaft lachte.

Louisa und Marc erreichten die West Side, in der sich rasch zusammengezimmerte Holzhütten und Armeezelte aneinanderreihten. Auf ein schmales Haus, das sich zwischen zwei andere drängte, hatte jemand mit schwarzer Farbe Chicago Tribune gepinselt. Soeben trat ein junger Mann mit blondem Haar und einem Notizblock in der Hand ins Freie und setzte seinen Hut auf, als sich plötzlich ein Lächeln auf seinem Gesicht ausbreitete. »Miss Louisa, wie schön, Sie wiederzusehen.«

Louisa erkannte den Reporter augenblicklich. »Mr Ackley! Haben Sie Ihre Titelgeschichte in jener Nacht noch gefunden?«

»Das würde ich meinen – ich habe die Brandursache entdeckt.« Stolz streckte er die Brust vor.

»Darüber kursieren viele Gerüchte«, sagte Marc.

»Ausgebrochen ist das Feuer in einem Stall nicht weit von hier. Beim Melken hatte Mrs O'Leary ihre Kerosinlampe so hingestellt, dass die Kuh sie umgestoßen hat. Das eingelagerte Stroh hat sofort lichterloh gebrannt.«

»Ich habe davon gehört und kann es einfach nicht glauben«, sagte Louisa und dachte an die Frau, die ihr zuverlässig jeden Morgen die Milch geliefert hatte. »Ist es nicht seltsam, dass Mrs O'Leary nicht gleich die Feuerwehr gerufen hat? Dass der Brand derart außer Kontrolle geraten würde, konnte sie ja nicht ahnen.«

»In ihrer Zeugenaussage hat sie angegeben, geschlafen zu haben«, warf Marc ein.

»Wer wäre schon gern schuld daran, fast ganz Chicago in Schutt und Asche gelegt zu haben?«, antwortete Lambert.

»Die Aussage von Daniel ›Peg Leg‹ Sullivan, der den Brand entdeckt hat, entlastet Mrs O'Leary ebenfalls.«

»Sullivan ist ein Freund der Familie. Ich sehe, in dieser Sache herrschen unterschiedliche Ansichten, Richter Keenan.«

»Die Wahrheit werden wir erst wissen, wenn die Untersuchungen abgeschlossen sind.«

»Und im Nu sind wir wieder einer Meinung«, sagte der Reporter gut gelaunt. Er wandte sich an Louisa. »Hat Cora das Feuer unbeschadet überstanden?«

Louisa nickte.

»Da bin ich erleichtert. Eine tapfere junge Dame, Ihre Schwester. Genau wie Sie.« Lambert Ackley zwinkerte ihr zu. »Übrigens, Sie schulden mir noch eine Geschichte.«

»Tatsächlich? Nun, es gibt wirklich einiges zu erzählen.«

Louisa, die mit dem Rücken zur Straße stand, bemerkte, dass Marc auf etwas hinter ihr blickte, und hörte das langsamer werdende Rollen von Rädern auf der festgestampften Erde. Sie wandte sich um. Vor ihr hielt ein Fuhrwerk, die davor geschirrten Pferde schnaubten und warfen die

Köpfe in die Höhe. »Lieferung für die Chicago Tribune«, rief der Fahrer.

Louisa, Marc und der Reporter traten zur Seite, um den Arbeitern Platz zu machen, die mit aufgekrempelten Hemdsärmeln einen Tresor vom Wagen hievten. Mit breitem Grinsen sprang der Fahrer vom Bock und stemmte die Hände in die Hüften. »Den haben wir heute Morgen aus den Trümmern des Tribune Buildings gebuddelt.«

Louisa warf einen Blick auf den Bretterverschlag, der das neue Zuhause der Zeitung war, und dachte an das imposante vierstöckige Gebäude, das so lange dem Feuer getrotzt hatte. Das war davon übrig geblieben.

»Ist Mr Medill da?«, fragte der Fahrer.

Der Herausgeber eilte, gefolgt von einigen Angestellten, bereits herbei. »Leute, ihr seid die Besten.«

Etliche Passanten kamen neugierig näher, und rasch sammelte sich eine Menschentraube um den Tresor, während Mr Medill das Zahnrad mit leisem Knirschen nach links, nach rechts und wieder nach links drehte. Als der Herausgeber die schweren Türen aufzog, verstummte das Gemurmel der Menge.

Im Inneren stapelten sich Papiere, und darauf lag ein Gegenstand, den Mr Medill herausholte und in die Höhe hielt, worauf schallendes Gelächter ertönte. Es war eine Streichholzschachtel, die den Brand unversehrt überstanden hatte. Der

Herausgeber runzelte die Stirn, griff erneut in den Tresor und zum Vorschein kam ein Stein, der an einem angesengten, kunstvoll geflochtenen Band hing.

Rebeccas Kette.

Tränen stiegen Louisa in die Augen. »Sie gehört mir, Mr Medill.« Ihre Finger schlossen sich um den kühlen, glatten Stein, mit dem so viele Erinnerungen verbunden waren – und auf einmal wusste sie, was mit der Kette geschehen musste.

Sie drängte sich durch die Menge rund um den Tresor zurück auf die Straße, gefolgt von Marc. Lambert Ackley, der sie nicht aus den Augen gelassen hatte, trat erneut zu ihnen. Aus seinem Blick war der übermütige Ausdruck verschwunden. »Ich glaube, diese Halskette hat eine ganz besondere Geschichte. Es wäre mir eine Ehre, wenn Sie sie mir erzählen würden, Miss Louisa.«

»Ich weiß nicht recht.«

»Darf ich Sie morgen Nachmittag auf einen Tee einladen, hier gleich um die Ecke?«

Louisa zögerte.

»Zumindest über Ihre Erlebnisse während des Brandes darf ich berichten, oder?« Er legte den Kopf in den Nacken und spitzte die Lippen. »Die Story vom tapferen Hurdy-Gurdy-Girl, das Seite an Seite mit den heldenhaften Reportern der Chicago Tribune versucht hat, die Stadt zu retten.«

Louisa musste lachen. »Ihre Fantasie geht mit Ihnen durch.«

»Ich hab's mit eigenen Augen gesehen. Haben wir eine Verabredung, Miss Louisa?« Er lächelte sie gewinnbringend an.

»Jetzt muss ich mir aber gut überlegen, was ich Ihnen anvertraue und was ich für mich behalte.« Sie schmunzelte.

»Machen Sie das, Miss Louisa, aber ich bin sicher: Es wird eine großartige Story. Ich muss jetzt leider los – Miss Louisa, Richter Keenan.« Er tippte sich an die Hutkrempe und eilte davon.

Tief schob Louisa den Stein in ihre Rocktasche. Soeben wollte sie zu Marc sagen, wie unverschämt und doch charmant der Reporter war, als sie seine geballten Fäuste und die zusammengebissenen Zähne bemerkte.

»Gehen wir«, sagte er, wandte sich abrupt ab und eilte mit so weit ausholenden Schritten die Straße hinunter, dass Louisa ihm kaum folgen konnte. Es war kein angenehmes Schweigen, das zwischen ihnen herrschte. Schließlich blieb Louisa stehen.

»Was ist los, Marc?«

Unbeirrt ging er weiter.

»Ist es, weil ich mich mit Lambert Ackley treffen werde?«

Jäh hielt Marc inne, drehte sich zu ihr um und fuhr sich mit beiden Händen durchs Haar. »Als wir uns das erste Mal begegnet sind …« Er brach ab.

»Ja?« Louisa verstand nicht, worauf er hinauswollte. Sie dachte an die Keenan-Villa und daran, wie ihr Herz rascher geklopft hatte, als er damals plötzlich im Salon vor ihr gestanden hatte, und wie er sie in Rage versetzt hatte, als er seiner Mutter davon abriet, das Kleid von ihr besticken zu lassen. Und natürlich würde sie nie vergessen, wie sie im Foyer gestanden hatte, als er auf der Treppe gestolpert war.

Tief atmete Marc ein und aus und sah sie durchdringend an. »Die Pläne und Papiere, die mir damals aus der Hand gefallen sind – wirst du dem Reporter von ihnen erzählen? Wirst du ihm anvertrauen, dass mein Vater nicht existierendes Land verkauft hat?«

Darum geht es ihm also! Um seine Familie. Louisa umklammerte den Griff ihres Korbs so fest, dass er in ihre Handfläche schnitt.

»Dein Vater hat mit seinem Immobilienbetrug viele Einwanderer um ihre Existenz gebracht. Und nicht nur das. Ed ist dadurch vollkommen aus der Bahn geworfen worden und hat schlimme Dinge getan. Dinge, die ihn bis heute verfolgen und quälen.«

Sogar ein Mensch ist durch seine Hand gestorben.

Louisas Kehle schnürte sich zusammen. Es dauerte eine Weile, bis sie weiterreden konnte. »Ich bin nicht wie dein Vater, Marc. Weder werde ich das Leben deiner Mutter zerstören noch deines. Nein, Marc, ich werde ihn nicht verraten. Ob du es mit deinem Gewissen vereinbaren kannst, seinen

Betrug weiter zu decken, das kannst nur du entscheiden.«

Seit ihrem Versprechen, die Vergehen seines Vaters nicht publik zu machen, stapfte Marc schweigend neben ihr her. Aus dem Augenwinkel sah sie, wie er einige Male zum Sprechen anhob und es dann doch bleiben ließ.

Sie bogen in die Jefferson Street ein, in der sich Louisas Haus auf Höhe der Grudd Street befand und daher den Brand unversehrt überstanden hatte. Es war kaum zu glauben, dass nur vier Straßen weiter östlich sämtliche Gebäude, ja, jeder Grashalm, den Flammen zum Opfer gefallen waren. Auf einmal blieb Marc stehen und sah ihr direkt in die Augen. Seit seiner Frage hatte Louisa gegrübelt, ob er nur wegen seines Vaters die letzten Tage kaum von ihrer Seite gewichen war. Aber was sie nun in seinem Blick las, ließ sie alle Zweifel vergessen. In ihrem Bauch kribbelte es.

»Danke, Louisa.«

Sie ergriff seine Hand und drückte sie. Die Verbundenheit zwischen ihnen war wieder da, wie auf dem Dach des Chicago Tribune Buildings, stärker sogar. Sie spürte seine Nähe überdeutlich, seine Finger, die ihre umschlangen, und roch den Sandelholzduft, den sein Rasierwasser verströmte.

Viel zu schnell ging der Moment vorüber. Ihre Finger lösten sich, und sie gingen Seite an Seite weiter, bis sie sich Louisas Haus näherten. Auf den

Stufen davor saß Cora und war so in ein Buch auf ihrem Schoß vertieft, dass sie Louisa und Marc erst bemerkte, als sie unmittelbar vor ihr standen. Sie sprang auf. »Marc, das Buch ist unglaublich. Danke, dass du es von deinem Bekannten für mich ausgeliehen hast.«

»Ich dachte mir, dass es dich interessiert. Du bist wie ein Feuerwehrschlauch. Nur dass du das Wissen einsaugst, statt es auszuspucken.«

Cora warf einen bedauernden Blick auf die Enzyklopädie in ihren Händen. »Leider habe ich sie schon beinahe ausgelesen.«

»Bei den Spenden, die aus New York, Detroit und sogar aus Europa eingetroffen sind, waren etliche Bücher dabei. Ich bin sicher, dass in Kürze die erste öffentliche Bibliothek Chicagos ihre Türen öffnen wird.«

»Das wäre großartig!« Aufgeregt hüpfte Cora auf und ab und verzog das Gesicht, als ihr fast verheilter Knöchel gegen den Treppenabsatz stieß.

»Vielleicht erlaubt mir deine Schwester ja doch noch, dass ich deine Lehrerinnenausbildung finanziere.« Verschmitzt sah Marc zu Louisa, die daraufhin ihren prall gefüllten Korb betrachtete.

»Nachdem ich förmlich in Aufträgen ertrinke – unter anderem dank eines bestimmten Herrn –, werden wir sein Angebot vielleicht annehmen, weil wir die Kosten zurückzahlen können.«

Cora fiel Louisa um den Hals.

»Aber im Moment brauche ich dich noch, Schwesterherz.«

»Ich werde fleißig sein! Ganz kleine Stiche werde ich setzen, so perfekt nähen wie möglich.« Coras Gesicht verdunkelte sich. »Auch wenn ich nie so gut sein werde wie Mama.«

Louisa strich Cora eine Haarsträhne aus der Stirn. »Heute Nachmittag besuchen wir ihr Grab, ja?«

Cora nickte. »Dabei können wir gleich schauen, ob Wilhelm in der Kirche dort Unterschlupf gefunden hat. Vielleicht ist er verletzt und kann deshalb nicht zu uns kommen.«

»In den Krankenhäusern hast du doch schon nach ihm gesucht«, sagte Louisa, die kein Bedürfnis verspürte, Wilhelm jemals wiederzusehen.

»Wenn er klug ist, hat er die Stadt verlassen«, warf Marc ein. »Zudem bin ich sehr froh darüber, dass er nie wirklich mit dir verlobt war, Louisa.«

In seinem Blick lag wieder dieser besondere Ausdruck, der nur ihr gehörte. Ihr Herz klopfte schneller, ihre Wangen wurden heiß. Rasch wandte sie sich wieder Cora zu. »Wilhelm ist ein Überlebenskünstler«, sagte sie zu ihr. »Ich bin sicher, dass er mittlerweile reichen New Yorker Damen schmeichelt und dafür sorgt, dass sie nicht so schwer an ihrem Geschmeide tragen.« Louisa griff in ihre Rocktasche. »Deine Kette ist übrigens wiederaufgetaucht.«

Cora nahm das Halsband mit dem Stein in die Hand.

»Ich habe eine Bitte an dich. Ich möchte sie Ed schenken.«

»Ed?« Cora sah Louisa mit großen Augen an. Ihr Blick wanderte zu Marc, der mit unergründlicher Miene auf den schmalen, geflochtenen Haarstrang starrte.

»Ich will euch erzählen, warum. Aber nicht auf der Straße.«

Sie gingen durchs Haus auf die Veranda und setzten sich an den Holztisch. Louisa blickte auf das verdorrte Gras und vermisste das Scharren der Hühner. Sie mussten sich wieder welche besorgen. Geschmeidig sprang eine graue Katze über den Zaun, ließ sich von Cora anlocken und kuschelte sich schnurrend auf ihren Schoß.

Marc saß mit verschränkten Armen auf der Bank, den Rücken an die Hauswand gelehnt, und sah Louisa erwartungsvoll an. Sie legte die Kette auf den Tisch, sodass die Kristalle im Stein in der Sonne funkelten.

»Ich habe Ed gestern im provisorischen Krankenhaus besucht. Er ist noch schwach, aber er wird es schaffen. Und er hat mir erzählt, was es damit auf sich hat.« Louisa zog die Pistolenkugel aus ihrer Rocktasche und ließ ihre Finger über die eingravierte Markierung gleiten.

Bereits nach wenigen Sätzen war Louisa vollkommen in der Vergangenheit versunken und wieder dort, im Adler and Barry's Saloon in Barkerville, wo die Klänge der fidelähnlichen Hurdy-Gurdys durch den Raum tönten. Ihr Dienstherr saß mit weiteren Musikern auf der Bühne und spielte zum Tanz auf, während seine Frau Louisa mit zusammengekniffenen Augen von der Seite aus beobachtete, ob sie das Geld verdiente, das ihr Vater für sie erhalten hatte. Also tanzte Louisa, scherzte und animierte einen Goldgräber nach dem anderen, einen Dollar zu bezahlen, um sie im Arm halten zu dürfen. Dabei war sie in Gedanken ganz woanders. Immer wieder wanderte ihr Blick zu ihrer besten Freundin Rebecca, die hinter der Theke stand und ausschenkte. Rebeccas Bruder Zachary thronte auf seinem Barhocker daneben und spielte wie immer mit seinem vermaledeiten Messer, mit dem er bereits so viel Schaden angerichtet hatte.

Endlich trat das Mädchen ein, auf dessen Erscheinen Louisa den ganzen Abend gewartet hatte – die Bohnenstange. So nannten alle das Hurdy-Gurdy-Girl, das sogar die meisten Männer um einen Kopf überragte. Louisa, die gerade mit einem kräftigen, vollbärtigen Kerl tanzte, wollte Ed auf sie aufmerksam machen, aber er hatte sie schon bemerkt und erhob sich von der Bar, an der er seit geraumer Zeit an seinem Bier geschlürft hatte. Der verletzte Ausdruck in Rebeccas Augen entging Louisa nicht, als Ed die Bohnenstange zum Tanz aufforderte.

Ed schwang das Mädchen durch den Raum, während die schwitzigen Hände von Louisas Tanzpartner unablässig weiter nach unten wanderten, bis sie sie zu ihrer Taille zurückschob und ihn gewinnend anlächelte. »Wie wär's? Der Spezialtanz? Mit deinen Muskeln und meinem Fliegengewicht machen wir das Rennen.«

Das ließ sich der Goldgräber nicht zweimal sagen. »Tanz auf der Decke!«, brüllte er durch den Saloon, und die anderen Männer stimmten grölend in das Geschrei ein.

Kurz darauf ertönten die bekannten Klänge, die Louisa normalerweise ein Stöhnen entlockten. Heute jedoch achtete sie kaum auf die Melodie, sondern bugsierte ihren Tanzpartner in Eds Nähe. Unvermutet hob der Goldgräber sie in die Höhe. Ihre Beine flogen zur Decke, der Rock fiel ihr über die Schultern, ihre Pumphosen und Strümpfe waren für alle zu sehen, und die kühle Luft strich über ihre bloßen Knie. Sowie sie wieder festen Boden unter den Füßen hatte, blickte sie sich nach Ed um. Nicht weit von ihr drehte er sich mit der Bohnenstange im Kreis.

Jetzt, jetzt standen die beiden richtig.

Louisa drängte ihren Tanzpartner Richtung Theke und nickte gleichzeitig Ed zu, woraufhin er die Bohnenstange so hoch schwang, wie er konnte, sodass ihr Fuß gegen die Petroleumlampe krachte, die von der Decke hing. Die Leuchte fiel herab und zerbrach. Das brennende Öl floss über die Holzdielen, und sofort loderten Flammen hoch. Mit einem Schrei wichen die Tanzenden zurück. Rebeccas Bruder stürzte zu dem Wassereimer, der für solche Fälle bereitstand, aber Louisa wusste – er war leer. Fluchend eilte Zachary mit dem Kübel zum Brunnen. Louisa wand sich aus den Armen des Goldgräbers und rannte hinter die Theke. Ed war bereits dort. In dem allgemeinen Chaos packten sie Rebecca und schoben sie zur Hintertür hinaus. Bevor Rebecca begriff, wie ihr geschah, saßen sie alle drei auf einem Planwagen und flohen immer tiefer in die nächtliche Prärie.

Es war die einzige Möglichkeit gewesen, Rebecca vor ihrem Bruder zu retten.

Tagelang zogen sie Richtung Osten. Rebecca litt große Schmerzen, obwohl die meisten ihrer Messerstiche und Ritzungen längst verheilt waren, wie der Schnitt auf der Wange, den Louisa so kunstvoll genäht hatte, dass nur eine hauchdünne, kaum sichtbare Narbe geblieben war. Aber die Schnittwunde quer über den Bauch hatte sich entzündet.

Louisa wagte nicht, daran zu denken, was Rebeccas Bruder ihnen allen antun würde, wenn er sie einholte.

Und dann vernahmen sie eines Tages Hufgetrappel. Rasch lenkte Ed den Wagen in eine Senke, und Erleichterung breitete sich in Louisa aus, als die Reiter an ihnen vorbeizogen, ohne sie zu bemerken.

Sie beschlossen, ihr Lager an dieser Stelle aufzuschlagen, und Louisa ging zu einem in der Nähe vorbeiplätschernden Bach, um den Kessel mit Wasser fürs Abendessen zu füllen, als ein Schuss fiel.

Lange Zeit wagte sich Louisa nicht zum Lagerplatz zurück. Erst als die Dunkelheit hereinbrach, schlich sie zum Wagen. Sie sah Ed, der im Präriegras saß und Rebecca in seinen Armen wiegte – sonst war weit und breit niemand zu sehen. Rebecca regte sich nicht, über Eds Gesicht rannen Tränen und versickerten in seinem Bart. Stumm setzte sich Louisa neben ihn, legte ihren Arm um seine Taille und lehnte ihren Kopf an seine Schulter. Die ganze Nacht saßen sie so und trauerten um die gemeinsame Freundin.

Am nächsten Morgen griff Ed wortlos nach der Schaufel und hob eine Grube aus, unweit des Baches, inmitten der Wildblumen, die im Wind wogten. Ein Präriepieper zwitscherte seine Melodien. Es hätte Rebecca gefallen.

Louisas Finger glitten über die Kette aus dem Haar ihrer besten Freundin, ihre Kehle war wie zugeschnürt. Nur mit Mühe fand sie ins Hier und Jetzt zurück.

»Bis vor Kurzem habe ich geglaubt, Rebeccas Bruder hätte uns aufgespürt und sie umgebracht.

Ed hat die Pistolenkugel, die Rebecca das Leben gekostet hat, damals eingesteckt. Ich habe gedacht, Zachary wollte Rache. Aber das war falsch. Gestern hat Ed mir die Wahrheit erzählt. Er hat Rebecca erschossen. Ihr Bruder hatte sie vor unserer Flucht so schwer misshandelt, dass sie an ihren Verletzungen qualvoll gestorben wäre. Sie hat die Schmerzen nicht mehr ausgehalten und Ed gebeten, sie zu erlösen.«

Louisa trat an den Rand der Veranda, steckte die Hände in die Rocktaschen und schaute über den Garten. »Ed hat um Rebecca gekämpft – und für sie. Ihr Bruder sagte, er könne ihm Rebecca abkaufen, woraufhin Ed sich für sie abgerackert hat. Er war mittellos – sein gesamtes Geld steckte in dem Grundstück in Chicago, das nicht existierte. Als Ed und ich erkannten, dass wir vorher handeln müssen, war es bereits zu spät.« Sie sah Marc und Cora in die Augen. »Erst in Chicago haben wir erfahren, welche verheerenden Folgen das Feuer in Barkerville hatte. Seither hat Ed sich jeden Tag bemüht, als Feuerwehrmann einen Teil seiner Schuld zu begleichen.«

Louisa wischte eine Träne fort, die über ihre Wange rollte. Marc trat zu ihr und griff nach ihren Händen. »Es tut mir so leid, Louisa.«

Sie hob den Kopf.

»Und mein Vater war indirekt die Ursache von alldem. So etwas kann niemand wiedergutmachen. Aber ich kann verhindern, dass Derartiges zukünftig passiert. Ich werde publik machen, was mein Vater getan hat. Ed und den anderen soll Gerechtigkeit widerfahren. Es war falsch von mir, nicht früher zu handeln, und meinen Vater zu decken.« Marc atmete tief durch. »Außerdem werde ich mich bei Ed im Namen meines Vaters entschuldigen.«

»Das würde ihm viel bedeuten«, sagte Louisa, und dann ignorierte sie sämtliche Konventionen und umarmte Marc. Liebevoll drückte er sie an sich und gab ihr einen Kuss auf den Scheitel.

Einen Moment später ließ sie ohrenbetäubendes Katzengeschrei auseinanderfahren. Die Graue sprang von Coras Schoß, raste an Louisa und Marc vorbei in den Garten, war mit einem Satz über den Zaun und nicht mehr gesehen. Mit puterrotem Gesicht hob Cora die Schultern. »Ich habe sie wohl zu heftig gedrückt.«

»Das arme Tier.« Marc lachte.

»Die kommt so bald nicht wieder«, meinte Louisa.

»Das klang wie das Gejaule, das Mrs Hubart immer ihrem Piano entlockt hat«, sagte Cora.

»Du magst zwar wissbegierig und klug sein, junge Dame, aber von Musik hast du keine Ahnung.« Marc schüttelte den Kopf.

»Was ist überhaupt aus ihr geworden?«, fragte Cora.

»Sie konnte eine Bekannte ausfindig machen, die ihr in der alten Heimat Englischunterricht gegeben hat, und heute Morgen habe ich sie in den Zug nach New York gesetzt«, sagte Marc.

»Samt ihrem Klavier?«, fragte Louisa, die direkt vor sich sah, wie Mrs Hubart mit Argusaugen das Verladen ihres heiligen Pianos überwachte.

Marc nickte, worauf Louisa und Cora sich ansahen, bis sie nicht mehr an sich halten konnten und in glucksendes Gelächter ausbrachen.

* * *

Wochen vergingen, in denen Louisa geschäftig durch die Straßen eilte, um neue Aufträge an Land zu ziehen und Kleider auszuliefern. Die Stadt vibrierte vor Leben. Der Schutt und die Trümmer wurden abtransportiert und in den Lake Michigan gekippt, Hunderte Gebäude wurden gleichzeitig in Rekordzeit hochgezogen.

Louisa blickte aus dem Fenster des Pferdeomnibusses, der sie in die North Side brachte, und bewunderte die neu errichteten, halb fertigen Villen und die frisch gestrichenen, weißen Gartenzäune in der Straße, an deren Seiten vor Kurzem noch alles schwarz und verkohlt war. Das erinnerte Louisa an die Anekdote über die Entstehung Chicagos, die davon erzählte, dass sich ein Mann abends in der offenen Prärie schlafen legte und sich beim Erwachen in einem Haus wiederfand.

Kreischend hielt der Omnibus an der Ecke Division Avenue und Wells Street. Louisa sprang leichtfüßig aus dem Wagen. Am Vortag hatte ihr Bertha Palmer persönlich ein Kleid zum Besticken anvertraut, daher hatte sie sich diese Fahrt aus der West Side hierher gegönnt. Mit beiden Händen strich sie ihr Sonntagskleid glatt und zog das wollene Schultertuch fester um sich, denn es war kalt geworden, und die Luft roch nach Schnee. Louisa blinzelte zur Sonne, die ihre Strahlen herabsandte.

Sie war gespannt: Marc hatte sie eingeladen, um ihr sein neues Zuhause zu zeigen. Zügig schritt sie aus und sah sich neugierig um, denn in den deutschen Teil der North Side hatte es sie noch nie verschlagen. Amüsiert las sie die Namen der Straßen, die sie passierte: »Goethe Street«, »Schiller Street«. Das musste sie Cora erzählen, die würde begeistert sein.

Louisa bog in eine Seitengasse ein und wusste aufgrund von Marcs Beschreibung sofort, dass sie vor seinem neuen Heim stand: einem einstöckigen Haus mit Giebeldach, Stuckarbeiten und einem Wintergarten, das nicht so pompös war wie sein Elternhaus – dafür hatte es Charme.

Mit Herzklopfen trat Louisa an die Tür und zog an der Klingel. Ob Jeremiah ihr öffnen würde? Doch nein, der stand nach wie vor im Dienst von Marcs Eltern, die im Hotel residierten, bis ihre Villa wiederaufgebaut war.

Marc öffnete ihr höchstpersönlich. »Wie schön, dass du gekommen bist, Louisa. Komm herein.«

»Kein Butler? Aber, aber, Herr Richter«, neckte sie ihn.

»Nur ein Hausmädchen.«

»Und eine Köchin. Und ein Kammerdiener.«

Schmunzelnd nahm Marc ihr das Schultertuch ab. Louisa strich ihren Rock glatt und sah sich um. Der gebohnerte Dielenboden glänzte, und auf einer Kommode stand eine Schale, gefüllt mit Pralinen. Stolz führte Marc sie durch die Räume.

Den Abschluss bildete der Salon, dessen Mitte ein Stutzflügel dominierte. Für Wärme und gemütliche Atmosphäre sorgte ein knisterndes Feuer in einem Kamin, der der Tür gegenüberlag. In der Glasfront, die den Blick auf den Wintergarten freigab, brachen sich die Sonnenstrahlen, vis-à-vis lud eine Sitzgruppe zum Verweilen ein. Auf dem niedrigen Tisch lag eine Zeitung, daneben stand ein halb geleertes Glas Wein. Louisa fühlte sich sofort wohl in diesem Raum. Begeistert drehte sie sich zu Marc um. »Es ist wunderschön.«

»Danke.« Er sah sie an, als wollte er noch etwas sagen, doch dann ging er zum Tisch. »Das habe ich heute in der Chicago Tribune entdeckt.« Er blätterte durch die Seiten, und als Louisa zu ihm trat, klopfte ihr Herz schon wieder viel zu schnell. Gemeinsam beugten sie sich über das Blatt, bis Marc die gesuchte Stelle fand. »New Yorks neuer

Stern am Musikhimmel – Mrs Henriette Hubart«, las er vor.

»Mit Foto!« Aufgeregt griff Louisa nach der Zeitung, um den Artikel zu lesen. Rasch überflog sie die Zeilen, aber sie war nicht bei der Sache, denn sie vermeinte, Marcs Finger zu spüren, die sanft über ihren Rücken strichen.

Marc ging zum Flügel, setzte sich, legte die Hände auf die Tasten und verharrte stumm, in Gedanken versunken. Dann begann er zu spielen, und durch den Salon schwebte die Melodie des Liedes, das Mrs Hubart auf dem Boot hatte erklingen lassen. Louisas Sehnsucht, wie damals die Arme um ihn zu legen, wurde übermächtig, und sie legte die Zeitung behutsam auf den Tisch.

Marc hob den Blick, ohne sein Spiel zu unterbrechen. »Von Mrs Hubart habe ich gelernt, dass man kämpfen muss für das, was man liebt. Dass man es festhalten muss und nicht mehr loslassen darf.«

Stärker als je zuvor verspürte Louisa die Verbundenheit zwischen ihnen. Langsam trat sie zu Marc, bis sie ganz nahe bei ihm stand, legte die Hand auf seine Schulter und strich sanft über sein Haar. Die letzten Töne verklangen und hallten noch in Louisa nach, als Marc sie liebevoll an sich zog, in die Arme schloss und küsste.

Nachwort

Der Wunsch, diesen Roman zu schreiben, ist vor einigen Jahren entstanden, als ich wieder einmal Chicago besuchte. Damals stieß ich auf die Chicago Greeters (https://chicagogreeter.com/), Einheimische, die Besuchern ihre Stadt zeigen. So lernte ich an einem Februarmorgen Larry und Linda kennen und zog mit ihnen durch die Straßen. Ich hatte meinen Anorak und Skifäustlinge aus Österreich mitgebracht, und das war kein Fehler, denn im Winter wird es in Chicago bitterkalt.

Larry führte mich in Gebäude, die ich allein nie betreten hätte, sodass ich fantastische Mosaike, beeindruckende Eingangshallen sowie Lifte und Interieurs aus dem 19. Jahrhundert zu Gesicht bekam.

Zudem hat er Unglaubliches erzählt, wie zum Beispiel vom Chicago River, dessen Fließrichtung geändert wurde. Spätabends saß ich in meinem Hotelzimmer und recherchierte im Internet, ob Larry mich nicht vielleicht doch ein bisschen an der Nase herumgeführt hatte. Aber nein: Alle Begebenheiten waren wahr.

Seitdem bin ich fasziniert von der Vergangenheit dieser Stadt und dem Geist Chicagos: »You want it? Just do it!«

Bei der Vielfalt an interessanten Ereignissen hatte ich die Qual der Wahl: In welchem Zeitabschnitt der Geschichte Chicagos, das 1830 ein Hundert-Seelen-Dorf war und innerhalb von sechzig Jahren zur Millionenstadt wurde, sollte mein Roman spielen? Schließlich entschied ich mich für 1871, als das Great Fire ausbrach. Zu der Zeit zählte die Stadt dreihunderttausend Einwohner, wobei jeder fünfte aus Deutschland stammte. Damals wurde ein Drittel Chicagos verwüstet, fast hunderttausend Menschen wurden obdachlos.

Es gab ausführliche Untersuchungen über die Brandursache. Entdeckt hat das Feuer Daniel »Peg Leg« Sullivan, wie es im Prolog geschildert wird. Lange wurde Mrs O'Leary verdächtigt und vermutet, dass ihre Kuh beim Melken eine Petroleumlampe umgestoßen hatte, denn so war es bereits wenige Stunden nach Ausbruch des Brandes im Chicago Evening Journal zu lesen gewesen. Es kursierten weitere Theorien: Zum Beispiel, dass Besucher der Feier im Nachbarhaus schuld gewesen waren. Fest steht, dass das Feuer seinen Ausgang im Stall der O'Learys nahm, aber die Brandursache ist bis heute unbekannt. Mrs O'Leary wurde erst 1997 offiziell rehabilitiert.

Doch wie konnte dieses Feuer so außer Kontrolle geraten? Chicago hatte eine der besten Feuerwehren der damaligen Zeit. Es brannte täglich, allein in der Woche vor dem Great Fire löschte die Feuerwehr 28 Brände, aber am Sonntagabend, den 8. Oktober, kam es zu einer Verkettung unglücklicher Umstände. Seit Wochen hatte es nicht geregnet, und als das Feuer ausbrach, rannte einer der Nachbarn umgehend zu Goll's Apotheke, bei der ein Alarmkasten montiert war, um die Feuerwehr zu informieren. Der Alarm traf aber nie bei der Hauptfeuerwache ein, die im Gerichtsgebäude untergebracht war. Obwohl der Feuerwehrmann, der auf der Kuppel des Gebäudes Wache hielt, den Widerschein des Feuers sah, unternahm er nichts, da er dachte, es handle sich um die Glut des Gaswerks. Als er seinen Irrtum bemerkte, lokalisierte er den Brandort falsch und alarmierte nicht die nächstgelegenen Feuerwachen. Sobald er auch diesen Fehler erkannte, wollte er ihn korrigieren, doch der Bursche, der mit ihm Dienst hatte, weigerte sich, den Alarm an die richtige Station zu senden, um Verwirrung zu vermeiden.

So breitete sich das Feuer, von einem starken Wind angetrieben, in der West Side, einem

Arbeiterviertel, aus, bis die ersten Feuerwehrleute am Brandherd eintrafen. Der Wind trieb die Flammen zur St. Pauls Church und von dort weiter. Schließlich wurde ein Funkenregen über den Südarm des Chicago River getragen, und der Brand näherte sich immer mehr dem Geschäftsviertel der Stadt.

Etliche der im Roman geschilderten Ereignisse haben sich auch in Wirklichkeit so zugetragen, andere beruhen auf Berichten von Augenzeugen, wobei man berücksichtigen muss, dass deren Wahrnehmung natürlich immer subjektiv ist.

Tatsächlich hat sich der Verantwortliche geweigert, die im Gefängnis eingesperrten Häftlinge ohne offizielle Genehmigung freizulassen. Die handschriftliche Anordnung von Bürgermeister Mason – die übrigens 1998 auf einem Dachboden wiedergefunden wurde – traf gerade noch rechtzeitig ein. Die Gefangenen wurden auf freien Fuß gesetzt, und eine Handvoll Mörder unter Aufsicht in Sicherheit gebracht.

Es gab Bauwerke, die als »feuersicher« galten, darunter das Chicago Tribune Building. Die Ereignisse von der im Tresor deponierten Streichholzschachtel, über das Vorhaben des Herausgebers Mr Medill, ein Sonderblatt herauszubringen, bis zum Kampf ums Dach sind uns überliefert. Das Dach war die Schwachstelle des Gebäudes, da die dort verbauten Materialien nicht hitzebeständig waren. Die Reporter flüchteten schließlich durch einen nahe gelegenen Stall, der, Sekunden nachdem sie ihn verlassen hatten, »wie ein Vulkan explodierte«.

Der ehemalige Alderman James H. Hildreth versuchte, die Stadt durch das Sprengen von Feuerschneisen zu retten, und diente mir als Vorbild für Horace Keenan. Der echte Alderman war offenbar ebenfalls ziemlich hartnäckig und trieb Chief Marshal Williams auch im realen Leben zur Verzweiflung. Ob Hildreths Bemühungen den Brandverlauf beeinflusst haben, kann nicht mit Sicherheit gesagt werden. Sein erster Sprengungsversuch – die Union National Bank in die Luft zu jagen – schlug fehl. Im Laufe des Brandes lernte er dazu und sprengte am Ende Häuser im Fünf-Minuten-Takt.

Fast unglaublich mutet der Augenzeugenbericht von Mrs Alfred Hebard an, die mir als Vorbild für Henriette Hubart diente. Sie residierte im Hotel Palmer, als das Feuer ausbrach, und schilderte, wie die Gäste in aller Ruhe ihre Sachen packten und ihre Rechnungen bezahlten, bevor sie das Gebäude verließen.

Das Hotel war ein Hochzeitsgeschenk an Bertha Palmer von ihrem Gatten gewesen, und wurde – erst dreizehn Tage vor dem Brand eröffnet – ein Raub der Flammen. Bertha Palmer war übrigens eine faszinierende Frau: sozial engagiert, Kunstmäzenin und erfolgreiche Unternehmerin. Über ihr

Leben wäre es wert, einen eigenen Roman zu schreiben.

Vieles, was Louisa und alle anderen auf ihrer Flucht durch das Feuer erleben, haben uns Zeitzeugen in ihren Aufzeichnungen hinterlassen: Von den Brücken, die sich wegdrehten, dem Bestattungsunternehmer, der seine Särge in Sicherheit brachte, bis hin zu dem Mann, der ein Mädchen, dessen Haare Feuer gefangen hatten, mit Alkohol übergoss.

Die Gaswerke der Stadt bildeten eine zusätzliche Gefahrenquelle. Hier habe ich mir eine dramaturgische Freiheit erlaubt. Das Gaswerk in der North Side lag in Wirklichkeit nicht beim Hafen. Zudem wurde es rechtzeitig gesichert, doch das Gaswerk in der South Side drohte damals ein Opfer der Flammen zu werden. Der Verantwortliche, Thomas Ockerby, leitete das Gas zu Depots der North Side um und bat die Feuerwehr, das Werk zu schützen, aber die Männer weigerten sich. So nahm er es selbst in die Hand, und es kam Dank seines beherzten Vorgehens zu keiner Katastrophe, als das Feuer schlussendlich auch dieses Gebäude dem Erdboden gleichmachte.

Immer wieder berichteten Augenzeugen von dem unglaublichen Lärm, der während des Brandes herrschte, und dem gewaltigen Wind, der einmal sogar die Flammen wie eine Windhose in den Himmel drehte, gleich einem Feuertornado.

Nachdem das einzige Wasserpumpwerk der Stadt in Flammen aufgegangen war, waren die Feuerwehrleute nahezu machtlos. Nur, wo sie Wasser aus dem Lake Michigan oder dem Chicago River pumpen konnten, hatten sie dem Brand noch etwas entgegenzusetzen.

Das Feuer übersprang den Hauptarm des Chicago River und wütete in der North Side, wo die reichen Bürger lebten. Viele Einwohner flüchteten an den dortigen Strand. Von da trieb die Hitze sie in den kalten Lake Michigan, wo sie mit dem Rücken zum Feuer unzählige Stunden ausharrten. Einer von ihnen, Isaac Arnold, suchte jedoch mit seiner Familie in einem Leuchtturm Schutz. Ein ebenfalls dort gestrandeter Bankkassierer bot einem Kapitän 1,6 Millionen Dollar an, woraufhin er sie alle mit seinem Boot den Chicago River hinauf in Sicherheit brachte.

Erst Regen beendete am Dienstag um drei Uhr in der Früh die Feuersbrunst.

Bereits während des Feuers schickte Bürgermeister Mason Telegramme mit Bitte um Hilfe an umliegende Städte wie Detroit und Janesville. Diese entsandten Feuerwehrleute und Gerät.

Nach dem Brand brach eine gewaltige Hilfswelle los. Kleidung, Nahrung und mehr wurde von New York und anderen großen Städten nach Chicago gekarrt. Selbst aus Europa trafen beinahe eine Million Dollar an Hilfsgeldern ein. Einer der Spender war der damals noch unbekannte Robert

Louis Stevenson, Autor des Romans Die Schatzinsel. Königin Viktoria spendete Bücher, die den Grundstock der ersten öffentlichen Bibliothek bildeten, die in einem ehemaligen Wasserturm errichtet wurde.

Ein großes Problem stellte aufgrund des zerstörten Pumpwerks nach dem Feuer die Wasserversorgung dar. Aber Chicago wäre nicht Chicago, wenn es nicht prompt eine unkonventionelle Lösung gefunden hätte: Der Dampf vom Heizkessel einer Lokomotive wurde benutzt, um Seewasser in die Leitungen zu pumpen.

Dreißigtausend Einwohner flüchteten in den im Norden gelegenen Lincoln Park, den die Flammen nicht erreichten. Viele hausten dort, bis die ersten Gebäude wieder errichtet waren – und das dauerte nicht lang. Ein unglaublicher Aufbauwille erfasste die Stadt, und innerhalb weniger Wochen wurden tausende Hütten und Unterkünfte geschaffen. Der nahende Winter war vermutlich eine zusätzliche Motivation.

Schaulustige und Touristen gibt es nicht nur heute, auch damals kamen von überallher Leute, um sich die Verwüstung anzuschauen. Die geschäftstüchtigen Einwohner verkauften Souvenirs vom Brand, wie Teile der zerbrochenen Glocke des Gerichtsgebäudes, ebenso standen Vorher-Nachher-Fotos von niedergebrannten Gebäuden hoch im Kurs. Bereits wenige Stunden nach dem Feuer eröffneten die ersten Geschäfte wieder.

Einige Tage nach dem Brand sagte Alfred Sewell: »The city will nevertheless rise again … like the Phoenix, from her ashes«.

Er behielt recht.

Bei der Recherche zu diesem Buch bin ich auf eine Dokumentation über die Hurdy-Gurdy-Girls gestoßen, von denen ich zuvor nie gehört hatte. Im bitterarmen Hessen warben Agenten Mädchen an, die gegen Bezahlung als Tanzmädchen die Goldgräber Kaliforniens unterhielten. Ein Hurdy-Gurdy ist ein violinenähnliches Musikinstrument, zu dem gesungen und getanzt wurde. Manche der Frauen glitten in die Prostitution ab, und obwohl eine Rückkehr in die Heimat nach Ablauf der Vertragsfrist möglich war, geschah dies selten. Gesellschaftlich gesehen standen die Mädchen nur eine Stufe über den Prostituierten.

In Folge habe ich mich über Goldgräberstädte informiert und stieß auf Barkerville, wo Hurdy-Gurdy-Girls in den Saloons tanzten. In einem von ihnen wurde der im Roman beschriebene Tanz »Dancing on the ceiling« kreiert. Im Jahr 1868 brach im Adler and Barry's Saloon ein Feuer aus, das fast die ganze Stadt zerstörte. Eine Theorie ist, dass ein Hurdy-Gurdy-Girl unabsichtlich beim Tanzen eine Kerosinlampe zerbrach, eine andere besagt, dass eines der Mädchen in einem

Nebenraum bügelte, aus Versehen das Ofenrohr umstieß und so den Brand auslöste.

Falls ich Sie mit meiner Begeisterung für die Geschichte Chicagos angesteckt habe: Sollten Sie die Gelegenheit haben, nach Chicago zu reisen, machen Sie es! Die Stadt hat so viel mehr zu bieten als Al Capone.

Ich kann Ihnen unter anderem den Besuch des Chicago History Museum empfehlen oder am Seeufer entlang durch den Millennium Park zu spazieren. An der Stelle wogten 1871 noch die Wellen des Lake Michigan, und erst durch den Brandschutt, der nach dem Great Fire in den See gekippt wurde, entstand dieser Landstrich.

Wenn Sie einen Eindruck davon bekommen möchten, wie die Keenan-Villa möglicherweise von innen ausgesehen hat, erkunden Sie die Räume des Glessner House.

Das Hotel Palmer wurde nach dem Brand wiederaufgebaut und beworben als »The World's Only Fire Proof Hotel«. Mark Twain, Oscar Wilde und andere Berühmtheiten nächtigten dort. Anfang des 20. Jahrhunderts wurde es neu errichtet, und wer das nötige Kleingeld besitzt, kann heute im Palmer House Hilton residieren.

Wenn Sie shoppen möchten, ist die Magnificant Mile der richtige Ort, und sollten Sie dort entlangflanieren, vergessen Sie nicht, einen Blick auf den Wasserturm zu werfen, der das Great Fire überdauert hat und wie im Jahre 1871 aussieht.

Weil Amerika doch ein Stück weit entfernt liegt: Im Internet gibt es eine Fülle von Informationen, und auch spannende Bücher ermöglichen Reisen in die Ferne, ohne das Zuhause zu verlassen – mehr dazu finden Sie im Anhang.

Schön, dass Sie sich ins Chicago vergangener Tage haben entführen lassen. Ich hoffe, Sie haben beim Lesen mit Louisa, Wilhelm und Marc mitgefiebert. Falls ja, würde ich mich über eine Rezension von Ihnen bei Amazon, Thalia & Co freuen, damit auch andere von dem Roman und der Geschichte Chicagos erfahren.

Ich wünsche Ihnen eine schöne Zeit und weiterhin viel Spaß beim Lesen!

Zum Weiterlesen

Wenn Sie mehr über die Geschichte Chicagos im 19. Jahrhundert wissen möchten, kann ich Ihnen folgende Werke empfehlen:

»The Great Chicago Fire« von Robert Cromie

Eine ausführliche und anschauliche Beschreibung der Ereignisse mit Illustrationen. Das »Standardwerk« zu diesem Thema.

»The Great Chicago Fire – In Eyewitness Accounts and 70 Contemporary Photographs and Illustrations« von David Lowe

Eine Sammlung von Augenzeugenberichten, die oft nur wenige Tage nach dem Great Fire niedergeschrieben wurden.

»Challenging Chicago – Coping with everyday life, 1837 – 1920« von Perry R. Duis.

Eine ausgezeichnete Dokumentation aller Lebensbereiche der damaligen Zeit.

»Chicago – A Biography« von Dominic A. Pacyga

Die Geschichte Chicagos von den Ursprüngen bis zur Gegenwart – für Hardcore-Historiker.

»Chicago – Eine Weltstadt im amerikanischen Westen« von Ernst von Hesse-Wartegg

Der deutsche Reporter reiste nach Chicago und schildert seine Eindrücke. Das äußerst interessante Buch erschien erstmals 1893.

* * *

Im Internet gibt es unzählige Websites, Videos und Fotos. Hier eine kleine Auswahl davon – alle auf Englisch:

The Great Chicago Fire & The Web Of Memory

Informationen, Abbildungen, Karten und Augenzeugenberichte rund um das Great Fire, zusammengestellt von der Chicago Historical Society und der Northwestern University.

https://www.greatchicagofire.org/

Encyclopedia of Chicgao

Die Geschichte Chicagos, inklusive historischer Quellen und Karten.

http://www.encyclopedia.chicagohistory.org/

Chicagology

Eine Sammlung von Fotos, Zeitungs- und Buchausschnitten aus der Zeit vor dem Zweiten Weltkrieg.

https://chicagology.com/

The Great Chicago Fire 1871

Ein dreißigminütiges Video, das einen Vortrag zu dem Thema vor der Great Lakes Historical Society wiedergibt. Hochgeladen von Bill Ryan.

https://www.youtube.com/watch?v=Un979wdW_uw

* * *

Falls Sie Romane lesen wollen, die im Chicago des 19. Jahrhundert spielen, hier eine Auswahl:

»What The Lady Wants« von Renée Rosen

Die Geschichte beginnt mit dem Ausbruch des Great Fire und erzählt die Erlebnisse von Delia und dem Warenhausmagnaten Marshall Field, dessen Kaufhaus erst 2006 seine Pforten schloss. Es handelt sich um eine historisch gut recherchierte Liebesgeschichte in Englisch.

»Der Dschungel« von Upton Sinclair

Der Autor arbeitete 1904 in den Schlachthöfen Chicagos und schrieb seine Erfahrungen über das Leben der Arbeiterschicht in Romanform nieder – nichts für Leute mit schwachem Magen.

»Die Stadt der dunklen Herzen« von James Conan

Zur Zeit der Weltausstellung 1893 in Chicago verschwindet ein junges Mädchen. Die Reporterin

Emily Strauss versucht, es zu finden und die Hintergründe aufzudecken. Ein Krimi.

»Das Leuchten der Welt« von Isabelle Beto

Heimlich reist die New Yorker Reporterin Bell Bennett 1893 zur Weltausstellung nach Chicago, denn sie ist fasziniert von der Elektrizität, die gerade die Welt erobert. Sie trifft auf den mysteriösen Solomon Jones, und gemeinsam geraten sie in einen Strudel aus Intrigen und Machtspielen. Ein Mix aus Krimi und Liebesgeschichte.

Danksagung

An dieser Stelle möchte ich mich herzlich bei Larry Ambrose und Linda Mueller bedanken, den großartigen Chicago Greeters, die mir ihre Stadt mit so viel Leidenschaft gezeigt haben.

Alle eure unglaublichen Erzählungen erwiesen sich als nichts anderes als wahr, und bis heute bin ich fasziniert von der Geschichte eurer Stadt.

Larry und Linda, ihr habt einen großartigen Job gemacht, und ich freue mich sehr auf ein Wiedersehen.

***

At this point I want to express my warmest thanks to Larry Ambrose and Linda Mueller, the great Chicago Greeters, who showed me their city with the utmost passion.

All of your unbelievable stories turned out to be nothing but true and to this day I am fascinated by the history of your city.

Larry and Linda, you did such a wonderful job and I am sincerely looking forward to meeting up with you again.